北宋倒马金枪传

付爱民 著

清官册

北京日报出版社

图书在版编目 (CIP) 数据

北宋倒马金枪传 . 清官册 / 付爱民著 . — 北京：
北京日报出版社 , 2024.1
ISBN 978-7-5477-4576-2

Ⅰ . ①北… Ⅱ . ①付… Ⅲ . ①北方评书—中国—当代
Ⅳ . ① I239.8

中国国家版本馆 CIP 数据核字 (2023) 第 007331 号

北宋倒马金枪传·清官册

责任编辑：王子红
特约编辑：徐德亮　葛瑞娟
出版发行：北京日报出版社
地　　址：北京市东城区东单三条 8–16 号东方广场东配楼四层
邮　　编：100005
电　　话：发行部 : (010)65255876
　　　　　总编室 : (010)65252135
印　　刷：北京鑫益晖印刷有限公司
经　　销：各地新华书店
版　　次：2024 年 1 月第 1 版
　　　　　2024 年 1 月第 1 次印刷
开　　本：710 毫米 ×1000 毫米　1/16
印　　张：18.5
字　　数：273 千字
定　　价：79.00 元

序

　　《北宋倒马金枪传》（以下简称《倒马金枪传》）第七卷和第八卷要出版了，可喜可贺。按说这部二十余卷的长篇早该出完，而至今却只出了八卷的评书文本，无论是就其文学意义上的成就来说，还是就其对杨家将民俗研究的价值和影响的深入程度来说，还是就其杨家将传说文本的集大成地位来说，它都是应当早日出完的，但至今也只出版了八卷。出版过程当中的辛苦和曲折可以回顾成趣，我非亲历者也就不一一讲出来了。大家看这部书，从文本本身能得到的阅读快感肯定大于这些文本之外的八卦。

　　《倒马金枪传》前边的六卷也是分两次出版的，这两次出版的宣传活动我都参加了，其中第一次出版前三卷的新书发布会，还是在书中"天齐庙"擂台的原型，北京朝阳门外的东岳庙后院的戏台上办的。我作为发布会主持人和这部评书的播讲人，亲自站在了书中杨七郎打死潘豹的那个擂台上，有点穿越时光之感。

　　第二次出版后三卷，我和付爱民老师做了双签名的版本向全网发售，供藏书爱好者和评书爱好者收藏。很多不了解内情的读者，尤其是北京之外的读者，都会在心里问上一句："徐德亮？这里有他什么事？"

　　这回出版的第七卷和第八卷，本应该找文学前辈或学术名家，至少应该找位评书名家写序介绍。但一则出版时间有限，付梓在即；二则其文本可贵与美妙之处，还有后十几卷的机会请这些老先生去介绍，这次写序，就由我来请缨，聊一聊我与这部书的渊源吧。

大概是在 2007 年，也就是在十五年以前。我正在书馆说《济公传》，每晚演出回家之后都很兴奋，睡不着，就在网上浏览——这也是几乎每个舞台演员的日常生活习惯。

应该说，当时的互联网是初生代时期，主力网友以大学生为主，算是精英一类的。虽然当时"在网络的另一头儿没人知道你是一只狗"这种话已经流传了好几年了，但那时的狗和现在的狗大约也是不一样的。人们在网上看新闻，用 QQ 交流，在聊天室里聊天儿，发表观点和作品最主要的两种方式，一是 BBS，一是论坛。尤其是各种论坛，五花八门，大到国计民生，小到各种偏门恶趣味，都有论坛。

有"斑竹"的自发成立，"板斧"的主动管理，有几个主力网友每天上线发表点东西，有其他所谓"小白"每天看看，留言讨论一下，如是而已，那却是中国民间写作最为繁荣的时代！多少各行各业的精英、各门各类的高手，或者有各种小能耐的神奇之人，都有这样的主观能动性：每天上网写个千八百字，聊自己的专业知识，或写个小说散文，就为了那几十个点击量和十几条或者几条留言。那真是价值输出的年代，没人会想着为挣多少钱或出多大名而写作，顶多是数数今天收到了几层"顶"而已。

人以类聚，分散细致的论坛，天然地把人分门别类地聚在一起，前辈带后辈，"大神带小白"（那个时候还没有这样的词儿），讨论学问，抒发性灵。我经常上的论坛，在 2000 年前后有"满族文化网""西祠胡同"等，我在"西祠胡同"写了人生第一部半途而废的长篇小说。几年之后我主要泡"中国文房天下"论坛，想学哪个方面，比如说"古墨"，比如"端砚"，就花一周的时间，从早到晚把该分论坛的所有帖子都读一遍，特别是看高手"打架"的帖子，特别有用。看着好几年以前两位精于此道的大神为某一问题而争论，一争就是十几个网页，那真的能学到不少东西！

　　可惜，这些论坛随着网民数量的猛烈上升和网站信息爆炸式的出现，都纷纷远去了。

　　话说远了，还说我和这部评书的渊源。当年我在某个晚上，在半夜上网的时候，忽然看到了一篇有关杨家将的评书——它就是首发在某评书论坛上的。而我看到的还是类似 BBS 传播的文本形式，读起来很费眼，但没想到一看就看下去了，越看越激动，花了几个小时，看到凌晨，把所能找到的章节全看完了。真是看得眼花头涨，背痛腰酸，犹然还上下前后地翻页去找还有没有其他的章节。

　　而且，那些已有的章节只是不前不后的中间部分，没头没尾的，但还是让人停不下来，引人入胜——大有中学时代在班里找到一本金庸武侠"中集"的感觉，不但不觉得情节看不明白，看完之后，还大有将其前后集找来一睹为快的欲望，这就是《倒马金枪传》的原始版本。

　　当然，现在出版的文本比之最早在网上发表的应该是已经有了较多的修改和修饰，更完善也更富研究价值，但最早那个版本无疑更具有原始的质朴的美感。

　　付老师后来也多次提到，就是因为有那个评书论坛，他才有意愿把从小十多年来记下的评书"梁子"（梗概）丰富成文，每天更新。当年那些每天支持他、催促他更新的网友，也是促成这部书真正写出来的动力。这些朋友也是一直到现在都在支持他的老书友。

　　看到这部书之所以如此大惊大喜，主要是由于我从小学评书，颇知道真正的好评书，被文化人修饰加工过的书，被历代艺人增补过的书，有人情味和合理性的书，"京朝派"的书，是什么样！它一定不同于纯粹民间艺人创作的田间地头的文本。如《三国演义》《水浒传》，甚至《西游记》，宋元时期的故事文本，都是极其简略并且纰漏甚多的。在经过一代代文人、艺人的加工整理后，尤其是到了明清，经过了罗贯中、施耐庵等的整理创作，金圣叹、毛宗岗等人的批讲评注之后，才形成了经典。

　　但形成经典的同时也变成了不可删改一字的固定文本，这对评书等表演艺术的创作，就有了很大的限制。它不像《隋唐》《征东》《征西》《残唐五代》《明英烈》等书，虽然也有明清文人的固定文本，但没形成经典，不必完全遵循。对同一部书，各家各派说的故事虽然大体相同，但情节往往都有较大出入。即使是同一情节，在不同评书艺人的嘴里，简直就不是同一部书。这就给了艺人发挥长处的余地。

但同时，因为过去音像、文字储存、传播不便，也造成了很多珍贵的创作只存在了一代人便已失传的惨象。

评书艺人管大致照着已出版的文本说的那种评书叫"墨刻儿"，说《三国》《水浒》《西游》就很容易"墨刻儿"，因为很难增添更改情节，但是其他没有唯一权威版本的书，如《隋唐》，就可大量增加独有的情节和人物设定。

尤其是，如果某个说书先生精于某项事物，比如他曾在衙门里做事，对官场黑暗非常了解，对断案过程了如指掌，那他说断案类的评书就大胜旁人。但他一死，假如没有好的传人（事实上也不太可能有，评书不是背死词儿，没有师父的生活积累，就说不出师父的精华），他这套书（就是他对这部书的理解加工）就失传了。

就是近代新著的书也是如此。我的师爷白奉霖先生曾说，小时候听《三侠五义》，听到"扣子"（悬念），忍不住逼着自己的父亲买一套《三侠五义》来看。可是把书拿回来，翻了几个晚上，把书都翻烂了，也没找着说书的说的那段情节。其实《三侠五义》创作年代并不长，它最早的文本本来就是记录评书家石玉昆表演的舞台本《龙图耳录》，当然后来风行的是经过俞樾审定的《七侠五义》。即使这样的书，在几十年的时间里也分出了很多流派，各有千秋。这说明每一代的评书演员创作能力都很强大。

我师叔马岐也说过，他师父陈荣启的《说岳》最好，是"京朝派"的，金兀术用三股托天叉，不是用大斧子。"这已经失传了，没人会说了。他们现在说《丘山儿》（《说岳》的行话）都是'墨刻儿'，都是按照钱彩那个小说说的，就没劲了。"

这其中的不同，当然不是谁使的兵器不一样那么简单，而是从人物性格、情节设置到分析评论，全然不一样。我老师马增锟先生说的《隋唐》，就是天津张诚润这一路的《隋唐》，叫《大隋唐》，突出一个"大"字，也是与众不同。很多情节处理和人物关系都有比原著或其他艺人更精彩的地方。比如对秦二爷秦琼在瓦岗寨到底是行二还是行三的讨论，宇文成都到底是怎么死的等地方的处理都极其不凡。锁五龙杀单雄信、闹扬州李元霸打死宇文成都等情节的处理也都与众不同，大可玩味，这些在我怀念马增锟先生的文章中有过论述，此处就不赘述了。

但是这一部《大隋唐》也基本失传了。马先生1994年在中央电视台录制的《罗家将》现在网上有了，我重新听了一下，感觉限于电视评书的局限性，以及马先生没上过电视，有些不适应，岁数也大了，这部书走的又是罗家的线索等原因，很多我小时候在书馆儿听过他说的精彩之处都没说出来，可见这部《大隋唐》也已失传。

这就能解释为什么我看到《倒马金枪传》这样一部杨家将的评书这么兴奋，因为这全然不同于刘兰芳、田连元两位老师说的杨家将——那是我上中小学时每天回家必要听的评书栏目，非常熟悉。也不同于《杨家府演义》等传统小说，那也都是我早就看过的。这部书的人物设定、情节推进，尤其是半说半评的特点让我认定，这是失传已久的"京朝派"评书《杨家将》的"道儿活"，内行说的真正的评书秘本。早就失传的居然在网上又出现了！这就好比张无忌在猿猴肚子里发现了失传九十多年的《九阴真经》，岂不是大惊大喜！

当时我对这部书的来历、作者一无所知，只知道作者的昵称叫"付老师"，人有多大，什么背景，我是一概不知。

当时我每天在书馆说《济公传》，"京朝派"的评书，尤其是现场说书，特点就是评论多，知识多，书外书多，也有听众评论这叫"闲白儿"多，可他们很多人就是去听闲白儿的。于是，正好说到了评书传承、传播之难，我就以极大的热情，向观众介绍了我在网上居然看到了失传已久的评书秘本这件事。

说过去也就说过去了。那是 2007 年，我才二十九岁。但底下有观众录了音，据说当时评书论坛上都是这些录音，我自己是不太清楚的。

到了大约 2011 年，忽然有一个和评书界及出版界都有联系的朋友给我打电话，说《倒马金枪传》的作者"付老师"想见你，他说："付老师在网上听到了你对他的书的夸奖，很想来拜望你。他想把这书出版，想让你给题个字。"我当然是慨然应允。于是有一天，中间人就带着"付老师"来到我家。

一见之下，有些意外。一者，"付老师"原来真的是老师，而且是民族大学的副教授。二者，付老师年纪很轻，虽然比我大，也大不了几岁。三者，付老师和我一样，也是少数民族，而且和我一样，左耳也有饰物（我是耳钉，他是耳环）。四者，付老师是专业的画家，精通中国人物画，书法亦出色。我虽然还在斗室中摆放了一个大画案子，跟他的水平一比，真是非常惭愧。

那次见面，我们一见如故，谈兴都颇足。而且我夫人郭娜也是民族大学美术学院毕业的，正可算是付老师的学生，于是又多了一层缘分。当时付老师已经把《倒马金枪传》的前几卷整理修改，准备出版了。不料分别之后一大段时间都再无音信。

后来我因为做北京电台《徐徐道来话北京》节目，认识了时任某出版社副总编辑的李满意女士，我们也很投缘。李总编学问很好，对出版行业有极深的热爱，这份工作，她是当作传播文化和保存绝学的事业来做的。她虽是女士，却有类似鲁迅说的"拼命硬干"的精神。于是，我就向她推荐了付老师，当然少不得再三夸奖《倒马金枪传》之好以及它对北京评书文学的重要意义。

李总编是做事的人，但在当时出书也不是件容易的事（现在更不容易）。我介绍他们认识之后，后边的事我也没太多关注。只是把题字的事推掉了——付老师自己就是书法家，我这字实在是难以拿得出手。

不久李总编就告知我，虽然有着重重困难，但这书马上要出版了。

这不是成就了一项文化的事业吗？我还是有些微功的！

　　付老师对这套书倾注的心血非常大，不但文字重新整理了，而且利用他深厚的人物画功底，给每本书都画了绣像，精妙无比，与书中文字可称双璧。

　　再过了一两年，我又向北京电台文艺中心推荐了这套书，希望能录成评书，在《每日书场》栏目中播出。

　　原先付老师一直说，希望我能在书馆把这部书"立起来"。但我确实能力不够，怕说不出文字的精彩，那还不如不说。在电台说，虽然不像现场说那样灵活，但可以用小说广播的方式和评书技术结合起来，用评书的方式播小说。我播小说，是传承"诵说派"小说播讲的艺术风格，不是纯粹照着文本念，也有一些评论和发挥，用评书的技巧，按评书艺术来处理。

　　当时评书艺术也已经走向了低谷，电台评书节目编辑的收听率压力很大，所以都不太敢录年轻人的新书。因为一旦开播就是两三个月停不了，如果收听率下降，电台编辑是要负责任的。于是他们都是以重播袁阔成、单田芳等老前辈的经典名著为主，这样起码基本的收听率可以保证。我向电台领导推荐《倒马金枪传》，保证我能说得好，拍着胸脯保证收听率，于是电台的版权公司先把这部书的版权签了，我才去电台录。

　　基本上我一天能录八回左右，一周工作两三天，第一部《七狼八虎闯幽州》，录了一百回，录了两个月左右才录完。我录的时候非常认真，一些原书中的倒笔、插笔的情节顺序都有所调整，而且争取每一回都留一个好"扣子"。在录的时候，有一次正录到"三虎听书"，在天齐庙外书茶馆儿里，黑虎星的三个分身，杨七郎和另外两位英雄无意之间都聚到一起听书，"一掀门帘进来一个黑小子，一会儿一掀门帘又进来一个黑小子，三个黑小子，谁看谁都可乐。忽然又一掀门帘，又进来一个黑大汉，敢情还有一只老黑虎呢！这个书可太热闹了，咱们明天再说"。录完这回书走出录音棚休息，在外边工作的录音师说："这书可真够热闹的！"我心中一喜，这说明他真听进去了。

　　这部书的好处之多，数不胜数，其中之一就是把潘杨的忠奸斗争还原成为政治斗争。都是皇亲贵戚的官二代，潘仁美的儿子不能那么混，上播台胡发威，他爸爸还想不想篡位当皇上！杨七郎也不能这么混，都是经历过五代十国到宋初严酷的政治、军事斗争的，好容易混到了国家一品大员的位置上，能随便就把另一位一品大员的儿子打死吗！家庭、家族前途如何保证？在这些方面的处理，付老师的书中都是极好的。杨七郎打死潘豹，连怎么退身都想好了，打死也不能承认我是杨府的人。可他马上就要跑了，为了救那两位黑英雄，又重新现身去帮忙。第二次又要跑了，没想到从旁边酒楼上飞身跳下来一人，大喊一声："七弟不必惊慌，你六哥来也。"大家一看，敢情是杨六郎。杨七郎一摆手，嗨，您可把咱全家给害了。那杨六郎为什么又那么傻？敢情这不是杨六郎……一环套一环，非常好听。一个《七郎打擂》的回目，前后就说了大概四十回。

有一次，评书正在播的时候，李金斗先生见着我，跟我说："我天天都听你的书，不错！就是太不给书听，这都多少天了，《七郎打擂》还没说完！再这样儿观众就都坐不住了。"

我当然要感谢前辈的指点，但心中窃喜，心说，这不正说明把您吸引住了吗？

这一百回播完，收听率极好，比以往播老先生的评书还要高很多。当然，一则是付老师的文本好，二则是，"生书熟戏"，一部新书，还是有深厚传统积累反复打磨的新书，肯定是比反复播出的传统经典收听率要高。

第二年《倒马金枪传》四、五、六卷又出版了，我又接着在电台录了一百四十回，叫《忠肝义胆杨家将》。这就一直说到了审定潘杨案、杨六郎诈死、佘太君探地穴，要兵发黄土坡……其实已经说到了现在要出版的第八卷的结尾。这次出版了七、八两卷，评书录音的进度和书籍出版的进度就统一了。

这一百四十回的收听率数据也非常好，电台还希望再往下录，但是付老师后边的文本还没整理完善，我也就不会了。

付老师、我、李总编，对工作的态度很接近。我们都是做事业的，人生一世，总要做一些对自己有意义的事，要做一些对人类有益的事。付老师这两年倾尽心力做的《西游记》连环画补绘工程就是如此。我研磨了二百种老墨，试验各种墨色，画的二百种姿势的猫也是如此。李总编出版了这么多的人文类书籍也是如此。所以，《倒马金枪传》这一套书不一定会挣钱、出名，但一定会继续出下去。

希望下次再宣传、销售《倒马金枪传》的时候，读者不要再有疑惑——这里有他什么事？

一笑，是为序。

徐德亮

2022 年 10 月 16 日

目录

【头本·惩贪查册】

〖头回〗

诗曰：

家生逆子家颠倒，
国出奸臣国不宁。
有道君王详辨察，
近良远佞万年兴。

剪断闲词絮语，咱们书归正传，接着给您说这一部《金枪传》的第七卷书《清官册》。您要是爱听戏，《清官册》这出戏可有名儿，这一段儿甭管是秦腔、汉调还是京剧、豫剧等，各地的地方传统戏几乎都有。

上回书说到，呼延丕显十二岁下边庭，假借摆阵练兵，赚来了老贼的帅印——只要是这帅印到自己手里就好办啦！果不其然，潘洪上当了，你不就一小孩儿吗？一点儿防备猜疑都没有！一听说，什么？你一小顽童还吹牛说能摆阵破敌？哈哈哈哈……老贼心里话，胡丕显哪胡丕显，你不过是个富商之子，太子的同学……你能摆得什么阵法哇？小孩儿玩闹罢了！你想玩儿啊？那就叫你玩儿个够！要帅印？给你——不过就是在你脸前儿摆着；要令旗令箭？给你！嘿嘿，您可抱住喽！你小小年纪没有圣驾的旨意，擅动兵符，你这就是死罪！等你都玩儿完了，想要还给我？到那时老夫我再将此一节挑明！哼哼！甭以为可以瞒过老夫，下边庭犒赏三军？那皇上您倒是派个老夫我亲熟的门生来不就成啦，干吗还要派杨静和张齐贤这二位跟着来呢？

老夫我知道，雍熙天子赵二舍你必存着派钦差暗查暗访我的意思。可谁让你让一小孩儿做钦差哪？待会儿我反将你一军，我看你这个胡丕显小毛孩子怎么交代。

哎，就这么，老贼还真就松心离了帅位，让出了帅印，"好好好，老夫倒要看看钦差你这套阵法有多厉害。既然你说到这儿了，来来来，你来把这阵摆上一摆！老夫我甘愿让出帅印哪！"呼延丕显赚来帅印兵符，可就不再是小孩儿啦！小黑脸一绷，指派兵将摆开了阵法，支走了从奸众贼将，这老贼在帅帐前可就落单儿啦！抽出来藏匿的最后一道圣旨，开诏一念，来呀！拿潘洪！响炮！杨静早就预备好了八响儿的信炮，这边一响炮，校场四个犄角儿里的总兵官就动开手儿啦！

正南方是郎千和郎万哥儿俩在呢，一个摆开金叉，一个舞动银叉，哥儿俩过来就先将秦肇庆跟米进义打下马来。这两人一点防备都没有哇，摔了个懵里懵登，直纳闷儿：响炮咱们列队摆阵就是了，你们俩先来把我们俩拨拉到马底下干吗呀？看这摔得，嘿！心里还迷糊着……叫郎千、郎万手底下的军卒给捆起来了。秦肇庆和米进义刚要张嘴骂，郎千、郎万赶紧跟这哥儿俩比着嘘……啊？哥儿俩全懵啦，怎么着？我们……这是还有别的事吗？"二位兄长，这是小钦差的军令，敢不遵守吗？此刻是大印在人家手里哪！这要是跟潘大帅学一手儿，来个定斩不饶，我们哥儿俩可受不了。你们哥儿俩哪？你们俩是大帅的心腹？要不然给你们松开，咱们一块儿骑着马回去？""别价，甭松开！我们明白了，这是小钦差给你们哥儿俩的军令，叫你们哥儿俩把我们哥儿俩捆起来。这就叫摆阵擒敌是不是？""哎，就是这个意思！你们真是明白人儿！你们哥儿俩这会儿就是被擒住的敌将。您想哇，这开仗啦，摆阵啦，哪能就这么跑一圈儿就算完的啊？不得抓几个押到帐前，小钦差瞧着高兴高兴吗？""好嘞，我们俩是敌将，你捆着给我俩带回去，别松绑，千万别松绑！"傅昭亮在旁边一看，哎，这儿还有我哪？"我说，小钦差吩咐下来，是叫咱们哥儿仨拿人哪，还是叫你们哥儿俩拿我们仨哪？"郎千跟郎万一瞧，知道代州来的傅昭亮是个厌包窝囊废，根本就不必在意他。可是既然问到这儿了，郎千就乐了："我说傅大人哪，您接到小钦差的军令是什么哇？叫您来拿人来了吗？""那可没有！什么令都没给我哇！""那我估摸着也是得把您捆起来。这可借小人我一百个胆子我也不敢，要不然……""来，拿根绳子来，给我捆上！对，就这么来，得扮上，得做得真儿！军令嘛！哎哎，再紧巴点儿，对！别留情儿，嗨哟……"当兵的心说，不给你捆紧着点才怪呢！谁让你平时净作威作福？成心给系了个死扣儿，想挣巴都挣巴不开。

郎千、郎万一瞧，省事了，走吧！再一看，跟着秦肇庆、米进义的军校们也不走啦，站在就地看郎家兄弟，把自己手里刀枪一扔。"郎将军，您看我们这些人要不要也捆起来？""哈哈，没那么多的绳子，你们就都省啦！你们弟兄几位真的就甘心被擒吗？""跟您打听打听，打这儿起我们就归您管啦？还是就做戏这么一会儿？"郎千一听，嘿嘿，合着这位心里头比当头儿的还明白着哪？"打这儿起，你们这些人就归我们管啦！乐意不乐意？"打头儿的老几位眼前一亮："郎将军，您这么说的意思是……""得嘞，甭多说话了，你们好好押着这三个混蛋，咱们先去见钦差，你们一会儿都有安排，明白了吗？""明白喽！走！"

正西这儿是刘均齐、潘昭、潘符哥儿仨。这哥儿仨先到，后来的是冯臣、周汉。嗯？脸儿对脸儿愣着，这是干吗呀？信炮一响，冯臣一看时候到了，可算是等到这会儿啦！撒马就上前，一摆自己掌中的这杆大槊："我说，你们是让我动手给你们都给揍下马来哇，还是自己乖乖地服绑哪？"刘均齐一愣，怎么回事？瞧着这架势可是不妙哇！自己身后除了自己亲随小校没什么人，人家麾下领着的是五百步兵，论硬碰硬肯定是不成啊！"哎，冯将军，您……这是什么意思？""哼，末将奉钦差的将令，号炮一响，先摆阵擒敌！就是擒你们几个！还不快快服绑！不服者，钦差的将令乃是格杀勿论！来呀！不如你我撒马一战！"刘均齐一看就知道不好！坏啦！这是成心的哇？

这可不像是临时起意要摆阵！不好！

前文书说到过，老贼麾下这一帮子干儿子里，数秦肇庆、米进义、潘定安和这个刘均齐这四个人有点真本事。今天潘定安不见来点卯，谁都不知道这位哪儿去了。眼下四天王里就剩下这位啦。这小子眼珠儿一转，知道要不好。我们这些人都给派到了校场的外边儿来，点将台上大帅可就没人保着啦！得嘞，只要我保住了大帅，你们这帮子人还能折腾？哼！想到这儿一别马，也不管潘昭、潘符了，打马就奔点将台而去。那能让吗？周汉早就预备好了，一看这刘均齐要跑，自己把自己的亮银戟先别在鸟式环得胜钩上，一催马就追下来啦。周汉的马快，刘均齐听见自己身后动静不对，刚要换腰回身儿来看，周汉就追到了。嘭！一把先把刘均齐的腰带抓住，猛然一勒马往回一带，吁……刘均齐的马还往前跑哪！刘均齐眼前一花，不得已撒手扔刀，铠嘡嘡嘡嘡……人就被周汉按在了马鞍桥上。周汉带马回来，潘昭、潘符早已被冯臣拿住，三个从奸将官都擒住了。照样儿，冯臣收编了这仨人的亲军护卫，一起押着人犯也回点将台来了。

正东边儿是潘章、潘祥和潘容，这仨都没什么真本领，赵彦没费事就给捆上了，押着直奔点将台来。赵彦并不放心，顺道儿巡查三个犄角儿，好嘛！贾能正跟潘龙这儿聊呢，叫潘龙肩膀上搭着绳子就要往回走。这能行吗？赵彦一瞪眼，吩咐自己的亲兵上去，给我捆起来！潘龙龇牙咧嘴的也说不清楚，就叫当兵的给捆起来了！赵彦一瞧哇，我别等你贾能了，我自个儿来啵！不等贾能反应过来，催马转着场子里边跑，走马活擒潘虎和潘强。赵彦也真是一员勇将，再加上随行身边的亲随都是当初弓箭营的弟兄，早就明白过来了，摩拳擦掌就等这天儿啦！动作都倍儿利落，一上来先缴了械、牵拉下马，一眨眼就给捆上了。

六个潘家子侄从奸贼将全都给拿住了，一同押回来见钦差缴令。赵彦、贾能这是最后一拨儿，头前儿郎千、郎万和冯臣、周汉先后早就到点将台来缴令来了，等赵彦和贾能再回来缴令，这就算齐了！

潘洪

从奸贼将儿子、侄子、干儿子们一瞧，好嘛，大帅潘洪也叫黄胥给捆起来啦！全都傻眼啦！不但潘洪给捆起来了，连带着刘文裕和贺朝觐也不能免，吩咐军校绳捆索绑，押在将台一侧。傅鼎臣傅大人一瞧，得嘞，自请上绑绳，劳您驾，您也给我绑上得了！呼延丕显和杨静、张齐贤大人都乐了，“您踏踏实实地帮着开圣旨擒拿反贼，傅大人您将是有功之臣，绑您干吗呢，您就好好瞧着啵！”“哎呀，下官惭愧哇惭愧……”

老贼这儿还一个劲儿地蹿蹦，说什么你们假传圣旨，喊众将不要听信小贼的谎话，傅大人……赶紧生擒叛党胡丕显！这是你们升官发财的机会哇……说什么都没用了，从奸恶党是一举生擒！像贾能这样胆儿小的人，本来还不太敢得罪潘党，这会儿倒来了劲儿了，一个劲儿地踹潘龙、潘虎，“老实点！别瞎嚷嚷！再乱喊乱叫我把你满嘴的牙都敲下来！”将台下的三军儿郎里有的是心里乐开了花儿，可是也有胆小怕事的，不知道到底是怎么回事，万一是钦差和总兵官们勾结起来作乱报私仇哪？有交头接耳、私下议论的，踮着脚张望将台之上，都想知道到底是怎么回事。

小丕显瞧瞧老贼，从自己的身后抽出来，唰……“老贼，潘洪！你看这是何物？”潘洪定睛一瞧，哟！这……这不是靠山王呼延赞的打王鞭吗？“这个……”今天一早大家伙儿来到点将台前来，呼延丕显知道我得在这儿露底儿给大家伙儿，提早就嘱咐张齐贤派亲兵护卫到帅帐去，把自己家的家传宝给偷回来，借着摆阵那会儿，有小校偷偷摸摸地将铁鞭递给丕显。这会儿呼延丕显把自己这鞭，唰——这么一举：“老贼！你认得吗？这是谁的鞭？”“这……这不是呼延……”“呸！老贼，叫你也明白明白，小爷我哪里是什么胡丕显，小爷我就是靠山王之子，我叫呼延丕显！这把鞭老主爷御赐，新皇加封，遇见乱臣贼子，可以先斩后奏！老贼，本钦差我就问你一句，我奉旨把你捆绑押解进京，你服是不服？讲！”两旁边八台总兵官这回总算是翻过身来了，一起跺脚，“你与我讲！”“哇呀呀呀呀……你倒是讲呀……”

呼延丕显

　　列位，到底这呼延丕显是十二岁的小孩哇！此一番雁门摘印可是险着儿。小孩还没擒住老贼呢，心里发虚，可脑子里想得是明明白白——我第一步该干什么，第二步怎么做……等到眼瞅着老贼潘洪、贺朝觐、刘文裕、傅昭亮、潘龙、潘虎……这十几个全都捆在这儿啦，小孩可就知道后怕啦！没拿住人的时候，小孩的心里是豁出去死啦！大不了我跟老贼我俩是同归于尽！无非是鱼死网破，我也不活着了我！我说什么都得给我爸爸报仇！可眼瞅着顺利地拿住了从奸众党，哟！我这可成啦？一恍惚，不觉得是真事儿。定睛仔细看看，都是真的，张齐贤也冲着自己乐，杨总兵也瞅着自己乐。嘿！这要是再叫老贼这帮子人翻身，有人说给放出来……我这钦差，出了今日儿个，我可就难以一手遮天啦！我一小孩我可玩儿不转！这么一怕，脑子里就乱了，又来浑的了。把自己这鞭一举，老贼！你服不服？

　　这就是一句小孩话了，呼延丕显心里想着，你老贼潘洪但凡是敢说出不服这两字儿来，我就给你一下子！干脆我抽到你服！老贼抬头一看，呀！知道，这把鞭现在在小孩手上，这要是说打我就打我，这是打王鞭！他打死我是要担着罪，可不用偿命……哦，看起来真是呼延赞的儿子啊？我说谁家孩子能这么黑不溜秋的呢。不能吃这个眼前亏儿，这小子正在火头儿上，我可别惹……嗯，只要是回到京城，我还有我闺女哪！闺女指不上我也不怕，他二帝赵匡义当年刺杀老主爷的把柄还在我的手上！我怕他赵二舍何来！"哈哈，小钦差，老夫我明白了，我服！您说怎么着就怎么着！我说几位，咱们都甭怕，他不是说是遵旨吗？既然是遵旨就不敢把咱们怎么着，咱们回京！面见当今！老夫我倒要看看，当今能把老夫我这个开国的功臣怎么着！"就这么简单的一句话，把小呼延丕显将在了当场。大家伙儿一看，太师都说服了，谁也不敢再闹了，全都把脑袋给低下来了。张齐贤一看，得了，见好儿就收吧！再展开密旨当众宣读，钦命杨静代掌边关帅印为都招讨，张齐贤奉旨监察为钦差大臣、副招讨、代州总监军，专门在边关整顿三军。这下就都老实了，还有疑虑的偏副牙将们都弄明白了，合着真是皇上要对老丈人动真格的啦？这也是把人杨家和呼延赞害得太惨啦！

书说简短，呼延丕显跟杨静、张齐贤都不敢耽搁，连夜赶造木笼囚车，次日一早就出发。杨静不放心，又派出自己的亲信副将数十名，加派快马骑兵五百，帮着呼延丕显一同押解着老贼奸党，打入囚车，连日赶回京城。

十几天就到了东京，沿途不知道有多少人来接——哪里是来迎接呼延丕显的啊，都是来亲眼看一看老贼被擒是不是真事儿，各自暗中盘算自己日后该怎么办，沿途有的是地方军护送着呼延丕显押送老贼进京，一路无书，这一天就来到了金殿之上。嗬！这文武百官闻听此讯都炸了窝了！你一言、我一语，连皇上说话下边儿都听不见了，谁都不信！就这么一个十二岁的孩子，就能把潘仁美那么滑头的人给逮回来？等到呼延丕显手捧圣旨，押着潘洪一上殿，都服了！无不暗挑大指，果然是将门虎子、少年的英豪！

八王在龙书案旁直给皇上打哑谜，嗯……嗯嗯嗯！啊？干什么？嗨！皇上能不知道吗？"好，呼延爱卿，你小小年纪，敢冒死下边庭替主摘印，胆量气魄、智谋机巧，都不在公侯之下！朕有言在先，你能不动一刀一枪把潘洪押回京城，朕就给你加官晋爵！嗨！再者说，你的父王呼延老爱卿为了国事，丧身雁门关，没有封赏抚恤，朕也愧对功勋。这样，传朕的旨意，即日加封呼延丕显子袭父爵为靠山王，老千岁的遗体以亲王之礼安葬。小爱卿，你且先领旨下殿，去给令尊呼延千岁筹备后事去吧！""微臣谢主隆恩！万岁，万岁，万万岁！""小爱卿免礼平身，速速下殿去吧。""微臣再谢万岁！"嗯？还不走？"小爱卿，迟迟不肯离去，所为何来？""万岁，如今微臣也能够袭领父王千岁之职，实在是光耀门庭啦！可是微臣如今仍有一事不明。""呵呵，丕显，你这么聪明，还有你琢磨不透的事儿吗？""万岁，都说我爹这靠山王是八百里铁壁靠山王——这是说他当初在太行山前能够独挡奸佞给先帝当靠山的功勋。如今微臣我的号也是靠山王，可您说，我这靠山王可是怎么个靠山呢？如今我是靠山王了，那么我那扫殿侯哪？当初微臣我就因为扫殿见君才得了这么个封赏，如今您这殿前就不用微臣我洒扫了吗？""嘿呀，丕显，你的爵位晋升以后，扫殿侯的爵位自然免除。你这个靠山王乃是子袭父职，自然还是靠山王啊，难道说，就因为你给朕扫了一回殿，你还要做什么……你不算什么靠山，你光在那儿扫了趟地，你只能是叫净山王啦……哈哈哈哈……""微臣谢主隆恩！""哎，丕显，朕只是说说而已，你谢的什么恩哪？""万岁，微臣我可知道，君无戏言！""嗨，这个……"八王一瞧，乐了，别跟小孩逗闷子了，现在得赶紧审问潘杨讼："叔皇，我看这样吧，既然您的龙口都开了，这个净山王之爵以侄臣之见就授予丕显吧！可是丕显你不能领两个王子的俸禄，万岁钦赐你双王的爵号，你领钱只能是一个王爵的，这你可不能再在金殿上……""微臣谢主隆恩，再谢八千岁！我不能白叫净山王，我还得帮着万岁扫除尘埃奸佞！这份钱万岁您可不用出，我白给您干！微臣我在一旁听审！""好吧，丕显你且先下站班列之中。"宋琪和吕蒙正赶紧召唤丕显。这是他们的学生啊。小丕显你快过来，可以的啦，真能讹皇上啊？这些人怎么嘀嘀咕咕暂且不提。

书中暗表，此书目出在清朝时候，如果是在宋朝，王爵只是尊荣所加的爵号，实际并无俸银可领，俸银的标准是靠使职位阶品秩来定。但在清朝就不同了，清代的亲王都是有标准的月钱的，所以这书里说的观念代表的是清代北京老百姓对古代帝王治国最通俗的解释。

丕显退后，二帝坐在绣龙墩上可就不自在了，怎么呢，和自己最对脾气的这位——老丈人、三公之首掌朝的太师，如今变成阶下囚了。哎呀……怨谁呢？你叫我怎么说你好呢？咱们俩风风雨雨也三十年了，想当初你把闺女嫁到了我的晋王府，我哥哥老主爷也不得不高看你一眼；直到后来——我家兄王偃驾，也是你先站出来出的主意，帮着我登基坐殿。从打我坐江山，我就没亏待过你！你们一家子人高官得做，骏马任骑！在京城里除了我这个皇帝那就得数到你潘洪啦！你以为你称王称霸，朕就真的一点儿都不知道吗？你儿子被杨七郎打死，我一开始也是赞成要给你报仇雪恨，可是杨七郎是个奇人哪！有他这样的猛将在，我的江山社稷就不愁了。我认为你这不过是一家之私仇，从朕的江山社稷大局考量，你怎么能还这么计较呢？好，暗害忠良也罢，公报私仇也好，要是仅仅如此，朕也能饶恕于你，你千不该、万不该，不该私下里联结北国你倒卖我的江山！啊？在大宋朝你是一人之下万人之上，你只不过是就差坐在我的龙椅上了，你还想要什么呀？你联合北国人打进来，灭了我的江山——你就真能做皇上吗？哼！异想天开！想着这些心里话，二帝的脸上是面沉似水。

潘洪走上金殿，心里早就盘算好了，他心里头跟明镜儿似的，我要只是残害忠良，皇上不会把我给抓回来，这一定是有人说我勾结北国。他在乎的是这个，没这个，我把杨家将都赶尽杀绝了他也不会治我的罪！来到殿前，照样儿跟以前一样，双膝跪倒，口称万岁，微臣我冤枉！

〖二回〗

呼延丕显十二岁下边庭锁拿潘仁美，还真就办成啦！小孩将老贼押上了金殿，老贼走上丹墀，往这儿一跪，牙尖嘴利，一路上都想好了怎么狡辩了！潘洪是什么人呢？历侍后周太祖皇帝郭威、世宗柴荣、恭帝柴宗训、大宋的太祖赵匡胤，再加上今天殿前这位二帝赵匡义，已然是五代帝君，什么风雨没见过？多少次生死攸关，都叫他闯过来了。二帝一问话，老贼先喊冤：我冤哪！

皇上差点儿没气乐了，你还有脸说自己冤哪，瞧瞧你干的这些事！"潘洪，还敢诡辩说你自己冤枉？今有百灵侯杨延昭在金殿上将御状告下，告你潘洪十大罪状！朕问你，你如何在雁门关前挟私报复、谋害忠良？"这就叫龙楼御审，我问你，你回答，你招认之后，签字画押，我就好治你的罪了。潘仁美跪在地上，一点儿都没含糊，"万岁，老臣我冤枉！我与杨继业有私仇不假，但是微臣在前敌派兵选将，迎敌出征，绝无半点徇私报复！他杨延昭这是诬告！杨家父子贪功冒进，被困在两狼山中，音讯皆无，老夫料定这杨六郎必是偷生投敌。前些日子他勾结辽帅，要诈开雁门不成，这才回到京城恶人先告状！臣启万岁，切莫轻信这奸人所言！如今老臣我被锁拿进京，边塞空虚……我恐怕北国的大军不日就要强攻雁门！"嚯，让他这么一狡辩，反而是杨六郎恶人先告状啦。

哟嚯！二帝一听……这么一听，好像还有点儿道理。这话回得是滴水不漏，你们说我潘洪挟私报复，我还说你杨家父子是叛国投敌呢！"哼哼……潘洪，那朕再问你，你如何在阵前结党营私、排挤朝臣，伙同贺朝觐、刘文裕和子侄亲信一同逼战？""万岁！要说结党，可不是微臣我潘洪所为！他杨继业和呼延赞是一个头磕在地上的把兄弟，呼延赞这个监军，处处与微臣为难作对，我在军中是军纪不明，令不能行，禁不能止，他杨七郎竟敢直闯辕门、扭断生死牌！请问万岁，您看是我潘洪结党，还是他杨家结党？"得，这个话也回得二帝是哑口无言。对呀，你们两边儿谁没结党哇？"好，朕再问你，你是如何在雁门关前逼迫令公黑道日出兵强攻，勾结敌军，图谋不轨！"

"万岁，谁说我勾结敌军？谁说我图谋不轨？但不知有何凭据？微臣挂帅在边关与北国交兵，他杨继业父子三人是三营的先锋官，不叫他父子前去迎敌作战，难道要微臣自己上阵不成？""好，就算你说得对，可是令公父子回师，你为何据守陀螺台，封锁道路，不许令公父子回营？""万岁，您问得好！当日杨继业父子出征，百般推托，是微臣再三陈词，他父子三人才肯率领本部人马出征北国。可是到在疆场之上，杨六郎兵不血刃，接连战败北国十八员大将，却没斩杀一人，北国元帅与杨家父子约在陈家谷口坐谈战阵枪法。是微臣麾下的探马刺得，回营报与微臣得知，老臣我担心杨家父子与北国勾结，不得已严守关城道路，怕杨家父子勾结北国人回来诈开关城，所以才不让他们父子回营！万岁，您要是在边关，听说这样的事儿，微臣我问问您，您该怎么办？""唉……令公满门忠良，岂能在阵前与北国人结盟？你误听他人之言，岂能就此拦挡于杨家父子呢？""万岁，您这么说老臣就不明白了。他杨继业是忠良，难道说我潘仁美就不是忠良了么？您不是也一样听信了别人所言就把我绑缚起来押送回京了吗？您今日能疑于效忠您二十年的微臣，当日微臣岂能不疑他杨家父子？"

哎哟，把皇上给噎在这儿了。是啊！"嗯……你闭关逼战、陷没全军总是有的！""哎呀，万岁，这么说臣可就更冤枉啦！杨继业非要表明心迹，说要将关前的辽兵杀退以示对万岁您的忠心，我说令公您只要拿住韩昌一人足以表明忠心，切不可孤军深入。谁知杨继业一意孤行，最后兵困两狼山，致使全军覆没。万岁，我用兵不善是真，但两军交兵，胜败本是常事，谁能料胜而不料败呢？"哎，也对啊！"啊，好，就算你说得对，可是令公被困两狼山，你为何按兵不救，贻误军机？""万岁，说我按兵不假，说我不救就不对了。微臣派出三队人马前去强攻山头，都不能成功。头一队人马主将便是老国舅贺怀浦，这位跟令公可是多年的交情儿，老国舅孤胆犯险，最后丧命两狼山前！万岁，尸身已然运回京师，您可派人查验。如此三番，皆是老臣我麾下的重将，死伤不小，可以说微臣我本领不济，不能救回令公，可不是微臣有意不救。后来北国人窥伺边防，微臣实在不敢再分兵。总不能为了救回杨继业父子把雁门关丢了吧？"

八王在二帝跟前直着急，这老贼牙尖嘴利，你哪能这么问呢？这么问下去，迟早他得翻案！八王站起来了，走到前面拿手一指潘洪："嘟！大胆的老贼，潘仁美！铁证如山你还敢巧言舌辩、弄逞雌黄！那杨七郎回关搬兵求救，你不但不发救兵，反而将杨七郎拿酒灌醉，绑在花标柱乱箭射死！你滥行军律，擅杀大将，你以为能瞒得住吗？"潘仁美眼珠一转，哈哈一笑，"哈哈哈哈……八千岁，这么说您可就是被人糊弄了。杨七郎没死啊，他在两狼山前被北国人拿住，贪生怕死，已经归顺了北国。这个，边关将士谁都知道啊！至于说被微臣射死的那个人，可不是杨七郎，而是一个相貌与杨七郎十分相似的北国人，名叫刘子裕。这个人，曾经冒充杨七郎夜劫中军大营，他到雁门关，是为了诈开城池好攻破边关，被老臣识破，所以才射死在辕门。"刘子裕的事儿，八王听杨六郎说过了，知道是和杨七郎相貌相似。所以潘仁美这么一说，八王也一时找不到词儿了，气得直将自己怀中的金锏。

呼延丕显在一旁站着越听越不对，"呸！老贼，你还埋伏下人马害死我爹呢，这你还能抵赖吗？"潘洪拿眼睛斜着瞟了一眼呼延丕显，心里说，好你个呼延丕显，你把老夫我蒙得可以呀！"呵呵呵呵……没错，靠山王呼延赞是死了，也的确是死在微臣我的雁门关大营之中。可是微臣我已经修表进京上达圣听了，呼延赞是怎么死的？他的尸身我已经派人给押送回来啦，呼延王爷的身上连一处伤痕都没有，你们查验过没有？他哪儿是被我害死的，他是听说杨家父子叛国投敌以后生生给气死的！"潘洪这么一说，呼延丕显和八王都受不了了，八王拿铜指着老贼："潘仁美，你敢如此的信口胡言！我把你个老奸贼……"怀中的金铜可抡起来了，这是要真打啊！都气糊涂啦！二帝一看，"嗯？皇侄，金殿之上休得无礼！"

八王气得是直跺脚啊："叔皇啊叔皇，这个八王我也不要啦！想当初都是您误信谗言，猜疑老臣和皇侄我，您就让老贼潘洪执掌兵权，才有今日之祸！您扪心自问，杨老令公到底是死在谁的手里？就是死在您的圣旨之下！您不要忘了，他老令公的大儿子在金沙滩前替主赴会，人家是替您死的！您非得说他潘洪是忠臣，可董家林、黄土坡前他潘洪先跑了！他潘家有谁曾经替您死过呢？今天我不打死老贼，不能解侄儿我心头之恨！咱们叔侄俩也对不住人家老令公父子的一片赤诚哇！"说完了，真的是没办法了，嗷……泣不成声。众家老臣上前相劝，二帝低头不语，也真不知道说什么好。八王真是豁出去啦，不听大家伙儿的劝阻，一仰脸儿，血贯瞳仁！快成兔儿爷啦！"万岁，叔皇，侄臣斗胆，请旨监斩老贼潘仁美！"好嘛，您干脆甭问啦，杀吧！高高举起了自己的金铜。您只要是说不成，我就豁出去抽他老贼了。金殿之上，老贼潘洪的党羽都给吓傻了，没人敢言语，谁敢说话八王就真能拿金铜抽谁！所有人都低着头在那打哆嗦。殿前一班忠臣良将知道这时候不能躲着，无不高声应和："八千岁说得对！绝不能轻饶了老贼潘仁美，要给杨家将报仇！"大家伙儿一嚷嚷，八王这口气算是能顺顺。皇上一看这阵势，心里头也二乎，连忙站起身形："啊，众位卿家，暂歇高谈阔论。朕以为，谁是谁非，还要细细审问明了方能定夺是非责罚……"

哎，就在这个时候，金殿下有黄门官来报："启奏万岁，殿下有天波府无佞侯佘老太君和百灵侯杨景要上殿面君！"皇上心想，得了，这还不够乱哪？没办法，也只能是宣杨家母子上殿。佘太君领着六郎就进了金殿，来到台前，龙头拐杖点了三点，杨六郎跪倒磕头。"哎呀，六将军免礼平身，老太君，您今天上殿所为何事啊？"老太太看了看跪在旁边的潘洪潘仁美，面沉似水，"万岁，老臣我在家听说扫殿侯呼延丕显已然将叛臣潘洪捉拿回京，故此特来瞧瞧万岁您准备如何处置。""噢，不错，呼延小爱卿已然将潘仁美拿解回京，您瞧，这不在金殿上跪着呢吗？方才朕正在审问潘洪，十大罪状，潘仁美拒不招认，老太君，要是依着您说，朕应当如何处置呢？"

还得说佘太君，不慌不忙，走到老贼潘仁美的面前，眼前就是仇人，老太太强忍怒火："嗯，潘洪，旁的我不问你，我只问你，你身为三军司命，为报私仇逼战两狼山，陷没全军将士，又私通北国要倒卖宋室江山。这十大罪状，你认还是不认？"潘仁美还假装糊涂呢："嗯？无佞侯，你是听谁说的？这些事都跟老夫我无关！你们凭什么说我要倒卖宋室江山？我要是想反皇上，怎么雁门关还没丢呢？"佘太君微微一笑："好，你不认罪就好！我再问你一句，你敢连说三句不认罪吗？"老贼这会儿就得硬扛到底啦："哈哈哈哈，佘赛花，这有何不敢，老夫不认，不认！这十大罪状，全都与我无关，我潘洪……哇呀呀呀呀……就是，不认哪！"

再看老太太，脸上越来越见笑模样，转过头来跟皇上说："万岁，按照咱大宋的刑律，犯下叛国之罪拒不招认者只有死罪一条，这没错吧？"皇上一愣，"哦，太君，不……不错……可是这案情尚未审清问明，老太师自己方才的辩白，也可说是有些道理哇……"老太君一躬身儿："万岁，正是如此！此案我们是原告，潘太师是被告，御状我们告下，您已然接了状子，可这谁是谁非不是今天在金銮殿上一时能说得清的。依微臣之见，请万岁您将此案发到三法司刑狱断讼，将此案审清问明，我和六儿杨景在家坐等开堂问案！可是万岁您可得记住喽，潘洪他此刻拒不招认，日后如果说此案审结，他可没有再讨活命的机会……谁来求情也没用！潘仁美，你听明白了没有？"老贼把脸一别，老夫我没招过，看你能怎么着？

皇上也没太理会，这会儿十大罪状不能问明，皇上还真没在意老太太这一说，嗯嗯，好好……老太君一阵冷笑，一把抓住六郎的手，朝大殿正中

佘太君

间走过来，手中龙头拐杖往地上一杵！咣当，当间儿的金砖碎裂！声震大殿，鸦雀无声……都老实了，皇上和八王都看太君。老太太慢慢看了看列位朝臣："八千岁，老相爷、吕状元、列位大学士、各位将军……你们都要给我这原告做证，潘太师拒不招认，一旦查实，他，可没有活命之机！"八王猛然间听明白了，连连点头，和众家朝臣施礼答应："老太君您放心，我们都是您的人证，潘洪拒不认罪，一经查实，有死无活！""哼哼，好！老身我信得过列位大人。如若审清问明此案，是我杨家胜诉，可是当今赦免了老贼的死罪，逃得活命。列位老大人哪……哼哼哼……你们又该当如何？"首相宋琪一听，知道这是老太君跟我们要一句话呢。上阵打仗刀头舔血我们做不到，惩办奸邪我们还做不到吗？那还是人吗？"老太君您放心，假如说案情审结，老贼十大罪状罪名属实，我等皆保死刑执行，不能执行，本相我首先请旨辞官，我拿我这顶乌纱帽做保，您看可好？""如此多谢宋相爷。"

皇上这会儿看了看两旁边的文武百官，他就琢磨上了，嘶……我到底该请谁来审问好呢？前文书说过，大宋朝的刑狱衙门分大理寺、御史台和开封府三家儿，老百姓打官司都上开封府，可潘杨两家儿都是国家重臣，这是因国事而起的诉讼，不能交由开封府审理。按说，大理寺和御史台都可以接这个案子，潘杨两家儿位高爵显，只有专门纠察百官善恶的御史台衙门才能够审问得了哇。想到这儿，二帝雍熙王往台下扫了一眼，御史台分为左右二台，俗称西台和南台，南台主管都察州城府县，西台主百司军旅，这个案子，依律当由西台御史来审理。

想到这儿皇上就说了："好吧，无佞侯说得对，这个案子得先由三法司刑狱断讼，朕以为，此案涉及朝中重臣，开封府……不宜过问；大理寺也不便开堂庭审；这么办吧，此案先交由御史台衙门来审问查办，你们……"皇上这话还没说完，还剩半句咽在嗓子里，这个意思就是说，你们三位御史看看，你们谁来接这个案子呢？

怎么是三位呢？头一位是御史台的总头儿御史大夫，另两位是御史大夫的助手。御史大夫就是韩连，俩助手就是两位御史中丞，一个在左院一个在右院，喊惯了，俗称南台和西台。御史大夫韩连的官署在皇城大内，便于直通内殿向皇上打小报告,他不在外设的衙署里办公。这南台御史是黄玉，西台御史名叫刘定，分管御史台衙门的左右院儿。御史台紧挨着皇城，把着西南角儿，紧南边儿冲着大街开门儿，这意思是准许老百姓也能来听听审。南台衙门这儿主理州城府县各地官员的案子，有民告官，就都跟这儿办了。西台呢，紧挨着南台衙署东边儿，是坐西、面朝东,面向皇城大门口儿开门儿。素常老百姓没事并不打这衙门口儿前过，可是够品级的官员素常上下朝会从这门口儿过。哎，所以这个衙门是另一位御史中丞来做主审官，专门审理京官——尤其是各军武将之间的刑狱案件。

如今南台御史黄玉你让他蹚这趟浑水他也不敢，为什么呢？潘杨讼这个事儿，从呼延丕显拿住潘洪往回押送的时候，雁门关就有快马报事跑回了东京把这个事告诉了西宫娘娘。潘娘娘呢就赶紧回家找潘洪的夫人、自己的"亲妈"商量如何搭救老爸爸，这天潘家一党的人也就差不多都到了，南台御史黄玉、御史大夫韩连、户部尚书胡旦、太常寺正卿窦严、卫国公赵赞、楚国公侯章……这些位就都来了。大伙儿这么一凑主意，黄玉就听明白了，啊？自己的姐夫？在边关可惹了祸啦！怎么敢把金刀令公杨继业父子全给害死了？这还了得吗？黄玉胆儿小，打这儿起就成心躲着潘家一党了，自己的姐姐派人来喊都不去了，就怕给自己身上也惹来祸端，铁了心要明哲保身。我啊，我混到今天容易吗我？是，我是靠着我姐姐、姐夫潘仁美的裙带关系才可能坐到今天的高位，可我也是有真才实学的哇，当初我是真的用功考取了功名啦。如今潘杨讼结果不明，我要是接了这案子，我怎么审？我向着我姐夫？满朝文武谁不知道哇？得嘞，我啊，我躲喽！一缩脖儿，忍着，就差连气儿都不喘啦。

那么御史大夫呢？御史台的总头儿韩连？韩连当年就是老贼亲自提拔起来的，谁都知道！前文书说到过这位，当初跟着潘洪绕走幽州城一大圈儿，差点儿没当场气绝，可落下病根儿了——当面是怕老贼，背后？避之犹恐不及！就怕粘上。这会儿一瞧，黄玉是潘洪的小舅子，他都缩脖儿蔫儿溜啦？

噢，你们家自己人都不吱声儿，我干吗啊？连眼皮都不敢眨，生怕皇上看出来自己是个活的，一动不动，木雕泥塑一般。皇上一看，这二位一个劲儿地往后闪，低头不语，心里有气，刚想再说话叫这俩货出来……就有人搭茬儿了："吾皇万岁万万岁！微臣不才，愿请旨主审潘杨讼！"

哟呵？二帝低头一看，正是西台御史刘定。这位？往常说最不看好，要什么没什么，今日儿个竟然胆敢自己出来接旨问案？"嗯？好！好！好！刘爱卿，潘杨讼本来也应当归你西台府来审理，既然爱卿你出班请旨，正好！朕就委派你为本案的钦差御史，这几日的旁务移交南台，你就专门审理潘杨两家儿的争讼，务必审清问明！""微臣接旨，谢主隆恩。"

这位什么人呢？在京戏的戏文里这个人物就没名儿，太宗、八王都管他叫刘御史。老书传下来说得比较明白，西台御史名叫刘定，字表致远，三榜进士出身，按年头儿一步一步做到了要职，开头儿做官儿做得还不错。这得说最近这两年，这位也开了窍儿了，知道上下活动活动门路儿。哎，和潘洪一党走得比较近乎，和一些忠良老臣呢，也不敢疏远，时不常地也得来往来往。像什么宋琪啊、苗崇善啊、李昉啊、张齐贤哇，接长不短儿地也老去探望探望。刘定会办事儿，自己常去逛逛旧书市，买到珍稀的善本古籍，就往这些老翰林家里头送。老学究们虽说有点儿不乐意跟这样的人多来往，可是架不住稀罕这些古书字画儿，真喜欢，刘定还真就能投其所好！得，拿人家的了，您多少心里……一来二去，也多少要照看下儿这位刘定。西台御史空缺，老贼潘洪一党吃了不少的好处，一说要提拔他，其他的老臣们也不反对——这刘定刘大人有真才实学，潘党举荐，我们也不能是潘党举荐就都投反对票，那也太露骨啦！得嘞，这个人情儿就应当卖给这样儿的。

今天没人敢接潘杨讼，怎么刘御史他就敢呢？这就得说这位的人性，叫要钱不要命。他一看这局势，就知道大宋国朝打从这个案子开始，朝里的品级要员就得重新刷洗一遍。要是案子审问完了，潘仁美输了，不用问，连带这些位御史、主事就都得下，有的还得一块儿吃罪。这么一来，这阵势就变了，开国老臣们的势力还得回来。那么要是杨六郎输了呢？老贼潘洪自然还得官复原职，不但说重新担任扫北大帅之职，弄不好还能得个王子。所以说这个案子审问得怎么样，关系到皇上今后用人的大事！我刘定本来没什么本事，还不是靠着几位抬举我上来，今后我要是没什么错儿，可以说混到日子，致仕还乡，这辈子也就是这么个福分啦……我还能再往上爬吗？可是我要是接审这个案子就不一样了，我要是能做这个主——皇上他老人家想顾哪头儿，还不得跟我商量吗？八王呢，也得找我呀，天波府不得找我吗？这么一来，别的不管，我先得实惠的。等这个案子审下来，真定了谁赢谁输的时候，哈哈！哪一家儿赢了不都得感谢我吗？可是输了的那头儿呢，那我也不用怕啦！这一案输了，就再也甭打算翻身啦，我这实惠是落着啦！嗨，原来他是这么想的。

刘御史领旨下朝回府，该办理的手续什么的就不说了——直接先把老贼潘仁美押送到了御史台衙门里的大牢。刘定先调来杨六郎的状子，仔细地审阅，另有呼延丕显交来的文书，详细叙述着如何如何擒拿潘洪，押解回京，等等。然后刘御史就把这些文件都归置到一块儿，请师爷给建一个档案，这就算潘杨讼的卷宗了。把这些繁冗的手续都办好了，刘定美美地沏上一壶好茶，自己在书房里这么一坐……等什么呢？等人来找他托人情儿呢。

他就准知道，我明天一早就要开堂问案，今天晚上你们两边就得来人来找我托人情儿，或者说委托一位中间人来替你们说话，这都成，反正是你得来人来！吩咐管家："你去，你到大门儿那儿盯着点儿，叫把门儿的都别歇着呢先，省得来人一叫门他们几个还得现套衣裳、蹬靴子。就说我说的，今日儿个晚上准有贵客到访，都别歇着，候着！""好嘞，老爷，您啥时候学得能掐会算啦？我这就去……""慢着，你再去叫家院们找几个身强力壮的，都别睡觉，跟铺房里坐着等着，再把库房门儿也给打开，等我信儿！我还告诉你，待会儿来人一准儿不会空手儿来，你在大门盯着，来人押送来的物件儿，一刻也别耽搁，你直接收下礼单，东西立马送库房里，甭叫闲杂人瞧见。""得嘞！擎儿好啵。"

可是坐在这儿左等也不来，右等也不见人来，手下人不敢催问哪，一直等到三更天都过了，还是没人登门。嗯？刘定很纳闷儿，怎么个茬儿呢？哦……都嫌我官职小，瞧不起我？我刘定只是一个从四品的御史，他们两家儿连家将门生都是正四品的官儿……嘿嘿，我叫你们瞧不起我，好办，搁着这个，咱明日儿个公堂之上再说！

〖三回〗

第二天一早，西台御史衙门正式开堂审问潘杨讼，从监牢里提出来老贼潘洪，又派人到天波府带来了原告杨六郎，原被告双方都带到堂上，刘御史就要开堂问案。

杨六郎到堂前很规矩，见到刘御史躬身施礼，然后往旁边儿侧身儿一站。刘御史一瞧，好，你给我脸，我就先还给你，"来呀，给郡马看座！""哎呀，刘大人，您现在是奉旨问案，在堂上哪里有末将我的座位？""郡马爷，您这就太客气了！虽说这是在御史台衙门里的公堂之上，可是您不是犯人，也不是证人，您是原告。请您来，只是这么一个过场儿，您必得到。这头一堂您来，往后还不叫您来了哪！请您落座也是咱们大堂上的规矩。""哦，如此一说，末将就斗胆啦。""您受累坐会儿！来呀，带人犯潘仁美！"哗啷哗啷哗啷……潘仁美拖着手铐脚镣就上来了。老贼过去狂惯了，能把刘定放眼里吗？双手端着手铐，把大嘴一撇，都不正眼儿瞧。把刘定给气得，好你个潘洪，我知道你势力大，你也不能这么傲慢哪！您现在的性命就攥在我手里哇，我说你能活，你就能活，我说你该死，皇上就能杀了！手底下惊堂木一拍，"嘟！人犯潘洪！来到本御史的堂前，你因何立而不跪？"

再看老贼，细三角眼微微睁开缝儿："哼哼哼哼……小刘定儿，你算个什么东西？老夫官居当朝一品，执掌朝堂纲纪，你敢让我跪你？哼！真真岂有此理！""哎？你这……"刘定说不出话来了，好嘛，您比我还横？咱俩谁审谁呀？"好你个人犯潘洪，来到本官堂前，不尊礼法，还敢咆哮公堂？来呀！与我重责……十下儿！"干吗还十下儿哪？知道势力大，不为了真打你，就为了吓唬吓唬你。啊？潘洪愣了，哟嗬？这个刘定成啊。"唉，刘御史，你怎么如此问案哪？此案你还没问呢，为何就要责打老夫呢？"刘定心说，我干吗打你，你呀，你知道不了，你回头问问你闺女和你老婆去吧！哼……老抠门儿呗！"嘿嘿嘿……潘仁美，你的案子还用审吗？满东京城谁不知道你呀？当初天齐庙中杨七郎打死你三儿子潘豹，你一直怀恨在心，惦记着如何报仇。我看，不打你你是不知道王法森严！来呀，何故迟疑，给我打！"真不含糊，差役人等早就等着你下令哪！过来一架潘仁美就往下带。好么，把潘仁美给气得直哆嗦，"好你个狗官！你这是滥用私刑！"

这边儿刚把潘洪给拖下去，那边儿，大堂的中门被人给蹚开，一群人是蜂拥而至。为首是一个太监，急匆匆走进公堂，高声喝喊："嘿！嘿！刘大人哪，您且慢用刑……咱家可是刚到哇，您先给咱家搬把椅子啵！"一边儿着急往里走，一边给刘致远挤眼睛。刘御史一瞧见这做派就哆嗦，都习惯啦。"啊？啊，好好，哎呀，您看，下官我也不知道您要来哇？啊……您是……""呵呵，刘大人啊，咱们以前也见过，咱家乃是西宫大总管王继恩[①]，今日儿个咱家到您这个御史台衙门来瞧瞧，啊，咱家就是来瞧瞧……"一边念叨着，一边给刘致远使眼色。刘致远明白了，这是跟我有别的说的？哦，好好，那这样儿吧！"来呀，杖刑暂免，咱们先退堂！"六郎想问，压根儿没人理他，呼啦嗞……老贼也不知道叫差役们架到哪儿去了，刘御史和老太监直接就往后堂。大堂上就剩下自己啦？就这么，头一堂就算是过了。

[①] 史有其人，历史上也的确是北宋太宗宠幸的宦官，在太宗抢先即位的过程中起到了关键性的作用。评书原本的口述记录本来是"王承恩"，王承恩是明代末年宦官，最后陪同崇祯自缢于煤山。老北京歇后语"喊了王承恩了"，意谓最后实在没别的办法了。书中董家林一段，佘太君认为只有下策可用时说了句"喊了王承恩了"，结果押粮运草官正是太监王承恩。而历史上雍熙北伐督管粮草的正是王继恩。因此此处根据历史原型更改为王继恩。

杨六郎

大总管王继恩和刘御史进了后堂书房，老太监可就变成满脸堆笑的模样了："哈哈哈哈……恭喜刘大人，贺喜刘大人，我看刘大人你就要高升啦！""哎哟，公公，您是跟我开玩笑哪，我不过是一个小小的御史嘛，还能高升什么哪？""哼哼哼哼……"王公公嘴里不阴不阳，冷笑着自己找把椅子坐下来，示意自己的亲随把礼单给拿上来，自己接过来，连看都不带看的，"嗯，你先瞅瞅吧！"

刘定接过来低头这么一看，吧！成啊，这回这西宫娘娘可真出血啊！嚯！珍宝古玩金银无数哇！他这儿正瞅着呢，那头儿就给挑进来啦！一个一个小太监给挑进来，一个一个箱子，王公公给一个一个打开看，"刘大人，您都一件儿一件儿看好喽，全须全尾儿，完璧无瑕，可都给您安放好啦啊！"刘致远跟着瞧都瞧花眼了，一个劲儿地千恩万谢，"哎哟，真是，真是，都是娘娘照看下官哇。""这个话刘大人就甭跟我说啦，我再提几句别的。我说刘大人，潘老太师在朝中门生过千，这你是知道的；再者说潘娘娘在宫中……呵呵，可说是说一不二。娘娘就吩咐咱家跟您说一声儿，这个案子，该怎么办想你刘大人是清楚的——你办好了，将来前程无量。你办砸了，刘大人……还用咱家我说，您自个儿明白！"嚯，这话说得挺横！说完了，公公站起来，也不客气了，甩着蝇甩子就走了。

刘致远跟在后边躬身相送，一直给送到府门外。再等回到后堂，来到自己的书房，把门都捂严实了，把屋里所有的灯都点着喽——就怕瞧不真儿！自己挨个儿把太监给送来的礼物盒子都给打开喽，嚯！光彩照人儿，仔仔细细一一对照礼单都再核对了一遍。

哎，您看这人就这样儿，爱财的他未必爱花钱，就爱跟这儿点钱，越清点心里越美。都核对好了，礼品匣子一件一件都塞到了自己的书柜后头，码起来，都摞在一块儿，盒子跟盒子边角儿都得对齐了……左端详，右端详，对着盒子连喝了三壶茶。这才再坐回到书案前，瞧瞧案子的卷宗，一推。干脆，对着王继恩给自己的礼单，又照抄了一份儿。翻过来调过去地看，嗯？还不踏实，又还在下边加上自己的落款，写好了日期，哪年哪月哪日什么时辰，是谁来到我御史台衙门后堂，送来了这些珍玩、宝器、金银，等等，余逐一查点核实，复录一份于书斋，斯时月明云淡，余唏嘘不已，不意饮茶过斗……落款，钤印——防伪还用自己的花押签署。礼单原件儿收存在书架中，这张，塞到自己的袖中，打算没事儿的时候就取出来翻翻看，让自己再高兴高兴。

真就是为了自己没事看看吗？当然不是！这刘大人是个索贿受贿的老油条啦，自己给自己再揣上一份潘家的礼单，一旦要说杨家派人给送礼来，自己就假装不小心掉落自己抄的这一份儿礼单，好让杨家人瞅瞅。哎，你们也瞧瞧，要想案子占理，你们的礼可得高过潘家去！这是官场积习，刘大人深谙此道。刚才抄写的时候还给多写了几条，有的没的多写了好几样儿，那意思是杨家人得着这单子，回头得按这个单子来置办，自己还不是写多少是多少吗？

到第二天，照样儿还升堂问案，这回不同了，人犯先带上堂。刘大人张嘴就透着客气："潘太师哪，您是为国操劳一辈子了，到最后摊上这么个官司，您可别急，是非善恶，下官我一定能审问清楚，您先受点委屈，您在这儿坐会儿。"潘仁美知道啊，我闺女给你送了那么多金银珠宝哪，这钱没白花。哼！你这个贪官，你等着，我这钱是那么好拿的吗？只要老夫我这个关过去了，回头我饶不了你！心里这么想，可是嘴上什么都不说了，一屁股就坐在椅子上，瞧着这刘御史你怎么问案。

待会儿杨六郎也给带到了，刘致远也很客气，"来来，也给郡马抬把椅子过来，郡马您请坐！"六郎一看，今日儿个不一样了啊，老贼潘洪也在这有座儿？六郎没多说，也坐下来了。嘿，这案子审问得有点意思，问案官和原被告都坐着，就跟刘御史要请客似的。

刘致远回到自己公案之后，把六郎的这份状子给举起来了，"杨郡马，本御史有话问你，你状告当朝太师、扫北大帅潘招讨，都是哪些罪状啊？""回大人，状子上都写得明白，末将告潘仁美挟私报复、谋害忠良，结党营私、排挤朝臣，勾结敌军、图谋不轨，退弃营防、脱卖疆土，闭关逼战、陷没全军，按兵不救、贻误军机，滥行军律、擅杀大将，虚捏军情、欺君误国，暗设毒计、戕除监军，窃施酷刑、残害先锋这十大罪状！""噢……好，十大罪状？就这么齐吗？""您可以看看状子，如有不明，您再问我。""啊？哈哈，好，那么我问你，你状告太师十大罪状，你可有人证、物证？""回大人，边关总兵陈林、柴干二位将军可为人证，我兄弟的尸首现掩埋于瓜洲营外黑水河畔七松坡上，还请大人您派人前去起回尸身。""噢，有陈林、柴干二位将军可为人证。好，郡马，那么这陈、柴二将现在何处？"六郎一想，我跟丕显贤弟说过，想着在雁门关找郎家兄弟问陈林、柴干两位贤弟的下落，可是丕显才刚回家，我还不好上门去催……这个么……这么一犹豫，刘致远看出来了，"啊，郡马，这么说来，这人证，您是还没着落呢吧？""啊？这个……回刘大人，此刻尚无着落。不过刘大人，您别急，这二位将军早晚必能找到。我从边关回来的时候，他们二位因为救护末将，不敢回大营。应当是就近找了托身之所，等着我的信儿。"

那么您可能就问了，除了陈林、柴干哥儿俩可以给作证，还有一位哪？就是化名王强的贺驴儿。这就得说这王强是太机灵了，佘老太君在天波府摆箭谏君，六郎这御状算是告成了，六郎也曾带着全家到王强的住处拜谢解救出营、代攒御状之恩。王强就趁着这个时候跟六郎说啦，六弟你告成了御状，为兄我帮你攒得了词讼状子，可是这官司我不能跟着你一块儿打。"哦？王兄，您这个话是从何说起呢？""贤弟，你想啊，愚兄我也是从军营里头跑出来的，我本是代州城里的随军文书，我出来给你作证，那可就害了我啦！得先治我一个私离汛地之罪哇！愚兄可是没有人给保着，我就得丢性命哇。""哦……哎呀，是小弟我思虑不周。您放心，绝不会将您的事说给旁人听。"王强这么说，是因为老贼认得自己。此一番自己要想在南朝扎稳脚跟，就得抱住了杨家这条大腿才行。可是自己也不能在公堂上露脸，这会儿还得忍住喽！等到老贼都给整死了，嘿嘿，满朝堂上也就没人知道我曾经在代州军中现身，我的身份也就好隐瞒下去了。

有这么一节，所以六郎在寻思人证的时候就不敢往王强的身上想了，嘴上就打了一个磕巴，只能琢磨怎么把陈林、柴干这哥儿俩找到。六郎就这么说啦——请大人您容我一些工夫，我早晚得把二位总兵给找回来。

"好，你说人证早晚能找到，本官我先搁着这个茬儿不提。那么我再问你，你说这延嗣将军的尸首……""刘大人，就掩埋在雁门关内的黑水河畔七松坡上，这个没错儿，我听陈林、柴干二位将军说得很明白。""啊？哦……七松坡？好，那么七将军瓜洲大营被箭射而亡，是在哪一天？""噢……"六郎低头这么一掐算，连带呼延丕显下边庭锁拿潘仁美这一段儿，合共是两个月零二十五天，差点儿就仨月啦！刘致远一听，"啊？快仨月啦？嗯，好，好……"刘大人回公案后边儿去了。落座以后，刘御史一皱眉，把惊堂木一拍，"杨郡马，你好大的胆！枉你是忠良之后，皇亲郡马，竟敢虚捏词讼，状告镇边元戎！你可知潘太师被押解进京，这边防要务无人料理，边关可就危在旦夕之间了！""啊？刘大人，您未曾审问案情，何出此言？"

"哼哼，郡马，那我问您，您说杨延嗣杨七将军的尸身被掩埋在边关黑水河畔的七松坡上，好，就算您有这个证据，可是您没算算日子，快仨月了，尸身早已毁坏，埋于土下，虫啃蚁噬，本官我要是真的派出公差前往掘出……仵作还能验证这是谁的尸身吗？好！再说您的人证，您说边关总兵陈林、柴干二将可以给您作证，可是这人还没在公堂，那么郡马爷，您什么时候才能够找到这二位啊？您要是十天没找到人证，难道说将潘老元戎就囚禁在这御史台衙门的监牢内十日？好，十天也就罢了，可要是您三个月还没找到人证……我大宋边关无帅……"刘御史刚刚说到这儿，老贼潘洪听出点音儿来了，"刘大人，老夫我还有冤情待讲！""好，潘老太师，您有话就讲！"

"刘大人，这陈林、柴干二将明明是私离汛地，被老夫我重责四十军棍，对老夫我心存不满，私自逃出边防大营！论公，这陈、柴二将，已经够个死罪啦！所以这二将藏身乡野，不敢露面。刘大人，这个案子您可要秉公审理！他杨延昭有两个人证，可这两个负罪之人一向心存报复。老夫我有十几位证人哪！跟着我一块儿被押回京城的兵部贺司马、代州观察使刘将军、老夫我麾下的十几位将官都能为老夫我作证！""哦？果然如您所说吗？""老夫我身为三军司命，岂能随口戏言？刘大人您把那十几位都传唤到公堂之上，您是一问便知！""好，来人哪！带证人到堂！"啊？六郎心说，这几位明明也是从犯，怎么到你这儿就改了证人啦？

没多大工夫，潘龙、潘虎、潘强、潘祥还有什么贺朝觐、秦肇庆、米进义、刘均齐……这些人全到了。刘御史一看，好么，个个都有品级。贺朝觐，人家是兵部大司马、兵部尚书，国朝正三品，比我可大着好几级哪！潘龙、潘虎是镇殿大将军，圣驾特加正四品的武官，皇亲国戚，也比我大哇！不能怠慢了，按品秩都依次给安排了座位。好嘛，六郎一看甭问案了，摆上酒桌就是宴席啊！既然都来了，你们几个也就说说吧。当朝驸马状告太师这十大罪状，你们都给说说，词讼状纸上说的这些个事……到底他是有还是没有？有这么问的吗？好，挨个来了一遍：挟私报复、谋害忠良，有没有？回御史大人，没有！原代州观察使刘文裕这嘴上很能说，他就全代表了，"大人，潘老元戎乃是两朝的元老，先皇倚为重臣，大宋江山打下来也有怹老人家的一份儿功劳哇！""嗯，有理有理！你接着说。"六郎气得，心说这是"有理"吗？这是"有礼"啦！

刘文裕接茬白话："御史大人，您想啊，潘大帅是和杨家将有打子之仇，可是这军前谁是总监军呢？是他杨令公的结义弟兄靠山王千岁呼延赞！据我所知，这呼延赞带兵到了雁门关，非但说不肯听令于潘大帅，还自己领着先锋营单在西面扎营，这三路先锋官和监军都不在帅帐之下听令，大人，您说大帅要想害人，他怎么能够呢？""哎，这个就不对了吧，不在大营里驻扎，该听令出征还得出征啊，你怎么能说杨家父子不听令于太师呢？""嗨！御史大人，您是没在军前您不知道啊，求他杨家父子出马临敌可别提有多难啦！这不是吗，北国人送来了战书，要在两狼山前摆阵会战，我家潘大帅已然签好了回书，等擂鼓聚将请杨老令公这几位过营一商议……您猜怎么着？老令公就这么一摆手，不去！""哦？这是抗令不遵？""那可不是吗？可是我家老元戎哪儿能按军法惩办呢？这不是走的时候万岁有言在先吗？你们两家儿，虽说有私仇在前，可是国事为重，潘杨两家要协力同心！这不是吗，就为皇上这句话，潘大帅可以说是处处小心啊！为了和杨老令公和好如初，我家大帅特意在中军大帐中摆下酒宴，邀请靠山王呼延千岁和令公父子过营，在酒席宴前就把话给挑明了，咱们两家儿私仇归私仇，国事还得按国事来办！大帅说得好哇，如今是大敌当前，咱们两家儿得放下私怨，同仇敌忾！等把北国人都赶出边塞啦，咱们再说私仇的事！刘大人，不信您问问郡马，这顿饭这个事到底有没有？"

"嗯，是该问问，郡马……"刘定别过脸来看六郎，六郎这脸都快气歪啦！也没别的说的，"哼，回刘大人，老贼潘洪确是设摆了此宴，可是……""郡马，旁的先不用说啦，有这个事就好，啊，刘将军您接着说您的证言。"刘文裕就说啦："御史大人，您看看果真如此吧？我家元帅令不能行、禁不能止，这个元帅当得太不容易啦！好，山说海说，好说歹说，总算是把老令公给说动啦，答应大帅说次日到山前应战。可是您说怎么着？到在两军阵前，这位七将军出马，把敌将打下马来，却不伤其分毫，当场就给放回去了！不但七将军是这样，这六将军郡马也是如此啊，他接连战败了十七员北国的大将，按说够勇猛的啦，嗨，一个也没伤着，都给放回去了……最那什么的，您不知道哇，郡马和辽国的元帅韩昌对战，人家两位不论刀枪真招实战，人家就在这战场上啊，卸却了铠甲，就坐在地上，空口谈战阵！刘大人，两国交兵，这叫以性命相搏！您说，有这么打仗的吗？郡马，您连战十七员战将，一个都没要他们的性命，我说的这是实事不是？"杨六郎哪儿有他这套口词啊，"嗯……御史大人，刘观察所讲，都是实情！不过，末将在前敌，不肯伤敌将的性命，乃是我与家父商议好的一个退兵之策，不料，潘元帅强逼我先锋营进兵两狼山，这条计策也就无用了。"刘致远说："郡马，讲兵法，下官我可不敢在您的面前班门弄斧，可是要说阵前不伤敌将这是您商量好的退兵之策，下官我倒有一问，您就有这么大的能耐，您能疆场得胜还能不伤人命？再者说，北国的元帅说是要和您坐谈战阵，您就真和他这么谈啊？要这么说，潘元帅怕你父子勾结敌军，怕你们引狼入室……也不无道理啊？"

　　啊？六郎是真急啦，"刘大人，岂能听这等小人的胡言乱语？我父子拼尽性命在疆场作战，他潘洪在大营里结党营私、排挤朝臣！这，他还能抵赖不成？"刘致远还没接话呢，刘文裕先说了："呵呵，郡马，您说的结党，我们可得问问您，谁和谁结党？在你们的西营之中，靠山王呼延千岁，火山王杨老令公，你们是两家王驾，各统精兵，不服中军调度。元帅发下军令，呼延千岁就敢举着他那镔铁鞭愣把潘大帅的军令给改喽。你们还和太原侯老国舅爷贺怀浦是好朋友，你们三家相互通气，要说什么话都一块说，要出征都一块儿去，这个三军儿郎哪个不知、谁人不晓？您还说是我们老太师结党。我家大帅潘老太师岂能说是结党？哦，难道说您不明白？潘龙将军，潘虎将军，潘章将军，潘祥将军，那都是太师的亲儿子、亲侄子！这些位都是潘家的子弟兵！许你们出征叫杨家将，就不许我们太师出兵领着潘家军吗？太师这算是结党吗？打仗父子、叔侄一齐上阵，为国效力！秦肇庆将军，米进义将军，这都是太师的义子干儿！太师结的什么党？太师这就叫结党？那最早结党的就是你们杨家将！"

〖四回〗

六郎真急了，"刘文裕，你，你这是强词夺理！潘仁美私通北国，勾结敌军，图谋不轨！要不是他和北国暗通书信往来，北国大军怎么能在两狼山把我父子困住？又怎么能知道我父子必进虎口交牙峪？老贼！你究竟有何图谋？还不肯当堂招来？"

潘洪脸上一抽。自己和北国有书信往来，这个事做得很严密，自己身边的人也不全清楚。管送信来往的，一个，是北国银宗女皇秘密派来的细作信使王强；再有，就是我这几个最贴心的干儿子，秦肇庆送过，他不会泄露，刘均齐送过，他更不可能泄露机密……嗯，还有一个潘定安，这小子……哎？这个潘定安不知道怎么回事，到最后一天这小子人就没了！难道是他？不对！杨延昭回京告状的时候，这几个人还有那潘定安都在我的眼前儿啊！再者说，就算是他们有这心，只要是我的案子还没定罪，他们怎么敢招供呢？他们不敢哪！我的案子就审结了，我是当朝国丈，未必就能定个死罪，可是这几个小子私通北国必定得是死罪呀！他杨六郎是怎么知道的呢？

再看老贼这脸上，慢慢开始皮笑肉不笑，"呵呵呵……杨六！你说我勾结北国的韩昌，你有何凭据？""这个……"杨六郎心说，我有人证，但是他不能来！"你说不出来吧？你这才是欺君罔上！要说勾结北国，老夫我倒是怀疑你啊，那韩昌和你对阵，明明已经是摘盔卸甲，你为何不一枪把他扎死？如果你当时就果断地斩杀了敌国的主帅，还会有后来的这些事吗？

在阵前，你二人何故还要坐谈战阵？杨六，有这个必要吗？你父子被困两狼山虎口交牙峪，那可是你自己说的！谁能作证？好，就算是真的，你父子被困两狼山——可你是怎么出来的？你能逃出来，你父杨继业为什么没出来？我们都知道，北国这一趟来攻打雁门关，人家战书之上写得明白，说是要'索要河东地，恩收杨家将'！人家是要来招你们父子归顺北国哪！三军儿郎死伤无数，怎么独你自己能活命逃出两狼山？老夫我说你是诈开我雁门关，打算里应外合倒卖我大宋的疆土，难道说就一点儿理由都没有吗？好，现在是问案子，你就说说吧，你到底是如何逃出的两狼山？""啊？这个么……"还真叫老贼给问住了。六郎心说，要是没我八弟给我换上北国军卒的衣帽，我哪儿能再闯出两狼山的十二道连营呢？可是我不能说实话，我要是说了实话，我八弟已然偷生化名归顺了北国，我们家又得多这么一条罪责哇，我就更说不清啦！六郎也的确是有亏心的地方。

　　"潘仁美，你逞巧言舌辩之功，也掩盖不了你退弃营防、脱卖疆土之罪！我逃出两狼山，本打算回营求取救兵，可是你擅自挪走寒鸦岭外的大营，退军到雁门关内，你可知关外上千户的大宋子民惨遭番寇之蹂躏？""哈哈，杨六，你枉为将门之子，难不成你不知道雁门自古以来是天险可据？老夫我不知道你们先锋营里是否还有奸细，你父子兵进两狼山以后就消息全无，寒鸦岭大营的底细你们是满摸底，如若还扎营在那儿，万一你先锋营有人引着贼兵杀进来，我们是孤掌难鸣！老夫只能是暂且退兵回到关内，先得保住雁门不失，随后才能虑及打探你父子的战况。如此对策，你杨六乃是名将之后，你就看不明白吗？""老贼！潘洪！你……你这是满口胡言！我军被困两狼山虎口交牙峪，一连三天，你根本就没派出来过救兵！你闭关逼战，陷没全军，按兵不救，贻误军机！你，你还有何辩解？"没等老贼说话呢，秦肇庆先说话了："郡马，您这可就错怪潘大帅了，先锋营杀进两狼山口，一去不回。潘大帅一直是如坐针毡，次日天明，就派出我等三路带兵前往谷口打探消息，望见北国连营以后，我们接连冲锋要冲进山口，可是北国将山口封死，我军伤亡惨重，根本无法杀进谷口。""哼哼，秦将军，

刘定

这都是你的一面之词！我七弟杀出山口回到瓜洲大营搬取救兵，你们为什么不派一兵一卒，反倒将我七弟诓下马来，绑缚在花标柱上，射了一百单三箭？你这是滥行军律、擅杀大将！不是为私仇，你说是为什么？"哈哈哈哈！杨郡马，你说我射杀的是你的七弟，可是满营众将都说我射死的乃是北国的大将刘子裕，到底是杨希还是敌将，你说和我说都没用，就得掘出你说的那具尸身，仵作验明方才作数！""你……好好好！刘大人，老贼潘洪铁嘴钢牙，对其罪行拒不招认，还请大人速速派出公差，前往代州的七松坡，掘出我七弟的尸身，好当庭为证！"

刘致远听了半天没吱声，一听六郎问到这儿了，冷笑了三声，一拍惊堂木："嘟！杨延昭！本御史听你说了这么半天，说到底你状告太师，是毫无凭据？如此看来，岂是潘太师勾通敌国，反而是你杨郡马的嫌疑更大！你说掘起尸身就能知晓，你可知尸身已曝于荒野将近三个月，虫啃蚁噬，还能验明吗？还能作证吗？这分明是虚妄之谈！本御史岂能被你蒙蔽？来呀！本御史倒要问问你，你妄奏不实之词，诬告朝廷大员，你可知罪？"

六郎听着听着总算是听出来了，不对啊，我是原告，他老贼潘洪是被告。你刘御史不好好地审问被告，反倒是句句来逼问于我？"刘大人，您这个话是从何说起？难道说您这是要审问末将我吗？您可别忘了，我本是原告！""杨郡马，我知道您是原告，这才给您看座儿，有哪一点下官我做得不对吗？下官我跟你要人证，你没有；我跟你要物证，你说还得我派公差去边关去起去。万一要是公差起尸身的时候犯了点儿错，你是不是还得连我这御史台的衙门一块儿给告下啦？"

六郎一听这位刘御史都说出来这个话来了，这个案子没法儿审啦！六郎也糊涂，有道是光棍不吃眼前亏，你知道他刘御史此刻是成心向着潘仁美，你就服个软，等过了今日儿个你再想办法告状就得了，你别在这儿顶着哇。可是杨六郎这个人不成，遇事还挺爱较真儿，这人生来就有这个倔劲儿。六郎听刘御史这么一说，啪！一拍自己的椅子扶手，拿手点指："刘致远！你身为西台御史，承当今谕旨，审清案情，广集证物，这都是你的职责所在！

此案关系重大，你岂能如此问案？我七弟在疆场上是为国捐躯，当初他抢三关、独闯幽州救驾那是多么大的功勋，我大宋举国礼服丧都不过分！何况你一个御史台的衙门？今天你是愿意去还是不愿意去，你都得给我马上派人，即刻启程！如若不然，哼哼，休怪我杨景再到圣上的面前据实奏报！我杨景性命都险一险要丢在沙场之上，我还能在乎你这个贪官吗？你别以为我杨景不知！昨天开堂还没来得及问案呢，西宫的总管来了，你就退堂，凭什么退堂不问？就凭的是那么多小太监挑着进来的礼盒！刘致远，你这叫公然受贿！执法者犯法，你还想得活命吗？"

啊？！刘致远一听这个话，心说杨六郎，杨郡马，你要是这么说，可就别怪我下黑手儿啦！谁也不能怪，要怪……也只能怪你天波府的人也忒狂傲啦，本官我接手这桩案子，你们就不说来跟我托托这个人情儿，走动走动？你看人家西宫国母，人家什么身份，不照样儿给我送来了八样大礼？刘致远还挺得意。他心里想的是，你杨六再厉害，你背后不过是八王，那是皇上的侄子。如今我拿的是西宫国母的东西，我背后靠着的可是皇上！皇上万岁爷不比你的八王大吗？想到此把惊堂木一摔，"杨延昭！本官断案，自有道理！当堂词辩，你不容分说，这分明是咆哮公堂！本御史岂能容你？来人！将杨延昭押下大堂，重责四十！""刘致远！天底下审案子哪里有不审被告，反而要打原告的道理！"刘致远嘿嘿地一乐，扭脸看潘洪："太师，杨延昭告您十大罪状，您和这些位看看，哪一条是属实的？"潘龙、潘虎就先嚷嚷上了："刘大人，方才不是说了吗，没有一条是属实的！""既然没有一条属实，你们就这么干等着吗？"这是什么意思呢？老贼眼珠一转，哦……"哈哈哈哈！刘大人，老夫我明白了！我等也要告！我们也要写状子，我们告他杨延昭诬告本帅！他不但说诬告我们，他还擅离职守，私离汛地，临阵脱逃！本来就该当军法处置！他是畏罪潜逃，怕老夫我治罪在军前杀他，这才潜回京城，恶人先告状！他先把本帅我告下来，混淆视听……嘿嘿，刘大人，您是清如水、明似镜，您可得审问明白喽！老夫我也要告状！""好，本御史我就接你们的状子！杨郡马，怎么样啊？您现在不是原告啦，您现在也是被告，你有招无招？""呸！你个狗官！你这是贪赃枉法……""料你无招，来呀，先拉下去，重打四十！"

堂上的公差过来，硬推搡着把杨六郎给带下去，有站班的衙役过来，按在地上，就要行刑。杨六郎把眼一闭，心说完了，满大宋朝走到哪儿都没地方儿说理去了！好不容易我靠着朋友们的帮衬逃回了东京，好不容易请王强帮着我把状子写好，好不容易是丕显贤弟扫殿下边，赚回了老贼的帅印，将潘贼押回京城……我这告御状可太不容易啦！没承想这西台御史刘定存心向着潘贼问案，断案不公！唉……人趴在地上，长叹一声，摇摇头，我从此再无出头之日也！悔呀！倒不如当初我闯进大营，走马我一枪就扎死老贼，我那可怜的呼延叔父也就不至于气死在大营啦！大不了就我自己一个人顶罪，可是我父子兄弟们的冤仇得报。现在，说什么都晚了。想到这儿大声嚷嚷开了："狗官！刘致远，有你的！你打死我杨景，只要是今天我不死，你看我……"

书说至此，加几句书外书。杨六郎这个人是杨家兄弟里边为人最为通透的，一个是岁数小，打小儿既有爷爷带着跑江湖，也有哥哥们多带着往外跑，见的世面比哥哥们要多。尤其是六郎出世正赶上老主爷黄袍加身登基坐殿，太祖皇帝跟赵普老相爷暗定先南后北的统一大略，和河东刘王签订合约，两国有君臣之义，两边儿就不再打仗了，还可以多多来往。所以到六郎长大点开始念书的时候，杨家在太原也很是得势，令公聘请的老师也都是名师宿儒，六郎才能有这个才学，读过不少的书。尤其是自小受老先生们的教导，立志定国安邦，用现在的话说有很远大的理想抱负。日后的六郎杨延昭能把守边关三十年的安定，和他自己的成长是分不开的。生性坚韧，什么事都能忍，用咱们今天的词来说，他可以承受普通人承受不了的心理压力。可是潘杨讼到最后，连他都灰心了，而且是彻底地死了心了。冰冻三尺非一日之寒，今天就是一个开始，这都是一步一步把人逼到这一步的。再说六郎，趴在地上摇头叹气……嗯？半天了，怎么还不打我呀？衙役们举着板子，光在嘴里头吆喝着，就是不真下板子。

为什么？西台御史衙门堂上这都有暗号，衙役们按大人的口令先把犯人按在地上，拿板子吓唬着，可是不能真打。什么时候能打，得听刘大人的。什么时候刘大人知道该真打了，他会给下边暗号，比如说拿手连拍三下儿桌子，这是你们先给我拍打三下儿，别打狠喽，我听听犯人说什么。这是吓唬吓唬犯人，叫你老实点。再比如说，刘大人站起来了，拿手一指，给我打！底下人盯着手指头看，看刘大人伸几个手指。伸一个，这是打十下儿，得叫犯人觉得疼，然后好逼着犯人托人情儿。要是刘大人觉得这个犯人要不来什么了，刘大人就伸五个手指头，跟五魁首似的，干吗呢？你少报数，真往死里给我打！咱们堂上堂下都解解气，这位忒抠门儿啦，咱们什么都要不来了！

今日儿个到这步了，这位御史老爷一点儿也不着急。刘致远心说，昨天我要打潘国丈，西宫的礼单就到了；今天我要打你杨六，我看看……刘御史长起身形朝公堂外边张望，今天特意把大堂中门大开，甬道头里是影壁，刘大人心说，前天是西宫大总管在影壁后头猫着，一听我这要打国丈，他出来了。今天我要打杨六郎，我估摸这影壁墙的后边得猫着这杨家的人，他们该出来了吧？

哎，还真叫他猜着了，自己这儿刚要行刑，影壁后头就转过来两个人，都是公差的打扮，前边这位气宇轩昂，后边这位个头儿不高，怀中抱着一把短兵器，上头拿锦缎套着，拴着蝴蝶扣儿。这二位要上公堂，有官差过来拦挡，打头儿这位一瞪眼，"嗯？不长眼的狗奴才！还不退下！"真是不怒自威，吓得这位赶紧缩回去，抬头瞅着大人。刘御史刚一看见这二位，乐了。怎么样？都这么犯贱，本官我这法杖一举，你们两家才出来人来？嗨，这是何苦呢！他是盘算好了，今日儿个杨家送来的东西要是不够，哎，我这西宫娘娘的礼单我抄了这么一份儿，这不还跟我这袖筒里塞着呢吗？我就递给这位，自己回去慢慢咂摸滋味儿去啵！你的东西要是连西宫的都比不了，那没的说，下一堂我这开审，还得动家伙！

刘御史自己合计好了，端坐在公案之后，纹丝不动，就等着这位说情儿，自己好再开二堂。可等这位再往上迈几步，把这官帽一推，眉眼就都露出来了，呼啦……连潘龙、潘虎在内，满堂坐在椅子上的这些位从贼奸党全都跪下了。刘致远定睛细看，我的妈呀！来的这位不是别人，正是南清宫监国府院的大总管八主贤王赵德芳。身后跟着这位，也把帽子一推，小脸儿露出来了，面似墨玉，浓眉大眼，非是旁人，正是二辈儿八百里靠山王、头一辈扫殿净山王——双王呼延丕显——这俩加一块儿，一个是八千岁，一个是两千岁，正好抵得上一个皇上。

这二位怎么来的呢？头一天刘御史开堂问案，八王千岁自己并没来，而是委派了自己的一位旗牌官到堂听审。刘御史开堂就斥责潘仁美，可是刚要行刑，外边来了好多的西宫太监，案子就不问了。刘大人退回到二堂问话，这后边旗牌官就进不去了。可是久在官场，西宫大总管也是跋扈惯了，挑着这八色大礼的挑子绕影壁往里边直闯，一点儿不避讳。这旗牌官看在眼里，心里很清楚，这是送人情儿来啦！回去跟八王千岁是如实禀报，怎么怎么，到最后开二堂，自己就进不去了。"好，你辛苦了，退下歇息去吧！"

八王正跟这儿犯愁呢，门官儿来报，说双王呼延丕显登门拜见。哦……八王很高兴，正巧，我这儿正没主意呢！快快有请！工夫不大，外边嘻嘻哈哈跑进来小丕显："孤王我参见八千岁！""嗨！你来参见我就不能再自称孤王啦，你还得称臣！""嗨，千岁啊，这不是头一天儿当王爷吗？跟您可比不了，我这瘾还没过够呢，我喊孤王我都喊了一百多遍啦！""哈哈哈哈……丕显快快落座吧，我这儿正有要事要跟你商量呢。"就把白天旗牌官所见所闻给丕显说了一遍。呼延丕显乐了，"千岁，我正是为这事来的！"怎么呢？这两天呼延丕显是最高兴，一来是替爸爸报仇了，锁拿老贼回京面圣；二来是万岁守信，没想到还真就给自己封了个王位。毕竟才十二岁，天天到宫里去上学，免不了头一天先去了内廷东宫把这些事跟自己的发小儿同学——太子赵德昌好好显摆显摆。

书中暗表，太子德昌就是后来的三帝真宗。这会儿太子也还是个孩子，听丕显说得真热闹，可是自己不能跟他一样，也跑那么远出去玩儿，心里头能痛快得了吗？所以嘴上这话也跟得挺酸："哼哼，丕显啊，你也别忒得意了，你可别忘了，潘太师在咱朝中的根基深厚，他这案子你就准知道能给定死吗？就不许审问不明，到最后再来个官复原职吗？只要是他不死——丕显，咱俩是同窗挚友，按说我不能这么说——他潘仁美只要是不死，翻回身来头一个就得先治你！你先别美，好好琢磨怎么对付老家伙啵！"

丕显一听，到底是太子，在宫里听的故事都是什么啊？那不全都是宫斗剧吗！当时就打蔫儿了。老贼要是再翻身喽，自己这王爷才做了一天儿哪。干脆，别等啦，直奔南清宫找八王来了。丕显就说了："八千岁，咱们不能就这么撒手不管喽啊，明日咱俩就到御史台衙门去听听他刘御史如何问案，今天老贼礼到了，咱俩就得盯住。这样的话，他有不公的时候，咱俩还能给镇镇。"八王说："我一个王爷我怎么能去得了御史台衙门呢？"丕显眼珠一转，"没事，咱俩穿成旗牌的官服，您的旗牌官能进去听，咱们也能进去。再不成，咱还可以给门官儿塞礼钱哪！"

就这么，两位王爷穿成旗牌官的模样，把帽子往下耷拉耷拉，第二天就奔御史台衙门来了。还真没人拦着，进了西台衙署就在影壁后边儿猫着，竖着耳朵听大堂里头御史问案。不听则已，这一听，把八王给气得手都捏不住金锏啦。没听说有这么问案子的，这还了得，到最后要杖责杨六郎。八王心说就为了能活着回来告御状，六郎受了多少的委屈，你还要打他？这个我可不让！

呼延丕显一看八千岁气得不成样子了，伸手先把千岁的金锏接过来。"千岁，别跟这儿哆嗦啦，您再不挪步儿出去，我六哥就挨打啦！您这个，我帮您端着，咱们俩得赶紧进去！""对，对！我这手有点不听使唤了，丕显你拿着就好，咱俩得赶紧进去！走，这就迈腿！"好么，拿手扳着自己的腿往出迈，这才绕出影壁直奔正堂，搭救杨六郎。

〖五回〗

西台刘御史次日问案，偏袒潘洪，要打杨六郎。八王正跟御史衙门的影壁后边儿偷听呢，连忙跟呼延丕显闪身来到正堂。好么，潘龙、潘虎这帮子人一看是八千岁，知道这主儿惹不起，全都不敢再坐着啦，赶忙跪倒在地不敢抬头。八王是气得，一句话都说不出来，大家伙儿也就谁都不敢动。老贼潘洪一看是他来了，心里紧着盘算，我该怎么应对？一时没主意，只好先坐在椅子上不动，把脸往旁边一别。

刘御史赶紧起身离座，来到下边跪倒磕头。八王说："得啦，刘大人，你这个礼孤王我担当不起，你现在是正堂的本官，岂能轻易离位？""哎哟，瞧您说的，您这是恼了微臣我啦？还不是全仗着千岁您的提拔？""哼，孤王我提拔不到你！刘大人，孤王在你堂上听审，你为何不审被告，却句句都是审讯的原告啊？""啊？他这个……八千岁，您既然全都听到了，您应当也听明白了：杨郡马状告国丈太师十大罪状，可他是一无人证，二无物证，有道是空口无凭，他就这么一说不成啊！可是老太师身旁，您也看见了，这么些位边关将领给作保，证词证言都是齐全的。因此上，微臣我要审清词讼，就得先问清楚郡马。啊，微臣有不当的地方还请千岁您海涵！""哼！可我问问你，既然郡马说明了，七将军的尸身现在雁门关内的七松坡，你就该先派遣仵作和外班衙役，速速到七松坡起出七将军的尸身，仔细地验明之后，你再做审理。可你为何不问青红皂白，就凭着这几个案犯的口供，你就先责打原告？刘御史，孤王我听说，昨天堂上，有人擅闯公堂，接着你就打开二堂会客，这个案子就不审啦！莫非是，你这儿还有什么私情儿藏掖？"

八王爷眼睛一瞪，吓得刘致远就剩哆嗦了，"哎哟，八千岁，绝无私情藏掖，还请千岁您明察！"呼延丕显多机灵啊，看刘致远匍匐在地，体似筛糠，叫八王吓得早就没主意啦，这样的官儿哪能接着审问得了潘杨讼啊？要问清此案，皇上就必须得换人……等等，换人？怎么跟万岁爷说呢？忒麻烦啦！

这丕显可真是呼延赞的儿子啊！小孩轻轻按了一下八王的胳膊，"千岁，少待。"自己走过来把刘致远搀扶起来，"来来，刘大人，您也不要过于惊慌。王驾呢，也不是对您求全责备，只是您在行刑之前，您就没考量考量？他潘国丈是西宫娘娘的亲爹，可这杨郡马也是咱们八千岁的御妹丈哇！""是是是是，是是是是，是下官卑职一时失察！一时失察！"老话说，可怜之人必有可恨之处，真是一点儿都不假啊！

呼延丕显一咬牙，心说不治死你，就没法儿把这个案子审利落了！面带微笑，"刘大人，八千岁的意思，不是这个。我们也得到您这儿来托付托付，这个案子要想审结啊，还得求您给秉公执断。"嘴上这么说，手底下就伸过来了，比了一个三。嗯？刘致远纳闷儿，这是什么意思呢？说是要许给我连升三级？要给我三千两白银？那恐怕还不够吧，怎么也得三千两黄金吧？他这脑子里全糊涂了，还想好事呢。

丕显小手儿一拉，走！拉着他就奔后边走，一直绕到屏风后边。刘致远早让八王吓得没主意了，乖乖地就跟着过来了。"刘大人，您还没看出来吗？我们俩也是来给您托人情儿来的，我们知道昨天就有人来过，对不对？"这刘致远也是该死，连连点头："对对对对……哎呀，小千岁，您真是料事如神！""我跟您说，天波府那边儿不用您去，我们俩就成啦！不过可得这么说，要来了，您和我得三七分账，您拿那三，我和千岁拿这七。哎，你觉得这么办成不成？"哦，刘致远这才算明白过来，竖仨手指头，合着跟我三七分账啊？也该着他死，那么大的八千岁能给你要账去吗？这明摆着是耍你呢，你还真信？"啊？哦，不不，您和千岁要来的，卑职我一个都不拿，都孝敬给您和八千岁。""嗨，刘大人，无功受禄，我们也寝食难安哪！啊，您看，我们俩这就得打道奔天波府去，你……给我看看昨天西宫的礼单，我好知道照多少去要去——可是孤王我保证啊，跟杨家要来的，光三成也得比西宫给的多！杨家要是预备得不够，还没法跟西宫比，那我靠山王府和南清宫不就丢脸了吗？"喔，对！小千岁您想得周到！哎，您看，这是微臣我自己在昨晚上又抄录了一份。"说完了从自己袖筒里把礼单取出来，双手奉上，给丕显过目。

呼延丕显肚子里偷偷地冷笑，接过来这份礼单，仔细观瞧。不但是刘御史的亲笔，还在结尾署名落款，写清楚了谁给送过来的始末缘由，还加盖了自己的印信。这可太好了，不打自招啦！揣在自己的口袋里，一扭头就走出来了。刘致远还觉得挺高兴，看起来今日儿晚上我也还能再点一回重礼的数？杨家能送来点什么呢？哎哟，照这么下去，我那间书房可是有点儿小哇。乐乐颠颠儿地回来，就跟在呼延丕显的身后。

方才八王爷的金锏交给丕显了，丕显一直在自己怀中抱着。这会儿丕显先走出正堂屏风，所有人的视线都盯着后头的刘大人，想听听刘大人怎么处置案子啊。谁都没看见，呼延丕显慢慢儿地把金锏的蝴蝶扣解开，锦缎套儿给摘掉，就搭在自己的肩头。金锏预备好了，自己再掏出来刚才的这份礼单，递给八王。八王纳闷儿啊，嗯？丕显，你手里这是什么？"千岁，您先过目。"八王接过来，大致一看，嗯？这……全都是珍宝名录，"这个……""千岁，这份儿就是昨天西宫总管替潘家送来的珍奇异宝、黄金白银的数目，您看看，刘御史收受重贿，这是什么罪？"八王一听，好么，"国家要案主审，竟敢当堂受贿？这是死罪！""死"字刚说出口，呼延丕显来一句"微臣遵旨"，腾出来的右手一晃金锏，抡圆了照定刘致远凑过来的脑袋"啪！咔嚓！"头颅打碎，死尸跌落当堂。

刘致远这一死，满堂的差役全都跪倒了，口称罪该万死。八王这一下倒给弄懵了，"哎，丕显，你，这个……他，我是说该死罪来着，可是你也不用现在就把他给打死哇？"书中暗表，自打二帝封给他这把监国凹面金装锏，说是上打昏君，下打谗臣，他还真没使过。顶多是生气了，冲着狗官们比画比画。到今天呼延丕显才帮着替他用了这么头一回，今日才算是开张。

照赵德芳的手劲儿，他还真使不了这把金锏，这得是天天练武的人来用，才可能一锏击碎人的头颅。可丕显就不同啦，呼延家传的铁鞭，呼延赞从小就得训练儿子练武，丕显是从八岁就开始练这铁鞭——鞭和锏招数最接近，所以小丕显抡起这金锏来很顺手儿。锏打刘御史，然后拿出来自己的手帕，把这金锏上的血迹擦干，把金锏端起来，再套上锦缎，系好了蝴蝶扣儿，双手平端要奉还给八王。可是这胳膊肘并没朝前伸，小黑脑袋低着："八千岁，这个宝贝我还给您，咱有这锏，干吗还那么麻烦，就这么一下子！您这金锏不是跟我爸爸的金鞭是一回事吗？今日儿个是微臣我没拿着我的金鞭，这不是刚得的御赐皇封吗？打奸臣可以先斩后奏，像这样的奸臣，如今证据确凿了，您不打？您看看……"说完了拿手一点坐在椅子上的潘洪，"千岁，您看看，您要是还不使您这锏，咱这大宋朝今后还有王法管束吗？您这儿有礼单在手，这是谁的闺女送的？待会儿三班衙役班头儿们就是咱俩的人证！您瞧见没有，御史台公堂之上，竟然还有人不知道该怎么做一名囚犯，瞧见您来了，还敢坐在椅子上撇嘴。您说刑部该给定个什么罪？您说，我这有一回了，我不怕还来个二回！"

丕显这是在拱火哪！潘洪一听，吓得赶紧打椅子上骨碌下来，也是匍匐在地，这刘御史是真给打死啦，吓得直哆嗦，"八千岁，罪臣老迈昏聩，一时无知冲撞，您得多多原谅！恕罪恕罪！"直说好话。

六郎是真怕潘仁美叫呼延丕显给打死，不是刚才啦，赶紧过来给求情，"八千岁，打死刘御史也就算他死罪难饶，证据确凿。可是潘杨讼还未审清问明，案子没审结以前……"八王赶紧伸手接回来自己的金锏，心说以后我可小心着点儿，这东西不能乱借。又转念一想，这也没什么，打死就打死了，这样倒利索！没理丕显的茬儿，也没理潘洪，喊过来御史台衙门里的文书簿吏、三班衙役们，把老贼潘仁美和一干人犯都押回大牢。又吩咐人去皇城找御史大夫韩连速来接手西台衙门的公务。再专门拨出几个人去预备刘御史的后事。这些麻烦事就不多说了，全都料理好了，八王整整衣冠，"好吧，待孤王我上殿……跟叔皇万岁交代交代。"

呼延丕显也得陪着哇，一块进宫。景阳钟撞、龙凤鼓响，皇上不上朝也得给叫起来。二帝从后宫赶过来，三公六部、九卿四相、文武百官都得着消息纷纷赶至朝堂。八王怀抱凹面金镗上殿，就把自己今天早上改装前去偷听西台御史刘定审问潘杨讼，诓出刘定收受西宫的礼单，最后镗打刘定，为国除去奸臣等，前后原原本本跟皇上奏了一遍。都说完了，自己把这份礼单给呈上去，请二帝过目。

皇上一念这礼单，得了，知道是自己的娘娘理亏，这些东西，别说一个御史，就是宰相家里留着都是杀头的大罪。这些都是外邦进贡献到自己皇宫里的，堪称国宝。把这些宝贝抱出去给你爸爸顶了人情儿啦？哎呀，看起来我这梓童也是真够大方的！大方可是大方，您把人刘御史的脑袋给大方碎啦！"嗯，吭……好，好啊哈哦！"都不知道自己该说什么了，一时间没想好词儿。"皇侄……""啊，叔皇，您有何旨意？""嗨，也没什么，要这么说，这西台御史刘定……你，你给他打死啦？"八王自己这肚子气还没消呢，"没错，我当场给打死了，您看我打得还有错吗？""没！没错！皇侄，你打得好！"是啊，能说不好吗？真凭实据在这儿呢，人证物证都齐全，您还打算怎么着？您要是再嘴硬，这位可就要进后宫找人去啦！干什么啊？你自己御赐的凹面金装镗，干吗用的啊？上打昏君，下打权臣，代管三宫和六院……这是你自己封的！你要是真跟我翻斥，八王心说皇叔啊，您别忘了，刘定死得可冤！这事谁的过错？我皇婶儿——你的西宫皇妃潘玉茹！

二帝都明白。"啊，韩连卿家何在？"韩连早就该出来，这是你御史台衙门的事，您是御史大夫，国家的三品大员，西台御史贪赃枉法，你不出来成吗？韩连跨步出班："吾皇万岁万万岁，微臣韩连见驾。""韩卿家，这刘定乃是你御史台的御史中丞，竟敢大胆贪赃、枉法徇私……这也是你御史大夫失察啊。"韩连心里叫苦，用什么人是我说了算的吗？再说啦，那礼物是谁送的？我能管得了吗？"是是是，万岁，微臣我失察，我失职。以微臣之才，实不能当此国家重任，微臣请万岁降罪责罚！"这就是跟皇上说，您干脆撤了我的职吧，我干不了了。

二帝把脸一绷，你还敢跟我说这个？"哎……韩卿家，御史台乃国家三台首府，岂能儿戏？你这么说，是不是这刘御史贪赃枉法，你韩卿家本来也是知情的？莫非是你三台御史尽皆触犯了这国法王章不成？"皇上是真生气了，八王擅自打死刘定，我这是一点招也没有，我不敢办，因为送礼的是我家里的。你韩连还敢跟我说这个，我还治不了你啦？韩连赶紧跪倒磕头："哎呀，万岁，微臣是万万不敢哪！微臣绝不知晓这刘定御史竟敢收受贿赂，徇私舞弊。微臣绝无知晓，还望万岁您明察！"黄玉也跪下："万岁，微臣也绝不敢枉法徇私！""好了好了，你们胆敢和刘定一般，自有八王来惩办你们，何须朕来管你们哇？哼！少要多言，我问问你们，刘定已然是死在衙门里了，这是你们御史台的公事，你们看如何处置哇？""哦……万岁，刘定为官不正，倒不是一贯如此，微臣也曾暗中访查，倒也严明自律。这一次不知是何原因迷了心窍，胆大包天。可是过去的几年，尤其是到了御史府，也着实是查办了不少大案特案，于朝廷还是有功之臣啊！刘定有罪，已然正法，可是念在过去的功绩劳苦，微臣斗胆请圣驾酌情向其家属发下抚恤银钱，只是发丧必须从简，不得再以品级安葬……啊，微臣以为，如此也就是了……"韩连一看黄玉，你倒是也说两句哇。"啊，万岁，韩大人所言极是，微臣附议。""好吧，朕准本，就由你们二人去办吧。"传旨下去，对刘定的家属发下足额的抚恤银两，发丧必须从简，灵柩允许送回故里，但入祖坟不得按品级待遇。按现在的话说，勉强给算了个工伤，国家拿钱给你发丧料理后事，没查抄你们家的财产，这就够仁义的。

这些事儿都安排好了，二帝就问文武百官了："刘定既已被德芳正法，不知哪位卿家……愿出班讨旨，接手审理潘杨讼一案哪？"再看底下，全都朝后挺着，脑袋低得快够着胸脯了，生怕待会皇上问到自己。谁还敢哪？西宫国母，甭说她啦，就她手底下那位大总管我们也得罪不起呀！那这头儿呢？八王千岁，好么，长能耐啦！我们没伺候好，这就是一铜！您看见没有？当初刘御史接这个案子我就说准没好果子吃！嗨，这才两天哪！底下是议论纷纷，就是没人再敢出来讨旨。

二帝一看，啊？你们也跟我撂挑子？那不成，有道是养兵千日用兵一时，今天我用得着你们了，你们都给我往后边儿缩？"啊，大理寺卿何在？"王延龄出来，"万岁，不知您有何旨意？""王爱卿，前几个月杨七郎天齐庙打擂这个案子你审理得很不错，如今西台御史审理不清，爱卿你是不是……""万岁，非是微臣我巧言推托，此案和彼案有所不同。您想啊，这个案子本来就该西台御史来审理，因为只有西台御史分内主掌百司军旅，这里头审问取证，都得和兵部、武官打交道，这个，我大理寺办不了！""嘶……王爱卿言之有理。啊，那谁，开封府，吕爱卿，吕爱卿何在？""万岁，大理寺都审不了，我开封府就更审不了啦。不是微臣我推责，您想啊，我是六将军的媒人，这些年我跟天波府的走动也不少，微臣我还得避嫌哪。按律微臣不能担当潘杨讼的主审。""哎呀，也是也是，倒是朕思虑不周啦！"嗯……四外看看，对了，还有刑部哪！"刑部尚书何在？"刑部尚书赶紧出来："万岁，微臣我也审不了！我刑部主要是复核各地案件卷宗，这些年刑狱审讯都是交由大理寺主审，刑部会同九卿再复核文书。万岁，我刑部也无法问案哪，还请您另行分派。"嗯，没错，刑部是不能审这个案子……

二帝心说，看起来还得是另提拔一位官员来做这个西台御史……"好吧，列位爱卿所言不虚，此案还应当交由御史台衙门来审理结案才是。这样吧，各位爱卿回去思量两日，两日后朕再向各位卿家问计，你们看可以举荐谁来担任西台御史，刘定正法，还得有人来补此缺。"没别的事就卷帘散朝了。到了时候，群臣上朝，皇上接茬儿问大家，你们有举荐的人选没有？连问三句，还是没人出头说话。

这可怎么办呢？皇上就看八王，你看看，你把人刘定给打死了，其他人不敢出头审问此案，我看你怎么办。八王早有准备，躬身启奏："叔皇，依侄臣我想，如今京城里的官员，不是和潘家有亲故就是与天波府走得近，这些位都是多年在一块儿的同袍，您说他们怎么审呢？所以用京官儿是不成了。咱们不如从京外往里调，查一查这几年哪一位外派上任的官员审案子审得好，为官公正严明，这样儿的人您给调进京，自然能够审清潘杨讼。""啊……嗯，皇侄啊，你这个主意是不错。"二帝心说你别犯糊涂啦，京官要是审理不好，外省的官员就更难办啦！

可是他嘴上不这么说，为什么呢？归根结底，皇上并不想杀他的老丈人。想当初自己还是晋王的时候，满朝文武里，九王八侯没有跟自己亲近的，那时候只有这位潘洪高看自己一眼，不但说逢出征必得跟自己在一个营，还甘愿把自己的女儿嫁给我，这里边多少带着感情。再一个，老丈人犯下天大的罪，还有娘娘在呢，自己要是杀了潘洪，将来回后宫，就再也没法和西宫和好啦，她有事没事都得拿这个事来将我，我这日子怎么过哇？所以小八王铜打刘御史，皇上没敢说个不字，为什么？你要是追究，当着满朝文武百官的面，就得挖到自己的西宫，有多大的不愿意，为了西宫梓童，二帝也就忍啦！可是你潘洪在边庭，也忒无法无天啦！你骄横跋扈，这没什么，你是我老丈人，你爱怎么横就怎么横。可是你为了私仇，你把杨令公和呼延赞都害死了？你这么做就不成，我得给你点教训！有什么事，你还得跟我商量着办。我派呼延赞下去做监军，这就等于是告诉你了，杨家将你别动，你们先好好地给我把仗给打好喽！可是你没听我的，借着我的疏忽，你就把这么好的良将给逼上绝路。我也不是傻子，你招与不招，我都知道你是真存了反心啦！为了能饶你活命，我才派刘定来审问这个案子，嗯，可惜被皇侄给打死了。那么再要调进来外省的官儿……二帝的算盘是什么呢，你赵德芳去找人吧，我料定没人敢审了。真的再等半个月还是没人敢来接，那时候我就有话说了，我和你赵德芳咱们俩一块儿审！到时候老丈人还是铁嘴钢牙，咱们摞一块也说不过他。这个案子就好办了，我把他撤职查办，我先抄抄家。听说你悬秤卖官得了不少的钱，还听说你在外边跑马圈地，私设田庄，也挣了不少的家业。哼！这一回我全给你划拉回国库来，我再补给你一点儿，最后我给你发到一个清闲点儿的地方去思过，什么时候琢磨过味儿来，你什么时候再来找我。这么一来，西宫梓童还得感念我的恩德，我呀，我是两全其美！自己偷着乐呢。

八王提议："叔皇，要不然咱们到外边去调吧？""好，皇侄，调人可以，可是咱们调谁呢？""叔皇，这个侄臣以为，吏部里存有记录咱大宋朝自乾德以来各省道、各州府、各县的大小官员升迁政要的文书，这个叫作'清官册'，如今潘杨讼非是寻常词讼，非得请出公正严明、立身端正的断案奇才，才能够审清问明，不冷忠良之心，大宋的江山社稷才能说如泰山之稳。""哦？皇侄你是说，要查阅吏部的清官册来提拔州城府县的官员到御史台来审理潘杨讼么？"不错，侄臣现在看，不这么办无法审清此案。我要找这么一位当世无双的清官来，跟京城里的哪一家儿都没有瓜葛的，他，才能秉公执断潘杨讼！""啊？可是朕记得，清官册里可记载着我朝大小官员不下万名的政务政绩，你要查阅，得多少天才能查完哪？可是这潘杨讼的审结，关系到朝中不少的大事。咱就说边关军务，所幸是北国眼下还没有兴兵攻打雁门，可一旦说战事打开，这边潘太师和杨郡马都给词讼缠住，谁也不能上阵去杀敌……皇侄，外调提拔实在是来不及，不如还是选一个京城各部里的精明官吏来审理此案吧！""叔皇，非是侄臣我不主张，您也看见了，各部官员，多少与诉讼双方沾点亲故，他们不敢贸然接审此案。您要是嫌时间紧迫，好，吏部天官何在？"现任的吏部天官名叫李济，是个忠臣，一听该自己的事了，站出来等着听旨。"微臣在！""李爱卿，您说咱们查阅清官册，找出一位能审理潘杨讼的奇才来，最快，咱得用多少时候？""回八千岁，咱要细查清官册，得用十天不止。"皇上把脑袋一摇，不成不成，十天时间这还不算审理的日子哪，那这潘杨讼什么时候结案呢？皇侄，十天查册，日子太多啦！李济说："万岁，要是国事急切，微臣可以在五日内查阅完毕！"皇上伸出俩手指头来，"两天！"八王气得，你们君臣跟这儿买牛哪，还带讨价还价的？"叔皇，我看这样吧，您这都预备好，我和李大人一起去查阅清官册，不论查完没查完，我们都在三天头儿上跟您覆旨，您看如何？""嗯，那好吧，就三天，皇侄查册要辛苦了！""侄臣我等谢主隆恩！"

此正是：

今有君王提携起，始得查册荐清官。

这才引出金牌调寇准，七品县令要连升五级！尽在下一本书《金牌调寇》。

【二本·金牌调寇】

〖 头回 〗

诗曰：

> 千里奔驰蒲州路，夕阳几度越峡关。
>
> 捧圣金牌急如火，奉旨忠臣调清官。
>
> 快马加鞭传圣意，朝臣待漏五更寒。
>
> 不表连进五级官，单说审决杨讼潘。

一段俚语歪诗，引出传统评书《金枪传》里的第七卷《清官册》。

吏部尚书李济陪着八王细查清官册，连着翻了三天三夜。哎，总算是在最后一天日落之前，让他们找到了一位善于问案的清官儿——山西霞谷县的县令寇准。君臣俩一看这清官册上的记载：寇准在霞谷县正堂连任了九年三任，县治升平、官誉远扬，霞谷县的乡绅父老总是向州府上书挽留，所以一直未能升迁。而且在《清官册》里还清清楚楚地写着，这位寇县令，睿敏机智，能断奇案，多少冤沉海底的奇案、特案、疑难大案，都叫这位寇准给破了。李济一瞧这位很合适，再细一看，哟，乃是太平兴国二年的进士。哎，这位和吕蒙正吕大人是同一年科举殿试！找他问问吧，咱问问吕大人认识不认识这位寇准。八王心急啊，晚饭都不吃了，说走就走。和李天官一起到开封府衙署找吕蒙正一问，吕状元乐了，八王千岁，您问的这个人——他的才学可远远超过微臣我哪！

吕蒙正怎么跟寇准这么熟呢？原来啊，这俩人多年前就是共患难的同学好友。这个寇准呢是陕西华州人，自幼聪明好学，可是父亲早逝，只有母亲一个人忙活着维持生计，家境贫寒。这年是太平兴国元年，新皇二帝刚登基不久，求贤若渴，发下榜文，国家开科取士。寇准要进京赶考，家里头没钱雇脚力，怕耽误了行程，只好提前一年就从家里出来赶奔京城。别说，一路上还挺顺，老早就赶到洛阳了。青年寇准赶到洛阳以后，听说京城里物价飞涨，怕自己找不着合适的住处，就在洛阳先待下了。后来巧遇跟自己是一样的一贫如洗的穷书生吕蒙正，哥儿俩一见如故，都没钱住店读书，一商量，找到洛阳城外白马寺旁边的一个破瓦寒窑，就屈身住在那里边儿，能遮风挡雨，睡觉的时候有个铺盖也就得了。每日里，小哥儿俩一块读书论史，越谈越投机。到吃饭的时候呢，挨着白马寺啊，等和尚们开饭的钟声一响，小哥儿俩嘴皮子利索，去找老和尚化缘去——没听说过，有找和尚化缘的吗？反正蹭一顿是一顿，最后逼得白马寺的和尚都改成斋后钟了……再去人家饭堂都收拾干净啦！得嘞，哥儿俩就得饿着肚子。可以说什么苦都吃过了，熬到了考试这一天，哥儿俩真不含糊，吕蒙正得了个头名状元，寇准呢，也是榜上有名。赶上这一年二帝刚登基，正在用人之际，每一位殿试考过的直接都给了实职。

吕蒙正自己心里知道，要论文采，自己略胜一筹；论治国之才，寇准强于自己。只是寇准写文章，针砭时弊的话说得忒直，寇准这个人说话就不会拐弯儿，谁也不爱听。后来吕蒙正做了京官儿，寇准奉旨到山西做县令，小哥儿俩长亭作别，一去九年，至今也只有书信往来，再未谋面。今天八王和李济突然间问起他来了，吕蒙正想起来哥儿俩在寒窑苦读之日，感慨万千，"八千岁，李天官，这个寇准，您别瞧当年名落我后，现在呢，还只是个七品县令，可要说他的才学，远在我吕蒙正之上！您二位问他干什么呢？"

李济这才把和八千岁夜查清官册的事儿说了。我们俩好不容易查着这么一位，一看，和吕大人您是同一科的进士，所以特来找你问一问，这个寇准为人如何，有没有破案之才。他要有这个能耐，八千岁情愿说服圣上下金牌调他进京——是连升五级，接任四品西台御史，来审问潘杨争讼。你要说他没这个能耐，咱们还得另想法子，再选贤能。

吕蒙正一听，噢，原来是这么一回事……沉吟了半晌，半天都没张嘴说话。为什么呢？吕大人心说，这可是我的好友寇准升迁的好机会，我说他行——八千岁就能下金牌调，他可就算是平步青云了，从七品县令连升五级就做了四品的西台御史，要是审清了潘杨讼，没准儿还得升。我要说不成，李大人和八千岁说了，你要说不成，我们认可不调了，另选贤能。我可不能把寇准贤兄的这个好事儿给坏了呀！想到这儿刚要说他行，可转念又一想，慢着，这话可不能随便出口——我把他举荐上来，他万一要是不行呢？潘杨讼不是好审的案子，一个是西宫皇后的亲爹，一个是八千岁的干妹夫，如果说寇准来了京城，不知道水深水浅，他审不清、问不明，皇上得治罪——这还是小事儿，他再不能结案，这个案子是西宫贿赂给搅了局，照这么拖下去，寇准再审不了，潘杨两家孰忠孰奸不能明辨……大宋国朝岂不危在旦夕？或者说他也拿了西宫娘娘的贿赂，又叫八千岁给打死……这就得说是我害了他。

吕蒙正思前想后，九年的光阴，不知道今天这位寇准寇平仲是什么样儿了。假如说还是当年的寇准，不会阿谀奉承，刚正不阿，说话直，心眼儿快……嗯，眼下潘杨讼这个案子也只有这位才能审清问明！也罢，吕蒙正心中暗想，我呀，这个时候不能光想着我自个儿，我说寇准不行，这就容易多了，李天官和八王千岁接着查他们的清官册，这个案子与我吕蒙正就无干系了。可是我这么做，保住了自己的面子，保住了我自己的乌纱——可这都是一时哇，潘杨讼不能结案，总有一天老贼潘洪就有翻身的时候，他要是重掌大权，大宋江山还在吗？国家都破了，我这个小小的学士还能安在吗？想到这儿，一拍大腿，"八千岁，李天官，你们听我的，只有这个寇准才能审清潘杨一案，我吕蒙正敢担保！这么办，你们二位什么都不用说，明日早朝，我来举荐寇准，您二位再跟着敲边锣儿，有什么事儿我吕蒙正甘愿担当全责！"八王和李济一听，吕蒙正敢这么保举寇准，看来这个人没错。好，咱们就这么说好了！

次日早朝，二帝雍熙王赵匡义驾坐朝元殿，八王赵德芳怀抱凹面金锏侧坐一旁，文武百官站列在殿下两厢。皇上就说话了："啊，李天官，三天前你和皇侄说要彻查清官册，找出一位能审问潘杨讼的贤官来，不知道你们这清官册查得如何呀？"吕蒙正一听，哎，该我说话了，刚要抢先出班，一抬头，八王冲他摆了摆手，噢，八千岁是叫我再绷会儿，那我还是先听听李济怎么回万岁的话吧。脚步迈出去半步，又缩回来了。这个时候李济连忙出班启奏："万岁，您问得正好，我与八千岁查看清官册，到昨天总算是找到了一位能审清潘杨讼的贤官，此人姓寇名准，表字平仲，乃是陕西华州人氏，自幼勤学苦读，太平兴国二年科考举进，到山西霞谷县任七品县令，到今天，一连是九年三任，老百姓上书挽留，寇准一直未能升迁。微臣查看了他的案卷，在任上详察明辨，狱无羁囚，清廉刚正，惩奸除恶，可说是两袖清风。他还特别会破案，多少奇冤怪案，到他手里都能审清问明、恩仇得报。万岁，就冲他三任不能卸，足见其清廉公正，深得民心，这样的官是我大宋朝的梁柱之臣，微臣恭请您降金牌急调寇准进京，来审问潘杨一案。"为什么非得用金牌调呢？要按照以往的办法，想要调寇准进京，得先由吏部行公文，逐级传送，赶到了寇准手里，就得是一个月以后了。寇准再抬掇抬掇，跟下一任接任的县令交接，怎么也得两个多月，这时候再启程，等到了京城，早就不赶趟儿啦！

皇上一听，什么，要我下金牌去调一个七品县令？掐手指头一算，从六品、正六品、从五品、正五品、从四品，这一个金牌发下去，连升五级！这么做，未免施恩太过了吧？这么一个芝麻官儿能审问得了潘杨讼这么大的案子吗？皇上说："噢，啊……这个，李爱卿，皇侄……"一侧脸儿，看八王，"这么说，你们两位可辛苦了。潘杨讼一案，耽搁的时日可不短啦，咱们把这位七品县令调来京城……啊，依朕看来尚有不妥。你们想啊，他远在山西边塞，根本不懂得咱们京城里的吏治礼仪，更不熟悉三省六部各司衙门的吏员，办起案子来，能有京官儿办得好吗？再说，他也没见过这么大的世面啊。他在他霞谷县治理得很得当，他到了京城可就未必还能那么自如了。所以朕以为，还应谨慎思量啊！"

八王一听，什么，还思量？再思量就真凉啦！"叔皇万岁，依侄臣之见，这个寇准，善断疑案，正当审问潘杨讼，此人您调得！"二帝一摆手，"哎，皇侄，依我看，这个寇准……调不得！""唉……调得的！"八王也是豁出去啦，人家杨家为你我叔侄丢了一家人的性命，到现在跟你要个清白公正你都给不出来吗？你做叔叔的糊涂，我做小辈儿的可不能再糊涂啦。二帝一看，当着这么多朝廷重臣，叔侄俩拌上嘴了，脸上有点挂不住，"哎呀，皇侄，你和李天官的意思我明白，你们认为再调哪一个京官都不敢审问潘杨一案，谁都不敢得罪潘太师，所以你们要从山西调一位过来。你们说要查清官册，这个朕并不反对，该查是得查，可是也不能说就为了审问潘杨讼，把一位七品县令就给连升五级调来京城吧？所以我说，这个七品县令咱们调不得，要调，怎么还不得调一位知府来啊。"

八王还较上真儿了，"叔皇，您可说错了，我和李天官把清官册都快翻破了，只有这位寇准，才能审清潘杨一案。您可是金口玉言，您说过，我们要是查清官册查出来能审问潘杨讼的清官，您认可下金牌，也要调来京城审清潘杨一案，今天这个人我们俩找到了，您是调也得调，不调您也得调！"说完了这句"不调也得调"，八王把金铜一抱，就什么都不言语了，拿眼睛看吕蒙正，心说，你不是说你来吗，这会儿就得看你的了。

吕蒙正慢慢地走出班来："启奏万岁，微臣见驾，有忠心为国之谏恭请圣闻。"哦？皇上心说你这位机灵鬼能有什么忠心之谏哪？"嗯，吕爱卿有何话讲？""万岁，说起来这位寇准，和微臣我本是布衣之交，我们是同学好友，他这个人，我最清楚。""噢？吕爱卿，你是说这个七品的县令寇准——你最清楚？好，那你来说一说，他寇准到底有没有进京审问潘杨讼的才干？""呵呵，万岁，微臣我就是为了这个出来的。要说寇准这个人，可说是博闻强记。微臣我跟他一起住在白马寺的破寒窑里，那年才十八岁，那个时候，经史子集，寇准是张口就来，有过目不忘之才！当年科考殿试，微臣我是赶上了万岁登基鸿运，蒙圣驾您钦点我为状元……唉，说来惭愧，不过是因为微臣我口齿伶俐，能七步成章，万岁您高抬我了。要论诗词歌赋，寇准不如我；要论决断狱讼，我跟他可就没法比啦！他这个人没别的本事，就是断案如神。我听说这几年他在山西霞谷县治理有方，任上侦破奇案无数，民间冤情昭雪，百姓得以安居乐业。民间有句俗谚，叫作'审葫芦、问黄瓜、拷城隍、判土地，火烧槐树根，水淹蚂蚁窝……'"

二帝一听这都什么乱七八糟的，"好啊好……吕爱卿，你先别往下说了，这什么叫审葫芦、问黄瓜哇？这都是什么呀？""好，万岁，这审葫芦、问黄瓜都是寇准问案的典故。""哦……那怎么叫审葫芦呢？"

"嗯，这桩案子侦破前后，微臣我还真知道。您听我说，这是在寇准上任的头一年，霞谷县就出了一桩奇案！什么奇案？在霞谷县有一个姓齐的富户，堪称是霞谷县之首富，父一辈、子一辈专门跑口外的买卖，家大业大，趁千顷良田。这齐员外膝下无子，就只有一个闺女，百般地疼爱，早就放出风去，齐家这年就打算招赘佳婿，谁能入赘，谁就能承袭齐家的家产。偏偏就在这一天，齐小姐晚上在后花园赏月，被歹人杀害在葫芦架儿底下啦！齐老员外哭哭啼啼到县衙告状，正是寇准开堂问案，齐员外一口咬定，说害死自己闺女的，一定是自幼就和姑娘指腹为婚的吴生。万岁您该问啦，这是怎么回事哪……"一拖长音儿，一捋自己颔下这墨髯……这架子就端起来啦。八王往后让半步，和李济李大人就等着看吕蒙正怎么有本事就能说动皇上发金牌调寇。皇上难得听一回书，吕状元刚开讲，听得挺带劲儿，"啊哈，是啊，这是怎么回事呢？来呀，给朕上一壶茶，再来一碟子瓜子儿；甬价，你们列位老大人们也都看座，给十大朝臣也都上壶茶，咱们听吕状元慢慢说。齐员外怎么就能断定凶手就是吴生哪？"

"原来啊，齐家和吴家本来是世交，都是山西霞谷县里出了名儿的富商。齐家是专门跑口外买卖的，吴家是专门办南货的，要不怎么是世交哪，两家儿的买卖正好是榫对卯。这不正好是前些年嘛，太祖皇爷御驾亲征下河东，得，往南的买卖商道就全都断了，吴家办的南方货物全都积压在淮安府，几年也运不到霞谷县来。如此一来，吴家商铺一直赔到老本儿见底儿。家产变卖，这才算清偿了全部的债。剩下最末尾的债主自然就是齐员外，齐员外念在旧日的交情，没有追债，账本上记的一笔勾销。早年间，老人之间呢就给说好了媒了，齐员外就这么一个闺女，吴家也只有一个儿子。开始两家要好的时候呢，早就说好了，亲上加亲，叫两个孩子长大以后结为连理。可那些话都是嘴上这么说说，两家的老家儿倒也都没怎么当真。吴老员外这么一折腾，心里头憋了这么一口气，齐家是想要帮扶，怎奈上苍不公，吴家连遭几次磨难，老员外病中夹气，不久就与世长辞了。时过境迁了，吴家眼看着败落，齐员外就有心要悔婚，庚帖本来也还没换哪。俩孩子打小是一块玩大的，两家人常来常往，两小无猜，如今家大人有意断绝了两个孩子的来往。可是齐家小姐为人重情义，和吴生青梅竹马，自小情意深厚，不忍就此疏离，私下撺掇吴生一遍遍登门求婚。齐家老员外本来也不是蛮横之人，经不住吴生的恳求，齐老爷给了句活话，孩子，你但凡是能交出来一百两银子来做聘礼，老夫我就给你们俩完婚！"

二帝一拍龙书案，"这齐大户也忒不像话了，要这一百两银子又有何用？你自己家财万贯不就够孩子过日子的吗？""嗯，万岁，齐员外也不是恶人，我估摸着他是这么想的，孩子能拿出来百两纹银，说明还有一帮子小哥们儿，日后承接了自己的家业，孩子能混出个样儿来。这要是连一百两银子借都借不来，这吴生就是个书呆子，自己的闺女托付给这样的人——老齐可是行商出身，深知天有不测风云，人有旦夕祸福的道理，自己的闺女须得是终身有托才是。""哦，这么说，还有点理儿。那这吴生借来了没哇？"

"吴生自幼养尊处优，哪儿交朋友去哇？只有偷偷地来找小姐商量。小姐说不怕，我自己偷偷攒下了不少的首饰珠宝，过年时候姐姐们偷偷塞给的压岁钱，估值早就能过百两白银了。小姐就跟吴生说啦，今日晚上家大人准我在后花园拜月，你趁着夜静更深的时候，翻墙到葫芦架下来找我，我把首饰和压岁钱都包好了给你，你再拿着来找我爹提亲。吴生自然是感激涕零。到了晚上，吴生如约前来找小姐取包袱，没想到，翻墙进来以后，到了齐家后花园里葫芦架下，只看见小姐的尸身。吴生一时惊慌失措，高喊救人，在齐家院子里四处乱撞。齐家人听见他高喊，纷纷起来寻人，也发现了小姐的尸身。齐家的家人赶忙拿住吴生，到最后扭送衙门，告他这是晚上翻墙来偷盗财物，遇见小姐是强奸不成，害了小姐的性命。""嗨，实在是糊涂！嗯……这样的案子，寇准是怎么查问的？"

"启奏陛下，那县令寇准一一查问，问到伺候小姐的丫鬟这儿，说当天晚上小姐跟她说了，是要包好金银首饰等物给吴生，叫吴生变卖，好交聘礼用，这个话和吴生自己说的对上了。不但如此，齐老员外也说有这么一回事，自己跟吴生要一百两白银的聘礼，管家和老妈子也都知道这件事。寇准问案问到这儿就知道了，作案的绝不是吴生自己。""哎，这个寇准倒是个明白人，这吴生根本就没有杀小姐的心哪，小姐是真心要嫁，他高兴还来不及呢！哎，可是要查问明白这个案子还真是挺为难的，你说说，寇准是怎么破案给吴生洗清冤屈的？"

"是啊，这案子不难知道吴生的冤屈，关键是怎么抓住真凶呢？要不怎么叫审葫芦哪！寇准便又到齐家后花园里的现场仔细勘察啦，兜兜转转，四处这么一看，全都明白了。最后开堂审理，叫人把齐家葫芦架子上的葫芦全都给摘下来了。寇准就说了，既然齐家小姐是在葫芦架底下被杀害的，那葫芦肯定瞧见了，咱们就问问它们。就这么，寇准把葫芦给摆了满堂，带着衙役挨个审问，一边拿鞭子抽一边问。差役们举着葫芦来辨认吴生，寇准摘着耳朵听葫芦说话，到最后说一百个葫芦都说是你吴生杀的，得了，你招供不招供都是你啦！当堂拟好了判决文书，让葫芦当证人画押，按着葫芦，一个一个地按屁股朱砂印。在这份文书上，寇准就给吴生判了一个死罪，押在监牢里等候处斩。""哎，这不是一个糊涂官儿吗！这事能审葫芦吗？我说，皇侄，这就是你们查出来的能断奇案的奇才吗？"

"万岁，您得往下听哇。当天是开堂问案，霞谷县的父老乡亲都在堂前听审，全都气糊涂了！这辈子也没见过县官是这么审案子的哇。赶紧就出门给扬去，都说咱们这回可算是倒霉啦，赶上这么一个糊涂县官。一传十、十传百，这件事在霞谷县就传开了，人人都知道，新来的这位老爷是个糊涂虫，光听葫芦的供词就给犯人定了罪了。哎，没出一个月呢，本县就有人到首饰店里拿首饰珠宝兑换银子，寇准早就安插好捕快了，跟踪查问，知道卖首饰的人在哪住了以后，请齐家的丫鬟来辨认，银匠铺子里的首饰真都是当天小姐拿出来的，就把贩卖首饰珠宝的人犯给抓住。一经拷问，正是这个人当天晚上想到齐家偷盗，巧遇小姐拜月，抢夺不成，便杀人越货。这个案子就破了，万岁……这便叫作审葫芦。"

嗯？皇上还有点没听明白。"哎，吕爱卿，你再说说，他寇准怎么就知道一定另有作案的人呢？还有，他干吗要审葫芦哪？""呵呵，万岁，您还没明白过来吗？寇准凭审讯就知道，吴生决无杀小姐之心，感恩还来不及呢，岂能是贪图那点儿首饰就把自小青梅竹马的未婚妻给杀了呢？而且吴生在齐家慌张跑动，身上没有装首饰的包袱，手里也没有凶器，他也不可能带着凶器进齐家哇。所以说寇准从一开始就断定，杀人者不是吴生而是另有其人。寇准到花园里勘察，发现有另外一个人翻墙的痕迹，这才猜测是另有贼徒翻墙进来偷盗，凑巧遇见小姐，抢走包袱，行凶杀人。可是这个人一时难以找到行踪，他就派出捕快到各个当铺、首饰店蹲守，凡是见着可疑的人来卖首饰，都跟踪记住门庭路径。可要是一般贼人作案，变卖赃物都是远遁他乡或者等个好几年以后才拿出来，怎么才能让贼人早点儿显形呢？寇准就来了这场审葫芦的闹剧，好叫贼人放心。大家都说新来的县令是个糊涂官儿，他就没那么警惕了。吴生已经被判为凶手，真凶自然就不怕了啊。这么一来贼人着急变卖首饰，也就不必舍近求远，斗胆在本县境内变卖首饰。哎，这个案子就破啦！""哦……要这么说，这个寇准还真有点儿本事。"

皇上听故事还听上瘾了，"那吕爱卿你再说说，这个问黄瓜又怎么说？"

〖 二回 〗

　　吕蒙正金殿上给皇上说书，正说到寇准在霞谷县断案如神的段子，二帝就问了，什么叫"问黄瓜"哪？

　　吕蒙正接着说："这是寇准到任的第二年，接过这么一个案子。在霞谷县北沟村有一户人家，父母过世之后还剩下兄弟二人，也算是祖上经营得方，留下了不少的田产家业，弟兄俩各分了一半，分家过日子。可是老大善于经营，买卖做得很红火，老二呢是坐吃山空，干什么赔什么，到最后家产变卖殆尽，只得去求自己的哥哥接济。别说，这位老大还真够个厚道劲儿，一点儿怨言没有，天天对自己的兄弟敞开家门，反正你只要来就有你的饭吃。虽说大哥对待自己的兄弟不薄，但做弟弟的并不感恩，反而一日比一日妒忌大哥的生意，最后心生歹意，叫自己的媳妇怀揣毒药砒霜到老大家里头去下毒去，盼望着毒死大哥一家人，自己就能接管哥哥家的买卖呀！哎，老二媳妇趁着晚饭还没吃的工夫，就先到老大家里头假装说要帮忙，这个时候在厨房里做饭的是老大的儿媳妇，刚做得了一盘儿拍黄瓜，就摆在饭桌上。老二媳妇趁着侄儿媳妇没注意，悄悄地就把自己怀里的砒霜给拌在黄瓜里了。可这毒药刚拌进去，老大的儿子打外边儿干完活回来了，正饿呢，没管别的，先把桌子上的拌黄瓜给吃了一多半。吃完没多久，孩子是大叫一声，七窍流血，倒地而亡。这下老二媳妇赶紧跑回去告诉老二，不依不饶，嫁祸于侄儿媳妇，说侄儿媳妇意欲侵吞家产，毒死亲夫。寇准接了状纸，详察明辨，派人把孩子最后吃的黄瓜给搬了来，提审两家人全都到了公堂。这位寇准哪，不先审问人犯，他先问黄瓜，说黄瓜黄瓜，你来告诉我，到底是谁下的毒？连问三句，寇准佯装倾听，听了有一会儿，他笑了，告诉大家说，黄瓜说了，就是儿媳妇下的毒，还说她早有奸夫，存心害死自己的丈夫，好另嫁他人。"

皇上乐了，这不定又是什么妙招呢，有审葫芦的机智，寇准肯定又是什么奇思妙想。吕蒙正接着说："寇准接着再问堂上的人，先问老大一家人，你们说黄瓜说得对不对？老大说大人您糊涂啊，黄瓜能说话作证吗？这黄瓜是我儿媳妇拌的不假，可这孩子自从进了我们家家门儿以来，一向恪守妇道，尊老敬长，相夫教子，从来没看出来有什么贰心哪。大人您还要明察！寇准又问老二一家人，那你们怎么看？老二媳妇可得劲儿了，连连说黄瓜说得对，没错，我看毒药就是她下的，她就是有个相好的，她俩是青梅竹马，她俩老是眉来眼去……寇准就问了，哦，那你说这个奸夫是谁。老二媳妇是支支吾吾，一会儿说是某甲，一会儿说是某乙，寇准就明白了。他接着问，好，那你瞧见她往里搁砒霜了吗？老二媳妇一下没反应过来，啊？啊，瞧见啦，我还说哪，说她怎么往里搁那么多细盐呢！呵呵，好！寇准回到桌案后边一拍惊堂木，大胆刁妇，分明就是你下的毒，方才黄瓜说的下毒人不是别人，正是你！还不从实招来！老二媳妇就急了，哎呀大人哪，黄瓜说的事您怎么能信呢——嗯？寇准说，刚才说是侄儿媳妇做的案子，你说就能信，怎么换你身上就不能信了呢？再者说，未经药师检验，你怎么就准知道这毒药是砒霜呢？问黄瓜如此荒谬的事你都那么断定地说对，可见，要下毒害死老大一家人的人正是你们两口儿！刁妇无法抵赖，只好招认。哎，就这么个问黄瓜。"

皇上一听："嗯，有点意思……哎，那什么叫'拷城隍'呢？"吕蒙正心里偷着乐，好，你爱听这故事就好办了，再听这一段书，这寇准您可是非调不可啦！

"万岁，说起这个'拷城隍'，那就更是出奇啦。这是寇准上任以后第三年的事儿了。霞谷县有一位原本家境很贫寒的人叫张三，出远门到南方经商四年，一靠手艺，二靠人品，三靠勤快，在江南苏杭这一带帮着朋友跑买卖，还真没少挣，赚了有这么二百两银子。眼瞅着就快要到年根儿了，清空了自己的底货，打算就此就回家乡啦。远离妻儿时候太长了，自己也真是思念故土亲人。决定了，打这儿起就回家了，就凭着自己挣下的这些钱足够自己回来置办点儿产业，从此就在霞谷县开买卖了。顺着水路赶到蒲州码头，下船以后还有段儿路要走，不敢声张露财，就自己扛着回家。赶到这一天眼瞧着前边儿就回到本村儿了，张三心里直翻腾，离开家这么多年，原先街里街坊的都是知根知底的乡亲，知道自己背井离乡做买卖这些年……这要是有人问起来，三儿你这挣了多少回来哇？我可怎么说好呢？万岁，这事可不能怨张三小气，张三出远门行商四年了，小心谨慎，防着这个，防着那个，这是应当应分的。张三临快要进村了，心里头可就烦上了。这要是碰上亲朋好友的，不熟悉的还好，要是同庚同学邻居问我，我说我没挣多少，我肩上扛着的可是二百两的银子，这又沉又硬的，谁看不出来哇？再说有那打小儿跟我一块撒尿和泥的小伙伴儿，上来就能抢我的包袱，这一拎就知道我挣了多少，那我这脸面往哪搁哪？我要实话实说呢？我说这回我可得意了，我挣了二百两？好朋友、自己家亲戚这还好说，这要是碰见流氓地痞、混子无赖，这帮人就爱惦记着……俗话说，不怕贼来偷，就怕贼见天儿惦记着。张三这么一琢磨，眼瞧着天色渐暗，已经快擦黑儿了，待会儿晚饭一吃完就全出来溜达来啦！别说是遇见贼，就是遇见老熟人，知道自己赚了这么多银子，跟我伸手借……这我也不好推托啊！想到这儿，一跺脚，得了吧，正好走到村口儿小土坡下这一座老城隍庙前……"

二帝赶紧拦一句："哎，不对哇，吕先生，这城隍庙都是在城里头喽，您这霞谷县的城隍庙怎么是在城外的村头喽哪？您这书编得可有毛病。"

"万岁，您问得好，可是这书没毛病，您接茬儿听。张三打小儿就在这座小破庙里玩，知道早就没人看管打理啦，墙塌屋漏。正巧就走到这儿啦，趁着四下无人，偷偷摸摸钻进院子里——仔细观瞧，没错，跟自己离开家以前的样子分毫无差！这庙就没人来过，满院子的荒草都高过头顶了！

钻进正殿一瞧，碎砖碎瓦散落一地，还有满地的污秽，烧坏了的桌椅板凳、乱树杈……张三久在外走动，有见识，知道这是偶尔有要饭的栖身破庙里，生火做饭留下来的。今天这庙里没来过人，而且可能得好一阵子都没有人进来过啦！这就算踏实了，在院子里再转一圈儿，访查实在了，绝无人迹，这才放心。回到大殿，摸到城隍老爷泥胎神像旁边儿，哎，神像完好如初，就往下找，在神像底座下神龛的木头托架儿损坏，破损了一个缺口儿。张三小时候就好跟小伙伴们在这座城隍庙里头玩啊，那会儿就爱藏在神像脚底下的底座下边儿，这儿有个窟窿，底座里头正好能容得下一个小孩儿。张三就把自己这二百两白银的包袱塞到了底座下边藏好。张三是这么想的，等到明日正午时分，一个是街面儿人来人往的人多，这就安全啦！再者说，自己从家里推个小推车出来，这村儿到县城不远，我到县城买点儿家用的盆盆罐罐的，都堆在车上，再来城隍庙里取出我这包袱银子，都放在手推车上，谁都看不出来！就是这个主意！银子都藏好了，张三这人也真是老江湖了，又在这神像的底座儿外头堆上不少的破烂儿、干树叶，再撒上灰土，搅和来点儿蜘蛛网盖上——反复瞅瞅，不像是有人动过的样子，得嘞，踏踏实实地回家了。回到家，跟老婆孩子一家人团聚，这就不细说了。到了次日天明，这位跟媳妇要来几只小口袋，再推上自己原来的小推车，甭去买去了，这不就是装装样子吗？装上几件物件儿，就迈奔村头的城隍庙来啦。可是一进庙里一看，坏了！这头皮就炸开了！荒草都叫人给分拨开一个不小的通道，往里走，来到神龛后边一看城隍老爷这底座，坏啦！自己埋的蜘蛛网全都不见了，撒的一地的灰土、树叶也都给拨拉到一边去了，地上跪出来两道印记……再往窟窿里去划拉，得，自己昨天藏好的银两包袱是踪迹皆无！张三可是真急了，这要是找不回来自己这钱，这四年可就白忙活啦！还不敢回家跟媳妇说，无奈何找来自己发小儿，真正贴心的俩朋友来帮忙找。俩朋友过来一看，得嘞，张三哪，你就甭担心啦，咱们县新来的县太老爷专能断奇案！你呀，也甭在这瞎耽误工夫了，你干脆去衙门里告状去啵，让寇大人帮你找。那……好，我去报官……嘶……兄弟，我去告状，可是我去告谁呢？哎呀，还真是，你去寇大人那去告状去，你告谁呢？你也不知道是谁盗走了你的银子。哎，有了，瞧见神龛上的城隍老爷了，你呀，你去告咱们县的城隍老爷，你就说是城隍老爷侵吞了你的银子！"

二帝乐了："真有这样的刁民敢这么报官？这案子寇准也敢接吗？""他还真就敢接！霞谷县的老百姓敢这么找县太爷告状，说明大家伙儿都相信寇准能断疑难案件，怎么刁难寇大人都不怕！咱们接着说，寇准接到这个案子，前前后后都问清楚了，亲自到县城西门外张三家的村头老城隍庙里去查看究竟。来到这儿一看，嚯！这哪儿是什么城隍庙啊？要不怎么说这座庙不是在城里哪，这是一座白公祠。"

"噢？吕爱卿，是哪一位白公？""万岁容奏。白公本名叫作白季康，唐朝时候的香山居士白乐天的叔父。白家是太原人，后来迁居到了华州霞谷县。白季康历任江淮四县的县令，唐德宗贞元年间，在溧水任上多年，勤政爱民，百姓交口称颂，深受溧水百姓的尊敬。故老相传白季康曾经带领着溧水老百姓连治三害。开春时节，白老大人带着百姓们一起下地干活，挖掘沟渠，疏通河道；到夏天啦，赶上要闹蝗灾了，白大人学名相姚崇留下来的办法，捕杀、驱逐，治理好了蝗灾；到了秋天风干物燥，亲自领着大家置办好防备火灾的工具，还帮着村民改建房屋，家家户户之间都建好了防火墙，村寨周边都栽种成片的竹林来防风。如此，哪怕有一家不小心起火，这火可不会蔓延到别人家里去。几年下来，溧水地面儿就传出来这么几句话，说溧水这个地方是：蝗不入境、火不延二、水不停宿。""嗯……好一个蝗不入境、火不延二、水不停宿……既然是白季康的祠庙，怎么又变成了城隍庙了？"

"呵呵，万岁，您是有所不知。这位白县令最后就死在了溧水县任上，溧水的乡亲不敢忘记这位父母官，大家伙儿一起凑钱，就将原先白大人的县衙里办公居住的后院儿，直接改成白公的祠庙，春秋大祭。后来上任的县令也会做，还筹款扩建。这么一来，白大人的祠庙就成了溧水县的城隍庙，守护溧水城郭。久而久之，各地都效仿溧水，也都兴建城隍神庙，庙里的城隍老爷，都是按照白季康白大人的样貌塑的。这位白大人呢，年轻时候本来就是在本乡霞谷县任县尉的，在他乡扬名，本土也不能亏待喽哇，霞谷县的县官也得为本乡的名人做点什么啊。何况最后白季康大人是归葬故土，回到霞谷县入土。张三家村口的那座白公祠，其实就是在白季康白公的墓园旁边。当初有县官给白老大人捐资起建了一座祠堂，可是到了纷纷五代乱世，谁来管哪？因此墓园早就成了荒坟野冢啦！开始是村里人看祠庙里的神像，这不是别的城里城隍老爷的样子吗？张三村里的祖祖辈辈都拿白公祠当城隍庙祭拜。可是终究是没有商户和善会出面打理，有几年没人管，这庙里的荒草就长高啦，越荒就越没人管了。咱们接茬儿说寇准吧，寇准一读残碑的碑文，就知道了，原来此处是白季康的墓园所在。里里外外搜查，就发现一些端倪了。苦思冥想，又问了问张三前一天回到家里的前前后后，心里就有数了。一指白公的泥胎像：'嘟！你本是本县县尉，你亲眼看见贼人偷盗为何不揭发出来？看来不让你吃点苦头你是不肯招哇。'当即下令，命衙门里的差役们将城隍庙里的城隍老爷——也就是白公的塑像给抬到村里宗祠前的院子里。这可热闹啦，好些年过年都没抬城隍老爷出来啦，全村的老老少少都到宗祠大院里来看热闹来了。寇准早就跟里正说好了，里正给盯住了，看看人是不是都来了，寇大人就开始问案了。万岁，这可是寇准到任的第三年啦，早就名声在外，全县的老百姓都知道这个县令善断疑案。大家伙儿有的抱着凳子，有的抱着孩子就来啦，还有的老婆婆连茶壶和瓜子都备好了！"

二帝听到这儿，一看自己眼前儿，"那甭问了，这老婆婆跟朕是一样的啊。""哈哈，万岁，忠臣孝子的故事那是人人爱听哇。寇准将白公的神像抬到了宗祠大院里，高台上一摆放，就问大家伙儿，你们都认得这位是谁吗？大家伙儿在底下都摇头。寇准开讲啦，从白老大人勤奋读书开始讲起，一直讲到溧水县治理蝗灾、水灾、火灾，大家伙儿听得是直鼓掌叫好。这会儿里正给寇大人捅了捅，大人，我们村的人基本上都来啦……寇准把脸一撂，得了，好什么好哇，这位白老大人原先就是咱们本县的县尉，可是如今咱们这儿可出了大案子啦！二百两白银叫人给从神案底下掏走啦，这还了得？所以本官我才将他抬到咱们村里来，当着大家伙儿的面儿来问案来！他一准是知道。来呀！不打不招，给我打！差役们还真听话，早就知道大人的脾气了，这是装装样子，摆的姿势挺吓人，板子抡起来都挂着风声，落在泥胎上。寇大人早就交代了哇，这泥胎神像年深日久，就剩下一点漆皮儿啦！得了，甭留着了，干脆全都拍打干净喽，然后再糊泥重塑得啦！这其实是装样子在拷打城隍，其实就是给白公的神像修修补补来啦。好么，大家伙儿看着，这是严刑拷打？县太爷想让城隍老爷招供？这么一来，全村的人都给逗得是哈哈大笑。哎，寇准逮着话头了，本官我审案子呢，你们都笑什么？都不许笑！来呀，把宗祠院子的大门给我关上，既然是全村的人都来齐了，谁都不许走了。有差人把宗祠的大门给关上，捕快们人人挎着腰刀往四外这么一站，就没人乐了，愣在当场。正在这时候，另有一位官差抱着一个五岁多的小男孩从后堂来到大院里，把小孩往城隍老爷神像前一放，这差人就走。这孩子一见人多，害怕啊，哇的一声儿就哭了。小孩眨巴着大眼睛四下寻找，哎，在人堆儿里看见一位男子，也就是三十多岁，扑上前嘴里喊叔叔。这个人呢，没敢抱孩子，直往旁边儿躲。寇准在堂上就问张三，你认得他是谁吗？张三仔细看了会儿，我不认识这个人哪……哈哈，你不认得他你儿子可认得他！寇准命差人将此人锁起来，'好了，这二百两银子就是你偷的！'"

皇上一听，哎，这可怪了，吕爱卿，你再给说说，他凭什么就判定这银子是这个人偷的呢？吕蒙正微微一笑："万岁，您想啊，这银子傍晚时分藏入城隍庙白公祠，常年无人出入的荒郊废庙，不会是有人赶巧了往神龛底下摸，只能是张三藏银子这件事叫人知道了。再查看神龛底下的痕迹，旁边有点燃照明火把的灰散落不少，可是这留下来的脚印和草木灰，甭管是天亮后张三和俩朋友留下来的，还是头天夜里盗取银子贼人留下来的……可都是进了正殿，直奔神龛而来，别的地方的草都没被踩歪过。那就更清楚不过了，贼人是知道了这件事，直奔这儿来拿银子的。寇准是料定这一节了，因此他反复问张三，你回家以后，都跟什么人提起过你藏银子的事，张三就说了，说我回家以后，老婆见着我以后，看着我空着手，就埋怨我什么钱都没挣回来。我一时忍不住，跟老婆就说了，说我赚回来二百两银子，刚才我是藏在村口城隍庙的神像底下了！寇准一琢磨，不对，四年没回家，为人妻者不说关心关心，不问问你四年来江湖风尘有没有着灾得病……怎么能先埋怨丈夫赚钱少呢？嗯，他离家四年之久，这个妇人是必有奸情。寇准又细问，你回家以后，到底有没有遇见什么异常。张三想了半天，哦，都睡下去以后，我听见有响动，想起来看看，我老婆说是猫，就是不叫我起来。寇准听到这就明白了，奸夫藏在家中，偷听到了藏银子的事，趁着这两口儿睡下，偷偷潜出家门，肯定是趁着夜静更深，他到城隍庙里去偷银子去了。"

二帝一听，"哎，有道理，这个寇准还真有点儿眼力，既然如此就该升堂问案，拷问淫妇，追查奸夫，何必拷打城隍呢？""哎，这就是寇准，要是用刑，就不是他了！他打听到张三家有一个小孩儿，今年已经五岁多，孩子当年满了周岁，张三才出门走。他就琢磨，这个小男孩平时在家里，有奸夫出出进进，不可能避开，应当已经很熟了。所以借着拷问城隍，把全村的人都聚齐，犯案的人心虚，他一定会来。趁着这个时候，悄悄到张三家把小孩给抱来，往祠堂里神像前一放。张三家里的亲眷邻里早就给藏在了后堂，小孩一见当场全是生人，必定害怕，他就得找熟人。小孩一奔这位过去，寇准一看年龄相貌，再问张三却不认识，想来此人并非他们家的熟客亲友，寇准就知道了，偷银子的奸夫必是此人！"

"嗯！好好好！太好啦！吕爱卿，你这个同学实在是不可多得的奇才，他这脑子转得可太快啦！那你再说说，什么叫判土地呢？"这个时候，金殿之上的文武群臣也都听入迷啦。是啊，吕状元，您再接茬儿说说，什么叫"判土地"哪？是不是又把土地爷也给扛回去打一顿？

吕蒙正心里想笑，脸上不能带出来，还得是愁眉苦脸，好像苦思冥想似的，"哎呀，万岁、列位大人，这个'判土地'嘛，微臣我只听过一回，现在实在是想不起来了，反正也是一个奇案，叫他寇准轻而易举地就给破啦！到底是怎么破的呢，我看哪，您还不如下金牌，把寇准自己调来，您听他自己给您说，那不更好吗？"

〖三回〗

吕蒙正在金殿之上给皇上讲霞谷县县令寇准破案的故事，讲完了审葫芦、问黄瓜、拷城隍，该说判土地了，吕蒙正不说了，您要问这判土地，您还是亲耳听听寇准自己讲的啵！啊？满朝文武都着急，万岁，万岁，这寇准是奇才，您还是赶紧把他给调进京来——我们好听几段儿书！皇上一听这都不像话，你们这也叫当朝一品啊？啊？你们瞧瞧我，啊？朕……啊，也想听听！

二帝听完吕蒙正讲的寇准的这些个审案子的故事，这心里暗自就活动开了，要说这位县令寇准是这么样儿的一个人……那潘杨讼他必定有主意出给我该怎么断！嗯……潘杨讼的案子与这些案子都不同，不用查问，事情都是明摆着的，关键看你怎么断，怎么给结案。反正朕是没主意，我怎么断两边儿都不答应，既然如此，不如把这个难题出给你，谁让这么些人都推举你呢。想到这儿，皇上叫八王过来，由八王拟旨。"好，皇侄，你不非要调吗？这个事儿你来办，等他进了京，你再带他来见我！"金殿之上写好了圣旨，派别人办这个事儿叔侄俩都不放心，就得请内府总管大太监崔文携带圣旨金牌，另加派提牌官张龙率领着御林军护卫，赶紧北上山西霞谷县，急调寇准进京上任。

一路无书。崔文快马加鞭，一行人等没几天就来到了山西霞谷县南口的十里长亭。崔文勒马一看，哟，怎么一个人儿都没有呢？崔文心说，我是京城外派的钦差大臣，按说早就有快马驰报给县太爷了呀，怎么没人到

崔文

长亭这儿来迎我呢？这还像话？"来人哪！给咱家到县衙门儿里再通报一声儿去，就说咱家奉圣上金牌已经到了南关外的十里长亭啦，叫寇准赶紧摆队迎接！"崔文心说，你不来接我可以，我手里这是圣旨金牌，那就好比是当今圣上御驾亲临，你一个小小的七品县令还敢不来接圣驾吗？

崔文这一传令，提牌官张龙心说，这个时候我得懂事儿，不能叫大总管操心。吩咐手下的差役照看好总管大人，自己赶紧骑马先进了县城。县城四周都是修缮一新的土城墙，张龙走马就进了城门洞儿。哎，这儿怎么连个看门的军卒都没安排哪？压根就没人查问。走马进城，一看这个霞谷县的街道还真干净，临大街的住户，家家户户都开办了一些个小店铺，家具店、裁缝店、药铺、酒肆、茶馆、客店……应有尽有，一家一家的门脸儿也都收拾得很利落，招牌幌子个个鲜明，别说，招牌上的字儿还写得都挺漂亮——那是，全都是县太爷寇准亲笔给题写的。

霞谷县的县城倒也不大，没走多远就瞧见十字街口了，衙门儿就在十字街口的正北。张龙赶紧下马，到县衙门口儿一看，嘿，甭管是哪一座州城府县，自己和老伴伴崔大总管一路走过来，都是衙门的房屋馆舍最新、最高大、最鲜亮儿，这儿正好是反过来，县衙的房屋最为老旧。而且这座县衙被十字街两头的买卖挤到里边儿，对面影壁下全是摆摊的不说，衙署的院墙全叫小贩儿的遮雨棚搭满啦！好不容易来到大门口儿，头道的大门紧闭，根本就没开。掐指头一算，也对，不是三六九放告之日，要是没什么事儿，县太爷也不用老开着门儿等着人来。可是衙门不开门办公，怎么平常门口儿也没个把门、听差的？那我要是想见老爷怎么办呢？这不成，怎么也得找个人问问啊。张龙来到衙门口儿这儿直拍门，连打门环，"啪啪啪"，竖着耳朵一听，里边根本就没人应声儿。

张龙急得在门口儿直转磨，这可怎么办呢？我不能跟这儿干等着呀。哎，一趔摸，瞧见衙门口儿两旁边都是做小买卖的，挨着最近那儿蹲着一个人，身前摆着一个布口袋，里边全是葵花籽儿——是个卖瓜子儿的。张龙走过来，一看，好么，蹲在那儿打盹呢，睡得还挺香。别人那都有谈价钱、吆喝着的，

張
龙

就这位闲着没事，得，我问问他。

　　张龙走过来，都霸道惯了啊，拿脚一踹，"哎！醒醒醒醒，我有事儿问你！"卖瓜子的睡得正香呢，叫张龙给吵醒了，还挺不愿意的，"谁呀？谁呀？干什么？"眯缝着眼睛瞅张龙，嗯？怎么一团红啊？这是谁呀？过了一会儿清醒过来，仔细一看，"嘿哟，我说谁呢，原来是上差驾到！您是有什么事吗？怎么到我们这个小地方儿来了？"张龙一打愣，可以呀，这个霞谷县的老百姓都能叫得出上差来。"卖瓜子的，我跟你打听点事儿，这个县衙门怎么没人当差啊？""噢，呵呵，您打听这个，我们霞谷县有这么个规矩，凡不是放告牌的日子，这个衙门里就不用人听差了。上差您是远道而来，您或许不知道，自打寇大人来我们这儿做县令，我们霞谷县这几年是路不拾遗、夜不闭户，民风淳朴，多少个月也未准儿能出一两个官司，所以说素常不是放告的日子也没当差的什么事了，就是放告之期，这儿也就留着三两个人，没差事啊！这些位班头、衙役们哪……都出去谋旁的营生去了。""啊，原来如此。哦，那贵县的县令寇大人现在何处呢？"

　　"寇大人？哎呀，今日儿个应当是寇大人在书院里边儿讲课的日子，寇大人是去书院了。"啊？张龙听着都觉得新鲜，还从来没听说县官儿到学校里去教书的呢。"啊，是这么回事，我们呢是奉了圣旨金牌到贵县来见你们县令老爷来公干的，您能不能带我到书院去看看，跟你们县令寇大人说一声儿？""哎哟，是这么回事呀，那可怠慢不得，您这么着，您骑上，我这就带您去。""哎，小老弟，你一个卖瓜子的，怎么对你们县太老爷的事情这么摸底儿哇？""嘿嘿，不瞒着上差您，小人非是旁人，我本是我们县寇大人手底下的班头，我叫江海。""啊？身为班头，你出来卖瓜子？""嘿，这不没别的可干的嘛！卖点儿瓜子儿，多少能贴补点儿。""嗨，真没见过你们县这个样儿的！啊，但不知江班头，您是在哪一班里当值哇？您这儿是怎么个排法儿？"问怎么个排法，这是跟江海客气，就是问你这个班头是正头，还是另论的？江海一乐："看起来您是不信我的话啊，告诉您，小人我是在老爷手下'造班'的！我是大头儿！""噢？那您可太屈尊啦，站堂皂班儿的班头您还跟这儿卖瓜子儿？"

什么叫皂班呢？也叫站班，咱们说这衙门里的差役都说是"三班衙役"，打头一班就是"皂班"，这个皂是皂白分明的那个皂，因为这个班的差役平常都穿着黑衣服，老爷一升堂他们跟着站堂听令，管行刑，平时老爷出门还跟着做警卫……这一班跟老爷最近。江海摇头，"不是站堂的那个皂班儿，那个忒累，我这个是坐在屋里的造班儿！""啊？什么什么？您这位班头，是皂班儿的？您还坐在屋里？""嗨，跟您越说越乱，我这不是皂白分明的那个皂班儿，我们这是登峰造极的那个造！""哦？我怎么没听说过这么一个造班儿？怎么讲？""我们哪，见天儿可不用到堂上去值班儿，我们这个造班可不得了，比方说我们老爷想要点儿什么东西，花钱买不起的，我们造班的弟兄可以给老爷做出来！""那你们也忒神啦，想要什么都能给做出来吗？""不瞒您说，老爷想要什么，我们都能给做个差不离儿！""比方说，你们老爷想要个大姑娘，你们怎么给做？""嗨！还真叫您给说到正题儿上啦！别的都费心思，就是这做个人儿什么的，我们弟兄几个是手到擒来！""嘿哟，我可是头回听说，您都是拿什么做的？不是真给花钱找一个吧？"张龙这是跟江海开玩笑，哪知道小江海一乐："上差，我们这儿可没您说的那个，我们要做，是拿竹子、高粱秆儿、草纸、糨糊……要想瞧着真切，还得来点儿颜色！""嗨！你小子绕了这么半天的弯子，合着您是冥衣铺做纸扎烧活儿的？""哈哈，真叫您说对啦！我们这个造班弟兄都是县里冥衣铺的学徒，师父死了，我们哥儿几个老没活儿，就快饿死了，寇大人瞧着我们可怜，单给我们开了个造班儿，有大人一口饭吃，他是绝饿不着我们，可我们弟兄几个也不能白吃饭，等到大人有用得着我们的时候，我们这手艺可不含糊！"哎哟，把这张龙气得，说了归齐，您还是一白役啊！什么叫白役呢？就是没正式的干部指标，老爷私自招募来的差役，哎，这个人的年俸，就得你老爷自己出，这叫白役。张龙直摇头，心说你们大人能有用得着你们的地方儿吗？他要那么多纸人能干什么使哇？跟着江海朝前走，不搭茬儿了。他可没想到，到后来寇准审潘洪，没这几位还真就办不成了。后文书里穆桂英夜探天门阵、杨八姐下幽州盗金刀，就是这位江海给造出的北国腰牌，就连北国的都督自己都难分真伪。

前边拐过几个巷子，眼瞅快到县城的西边儿上了，城墙以外，是山清水秀的一个地方儿，柳林底下有这么几间茅草房，走近以后，但听得琅琅的读书声从书院之中传出来。江海把张龙给扶下马来，"上差，您哪，先在这个地方等会儿，咱们等他这堂课下了，小人我再进去禀报。""哎呀，江班头，非是我不能等，实在是崔公公在城门外十里长亭那儿再等下去，我恐怕他老人家不耐烦哪！""哦，上差，您有所不知，这个是我们老爷定下来的规矩，只要是学生上课，再有什么事都得等下课以后再找他说，上课在我们这儿乃是一桩大事，除非出了人命关天的大案子，谁要是去学校打搅他老人家上课，回头他找谁的麻烦！""啊？就为了给你们乡里乡亲的孩子教书，你们大人就敢不出来迎接钦差？我觉得不会，你们哪，甭管怎么说，你们得去禀报一下啊。""嗨，您是不知道我们家大人的脾气，这个事儿呀，您还是等一小会儿啵！这您看，马上就能下课啦！"张龙一看哪，我这可等不及，这么等着，回头大总管还不得跟我急啊？我啊，我先回去告诉崔公公一声儿啵！张龙一跺脚，"得嘞，我不跟这儿傻等着了，我回去交差了，反正这个事我是跟你说了，你们大人来不来接大总管，你呀，你掂量着办吧！"

张龙上马回到县城外边儿，这会儿崔文已然来到县城大南门了，这崔文就可以了。见张龙走了后，心说我还是到县城门口等着吧，这么着寇准出来接我，我也有面子了。他的脸面也保全了。崔文就带着手底下的护从校尉和御林军士卒们骑着马溜溜达达顺着官马大道直奔霞谷县城门而来，十里长亭嘛，就是十里地，步下正常走，按现在的钟点说是四十五分钟左右。马小跑着要快一点，也就是三十多分钟。眼看着到县城城门外了，张龙也回来了，嗯？怎么就张龙自己呀？噢，这是刚得着信儿，得预备预备？好嘛，张龙回来一说，得嘞，大总管哪，人家那儿完了，给小朋友教书都比您来这个事重要，人家还跟学校里上课哪，没搭您这个茬儿！这不成心给撮火儿吗？嘿哟，把这个崔文给气得，好啊你寇准，好，你等着，我还不进了呢，我回去！说完了拨转马头要往东走。

提牌官张龙赶紧给拦住了，"我说，大总管，您要是回去，万岁爷问您调来的清官呢，您怎么回复啊？""我呀，我就回复说他寇准藐视圣恩，我擎着金牌来调他，这个猴崽子竟敢不出县城来接咱家！"说是这么说，老公公一琢磨，不成，都说这位寇准断案如神，我这是干吗来啦？我这是承受满朝的文武和佘老太君、八王千岁的重托来调寇请贤来啦！我这么回去，这个潘杨讼什么时候才能审结呢？得了，你不接我来也算是你的本分，咱家我自己进去吧！想到这吐了口气，"得啦，咱家不跟他小寇儿计较，走吧，咱们自己进城！"崔文领着提牌官张龙和一百名御林军开进霞谷县县城。

这霞谷县是大宋朝的边远小县，从来还没见过这么多兵卒哪，老百姓一传十，十传百，都到大街上来看热闹来了，就仿佛是夹道欢迎一般，哄得崔文也挺高兴。哎，还成啊！这霞谷县的民风还是不错的嘛！啊，街道两旁都是买卖铺户，都收拾得很干净，人来人往，买卖还都挺兴隆……瞧着这些个兴旺景致，老总管心情越来越好，走着马就把寇准不来接自己这个恼怒给忘了。

走来走去就到了十字街口的县衙门口了，这会儿衙门班头早就把钦差来到霞谷县的事儿告知县令寇准和二师爷杜审明了。班头们先得说好听的，把衙门口儿摆摊的各位乡亲们挪走，腾出来地方好给钦差们歇马。师爷杜先生带着衙门里外十几位衙役在衙门口儿这儿等着呢，见到老公公的马头来到街口，都迎接上来。崔文下马，杜审明过来施礼迎迓。崔文一瞧，别说，这位刀笔小吏的相貌很不错，眉清目秀，三绺墨髯，举止也很文雅。杜审明说话很客气："哎呀，小人不知上差天使驾临鄙县，有失远迎，还望钦差大人您多多海涵！"嗯……这位说话还挺顺耳的，"哎呀，先生，您这是……在贵县哪一堂当差哇？（你是干什么的？）""哎呀，瞧您还跟小人我们客气，小人我就是县太爷手底下帮着研墨铺纸的一个帮闲文书，我姓杜，学名是审明二字，小人可禁不起您跟我们这般亲近！来，您看着脚底下，咱们进后衙歇息。""哎，小杜你可真不错啊！好好，我慢着点儿。"老公公大总管崔文就迈步进了衙门的门槛了，顺着台阶下去，从院子里就直奔正堂了。刚走到一半儿，就看见从里边又走出一位来，也是眉清目秀的一位先生，看模样……哎，这不正是师爷杜审明吗？啊？老公公就是一愣。哎，这不是在我身后呢吗，你怎么这么快又跑正堂里边儿去啦？

崔文一回头，刚才接自己这位还在自己身边呢。这个杜审明微微一笑，"崔公公，您可别见怪，这位是我们衙门里的正笔文书，是我的哥哥，他叫杜文清。您看，他和小人我乃是同胞孪生的兄弟，因此上形容相仿。""哦？你们哥儿俩好，你们哥儿俩合在一处不正好是审明、问清吗？有这么巧？看起来哇，这个官司交给你们老爷来打，这是皇上的洪福啊！"杜审明还不知道这位大老远儿来霞谷县干吗呢，可是一听这个话，自己心里多半儿猜出来个大概。看起来是我们老爷审案子的名声在外，叫万岁爷知道了，万岁爷有疑难案件也要叫我们老爷去查。审明、文清二位先生引着大总管崔文往里边儿走，进了县衙的大门，当间儿是青砖铺就的一条甬道，旧而不破，左右分公务各房，迈步向前，正对着是县衙的仪门。老公公刚走到这儿，仪门当间儿的大门也给人打开了，打里边儿规规矩矩走出来一位：

头戴银顶帽珠的帽翅儿乌纱，身穿浅绿色圆领官服，腰系素银带，当胸绣着鸂鶒鸟，这是正七品的官服；这位身高能有七尺五，身材清瘦，五官端正；面如冠玉之色，两道直眉，斜插额角，一对凤眼，皂白分明；高鼻梁，通关玉柱相仿，四字口，唇红齿白；颔下是三绺青须，随风飘摆。单看相貌，浑身凛凛正气。

哎呀！想不到哇，在这个穷乡僻壤，这个七品县令是如此一表人才！我心说这典吏的相貌就够可以的了，这位县令也这么俊朗？难得难得！崔文是满怀的喜悦，走上前……再看这位走过来躬身施礼："嗨儿……卑职寇准嗯儿，未知圣儿使钦嘤差……尊嗯驾光临鄙县，有失远迎嗯！还望钦嘤差大仍（人）儿……您恕罪呀！"嚯？满口醋香，浓重的山西口音，嗨，怎么是这么个味儿哪？

来的这个人，正是霞谷县的七品正堂寇准寇平仲。

〖四回〗

在北京评书和京剧里，都说寇准是在山西霞谷县做县令，在西河鼓书里说的是"峡口县"，还有说"峡沟县"的。其实呢，寇准的原籍是陕西渭南华州的下邽（音"规"）县，霞谷县就是从这下邽县的谐音来的。

为什么又都说寇准是"寇老西儿"，说他是山西人呢？其实评书里把寇准说成是山西人是挺晚以后的事儿，现在看，至少得在清朝的咸丰年间以后了。为什么这么说呢？北京评书里头的倒口本来起源于相声，相声火起来是在嘉道之后，尤其是清末民初这段儿时间，因为只有在这段儿，四九城里跑来跑去的外地买卖人逐渐多起来了，说唱曲艺节目里加点儿河北武强、安平、保定或山东、山西各省的方言，能裹出点儿笑料。可在评书里加倒口活儿，有诙谐的需要，更多的还是为了吸引这些外籍的客人。

早先呢，茶楼是靠说红脸书——《三国》来笼络山西的客商；说黄脸书——《隋唐》是专门有一批山东客人给捧着，当然也要说到山东好汉单雄信；说蓝脸书——《连环套》是专给河北的客人预备的。到后来茶馆的老板可能都是这些外籍客商了，这都是对应着的。杨家将的籍贯虽说有争议，那是最近几年的事儿，在早先都说是山西人。到了晋商活跃京城的年代，这书里山西籍的正面人物和大书就越来越多了，像什么《兴唐传》后部里的朔州尉迟恭、乔公山①啊,《薛家将》里的薛仁贵啊,《富贵寿考月唐传》里的郭子仪啊……后来故事里需要用倒口来表现的山西籍人物也多了,最出名的就是《三侠五义》里的白眉毛徐良和《倒马金枪传》中的寇准。用今天的话说,在早先的书里,寇准的戏份儿并没那么重,也不用倒口。在老书里,这部书中共有三位智多星式的人物,一位是苗崇善,到后来三帝真宗被困铜台,是苗崇善夜观星象,告诉三帝杨六郎没死,出谋划策,帮着给搬请杨六郎三次出世。这一段儿后来就被改编成扣到寇准头上了。第二位是状元吕蒙正,到最后萧银宗诈摆金枪会,和北国五宝国师舌辩机锋,抢回来八杆金枪,这是吕蒙正的事儿,后来也把其中一半儿的功劳安寇准头上了。所以说寇准这个人物是在后来一点一点地丰富出来的。这是给您交代几句闲话,对与不对,还得专家们来研究。

寇准这个人,《宋史》里有一句话,说他少年之时就称得上是"英迈绝伦"。寇准是太平兴国二年十九岁上殿试举进,官封吏部六品员外郎。哪儿知道就因为秉公评断官员的功勋,触怒了当朝朋党,遭奸臣的陷害,在吏部效力才几个月就被贬到山西霞谷县做了个七品县令。自他上任六年两任以来,整肃吏治,裁除冗员,惩办贪官毫不留情,洗血冤案,巧破奇案,广聚贤能,肃清匪乱,把个霞谷县治理得是井井有条,老百姓安居乐业,丰歉有盈。到两任期满,本来是要升迁的,可是他在霞谷县不但说从来没贪污,就是自己这点儿应得的俸禄银两,还都给自己招募来的这几位编外白役分啦!所以这位父母官儿手里也攒不下闲钱来。可府台一应官员,您不上下打点着,

① 乔公山这个角色最能体现说唱艺术的接受史脉络。在明代嘉靖以后先后出版的隋唐演义类小说中,乔公山最初只是一位河东叛军中的将领,后来因是和尉迟恭一同参军的战友,在李世民意欲收降尉迟恭时出面劝降;在南方流传的说唱故事里,后来发展为尉迟恭的故友,出面劝降。在北方的书目《说唐》里也是故交,但最后因为拿出尉迟恭旧主刘武周的人头,被尉迟恭一剑刺死。但从陈荫荣先生整理的书目《兴唐传》故事情节来看,很可能清末民国时期的双厚坪、品正三先生在说到乔公山时,山西乔公山已经变成为一位本乡本土的富豪,而且是收养了孤儿尉迟恭的慈善家,富可敌国,捐助国家行军,等等。我的判断,这是清末时期对当时在京晋商的映射编演。

该提拔的时候人家能想着你吗？再加上老百姓联名上书挽留，寇准自己也和霞谷县的老百姓难舍难分，就这么，在霞谷县破例连任三任，接茬儿做七品芝麻官儿，该升迁也就没升成。

可是这霞谷县的民风本来就淳朴，寇准来了以后又治理得当，老百姓来来往往，春种秋收，尊礼重信，可就少有纠纷民讼啦！这后两年的县令，寇准做得也实在是太清闲了，一应的公文往来手续，杜氏兄弟处置得都很得当，见天儿闲待在衙门里也无事可为。就这么，他才帮着本县的几家学堂给教书，顺带着也到各地体察民情，为霞谷县日后多做打算。今天有钦差大人要到霞谷县，寇准知道不知道？他当然知道。为什么不去长亭迎候呢？他是根本接不起！

为什么这么说呢？您有工夫儿翻翻相关的历史研究文献您就清楚了，在历朝历代，给这县一级衙门的书吏差役都是有数的，上头按照你这县额定的衙役人数给你派饷银。书吏的日子过得还好点儿，一般普通的衙役一年也就是六两银子。什么概念呢？刚够这位自己一个人吃一天饱饭的。可是谁不得养家糊口哇，这点饷银哪儿够用呢？所以您可能听过一个词儿，叫"养廉银子"，这是皇上在制度以外另拨给各州各县的官员胥吏的。可那是给够品级的官员的，这些衙役呢？自古以来这些充了衙门差役的人没别的出路，就只能是另谋灰色收入，没办法的就靠盘剥百姓啦！要不怎么说，过去留下来这么一句话，叫"车、船、店、脚、衙，无罪也该杀"[①]。您到衙门里去充了差役了，也就难保立身啦！凡是充了差役的，自家三代人不允许再参加科考，也不能再选任官员了，只能算是下九流的社会成员。可是您说怪不怪，国家给每个县衙的差役定额也就是一百多名，可是真到各个县衙里去查点……岂止这些哇。怎么会有这么多呢？就是白役。

那些在编的衙役还要雇佣好几个白役帮自己的忙，要不然这人手不够。

---

① "衙"也据说可作"牙"，指古代的商务中介。此处不可深究，完全可以看作是说书艺人临场发挥的点评话语，要配合听众的情况，借机发泄对世俗的不满。

可是定额的差役钱还不够哪，白役们的花销从哪儿来呢？您比如说吧，有案子了，该下乡去拿被告来听审，这差役自己不去，到县太爷那儿去领下来签票，把这签票就转交给下边的白役，交给他们去办。这些底下的白役呢，想要这签票的可多着呢，谁想得这个差事儿，谁就得给这位塞"票钱"。拿着这个签票，好办了，有句俗话，叫"衙役下乡，势如猛虎"。白役拿着拘牌签票到下边和保正、里长通同一气，既勒索被告，也挟持原告。您想赢官司？这个案子的牌票都在我手上呢，我这个不拿回去销票，您这个案子就不能开庭！您拿不拿钱吧？您想躲过这场官司吗？明告诉您，明日儿个您就得跟我回去销差。您要想再拖几天，好办，照日子算吧，一天得关多少钱……到了清代末期，许多县里的白役能达到一千多人，靠什么活命？无非就是以弊谋利！

书回正文。寇准来到霞谷县，惩治酷吏，削减冗员，除此以外，自己也招募了一些身怀异能的豪杰义士，把自己的饷银全分出去。那也不够哇，赶上这几年公务清闲，得啦，除了放告之期得有几位回衙来当差的，其他的差役平常都出去做点儿小买卖，赚点外快来养家糊口。您说吧，霞谷县从县太爷寇准到下边的杂役人等，都得靠做杂务、买卖来贴补家用，绝不巧立名目压榨百姓，哪儿还有钱操办迎宾礼哪？甭说礼炮、礼乐队啦，就连迎宾的酒水宴席他都办不起。这寇大人倒也有主意，干脆就假装不知道，自己按例还是到学堂去教书去，等到你钦差大人自己进城来以后，我在县衙里迎候，我先接了圣旨，只要圣旨我接了，后边的事就好办啦！

哎，寇准回到县衙，自己换好了官服，打开仪门，自己从堂上迎接出来，见着崔文深施一礼，口称罪过："哎呀，卑职寇准不知钦差大人光临鄙县，有失远迎！还请钦差天使降罪！"崔文心说我来此地你能不知道吗？你是光顾着教书挣钱啦！也不理他，自己一直走进了正堂，堂上早就有衙役摆好了香案。崔文来到正位，身后的小太监跟上来，等老公公一伸手，提牌官张龙请出来圣旨金牌，恭敬地交给崔文，崔文手持金牌："金牌到！霞谷县明府寇准接旨！"寇准赶紧撩衣襟跪倒在堂前，"吾皇万岁万万岁！微臣寇准见驾！"金牌到这是如皇上亲临哪，圣旨就刻在金牌上："奉天承运，皇帝诏曰：朕承天命，皇极位尊，金牌所至，如御乘幸临，兹有紧要面授，钦命寇准即日奉旨进京候谕，不得有误！钦此……""微臣谢主隆恩！"三拜九叩，起身接过金牌——就得凭着这块金牌来赶紧办理公务的交接杂务。

您听这圣旨写得有没有学问，根本就不说是什么事情，就是说我这儿现在有点儿急事，皇上我得当面跟你说，你赶紧到京城来，后面的事儿，叫"候谕"。有句老话，叫"文官怕调，武将怕宣"。武将为什么怕宣呢？宣召一到，您得空身儿进京面圣，身旁不能带着自己的亲兵卫队，那要是皇上猜忌你，担心你有举兵谋反之意，就能将你软禁在京师，或者干脆就把你宰了。"文官怕调"，文官捧着金牌调进京城，一般可不是好事！为什么呢？要说是升迁，州县的品级官吏凡是要调进京的，早就先听说了，不会到金牌都到了眼前了还蒙在鼓里。那么调进京能是什么事呢？凡是这种情况，多半是在自己身上犯了案啦，有监察御史给立案，六部出人来翻底儿审查，这就得把你给调进京城——当天你就得收拾细软启程，一刻不许耽误，这是防着你跟别人串供。进京以后，在六部里一禁就是几个月，不问你也不办你，怎么着，再待下去，自己的官儿早晚得丢喽！所以说文官最怕见着调令金牌。

那阵儿的圣旨文字得先由翰林院的学士在殿前拟定，交由大学士和皇上审阅议定，最后找那书法好的翰林待诏来给写好。所以说这圣旨上的话说得可有学问，这份圣旨金牌里没给寇准交代是什么事我调你，这是二帝成心的，他是成心想吓唬吓唬寇准，给寇准一个下马威，等你胆战心惊地进了京城，我再把这个活儿跟你一说，我倒要看看你这个清官敢不敢接这个潘杨讼。

崔文在官场多半辈子了，皇上这点儿心思他能不明白吗？心说八王千岁和吕状元把你吹得都神啦，你这个七品芝麻官到底有没有这个真本事，我得试巴试巴。"啊……寇大人，既然圣旨金牌您已然领受，就请您赶紧收拾行李，随咱家一同遄奔京城覆旨吧！"寇准呢，这脸上一点担心的模样都没有，把金牌回身儿交给了杜文清收着，整了整自己的衣冠，躬身跟崔文和张龙说："啊，崔公公，张大人，您二位远道而来，风尘难耐啊，不嫌下官的公廨鄙陋，还请二位天使钦差移步到后堂草庐之中略用几杯淡茶，哎，也表一表卑职我的敬意。"嘿，这话说得挺顺耳。崔文看看张龙，张龙一笑，得了，大总管，客随主便，咱们都到了霞谷县的县衙啦，何不进去坐一坐呢？崔文也一乐，好，喝杯茶这是客套呢，怎么还不得给摆一桌宴席哇？我们这么多人哪。

抽身绕过正堂再往里走，哎哟，崔文一看，这个县衙里可真够穷酸的喽！从正堂往后走，是二堂，穿过这个二堂，后边是内宅的院门，再进来就是三堂，也就是后堂。崔文到在县衙的后堂一看，好么，二堂往前边还说得过去，可从这内宅院墙往里……这儿也忒乱啦！原本说，这三堂应当是仅仅比正堂略小一点儿的高堂明室，可这院里……这位寇准的后堂还真不是他方才谦虚，就是一茅草棚子，寸瓦都没有！崔文溜达进来，抬头一看，好嘛，后院这按规矩得是县令后宅的花园呀。哪儿有什么花园，花厅也就是拿几棵老树和竹竿支起来的帆布棚子，里头晾着白菜叶儿、玉米棒子，再往后边瞧，花园改菜园子啦，一块一块都是菜地……寇准把两位大人给让到茅草棚子里——噢，合着这就是后堂啊！还好，进来这里头是一青石方桌儿，四面儿支着几个石蹾儿，总算有个像样儿的坐的哇，将就着坐啵。

崔文和张龙坐下，后边儿几位随从小太监都在园子里给摆开好几个板凳儿，就这么都坐下来，有三班衙役们陪着。这些小太监，什么时候受过这个呀，鼻子不是鼻子，眼睛不是眼睛的。寇准也跟旁边儿这儿坐下来，招呼自己的书童，"来呀，寇安，赶紧给两位钦差沏茶，给多抓两把茶叶。""哎！好嘞！"小书童乐呵呵地往菜园子里走。

工夫不大，后院有柴烟腾起，哦，这是给现烧水哪！小书童端着一摞大茶碗就出来了，在崔文、张龙的面前摆好喽，嘿，从自己身上摸出来一个小纸包儿，打开来里头装着茶叶，挨个儿给碗里先倒好……崔文一瞧，这是什么茶叶？瞧着带着点绿色儿，可一点儿茶叶模样都没有，全是碎末子，哗啦一倒，叫小风一吹，噗！刮得脸上、鼻孔里都是！寇准赶紧拿袍袖这么一拢，"哎，公公，您看，得赶紧捂着点儿，要不然都叫风给刮没啦！"崔文和张龙也学着他的姿势把茶碗给拢起来，等着书童寇安再回去提着水壶出来，挨个儿把开水给冲上。崔文这个气呀！您不说给我们上毛尖、龙井、铁观音，您也别给我们喝这茶叶末哇。再看寇准，端起茶碗来，“来来，崔公公，张大人，千万别客气，您赶紧尝尝，这可真是好茶啊！”拿嘴跟那儿吹着末子，嘶喽、嘶喽地吸着……头道茶喝下去，崔文这个别扭啊，把茶碗搁在桌子上就不想再端起来了。

张龙坐在那儿偷着乐，“我说寇大人哪，您这茶可是真不错，啊，您看看，咱们几时能够启程啊？”“哦，崔公公，张大人，您几位从京城过来，一路上用了几天？”“嗨，我们是奉旨急调，一路上快马加鞭就来了，就用了五天！”“嗯……好，那么下官我进京只要四天时间就够啦，咱们明日一早再启程——您几位远道而来，实在是太辛苦啦！这么连着赶脚儿，肯定是歇不过乏来。下官我可不忍您几位如此劳累，就在鄙县歇息一个晚上……再者说，明日又是放告之期，下官我虽说该当遵从旨意赶往京城，可这霞谷县上上下下还有不少的公务往来，我得跟县丞和主簿交接一下，要不然下一任县官儿到任……就没法办啦！”

崔文和张龙觉得也有理，自己还真是累了，“好吧，那就有劳寇大人您给我们一行人安排驿馆下榻吧。”“嗯……崔公公，下官我不好意思……”“啊？寇大人，您还有什么不便当面讲的吗？”“这倒不是，这个鄙县啊，现在这全年的花销都是有数的，我还真拿不出钱来给您住驿馆用的。您看看，我这后院儿里还有这么好几间儿瓦房哪，这房子都不错，遮风挡雨都不成问题！要不您老就屈尊一宿？”崔文一看，得了，您这还遮风挡雨哪，那瓦片都掉了快一半啦！把脸一撂，“嗯？寇大人，这就不对了，据我所知，这每年朝廷都给各县派发下来修缮衙署的银两，这个数额可不在少数。可是我看你这里，墙未粉刷，梁柱朽坏，屋瓦不齐……您这……怕不是都入了私囊了吧？”书童寇安先搭茬儿了，“老公公，您这可就冤枉我家大人啦，我们霞谷县这个地面儿实在是太穷了，山里边的老百姓老也住不上能遮风避雨的房子，都在窑洞里过日子。我们寇大人着急啊，把那些该用来修缮自己内宅的钱啊，全都给四乡八镇的困难户送去了，帮着这些老百姓盖起来不少的瓦房。"崔文听了还不信，心说你这样的老崔我也没少见，把后院打扮得挺穷酸，这是给上峰装样子，跟上司哭穷。一来多讨要点儿赈济的银两，二来给自己攒点清官的名誉。哼哼，你寇准能上清官册，没准是用的什么招儿呢！老总管心说，我到底要看一看，你这个寇准是不是清官。有主意了，"好吧，有道是客随主便，我们来了，就得听你寇大人的，您说让我们住哪间，那我们就得住哪间。"

就这么，这一行钦差护队都住在县衙的内宅宅院里了，也就是这菜园子里。当晚这顿饭寇准管不起，也是张龙花钱，到县里的酒楼里头做得了，都给送到后院来，三班衙役陪着喝酒，都挺高兴。哎，这是要调咱们老爷进京升官啊！好，喝！一直这酒就喝到二更啦，大家伙儿散去。崔文就盯着寇准，嘿哟，还真就进了后院的一间草房下榻。崔文找个借口非要到草房之中和寇准喝茶聊天儿，进来一看，真不是装样子，这房子还真就是住了好些年的土坯房，内中家具全都是常年使用，也都是带包浆的。崔文可就从心里有点佩服寇准了。说了几句闲话，还是不提皇上为什么调你的茬儿，回自己的屋子睡觉去了。

一夜无书。到了第二天一早，内宅的门口这儿有杂役给打云板儿，"当、当、当、当、当、当、当"，给敲七下儿，这是唤起；内宅的书童寇安早就起来了，给寇大人打好了洗漱的水，自己出来把内宅的大门给打开，拿棒槌也上云板上点两下儿，这就告诉前边，预备上班儿啵！好，二堂、正堂、仪门、正门……都有衙役到岗，各自敲响梆子，互相知会一下。等大人洗漱完毕了，寇准往出一走，好，再传第二轮梆子，这回都得敲五下，叫"仁、义、礼、智、信"俱全。赶大门口儿放告牌儿这儿的梆子刚一响，就听见衙门口儿"咕隆隆隆隆……"哟，这是击鼓鸣冤！

崔文一听，一骨碌就爬起来了。哈哈，小寇儿，你不是说你这霞谷县好几年没出过案子了吗？怎么单我来的这一天你这有人喊冤呢？看起来你无非是浪得虚名，你并不够个清官！

〚 五回 〛

皇宫内府大总管崔文和提牌官张龙，拿着圣旨金牌，到霞谷县调寇准进京。到了霞谷县一看，怎么这个寇准这么穷呢？太抠儿啦！做县官没有做成这样儿的呀。崔文就说了，我就住在你这县衙内宅里，我看看你寇准到底是装穷还是真穷，你到底是不是清官。哎，就这么着，老公公崔文就住在后院了。到了第二天，恰好是放告之期，有人擂鼓鸣冤。崔文就乐了，哎，张龙，你看看，我说怎么样，这个寇准可不够个真清官，他跟咱们是怎么吹的牛呢，说什么三年来就没出过什么案子，你看，咱们才住在这一天，这一放告就有人来敲鼓鸣冤。咱要是住上他半年哪，得吵吵死！走！咱们出去看看去，到底是什么人来喊冤。

寇准正要到正堂和县丞、主簿交接公事呢，闻听外面有击鼓之声，有衙役来报："大人，适才有人击鼓鸣冤，可好升堂？""哦，本县我这是最后一天，正好升堂。"于是站班儿的衙役在两旁站堂喝威，寇大人居中落座，有人将击鼓之人就带上堂前。

寇县令定睛观瞧，击鼓之人共有两名男子，相互撕袍揪带着就晃上公堂来了。敲敲惊堂木，吩咐："堂下来人，是霞谷县本地人还是过路的客商？可知道本县无冤不伸的规矩？何必推推搡搡，少时定叫你们的冤情大白！你们谁是苦主？"俩人都说："大人您明断是非，小的们是久有耳闻！"说完了俩人就都松手了，各自按原被告的位置站好。

过去打官司，原告站在老爷的左手，被告站在老爷的右手。站在左手边这位先说话："青天大老爷，小人姓李，名唤李宾，是邻县齐沟村人氏。今年开春，小人就带了本钱辞别父母妻儿，去到太原府买来皮毛山货，再辛辛苦苦运到洛阳去卖。好不容易到现在销售完毕，赚得了纹银八十二两。小人离家也半年有余了，思乡心切，就紧着往回赶路。昨夜晚间，小人我就来到了咱这霞谷县界，投宿在胡家客栈。一路之上，小人我孤身一人身携重金，害怕被强人看见惦记着，不敢怠慢，就将这个盛装银子的袋子给改换为钱袋。到了柜台上，就把这只钱袋寄存在柜台上。哎，就是这位胡掌柜，也就是这家客栈的东家，他亲自为我办的寄存。唉！也是小人我担心财物外露，没敢说这袋子里边装的是银子。只说是钱袋一只，掌柜的给登记的便是钱袋一只。哪知道今日早上小人领回了这只袋子再这么一查看哪，里边全都给换成了铜钱了！分量倒是一样！青天大老爷啊，里边明明都是从洛阳兑的纹银，有八十二两呢，怎么在柜台上存了一宿就都变成了铜钱了？小人想这一定是掌柜的发现这个袋子里装的是银子，趁夜都给小人我调换了。大人哟，小人在邻县老是听说您断案如神，这要是在别的地方啊，小人我也就忍气吞声了，为什么呢？因为谁让小人我鬼迷心窍，非得把银袋给换成钱袋子呢！大人，您给我们断断吧。"

寇准一听，噢，是个做小本生意的。就问旁边的这位："你可就是胡家客栈的掌柜呀？"这个人一身儿富户人家的打扮，拱手作揖说："大人，小人我名叫胡守茂，胡家客栈乃是祖上留下来的产业，是咱这霞谷县里最有名的车马老店，四乡八镇无人不知，是个诚信买卖，童叟无欺。啊……方才这位客官李宾所说的也俱是事实，没错！唯有一节，小人我对寄存之物向来是离手进柜以后不再挪动，不凭寄单我是谁来都不给开柜呀！他说这个里边是银子，又无有凭据，非跟小人我要银子，我哪儿有哇！小人我是被冤枉的啊！我琢磨着这是生要讹我的银子，求大人您给个明断！"

被告陈述的夹当儿，大堂前就围满了人，因为这霞谷县已经有日子没案子了，今天有人来敲鼓，是个新鲜事儿，大家一会儿就全知道了，有人一起哄，就全到衙门来看热闹了。再者说，昨天崔文这一队人浩浩荡荡进了城，城里头老百姓早就传开啦，今天老爷要离开霞谷的信儿也都知道了，正要赶到县衙来相送寇准，正好赶上有人来告状，嘿，正好再来听听老爷最后一次断案。霞谷县的县衙门历来都是开堂听审，所以一会工夫老百姓就挤满了。

崔文正在这个时候从后衙走到前堂，他也不上大堂坐着听，专门就在人群之中站着，旁边儿有张龙和昨天接张龙的那个造班的班头小江海陪着。一看里边这个热闹劲，心说我先听听这个寇准审案子的本事怎么样，要是不行啊，我也甭麻烦了，直接回去告诉圣上就说这个人不行，审潘杨讼没戏！我还费那个劲干吗哪？想到这儿，崔文就在这个堂口儿一站，听寇准问案。可等听完了这俩人说的话，崔文一琢磨，就跟张龙说："我说张提牌，你看见没有，这个喊冤的是外地过路的，这个被告乃是霞谷县百年老店的东主……我看哪，寇准怎么也得向着本乡本土的，今天又是他最后一天放告，他准得判这外乡人输官司，他说的这些，全都没凭据啊！"张龙是一介武夫，没想明白，直发愁，不知道该怎么说，笑一笑，也不说谁是，也不说谁非。江海乐了，"我们大人可有的是主意，反正是他能把这案子整个给翻过来看清楚，您就听吧，是非曲直，一会儿就能问明白。"

这个夹当儿，寇准开始问案了，他先问苦主李宾："嗯，本官我都听明白了，李宾啊，那只装银子的钱袋子现可带在身边？""小人拿着呢，再也不敢撒手啦！"从肩膀上把钱袋卸下来，交给衙役，递到大人面前。寇准也不嫌麻烦，把钱袋子里的铜钱都给扒拉出来，摊在桌子上清点了一下，哦，不少啊……一个一个摆开了，袋子顺手就放在书案之上。又问掌柜的胡守茂："胡掌柜，你那寄存的账本带来了吗？""哟，回大人，一大清早这位客官他把我给扭来了，小人哪能带在身边啊。要不我再回去一趟把账本给取来给大人您过目？""哦，不必了，你店内还有什么人哪？""现在还有两个小伙计和我的糟糠之妻在店中看门。"寇准又问："那么昨天你收下这只钱袋的时候，旁边可有人在呢？""旁边？有人！除了我店中的小伙计姚二、糟糠黄氏，还有好几位的住客在厅堂饮酒呢。""好，有人证就好办啦！来呀！"寇准唤来衙役，到胡家客栈去传唤昨天晚上在厅堂饮酒的住客和伙计姚二，并取来账本。工夫不大，一应人等都被带到堂上，一一问过，时间过从细节都问得明白，没什么破绽。寇准取过账本查阅，只见最后头倒数第三行写着"邻县齐沟村客人李宾寄存钱袋一只"，底下是年、月、日、时，经手掌柜胡守茂的签名和印信。再看下面两行，也是客人寄存的贵重物品，经手人都是胡掌柜。寇准这个时候又在那儿仔细检查了一下钱袋，翻了看，看了翻，自己还在那嘀嘀咕咕，好像在算着点什么，一会又掰起手指头来了。

崔文看着想笑，小寇儿，你在那儿装神弄鬼啊？这招儿你在这个县里都用了九年了，现在临了要走了你还使？还能管用吗？崔文低声地对张龙说："这个案子叫咱家看来倒也不难，你看这个外乡客商，面带风尘，忠诚敦厚，他说的都是实情。你想啊，他一个外乡过路的，岂能无中生有哇？这个案子并不难判，定是这个胡掌柜的见财起意，偷梁换柱，把他的银子给换成铜钱了。""嗯，公公您说得太对了，小人我看了这么半天儿，可也认为是这么回事。但公公您有没有想过，咱怎么抓到掌柜贪财的证据呢？李老客空口无凭啊。""干脆派人去他家里搜上一搜，再不行啊就在堂上用刑，看他胡掌柜能耐多久。"小江海又插嘴了，"哎，要是靠用刑，那就不是我家大人啦！您二位啊，老实瞧着吧。"

寇准这会儿回到位子上坐好，一拍惊堂木，"嘟！大胆李宾，人证物证俱在，都说是钱袋一只，你偏要说装着的是银子。你又无有证据，叫本县如何断案？也罢，本县无能，就请上苍协助断案！你的银子要是真的被掉包，那么掉包的人必定就在堂上这几个人之中。本县刚才问过神灵，神仙就跟我说了，他叫你们每个人在手心里写个字，写什么呢，就写着'住客李宾的银子'，因为这些银子啊那是见不得光的，就在这个堂前院子里晒上那么一晒，一个时辰之后，谁拿的银子，谁手上的字就会融化无痕。哎，所以啊，咱就请神灵帮着问案。可是问是问啊，要是这一个时辰过去以后，那字啊都没化掉，嗯，就说明你李宾是无中生有啊，你是来栽赃他人，本县定不轻饶！"

这都什么事啊！崔文心说这都哪跟哪啊，哪有这么问案子的，胡闹啊！好个糊涂的县令，这不是徒有虚名吗？"你们看看，我说他得向着本乡本土的人吧，他这叫问案吗？一会儿……这手心儿里的字晒不没，就是这客商栽赃陷害？"张龙也摇头，"崔公公，看起来这清官册也靠不住啊。小江海儿啊，你说你们霞谷县三年没出过案子，可是今天就有人击鼓鸣冤，你说说这是怎么回事儿。难道说你家老爷，就为了维护本地的声誉，就能如此荒唐问案？"江海拍拍二位钦差，"您哪，现在说这个话忒早啦！我跟大人好几年了，我知道这是大人使的计策，可是到底他要怎么问这个案子，小的我也猜不透。您再看一会儿，要是处断不公，别说您二位啦，您看见没有，堂上这么多位的百姓，他们能干吗？您接茬儿听着啵！"

你别看寇准在上边说的这个事就跟玩儿闹似的，可是一脸的认真，叫文书杜文清挨个儿给登记下姓名，然后挨个儿给手心里写上字"住客李宾的银子"。杜文清知道老爷有特别的办法，特意还问呢："老爷，咱写在哪只手上啊？""啊？哦，谁知道神灵是不是左撇子哇，可别看不着哇。那这样啵，两只手都写！""啊？"李宾心说你就写一只兴许那太阳晒得厉害，一出汗就给化喽，这写两只手那能没得了吗？咳，老爷已经说了，好，两只手都写上。这么些个人就都举着巴掌到仪门以里的院子里去晒字去了。这里边不少都是外地过路的住客，没听说过寇准问案故事的人呢，可真纳闷儿。"哎，我说朋友，这是怎么一回事啊？这也叫问案子啊？""咳！别问，咱是外乡人，就当是陪着他们玩玩，玩玩可是玩玩，咱可得小心点，别让这手上的字啊污喽，要不人家一会赖上了，洗不清噢。""对，小心着点，不然这银子就得咱们赔啊。"这些人都好好地举着手，仔细地盯着那几个字。"嗯，还行，还挺清楚，嗯，字写得还不错，我这是颜体字。哎，仁兄，您那字呢？""我啊，我这是柳体。""哟，这位先生怎么还变着体写呢？""咳，我是不认识瞎说的。"几个人就站在这逗贫。现在是九月底，天气阴凉，手心儿不那么容易出汗，所以这个李宾站在那儿是干着急啊。

崔文发现，寇准扒拉来扒拉去，几个人都写上字到那院子里边去站着晒字儿去了，只有一个人给留下来了，谁呀，那个客栈的小伙计姚二。"姚二啊，你家主母怎么没来啊？""我不知道啊，您没说请我家主母啊。""嗯，谁说的？本县我一应人等全都传唤过来，怎会单单把你家主母给丢了呢？快去快去，把你家主母给请过来。""那，小的我先回去一趟？""好，你回去请你家主母吧，可有一条，咱这堂上在干什么呢，你可别对你家主母说，这要是泄露了天机，神仙不来问案子了，那这银子就得你来赔啦，我可就唯你是问！""哎，小人不敢。"姚二心说，您这也叫天机啊？寇准又派了一名捕快跟随姚二一起去传唤主母。

大家在堂上等着耗时间，一个时辰可不短，几个人一开始欣赏欣赏书法，再看看自己的掌纹，啃啃指甲，哎，再就没什么招儿了，盯着两只手掌犯愁。崔文跟这儿站着的时候忒长啦，嘿哟……张龙一瞧，"要不崔大总管，您看我给您抬过来一张椅子过来？""嗨，得了得了，我看哪，也甭坐啦，咱们回京得了，这小寇不灵！"江海一听："那哪能行哇，您再等会儿，我跟您打包票，待会这案子准能审清问明！"崔文说什么都不信，就这晒字儿，晒到日落西山也晒不没啊。你们家寇大人这就是判了一桩冤案！

眼看着时间快要到了，这些位全都站得弓腰塌背的，都累坏了。个个举着两只手跟那盯着看，紧着看看自己手，抬头看看日头，再扭头看看老爷。寇准呢，背着手走到文书这儿，把刚才杜文清记好的名单拿起来了，提高了嗓门儿——这大堂离仪门里院子那儿还挺远，不大着点声儿人听不见。"客商张三，你手里那'住客李宾的银子'还在吗？"张三就是那个不认识书法字体的，嗯，瞅瞅左手，再看看右手，"回大人，都在！""嗯……听不见！大点声！""回大人！全都在！全都在！""有没有少一个字啊？""一个字都没少！全都在！""嗯！好，这么说，不是你偷的，你可要看好了。"

"李四！你手里那'住客李宾的银子'还在吗？"李四赶紧接茬儿："在！好好的，小人不用看它也跑不了！""啊？你手里的跑啦？""没跑！大人！""少了几个字？""一个字都没少！"好嘛，好悬让老爷给讹上！就这样挨个儿问，都说："还在！"哎哟，把那李宾给急得，这样待会我那银子找不回来不说，我至少还得挨顿板子呀，判我一个诬告！可是这大人问得也很慢，问了几个，抬头看看，就不问了，过了一会儿又问几个……大人的耳音还不好，好几个人声音不够响亮，寇大人就老是听错，老是问，"你是少了几个字吗？""没有！大人！一个字都没少！全都在哪！"可是问了张三，再问李四，又问王五，就是没问到胡守茂。胡守茂自己都有点儿急了，哎，大人怎么不问我哪？自己低头仔细看看，嗯，我这是正宗的瘦金体，写得是真漂亮！嘶……写得忒细了这笔画，一会不会蹭掉几笔吧？我得小心着点。越这么想是越着急，越着急是越难受，从心里往外这么别扭。

胡掌柜正在院子里站着犯别扭呢，嗯？自己家客栈的主母、自己的太太黄氏夫人跟着一个县衙的捕快和小伙计姚二来了。嘿哟……人遇难时思宾朋，甭管平时怎么训自己，这会瞧见啦，就觉得自己这夫人怎么这么顺眼，一个劲儿盯着，拿这眼睛说话。说什么？他自己也不知道啊。夫人跟着捕快、姚二往里进，穿过戒石亭，从院子当间儿的甬道走进来，扭头看见自己的丈夫胡守茂了。哎，我们家这位……端着两只手在这儿也不知道是干什么呢？小伙计姚二可什么也没说。我们家当家的这是干什么呢？怎么这么些个宾客也都跟着他一块儿……黄氏毫不知情，这一路上心里就犯嘀咕。这会儿也总算是瞧见主心骨了，也拿眼睛瞄他，那意思……挨千刀的，你这儿耍什么猴儿呢？胡守茂这儿手都举酸了，也实在是难堪，还有话想要嘱咐黄氏，想想，知道自己什么也不能明说。"唉……"摇头叹了口气。

哟！黄氏这心里就是一惊，你……你叹什么气呀？黄氏自己往前走，一个劲儿地回头看胡守茂，你这到底是怎么回事啊？还没琢磨过来，衙役催她："赶紧上堂去见过老爷！""哎！"紧走几步，黄氏来到堂前，冲着寇准深施一礼，"老爷，您唤民妇前来不知有何事要问？"这个时候就见寇准突然间把脸一沉，低声训斥："大胆黄氏，你协同丈夫作弊，偷偷调换了住客李宾的银子，还不从实招来！""哟，老爷，民妇冤枉啊！分明是那李宾栽赃陷害，求老爷您明断。""哼！黄氏，你的丈夫胡守茂他已经当堂招供了！本县让他在院子里罚站，你难道还没看见吗？不要妄想抵赖了，他说银子还在你们的家中，叫本县唤你过来将银子取将出来归还与住客李宾。你若不信哪，你且听来。"寇准往院子里边那堆人那边又喊了一嗓子："胡守茂，住客李宾的银子，还在你手上吗？"院子离这大堂有五十几步远，中间又隔着这么多看客，大堂上说什么，他胡守茂可没听见，就听见老爷这一声喊是冲着自己喊的，可叫着我了："回老爷！在！还在呢！""千真万确？""千真万确，一个字都没少！"寇准回头跟黄氏说："你看怎么样，一个子儿都没少！"

此正是：

人皆因禄富，我独以官贫。疾风知劲草，烈火见真金！

寇准进京，连升五级，才成就这一代干国名臣！您接着听下一本书《升官夜探》。

【三本·升官夜探】

〖头回〗

诗曰：

忠良将士人人爱，

嫉妒奸臣个个嫉。

金殿不须同酌议，

公私难昧岂能提。

一曲俚语闲歌，引出来咱这部《金枪传》的第七卷书《清官册》的第三本《升官夜探》。寇准一夜之间连升五级，古往今来，只此一位！

上回书说到，寇准在霞谷县审了最后一堂案子：住客李宾路过霞谷县，在胡家老店过夜，怕随身带着的八十二两银子失窃，把装银子的钱袋儿专门给掌柜的胡守茂拿到柜里寄存——没承想，第二天一早，取回来的时候一看，钱袋里的银子都给换成铜钱儿啦！这才到县衙击鼓喊冤。寇准巧破奇案，把东主胡守茂的妻子黄氏带到堂上，诈问胡守茂："你手上那'住客李宾的银子'还在吗？"胡守茂以为问自己手心里写的那几个字儿呢。"在呀！大人，一个字儿都没少！"

寇准就问黄氏："怎么样？你看你家东主胡守茂现在已然是招供了，你打算怎么办？"黄氏当堂就跪下了，磕头如捣蒜，"哎哟，我的老爷呀，昨儿晚上哪，我劝他说，你别拿人家的银子，他非不听，奴家没办法只好给他找出了铜钱帮他偷梁换柱。今儿个他倒好，自己先招了，民妇我还能说什么呢？咱霞谷县哪一个不知道大人您是断案如神哟……""哎，你先别忙着磕头，那银子你给藏哪了？""我给藏我们家腌咸菜那咸菜缸里了。"寇准扭头问旁边的小伙计姚二，"你知道在哪儿吗？""我知道咸菜缸在哪儿。"寇准又吩咐捕头跟着一块去，先把赃银给起出来。很快又是一个来回，银子给取回来了，李宾一看，自己一年的辛苦没白受，跪倒叩头谢恩："哎哟，青天大老爷呀，我可给您老磕头啦！""得了，也不是我审的，这不是上天之意吗？哈哈……"大家一笑了之，胡守茂夫妇由管监牢的牢头带下去先看押起来。寇准嘱咐师爷杜文清，这些案卷移交给下一任县令如何判，由他来决定。

　　崔文在堂上一看，打心眼儿里佩服，这位寇大人办案子，可说是机智聪敏！这招儿都绝了！他怎么琢磨出来的呢？看起来，吕状元全力保举他进京来审潘杨讼，这回算是找对人啦！等案子办完了，寇准接着和县丞、主簿交接县里的公务文书，都一一交代清了，这时候也就不早了，回到后堂歇息，要请崔文一同用午饭。崔文一看，"嗨，算啦，寇大人哪，我是服了你啦！这么着吧，这顿饭我请您！"哪儿还用得着您请啊？今天寇大人放告，有底下的三班衙役们就得着信儿了，知道今天寇大人就要奉旨进京，赶紧趁着人多，托人就转告霞谷县县城里的老老少少，告诉他们，赶紧预备给寇大人送行。赶到午时，霞谷县好几家儿酒楼的老板率领着伙计带着食盒、酒坛子就来啦，在县衙后院大摆宴席，县里的老百姓都扶老携幼前来给寇大人敬上一杯饯行酒。寇准一边吩咐书童寇安带着几个衙役回到内宅给自己收拾行李，一边出来陪着崔文、张龙和县里的老百姓应酬，该喝的酒都喝了，酒足饭饱，有好热闹的人把县里的笙管、吹打、锣鼓、丝竹四大乐队都给叫来了，吹吹打打在县衙门口等着给寇准送行。

　　等寇准陪着崔文、张龙走出县衙，崔文一瞧，小寇安只带着车把式赶着一头骡车在大门口这儿等着呢，车上除了书籍经卷和几个衣服包袱以外，什么贵重的东西都没有，心里更服了。寇准的夫人也是山西人，随夫上任到了霞谷县，寇准跟夫人嘱咐了几句，由县丞和主簿安排夫人和家里的仆妇使女随后再进京团聚，这些就不一一细表了。

寇准刚要上马，霞谷县的几位老年缙绅就过来了，为首的是这一带的族长，老员外眼圈都红了，走过来给崔文、张龙先施礼，再过来抓住寇准的手，"寇大人哪，您要走，小老儿我早就料到啦！不用问，圣上金牌调您，您这是要升官啦！别瞧您没跟我们说，可是我们霞谷人不能薄情寡义啊！您看，这万民衣、万民伞，还有这双新官靴……我们这几家儿人早就给您做得了，就等着这一天哪！来来，这靴子，您先换上看合适不合适。"寇准一看，"哎呀，老人家，您这伞我还能用，您这衣裳忒花了点儿……我也就能穿穿您这靴子啦！"拿过来老百姓给新做的官靴，寇准找辆骡车的板儿上就坐下来换靴子，把旧的扒下来，先搁在车把式身后，这是预备待会儿还得再穿回来。果然，老百姓做的这靴子并不合适，忒大啦！"老人家，哎呀，太可惜了，您这双新官靴啊，有点儿大，我这双脚在里头都能划船啦！""这就对啦！寇大人啊，我们老哥儿几个商量好了，这是跟您借一个吉利话，人不都说'宰相脚底下能撑船'吗？我们几个老哥儿们是祝您进京以后，能够早日做到当朝的首相！""哦哟，我谢谢您，可那句……不是肚子里能撑船吗？"

他这还问呢，旁边老缙绅一把把他换下来的旧靴子给抓过来，有人拿走，小跑儿到了南边儿的城门楼儿前，沿梯子就上了楼啦。"哎，老人家，您这是要干什么？""寇大人，您看在楼上有这么一个小门洞儿，里头挂着这些筐，那是给您预备的，里头得装上您这一双旧官靴。有道是'清官留靴，赃官留帽'，我们霞谷县要不是您在这儿这九年，我们哪儿能过上今天这样的日子？所以说您这双旧官靴说什么您也得给我们留在城门楼儿上，叫后来的县官都看看，知道有您这位前任，能效仿您的为官，这是我们霞谷县的后福！"

什么叫"清官留靴，赃官留帽"呢？原来是列国时候，孔子曾经在鲁国的中都当过四年的邑宰，到任以来，孔子广施德政，宣礼化民，将中都邑治理得路不拾遗、夜不闭户。到孔子该卸任的时候，邑中的缙绅、百姓十里相送，最后逼得孔子留下了自己的靴子，告诉乡民，你们的脚步就到这儿就完了，我把靴子留给你们，就好像我还一直站在你们这儿一样。好，中都的老百姓就在城门上修起一座小楼，把夫子的靴子藏于楼阁之上，人称"夫子履"。打这儿起，清官留靴这习俗就算是传下来了，每一任的官员在离任之际，有老百姓给凑钱做双新靴子，这就说明这儿的老百姓都传颂您是个清官；您要是在走的时候没瞧着这双新靴子，那甭问，您是赃官儿！到临出城门的时候，会有小孩蹿出来把你帽子给抢走，这会儿有人把新的帽子给你送来，可是你明知这是成心的，也没辙，要是生气了跟老百姓耍横的，非得说大闹一场，消息传到京中，自己的前程难保。这就是"清官留靴，赃官留帽"的典故。

可是世上哪儿有那么多清官儿哪，每一个做官的在临走的时候，老百姓还都是要请离任的官员留下官靴——为什么呢？一来是咱中国人比较讲这个情面儿，人都要走了，再给人下不来台就忒挤对人啦！二来，总有拍马屁的那主儿，盼着日后好能接茬儿巴结这位，知道你要离任走人了，提前把这些都预备好了，这是蒙事呢。可是今天寇准这个可不一样，崔文一看，能看出来这双靴子做得得有那么一段日子了，这是人早就给预备好的。这说明，这寇准在这霞谷县做官，是深得民心哪！

寇准把靴子留下来，换好了新做的官靴，自己瞧瞧挺得劲，乐呵呵上了马，和崔文、张龙押着自己的行李骡车就启程了。道路两旁这老百姓都送出来了，沿着城门口排出去，崔文手搭凉棚这么一张望，怎么这么多的人呢，少了说也排出去有六七里地。崔文挺长见识，光听说有十里相送，没真见过，今天这就够壮观的啦！平常赶集也不能有这么热闹哇！他不知道，今日是放告的日子，也正好是霞谷县赶大集的日子，老百姓一大早进城，一听说寇大人今天就要进京升官去啦，得了，这摊儿也不摆啦，把自己挑下山来这些山货都搁在道边上，翘首企盼，都想最后看看寇大人，跟寇大人说句话。这么一来这时候就拖长了，这个也说，那个也说，寇大人您多保重啊！寇大人您得常回来玩儿啊！寇大人您到了京城就喝不着咱这儿的醋啦！您把我这几坛子老醋带上，到京城您还可以给皇上尝尝……好在就一套车，放不了多少东西，堆满了，后边的人就光凑上来念叨几句也就罢了。

等到走到欢送人群的队尾，前边就看着十里长亭了，几个乡的保正、里长在这儿等着呢，为首岁数最大的先出来，"寇大人哪……嗨，想不到能有和您道别的日子，我们实在是舍不得您走哇！可是我们也知道，像您这样儿的官儿，您早晚得升官！我们几个没别的意思，您自己手里攒不下什么钱，都接济出去啦，这么多年我们都明白。大家伙儿给您凑了点儿银两，您拿着在路上花销，进了京城，您还得置办点儿家用。这是我们几个的心意，寇大人，您无论如何都得收下！"寇准就乐了，"我说老人家啊，您看，现在我寇准是两袖清风，我多自在啊！您这银子我要是揣起来，我这袖子还吹得进风去吗？算啦，我也知道这银子你们凑齐了，再要退回去也不好办。我看这么办吧，这些银子就算我寇准收下了，今后各乡各镇哪块儿闹灾歉收啦，你们这个钱拿出来去救救急。好不好？"老人也知道寇准的脾气，僵持不下，也就只好从命，县丞、主簿们就在长亭之前与寇准洒泪而别。

一行人上路，翻过了两座山，这崔文的话就多啦，"哈哈，小寇啊，咱家我还真是小瞧你啦！想不到这霞谷县的乡民重情重义，七里相送你进京。想当年孔圣人离中都，也不过就是十里相送……嗯，看起来，你果真是一个清官。""嗯？崔公公您可别拿卑职我取笑啦，寇准无德无能，怎敢和圣人相提？我和夫子可不止这三里地的差距啊！""哈哈哈哈，玩笑，玩笑。"张龙瞧了瞧道路两边，山势险峻，岭高林密……抬手摆了摆，"哎，崔公公，我看，咱们说话还是小点儿声，我看此处，山势险要，假如说惊动了隐身山林里的响马……虽说有卑职我在，谅也无妨，可也毕竟是添了个麻烦。公公，咱们小点儿声说话。"崔文一听更乐了，"哇哈哈哈啊哈……小张龙啊小张龙，你真是一个糊涂虫！你没听霞谷县的老百姓说吗？自打小寇到这个地方，捕盗抓贼，这山上的贼都叫他小寇捉干净了，还有谁来劫咱们哪？哈哈哈哈！"张龙不说话了，寇准倒微微一笑："哎，不对，崔公公，您还真得听张提牌的，这一带是逢山有寇，遇岭藏贼。别看才出了霞谷县不远，下官我也难保就全都肃清啦！""啊？是真的吗？""我还能骗您不成？您看前边这一段儿就是一片儿灌木林，如此的茂密，荒草都一人多高，嗯……我看这里边儿就藏着贼呢！"

寇准这么一说，随行的御林军都防备上了，纷纷摆开了手里的长枪，盯着灌木丛看。崔文觉得更好笑了："哈哈哈哈，得啦，得啦！这是寇大人吓唬你们哪！要有贼，咱们来的时候怎么不出来劫咱们哪，偏赶上咱们回去才出来？"寇准乐了，"哎，崔公公您可错啦，来的时候，你们手里只有圣旨，人家贼不出来抢您的；回来的时候，您这个钦差可得着不少的好处，好东西都跟身上藏着哪，人家这贼才好来劫您的。"把崔文气得，我得着什么啦？就喝了碗茶叶末儿！"哼哼，我有这一百名御林军护队，咱家怕他贼人何来！"

好么，崔文的话音刚落，就看从灌木丛里蹿出来六个人，四个大个儿，两个小个儿，个个是黑帕蒙头，打头一个小个子站出来说了："呔！此山是我弟兄开，此树是我婆娘栽，帝王将相从此过……都得给我留下买路财！你们是要进京的吗？"提牌官张龙一看，该我上了，我的职责就是押送金牌来去。张龙催马走近，"哎，就你们这几个贼人，你们就敢拦挡钦差御林军的卫队吗？""哈哈，告诉您吧，没有我们不敢抢的！你要是不服，你撒马过来咱们见见真章儿！"

张龙还觉得自己有点能耐，一抬腿把自己挂在得胜钩上的大砍刀给摘下来了，"好山贼！叫你试试老爷我的砍山刀，你接刀啵！"把大刀抡圆了就劈。书中暗表，这位提牌官张龙光练过，还真没上战场上试过，手里没轻没重，一刀砍下来，也不知道是奔谁去呢。几个山贼脚底下一挪步儿，这就让开了。可是张龙收不住，忽悠一下子，人跟着刀就下去了，夸嚓！这人就打马上掉下去了。有几个御林军还可说是训练有素，赶紧跑上前来抢提牌官，叫前边几个大个儿的山贼拦住，没几下，磕出去手中的刀枪，一个个不敢上了。后边俩小个儿的山贼可得意了，拿腰刀架在张龙的脖子上，押着走上来，"我们听说啦，你们这里边有一个大官儿，他是宫里的大总管。你们把他送给我们，这个头儿我们就给你们放回去！"

崔文一愣，"啊，我说几位好汉，你们拦路打劫，不是说要买路钱吗？好办，好办，我们这儿随身带着有不少的银两，给我们留下来够回京盘缠的，其他的你们都拿走不就成了吗？""哈哈哈，我们知道您就是大内御府的大总管，我们还要钱干什么呢？把您给带回山寨，我们哥儿几个还不是要什么得什么。来吧，您过来，我们就把这位给放回去，然后您再叫京城的人来给您送钱来，这样儿不比您现在身上带着的多吗？"嚯！崔文心说这贼怎么这么会算账儿。嗯？崔文扭头一看，寇准坐在马上一点都不在乎，还乐呵呵的。哼！崔文心说这个麻烦我不管了，再怎么说这儿也是你的地头儿，我就都推给你啦！"哎，寇大人哪，这儿咱们遇见了山贼，此处可是你霞谷县的地界，别看你现在是卸任啦，可是这个地面上当初都是你管辖的，这伙贼人得你来退！""嗯？崔公公，您的意思是，这伙儿贼人是出在我的地面儿，该由我来管？""没错！你不管谁管呢？""好吧，那么我就拿我来换回来张提牌，您自己和张提牌先回京，等你们几位凑够了银两，您再来霞谷县的深山老林里来赎我来。我去啦！""哎！别价！你这要是给典在这儿啦，我们俩也没法儿回去交差哇！要不这么办得了，还是把我给他们吧，就由张龙保着您接荏儿奔京城，我留在贼窝里等着你们带大队人马来剿匪来得了！"

老公公这说的是丧气话，真是没辙了。寇准噗嗤一乐，崔文愣啦，我们这儿这么着急，你怎么还乐呢？寇准就说啦："崔公公，您没好好盘算盘算？这张提牌才出霞谷县，就让这几个毛贼给制服啦，再往后他还能保着我进京吗？我看没过几县就得把我也给押在那儿！您这法子也不成！""小寇，我知道你能耐大，那你说，咱们怎么办？人家这几个贼不要小钱儿，大钱咱现掏也弄不来。""我看也是啊，崔公公，您说，现在叫咱们拿出钱来，随身这点银子人家看不在眼里是吧？可要说把您和提牌老爷押在山上……这个山野之地，您老人家能住舒服了吗？咱们留钱不够，留人不保险，跟人动武的……提牌老爷都叫人拿住了！公公，咱还有另一条道可以走哇！""嘿哟，小寇，我说你有主意吧，哪条道儿？""咱不会对这几个贼诱之以利吗？他们劫道儿图什么？不就是图混俩钱儿用吗？您要是给他们几个谋个生财进身的道儿，他们还能窝在这深山里头认命做贼么？肯定愿意跟着您走哇。这么一来，咱们不还多了几个保镖呢吗？""嗯……好是好，我这空口无凭的，我就这么说，人家能信吗？""嗨，您只要是开这个口，人家就能信！您是谁呀？您可是紫禁城里的大总管……""好吧，那也不用跟着我啊，跟着我回去得净身哇，他们能干吗？你小寇到了京城，皇上就得提拔你连升五级，你转眼就是四品的西台御史啦！您御史老爷想给几个毛贼安插几个差役还不容易吗？跟着你就成啦！"

哦……寇准心说不吓唬你你你不说实话啊，冲着头前儿那几个贼说："我说，你们都听见了么？崔大总管可说啦，现在我们还缺几个保镖，跟着一路进京。我说你们跟这儿做贼，你们能抢来几个钱儿？你们跟着崔大总管进京，大总管给你们谋个差事儿，一辈子的吃喝就算不愁啦！你们几个想想吧，愿意给我们做保镖呢，你们的本事大总管也都瞧见啦！不愿意呢，你们爱留谁就留谁，可下回来的就不是给你们送钱来的啦，来的就是剿山灭匪的啦！你们哥儿几个看着办啵！"

这几位蒙面贼人一听，一块跪倒磕头："寇大人，我们认可给您做保镖，我们就跟着您进京啦！"

〖二回〗

　　崔文金牌调寇，陪同寇准出了霞谷县的县城，老百姓沿途七里相送，挥泪而别，一行人一路向南，翻过两座山头，坏了，在山谷之中有强人拦路打劫，不打劫别的，专门要钦差大总管崔文。崔文问寇准该当怎么办，寇准说好办啊，咱们将这几位山贼招安了不就成了？哦，招安就成啊？那可好办啦，您以后就是御史老爷啦，到了京城您自己看着办就可以啦！

　　几个蒙面的山贼一听这个话，都乐了，赶紧回身儿把张龙给放了，跪倒给崔文、寇准磕头请罪。"我们兄弟情愿跟随老爷去京城给您当保镖去！"嗯？崔文明白过来了，"哎，你们几个，把蒙面的黑纱都给我摘了去，我好好瞧瞧！"张龙早就知道是谁了，哈哈一笑："大总管哪，都是熟人！"几个人都乐了，摘去蒙面黑纱，嗨！崔文这个气呀！打头一个小个子，不是别人，正是造班儿的二班头，小江海儿！再看后边这几个，都是跟着寇准的几个霞谷县的衙役。"哎，寇准啊，你这是成心……""哎，崔公公，我们几个来半道打劫，都是我们自己的主意，可跟寇大人无关！皆因为我们弟兄几个的公职，向来都是寇大人拿自己的饷银养活着。不瞒您说，我们这都是白役！寇大人走了，我们就没饭碗啦！我们哥儿几个都是光棍儿，任嘛儿家产都没有。寇大人要是不带上我们几个，除了再回山上做贼，我们还有什么出路呢？方才多有得罪，还望总管大人您恕罪！"就怕崔文不依不饶，接荐儿还是跪下来直磕响头。

寇准赶紧下马，把这哥儿几个都拽起来，给崔文介绍："崔公公，这个您见过了，这是江海，原本是纸扎手艺人，有个外号叫'鬼手匠'，他的本事可不小，什么东西叫他瞧上一眼就能给造出来。这位也是跟他一块儿的棚匠出身，本来啊是给纸扎人化妆的，可是画着画着，就成一把好手儿啦！一个人给大家伙儿唱整本的戏，惯会乔装改扮，还会模仿各种声音，我们县里每年过年的时候都是他来给表演口技，也叫'像生'，别提有多像啦，学谁像谁，是个机灵鬼儿！这小伙儿姓冯，叫冯山，也有个外号叫'百像生'。这四位……过来过来，莫要害羞！他们兄弟四人原来都是绿林出身，个个武艺高强，自从卑职我到在了霞谷县，这兄弟四人甘愿投身公门，戴罪立功，做了捕快班头。您看这位，是'混天龙'陈雄，来来来，陈雄啊，你跟崔大总管和张提牌再见礼。为什么叫'混天龙'呢？我告诉您，这个陈雄的本事太大啦！他特别擅长爬山攀岩，您就看吧，再陡峭的崖壁，他徒手就能爬上去！要不然让他给您表演表演？"陈雄一听，磨头就要去。老伴伴赶紧拦住："得嘞得嘞，小寇啊，你带的人肯定是没错的。那么这位哪？"

"这个叫作'踏地虎'谢勇，您看他这身上，随时老得揣着这宝贝——这一对儿飞虎挝，既可以当兵器用，还可以飞檐走壁，蹿房越脊，这两年我这霞谷县再也不闹飞贼啦，全都靠他哇！您看看，这位是'穿山甲'晃猛，最擅长的是挖掘地洞，有这样的活儿，一般的四个民夫都比不了他的手艺，又快又结实，想挖到哪就能到哪……""哎，寇大人，不是绿林出身么？这我得问问你，挖地洞，这是怎么个绿林的本领哪？""啊？那当然是绿林豪侠的本领啦，绿林人也要挖个洞存点儿白菜过冬啊！"书中暗表，"穿山甲"晃猛本来是盗墓贼出身，这才善于打洞，辨识风水寻龙探穴，寇准没敢跟崔文说实话。崔文正要再问几句，寇准一拦："您再看看这位，这个叫'过江鲵'洪威……""哦？那甭问啦，这位擅长的是凫水？""嗯，崔公公，您猜对了，这位是一个水上豪杰，善于驾船行舟，潜水凌波，风浪越大越能见他的真本领！洪威，等会过黄河……""遵命，寇大人，等会过黄河的时候卑职我背着大总管蹚过河去！"

江海

"别价，我还是坐船过去啵，你好好地划船咱家也就见识到了。哎呀，好好好……小寇啊，这几位本来就是你收归的江湖好汉，又都有这么一身的本领，今后还跟着你就得了。""多谢大总管！这么说您可是答应留下他们啦？""嗨，甭再客气了，把我可吓得够可以的！一起走着，回头我会跟皇上说，请这几位保着您跟我回京，怎么着不得给点奖赏哇？什么东西都不要，就跟皇上要下差事来，今后哇，小寇你是西台御史老爷，你身前儿还怕留不住这几位……"崔文一说到这儿，才醒悟过来，金牌调寇，来龙去脉可还没跟寇准说呢，本来还想借此一路上好好讹一讹寇准呢，现在倒好，自己先叫寇准讹上了！话说到这个份儿上了，还能够不跟寇准说实话吗？

大家伙儿一起帮着给收拾收拾，哥儿六个到林子里把自己的行李也都搬车上，跟着一块儿走。这回张龙踏实了，有这几位就不用我啦！"我说哥儿几个，咱可得说好喽，待会要是再遇见贼人，可得你们哥儿几个上！这不是崔总管说的吗，要下你们几位来，日后是在衙门里讨个事由下来给你们哥儿几个当差，可是得凭着这一路护着二位大人才是……""哈哈，张提牌，您就踏实着啵，这一路上，压根就没贼啦。就是原先有贼也早就下山去县城里卖瓜子去啦！"说说笑笑，大家伙儿二次登程。

这走着走着，寇准就扭头问崔文："崔大人，事已至此，您就别跟卑职我卖关子了，您说说，到底万岁这么着急，拿金牌来调卑职，是因为什么事呢？您给我个透亮话，这西台御史是怎么来的？"现在崔文已然是全服了，知道吕蒙正说的话真是没错，这个寇老西儿是忒机灵啦，调他进京，潘杨讼指日就可以审清问明，也就是他能给皇上出个好主意！"啊，寇大人啊，崔某我现在是知无不言，这个事，得从头年腊月里说起……"这样儿，崔文就打从天齐庙杨七郎打擂说起……这么说吧，把咱们这一大段儿书又专给寇准说了一遍，一直说到，李天官和八千岁夜查清官册才把他给找出来，这才要金牌连夜调你进京。寇准就都听明白了，又问了几句，也就不再多说。

一路无书，一行人等快马加鞭，赶着车就进了东京汴梁了。到了京城，正赶上万岁爷上朝，崔文一点儿不耽搁，领着寇准是直奔金殿。二帝在大庆朝元殿上一看寇准，嗯，这位相貌是真不错。一开口，嗨，怎么是这个味儿呢？既然已经调进京城了，自己再不认可也不行了，"好吧，寇爱卿，全仗着开封府吕卿家和吏部李天官全力保举，朕才下金牌调你进京。调你来不是为了别的，皆因为我大宋国朝如今出了一桩事关国家兴亡的大案，王侯第一家儿天波杨府把掌朝太师、扫北老元戎潘仁美给告下了，告了潘太师十大罪状。这个案子惊动得太大了！前任西台御史刘御史审问此案，嗨，因为断案不公、滥用刑罚……他被八千岁用监国凹面金铜一铜给打死啦！就为了将此案审清问明，八千岁和吏部天官李爱卿夜查清官册，翻了三天可算查出来寇卿你，这才有金牌连夜下到霞谷县，调你进京，就是为了审问潘杨讼！虽说朕下金牌把你调进来了，可是念你在霞谷县这么多年的勤政，朕并不想难为你，你照实说，这个案子，你是敢审不敢审？假如说你不敢审，朕也不怪你，这个官司，不瞒卿家你说，满朝的文武百官现在也都没人敢审。朕不怪你不说，我还照样儿提拔你，我命吏部在全国各州各府里给你找份儿好差事儿，我给你连升三级！你要说你是敢审，这个西台御史就得由你来接任，你得小心了，审不清、问不明……休怪朕不能容情，该治罪治罪，有贪赃枉法的勾当……刘御史就是你的前车之鉴！"

吕蒙正在下边，一听这个气呀！您这是让人家审案子不让啊？这通吓唬！再瞧寇准，一点也不慌张："嗯，万岁，您问微臣我敢不敢审问潘杨讼，微臣我得好好寻思寻思……微臣我斗胆，也有三问于万岁，您能否据实指教微臣？""哦？寇卿你有什么话要问，但讲无妨，朕当然要一一据实答复。""好，微臣我这头一问，问问您这天波杨府到底有多么大的功劳，凭什么他们家要做咱大宋国朝的王侯第一家儿？""哦，寇卿啊，看来你是对我朝建业开国的史实还不甚熟知哇？那朕就跟你好好说说！想当初，前朝世宗皇爷要下河东平灭北汉，先皇爷我家兄王挂印为帅，与北汉王的大军激战汾水关，汉王搬请火山王老千岁杨衮前来助战。老王爷足智多谋，掘开汾河口水淹了周师大营，又在汾河湾劫杀先皇爷。我家皇兄会战老王爷，一时不慎，马失前蹄，摔落在地，老王驾补刺了一枪，也是天命所佑，先皇爷头上有火龙现出，举起了老山王的金枪，就没有伤到先皇爷的性命。老山王就知道啦，先皇爷有真命天子之运道，下马跪倒，恭请皇封御赐。先皇爷拿腰间玉带换下了老山王的铜锤，手指锤带为凭，应下日后若杨家保自己打江山，许杨家一个王侯第一家！到后来，老主爷三下河东，恩收金刀令公杨继业，令公挂帅，扫北安边，立下了汗马功劳！朕的兄长开国太祖皇爷言而有信，在京城起建清风无佞府、滴水天波楼，杨门一门一王五侯，果然就做了我大宋朝的王侯第一家！""噢，您这么一说，微臣我多少明白过来一点儿。可是微臣我在霞谷县的时候，听老百姓说，杨家将是'未曾投宋三救主'，这句话是怎么来的呢？""啊，这句话可有个来历，这得往前捯……想当初后汉幼主刘承祐无道，滥杀功臣，逼反了镇边大帅郭威，郭威冲冠一怒，发兵攻破汴京，改朝换代。可是尚有两家儿藩王不服：镇守燕京的花王刘崇和潞州高平关的东鲁王高行周。郭威惧怕汉王老臣，只好借口逼我家兄王先皇爷暗中潜入燕京，刺杀花王。先皇爷无有进京路凭，只好化名红脸豪侠曹英进城。燕京古幽州的九门提督崔龙认出先皇爷，辞海锁拿住我家兄王到花王驾前请功。那时的火山王老王爷杨衮为了搭救先皇爷，说服真曹英冒名顶替我家兄王，花王无法察辨，着令真假曹英上殿比武，我家兄王才借机杀死花王。这便是杨家未曾归宋头回救主。我家兄王回到汴梁，献上花王的人头，郭威借口尚有高行周不服，强令再去高平向高老王求借人头。还是火山王杨衮给高老千岁下书，解劝老千岁悄悄归隐山林，诈死埋名成全我家兄王。高老千岁夜观星象，知道将星晦暗，自己命数已尽，自刎留头，这才有死鹞子吓死了活家雀，郭威被惊吓驾崩，柴荣登基，我家兄王才得活命，这是杨家将二回救主。到后来，我家兄王二下南唐，被妖道余鸿困在寿州，缺兵少将，我家兄王请出老王铜锤到火塘山搬请杨家将助战，是令公杨继业率领举家满门前来寿州救主，这又是杨家将三回救主。寇卿，你可听明白了？"

"嗯……微臣我听明白了，那么我再问您这二一问，他潘仁美究竟有何功勋，做了咱大宋朝的掌朝太师？""啊？这个嘛……潘太师乃是我朝三朝元老。我朝开国以后，三下南唐，老太师随驾亲征，虽无功劳，也有苦劳。四方平定，朕还在晋王府身为亲王，老太师与朕嫁女联姻。自朕登基以来，潘皇妃辅佐朕的三宫内政，其功非小，这才升在西宫。有老太师辅政，朕的政务渐次清明……寇卿，老太师乃是朕的国丈，历朝历代，国丈执掌朝纲，代理国政，位列三公，这并不稀奇，寇卿你何来此问？""哦，万岁，我问您老太师到底有什么功，您说老太师是您的国丈泰山，理应得此官爵。好，那就是皇亲国戚，他才位列三公。是，您说得对，历朝历代，皇亲国戚执掌朝纲的多得是。那么微臣我再问您第三问，您说说，咱大宋刑律和这开国的功勋、皇亲国戚比起来，是哪一个更大？到底是国法王章更强啊，还是这盖世之功更强啊？倒还是这皇亲国戚可以大过咱这大宋的刑律？""哎呀，寇卿，你这是讲的什么话，当然是我大宋刑律远重于功勋、皇亲！""好，那么微臣就明白了。要是这么说，功勋也好，皇亲也罢，他们大也大不过这个国法王章。也就是说，微臣我审清案情，查核真相，依律判处……微臣我又有何畏惧呢？您下金牌调微臣进京，不就是为了审问潘杨讼吗？微臣寇准，甘愿调进京城，审问此案，还望万岁您降旨！"

哟？皇上也是一愣，没想到，这个七品的县令在我这金殿之上，竟然能够如此对答如流？哎呀，按说我不能再说什么了，因为我这金牌已经下到霞谷县了，这是认可要调人家。"好，既然寇卿你有此报国之心，朕与满朝文武静候你审结此案，你审得清、问得明，朕还要大加封赏！"立马当殿下了旨意，就命寇准接任四品西台御史，即日上任，接审潘杨讼。好么，真就是来了一个连升五级！

寇准连忙跪倒谢恩："微臣谢主隆恩，臣即刻请旨下殿，先去吏部，再往御史台办理公文去。"本来皇上应该说一声儿"准本"，爱卿你就下殿去吧，皇上我这儿还有些别的公务要处置……皇上还没说什么呢，两旁的文武先抻头出来了，都冲皇上张嘴比画，那意思是您可别叫他走。

皇上一愣，再看这些位这手势，哦，哦……"哈哈，寇爱卿啊，朕还有一事不明，倒要向你请教。"寇准一愣，嗯？皇上怎么说话突然间又这么客气上了？不应当哇！"万岁，微臣我可不敢当请教二字，您有话就问，微臣知无不言。"吕蒙正噗嗤一声可就乐出声儿来了。"哦，也没什么，皆因为吕爱卿乃是你的同年同窗，他给我讲了你在霞谷县屡破奇案的故实，曾经说到过审葫芦、问黄瓜，拷城隍、判土地，前边三个案子的经过我们都知道啦，还差这'判土地'，吕爱卿也记不清楚了，故此朕问问你，当年你这'判土地'一案，到底是怎么审问的？"

〖三回〗

寇准奉调进京，金殿面君，皇上就吓唬上了，说寇卿你可知道，你要接的这个案子，乃是皇亲告皇亲！杨六郎是八王千岁的御妹丈，潘太师是朕的老泰山——当朝国丈。你说说你是敢审不敢审？朕给你划出道来，你要说你不敢，别担心，我还是给你升三级，你去外府做个知州。你要说敢……你可想好了啊！

寇准就问了，那微臣我反问万岁您，您说这大宋的国法王章和杨家的功勋、潘家的皇亲相比，哪一个更大？二帝说那还用问吗，当然是我大宋的刑律最大！那好，那微臣我还怕什么呢，微臣我情愿领旨问案！反将一军，我来就是为了审案子的，微臣我接旨！

二帝一听，看起来这个寇准是个有胆量的能臣啊！嗯……降旨连升五级，寇准当殿就是西台御史了，你下殿去办手续去吧……"哎，慢着！来，给列位大人搬凳子过来，再给上茶和瓜子儿，寇御史哇，朕听说你在霞谷县一向善断奇案，传出不少传奇话本，有审葫芦、问黄瓜、拷城隍，还有什么判土地……朕今天想先听听，你这个判土地是怎么回事啊？"寇准听到这儿一愣："嗯？万岁，您问的是……判土地吗？"吕蒙正嘿嘿一乐，"哎呀，平仲啊，当年你给我写信，说在霞谷县侦破疑难案件无数，特别提到了什么审葫芦、问黄瓜、拷城隍……有没有？"一挤眼睛，一努嘴。寇准多聪明啊，圣驾这么一问，吕蒙正就接茬儿，那甭问，什么审葫芦、问黄瓜……不定是你怎么胡诌出来的呢。"哦，有有有，却是有的！只是日子太长啦，微臣我是有些淡忘啦！您要问这判土地么……"寇准跟这儿干着急哇，我这审案子也没有判过土地爷的事哇？这一准儿是吕蒙正根据说书的故事自己编的哇！灵机一动，哎，瞧见崔文了，就看老太监在那眉飞色舞的，正在给列位老大人上茶呢……"崔公公，这么着，临离开霞谷县之前，本县又出了一桩奇案，这桩奇案您可是亲身得见，这么着，您将此案的审理前后向万岁演说一番可好哇？"崔文正急着想要说道说道哪："好好哦啊好，小寇这案子审得，简直是神了！陛下，您看……""此案是你亲眼所见？这么巧吗？""可不是巧吗！最后一天，一个过路的客商名叫李宾，随身携带的银袋……哎，列位老大人，你们听是不听吧？""听，我们爱听……""万岁？""好，那就由崔文开讲，朕也爱听……"寇准一看，赶紧借机开溜："万岁，那微臣我也赶紧去吏部办理入职手续，还有繁杂公务要处置，请旨下殿……""嗯，朕准本，你今日确有公务甚繁，下殿去吧！"

寇准跪倒谢恩，领旨下殿。天官李济和吕蒙正也互相挤挤眼睛，一起请旨下殿，跟屁股后头追寇准。寇准来到殿外，大踏步往前走，假装没听见吕蒙正喊他。吕蒙正紧走几步追上寇准："平仲，慢走啊，李天官在这儿哪……""哼！圣功，你这是害死我啦！我没你这个朋友！""哎？平仲，你这是从何说起哪？"没想到寇准反身一把抓住吕蒙正的袍袖就不撒手啦！"圣功，像潘杨讼这样的案子，谁来审都难逃一死，你不是害我又是从来？哼！今天我就是死也得先报你这个仇，你着打！"寇准抬手假装要打吕蒙正，李济看见还以为是真的要打哪，赶紧来拉架，"哎哎哎……寇大人……你可不能冤枉吕大人哪，这都是本官我事出无奈哇！潘杨讼是必须得找一个清官来断，不然咱们大宋国朝眼看着就……唉！"话已出口，寇准瞟了一眼吕蒙正，吕蒙正点点头，"没错，平仲，这位便是吏部尚书李济李大人，你还不快快见过。"还施礼哪？嘭！一把把李济的手腕子给抓住了，"得了，闹了半天，不是我这同学举荐的我，是您哪！那您来顶账吧！我豁出去了……圣功该挨的打您来领受！"好嘛，大宋王朝的吏部尚书、大天官让寇准给讹上啦！

李天官赶紧给告罪，吕蒙正反而帮着劝架。"得啦，天官大人嗯，这事就是你的不对。这案子都死了一个御史了，还能怎么审？这顿打你是不用挨了，可是你得救命。不然做鬼我也饶不了你们两位。"吕蒙正一听就知道这寇准是有事，"哦？李大人，您看，是您主张调寇准进京，如今人已然是来啦，您得伸伸手哇！""好好好，是是是，寇大人啊，您说，您要李济我做什么？""您是在吏部，人都是归您管。我从霞谷县带回来六个随从，没有他们，卑职我这案子可问不成。嗯，就跟您要这六个随从，您得想法子给我安排到西台御史府里当差。"李济一愣，这算什么事哪？"嗨，平仲啊，你是西台御史啦，御史台的西衙打今儿个起都归你管哪！你说到这儿了，还真是用得着，皆因为刘御史贪赃枉法，随身的几位差役都按律下狱了，如今西台御史府衙还真有这六个缺待补，你们韩御史前天还跟我说过这件事哪！""好，那如此，下官先谢过啦！我跟您去尚书省衙门办手续？""你我一同前往！"

三位正走到午朝门的门洞，哎，吕蒙正一抬头，八王赵德芳怀抱着凹面金锏正打门洞外边走进来。按那会儿的规矩，吕蒙正和李济赶紧拉着寇准就要跪倒磕头。这主是二号儿的皇上。八王老远就瞧见了，天官李济和吕蒙正陪着一位，身上官服七品竟能进宫？准知道这个人就是自己查清官册查出来的寇准寇平仲，一伸金锏摆了摆，叫吕蒙正和寇准都不必行大礼了。

八王走到寇准的身前，心说你寇准到底能不能审清潘杨讼，我自己心里也没底，何不趁此时机我试试你。成心试探试探寇准，明知故问："啊，这一位卿家孤王我看着实在是面生，不知你现在哪里就任哪？"李济心里还窝着点儿火呢，心说我就不给你寇准这个台阶儿，我看你不哆嗦！谁让你刚才还跟我抢拳头来着，你看看八王金锏吧。低头不语。吕蒙正跟底下拿手捅了捅寇准，伸出一只手给比了个八字，告诉寇准，这位就是要命的八千岁！寇准明白了，"嗯，回王驾千岁，微臣寇准寇平仲，刚刚被圣上调进京城，升任西台府御史中丞。""哦？可是刚刚从霞谷县调进京城有名的清官寇准寇卿家吗？""不才，正是微臣，在此拜见贤主八千岁！""啊，免礼免礼，寇爱卿，孤王问你，你可知晓是什么人把你从霞谷县调进京城，接任御史台四品御史中丞？"寇准望了望吕蒙正和李济，不明白八王为什么问自己这个，"回王驾千岁，微臣已然听天官大人说了，是千岁您夜查清官册，您把我给查出来的。""呵呵，没错，你要知道，正是孤王我夜查清官册，奏请当今万岁把你给调进京城，补了西台御史的缺，你寇准才能连升五级。""如此微臣多谢千岁您提拔！""哎，谈不到孤王我的提拔。可是你刚刚进京，我来问你，你可知道你的前任刘御史，他是如何……""此事微臣已然听当今万岁提起，刘御史贪赃枉法，千岁您秉公处决。""嗯……好，你既然知道就好。孤王我再问问你，原告杨延昭，他是什么人你知道吗？""啊……微臣尚未查阅案卷，据列位大人给微臣所讲，杨延昭乃是开国老功勋金刀杨令公之子，扫北右营的挂印先锋。""呵呵，孤王问的不是这个，孤王是要告诉你，这个杨延昭乃是孤王我的妹夫，和孤王我沾着亲，寇爱卿审决此案，你……要照看一二。"

啊？寇准心说这个话说得不对啊，朝野盛传，都说这位八千岁乃是贤王啊，怎么一见面就跟我托付官司呢？寇准斜眼看吕蒙正，吕蒙正憋不住地乐，明白了，这是贤王拿话试探我呢！"哎呀，八千岁，甭管是什么人，潘太师是国丈也好，杨六郎是您的妹丈也罢，微臣我来审问潘杨讼，不能有丝毫徇顾私情！我要还看顾私情权势，我与前任刘御史有什么分别呢？微臣我审清问明案情，定然秉公决断！""啊？哈哈哈啊哈……好一个寇准，好一个秉公决断！"八王心说我就盯着你看，我倒要看看你寇准最后如何秉公决断。你这是把我顶在这儿了。八王假装着很不高兴，甩手捧着金锏就走了。寇准诚惶诚恐，跟午朝门里低头肃立，恭送王驾。吕蒙正心里不痛快，心说再怎么说寇准也是你调来的，你不能说吓唬吓唬就溜了。痰嗽一声，"吭……"八王走出了门洞，也回过味儿来了，回头跟寇准说："寇爱卿，你审问潘杨讼，原被告都是皇亲国戚，难免有你难做的地方。如若有什么人敢依仗权势来刁难你，让你左右为难，你可以到南清宫来找我，孤王我就保你一个秉公决断。"说完了扭头就走了。

寇准这才算听明白，嗨，果不其然，真是一位贤王，对得起这个尊号！

赵德芳

李济、吕蒙正陪着寇准离了紫禁城，一路之上就把这位八王的几桩事迹都给说了一遍，这是叫寇准多少对自己所处的局势了解一二。

赶仁人来到吏部办妥当公文，吕蒙正再陪着寇准到御史台衙门。张龙早带着霞谷县出来的几位好汉和寇家的书童寇安赶着一车行李先到了，满衙门的衙役都听说了，嗨，打山西外边给调来一位新御史老爷，这位可是一清官儿！都出来见见，一一磕头行礼。寇准都给搀起来，"诸位，打这儿咱不来这个，咱们是在一个衙门里吃饭，公堂上再说这个礼数，堂下边，你我兄弟相称！"那谁敢哪？呵！你们看看这老爷，这话说得谁心里不舒服？寇准带来的这几位好汉爷也很会套近乎，衙里衙外很快就都混熟了。帮着一块把寇准和几位跟随进京的白役都安排好了住处，张龙和吕蒙正就要起身告辞了。寇准还客气："哎呀，张提牌，您留下来吃晚饭再走吧？"张龙一打愣，明白过来了，从身上掏出来所有的这回出差带出来的银子，都交给江海："您替寇大人收着，这两天大人没领到饷，您就拿这个先替大人结账请客……"寇准是真给逗乐了："张提牌，这钱今后本官一定还你。""寇大人，这算什么。小人我也只能做这些，您是干大事的！您把这案子问清审明，我们这些人今后才有好日子过！今天我就不陪您啦，我回皇城司办手续交差！"

寇准又要挽留吕蒙正，毕竟是同窗苦读的同学好友，小哥儿俩还有好些话没说够呢！吕状元也乐了："平仲，别怪我说不好听的话。按说今日儿个得我来请客，我应当给你摆酒庆贺！可是先不着急，我看你三天。你不在这住满三天，还不好说你寇准是不是真的算是被调进京城！"这个话说得有味儿，你寇准自己还得咂摸咂摸。呵呵一笑，转身也走了。

这就是咱们古代的知识分子，说话不说全喽，还得留一半给你揣摩去。吕蒙正心里想的是，虽说是我帮着给你调进了京城，我吕蒙正不是看在咱们是同学好友的分儿上，我是为了大宋朝的江山社稷着想！可是正应了你自己说的话，我也算是把你给害了，这个案子太难审啦！我吕蒙正没本事审清问明，可要是你寇准还不能审清结案，大宋朝可就要麻烦了！为什么说难办呢？你的前任刘御史怎么样？西宫国母派人来下书献礼，你一个小小的四品御史中丞，你敢不接吗？你要是接了，到八王跟前还是死罪；你要是真就敢不接，有娘娘的枕边风……嗨！所以这吕蒙正也是一筹莫展，这话也不好说出口，只好是跟他打哑谜，你能熬得过这头三天，你寇准才算是真的调进了京城，这官儿你才算当踏实喽！

寇准这个人心宽，知道吕蒙正这是话中有话，一不爱细琢磨，反正我也想不明白，回头再说。寇准转身回了御史台的西府衙门，进院子找书房，进来一看，屋里也没剩下什么——自打刘御史被八王金铜打死，刘定的家属亲人来了，把刘大人的旧物都给收拾妥当拉走了，这屋里连一只茶杯都没给剩下。寇准进来坐下，一看，东西都没了，就剩下书架上还好几摞旧书，顺手抓起一本来，都是闲书话本，没什么看头儿。吩咐屋外当值的差役，到前厅去把案卷的卷宗给自己搬来，就坐在书房里一页一页地翻案卷。一翻到杨六郎递的这御状的状子一瞧，吓一跳，这是能人给写的，可以说是笔毫如刀！按这状子上所写的这些个罪状，这太师潘仁美就只能是死路一条了，这案子还用审吗？又前前后后把案卷仔细读了一遍，寇准有过目不忘之才，把潘杨讼的案情就了解个八成了。正坐在书房内盘算呢，屋外头书童寇安进来回事，"老爷，您赶紧出去瞧瞧去，府外头有好几个打宫里来的公公，吵吵嚷嚷，吆喝着非要您出去接去！""哦？这又是崔公公来找我来啦？看起来您这书是说完啦？好，你找个人给我头前儿带路！"这府太大啦，没人领着我找不出去！

寇准出来到大门外，一瞅，一个大胖太监，并不是崔文，自己也不认识，身后跟着一队小太监……噢，寇准心里话儿这不是别人，肯定是打西宫里来的！"哎呀，这位公公，下官不知您的大驾已然光临鄙署，有失远迎，恕罪恕罪！"这是客气话。这位胖太监呢，也挺客气，"哦？看起来，这位大人就是新上任的寇御史，啊？咱家我来得鲁莽，多有叨扰，啊，哈哈哈哈……""哎呀，岂敢岂敢。恕下官我眼拙，但不知这位公公，您是在内府何处宫苑侍奉御驾的膳食、起居？""呵呵，咱家我姓王，大名叫继恩，上承天恩，现在西宫国母驾前管点儿出出进进的杂务。""哦，原来是王总管，下官久闻大名，失礼失礼！天到这般时候，公公您不在宫中侍奉娘娘千岁，您到我这御史府来……但不知您有何见教？""嗯，好一位御史大人，您可真会说话。咱家看人准没错，这要是娘娘见了您这样儿的，准得喜欢，保不齐就得再升你几级！咱家我来，没别的意思，是专程来恭喜寇大人您高升的！""哎哟，还不是万岁和娘娘千岁的恩典，诸位大人的提拔，下官我可不敢当！"

王继恩一看，虽然这寇准满嘴里都是九吊六的话，可是人就站在门洞儿里，也不说往里让——看起来这是不打算叫我进去哇。也成，你让不让我进去我这事都得把它办喽！"噢，呵呵，寇大人哪，咱家在晚间叨扰，皆因为西宫国母潘娘娘她惦记着您是刚刚进京为官，您是圣上拿金牌给调来的，今日儿个这家里头说什么也得缺点儿嘛，这才叫咱家我给你预备好了几件儿府上当用的物件儿，也无非是油盐酱醋、锅碗瓢盆……您就甭客气啦！您瞧，这是西宫内府专门给您开的礼单一份儿，您……照着查点一番，给咱家我写上一份儿回书，我拿回去给娘娘好有个交代。您接好喽！"哼哼，你收下我们的东西，接下来你就得给我们办事儿！

寇准呢，愣没伸手，"哎呀，这位公公，下官我怎敢劳娘娘千岁如此照看。下官初进京城，无功焉能受禄？这份儿礼单连带您带来的这些贵重之物……还得劳您大驾，您再帮着给带回宫中。我寇准有天大的胆子，也不敢跟娘娘千岁和您承接家用之物。""嗨，我说寇御史，您就甭再说这个啦。我家娘娘高看您这一眼，您自己心里还不清楚吗？这有没有功，还不全在您自个儿吗？""啊？王公公，此话怎讲？""哈哈，老西儿，我看你是跟我装糊涂哇。万岁爷把你给调进京城，金殿上连升五级……是因为什么？潘杨讼一案批在贵台审理，您寇御史在问案的时候……呵呵，只要说您量情一二，老西儿，您不就算是有功了吗？这个，您就接着得啦！"寇准心说我就憋着想听你怎么说这个话，你这胆子也忒大啦，这就是摆明了给我行贿啊！我刚进京城，今日儿个可真是大开眼界了！想起来方才查阅案卷，给刘御史行贿的也是这位王继恩，心里头暗暗好笑，你就靠你们这几样儿把上一任御史给和弄死了，

王继恩

你们还想把我也送出去吗？"嘿哟，王公公，您这话说得下官我是胆战心惊！岂不闻前任刘御史就因为贪赃枉法，死在了八千岁的金锏之下？您把这些都给下官我送过来，您这是想叫下官我也效仿前任刘御史不成？"这话说得客气，可实际上就是拿刀捅王继恩呢，你这是害我，这不得跟前任御史刘定一样啊？你这是照看我吗？王继恩也吓一跳，啊？这个寇准说的话可厉害呀！"哈哈哈哈……寇大人，您是初来乍到，跟京城里怎么做京官儿，您能有咱家我清楚吗？有国母娘娘照看于你，我说你还有什么可怕的？他刘定被八千岁打死，他是不懂事，问这个案子，能开堂审理么？我这是指点你一条明路，我叫你收下你就收下！""哎呀，下官不敢当，还请公公辛苦，您把这些……""老西儿，这你就是不识抬举啦。你也不扫听扫听，有我送不出去的东西没有？跟你这么说吧，这份礼单你是愿意收也得收，你不愿意收也得收，这回条你还爱打不打。拿着！"把手里的礼单朝寇准一扔，一撩这搭甩，"咱家回宫去也！"小太监都进到大门里来，挨个把肩上挑的礼盒给卸在堂前，连正脸儿都不瞅寇准，一个一个都大摇大摆，从大门出去了。

寇准心说真是忒霸道啦，这哪儿是送礼啊，这分明是掐着我脖子给我喂哪！生填肥鸭，不吃也得吃，我得乖乖地咽下去。把礼单捡起来，照着礼单挨个清点地上的礼盒。这阵儿寇安和陈雄、谢勇、晁猛、洪威、冯山、江海都把手里的事放下，也都到前厅来瞅热闹来了。江海手快，挨个翻腾这礼盒，"哟！大人，这京城到底是不比咱小小的霞谷县啊，这醋葫芦儿可做得太好啦！怎么都是拿玉石雕的啊？"啊？寇准心说哪儿有拿玉雕的醋葫芦啊？走过来一瞧，嗨！哪儿是什么醋葫芦哇，乃是精雕细琢的一只翡翠葫芦，这得是价值连城！再瞧，好嘛，金毛狮子的笔架、银毛犬的镇尺、汝窑的青花笔洗、田黄鸡血的印章章料……全都有珍珠、玛瑙镶嵌！其他几个盒子里也都是稀世的珍宝……寇准瞅着这一地宝物可就犯了难了，哎呀，这是逼着我入套儿啊！皇家珍宝，明说是赐给我当用之物，这些宝贝我能当什么用？我还真拿着这些宝贝写字、画画儿吗？这些宝贝都拿出去变卖，足够我霞谷县老百姓全年的赈灾粮款哪！我该怎么办呢？不收我也得收，可是我收下了，这个案子我得怎么审……我这真要是昧着良心问案，对不起举荐我的同学吕蒙正还算是小，八千岁照方抓药也拿金锏给我来一下子——这也只是我寇准一人之安危荣辱，我要是也审不了，我明白了，满大宋朝的上下百官可就更没人再敢审这个案子了！潘杨讼不能够审清问明，老贼潘仁美就得官复原职，到在边庭，勾结北国军兵，杀回东京……了不得，这大宋国朝就得亡国！可是我愣是不接这份儿赏赐，西宫娘娘也绝不会善罢甘休，没几天抓个茬儿还得把我寇准给整下去……哦，到这会儿我才明白，为什么蒙正兄临走的时候说，我能熬过这头三天，我才算是真的调进京城做官。现在看起来，这……都烂到根儿上啦！别说三天了，就是这头一天我都不一定能挺得过去！哎呀呀，这可叫我寇准如何是好！

〖 四回 〗

寇准刚刚进京，金殿皇封，连升五级，从七品县令提拔到了西台御史府做了从四品的御史中丞。按说这升官啦，应当是高兴的事，可寇准说什么也高兴不起来，怎么呢？到了晚上，有西宫大总管王继恩强闯御史府，把西宫娘娘赏赐的这些个珍宝都给塞进大门了，你是要也得要，不要也得要。不由分说，抛下了礼单，人家回宫去也！

寇准望着这一地的稀世珍宝可就犯了难啦！这不是强逼我寇准效仿前任刘御史吗？要与不要都不由我寇准自己做主，这是给我挖好了坑儿，人家就等着埋啦！嗯……有了，白天在午朝门，八千岁不是说了吗，我有什么为难之事，我可以去找他。我就叫他代我把这些礼物收下，我看看他贤王千岁能怎么说。好，吩咐自己亲随的这几位，你们把这些东西都给我按原样儿包好了，礼单我拿着。来呀！给本官我备轿，老爷我得去串串门儿去！

御史府的这些位听差的赶紧帮着去召唤轿夫，后边儿派好了衙门里的衙役充当脚力，跟后边挑着这些礼盒，寇准把礼单塞到自己的袖口儿里，出门要上轿，一看，"嗯？我这府门口怎么空着？"回头问差役，御史府的差役火急火燎地跑过来，"寇大人，您看这事可不太好办！""哦？御史府里连乘轿子都置办不起吗？啊，那也没什么……""嗨，大人，不是这么回事，皆因为现在停在跨院里的这乘官轿乃是前任刘大人坐的，按说，刘大人死于非命，您要是再用这乘轿子，于您的前程可不吉利，这轿夫们也都不敢给您抬……您看，您稍等会，我们几个弟兄已经出府去找地方儿去雇去啦！""嗨！你们这也是多余！你就敢保租来的轿子没拉过死于非命之人吗？我不骑着马来的吗？甭麻烦啦，把我那匹马给牵过来，我骑马去！"还是小江海儿绕到马厩，把寇大人从山西霞谷县骑进京的那匹老马给牵出来。寇准上马，众人随行，就奔南清宫去了。

这道儿并不远，一会儿工夫就到了。寇准下马——他也是刚进京城，还不熟悉自己这四品官得怎么当呢，自己就直奔宫门儿而来。把守的门官守卫喝住，"哎，这位大人，露华殿宫门禁地，无有贤爷旨意，擅闯者死罪！你来此何干？可有贤王千岁的谕旨？""哦，本官我乃是新任的西台御史寇准，我特意来求见贤王千岁，是有紧要的国事相商，还望几位门官公爷帮着下官我通禀一声儿！"

今日这南清宫当值的门官是一点儿没把这寇老西当回事，他哪儿知道哇，打今日儿个起，这位寇大人就是南清宫的常客啦！门官瞧着这位，好么，这身儿官服一看就不是自己的，穿在他身上是又宽又大，帽子戴在他头上，都快压到眉毛啦，还老得拿手扶着点儿，看着怪可乐的。嘿嘿，他刚才说什么来着？噢，新来上任的西台御史哇？从四品？这官儿啊，在我们这儿可以说是不大不小，算不上什么。照我看，没别的，这是刚刚进京来做京官，找我们家千岁来走门子来啦，想托付托付，给自己找个靠山。哼，看我怎么摆治你！"哎，哎！有什么事您先下站！下站！就是说你哪，哎……再下站！"寇准回头一看，我这已经退到台阶下边来啦，怎么还叫我下站哪？再瞧这位门官，直努嘴："嗯嗯！后退！后退！干吗呢？"这是叫寇准多往外退后一点，自己好说话。赶退得离南清宫的大门口有点儿距离了，这门官把手一摊，拿眼睛瞧着寇准。寇准不明白啊，嗯？您这是甚意思？"哎呀，这位公爷，您这是……"门官一看，嗬，闹了半天您是个大外行啊？"我说，您是真不懂还是装不懂哇？您想想，我们这南清宫里外得多少里地哪，噢，我就这么给你跑进去送信儿？我这靴子可是跑不起！您哪，有磨靴子底儿的钱给我们，我就给您报信儿去，没有，那您多等会儿啵，我们什么时候有工夫，什么时候再给您给往里回事！"

啊？寇准心说，这我还真是头一回听说！好嘛，这就是人们素常说的门包儿哇，今天我是见着真儿的了。哎呀，寇准心说我刚刚从霞谷县被调到京城，别说我没钱，就是我有钱，托人捎回霞谷县，能帮衬多少穷人孤寡哪，我能给你吗？可这话不能实说。"哦，那么要是我等着，您是什么时候能得着空闲去给下官我通禀呢？""嗨，那可就不好说啦，好比说吧，待会还有哪位大人也来看千岁，人家要是交上来了，算您捞着了，我们就一道帮着您往里通禀去！""那要是这一晚上都没别人来了呢？""谁让您不自己个儿交上来哪，那您就等明日儿个啵！"噢……寇准心说这不能怪我啊，我哪儿能知道你们这儿的规矩呢？我要是知道的话我就带上张龙留下来的那两个钱……"哎呀，这位公爷，您看，我这出来得匆忙，身上没带着闲钱儿，您这儿的规矩，下官我还真是不懂！您看这么办好不好，反正我也不止来这一回，今日的这个钱呢，您先给我记上账，等下官我二回拜见千岁，我一准儿想着给您带上……您看……""嘿哟，您说得是不错，可是我们这儿值守轮换，我知道您是哪天还来哇？这个还有记账的吗？您到南清宫是干吗来的？您还敢说您随身没带着？我看您身后跟着这些套礼盒……敢说这价值可是够着天啦。我就直说了，您这是来办公事吗？这么说吧，天到这般时候，我们替您回事是人情儿，不给您回事也是本分，理所应当。谁让您没有千岁爷的谕旨哪！您要是不嫌累，您就赶明日儿个再跑一趟得了！"说完了这位门官就要回门首了。"哎哟，哎哟，这位公爷，您慢走……"寇准一琢磨，你不是收我的门包儿吗，这好办，我这儿有货呀！"这位大人，您还有什么话说？""您稍候片刻，看我这记性，我这带着给您的好玩意儿哪，您稍候。"回身来到自己的队伍头里，跟头一挑的礼盒里边摸，哎，这一摸，正好摸着开头江海舞弄过的那个翡翠葫芦啦，得了，就是你了。寇准把这葫芦给抱起来，转身再走过来，"公爷，您瞧，下官我这身上实在是没带着黄白之物，这不是，给千岁预备的一点儿家乡的土特产，这是咱山西产的好醋，不是什么好东西，您拿回家给孩子们尝个新鲜！"这是会说话，这么

門官

一说，后头的门军士卒瞧不见，不担着嫌疑。

门官一瞅，啊？眼珠子都快蹦出来啦！这，这也太……不合适啦！赶紧，伸手把醋葫芦给抱过来，"哎呀，您瞧您说的，这是您给千岁预备的，我这……我拿这个不合适吧？""嗨！公爷，下官我刚进京，不懂得规矩，您可别见怪就是我的福分啦，今后免不了还得劳烦您。啊，您看，劳您大驾？""这还说什么劳烦哪，这还不是姆们应当应分的哇。您……您这名帖哪？""哦？还要什么名帖？""嘿，瞧您，您这是……刚高升进京来的吧？""下官我是今日刚刚上任。""嗨！您这是遇见我啦！跟您说吧，您来见贤主千岁，您这是头一回吧？您必须得递门状啊！这可不能少，要不然这千岁怎么能记住您呢？这么着，谁让您今日儿个碰上的是我哪，我跟您这是缘分不是，您候着，我给您取一份儿备好喽的空的！您候着！"这门官就回府门了。工夫不大就出来了，葫芦是不在手里了，手里头端着一叠红色的信笺纸。身后跟着一个伺候的童儿，端着笔墨，砚台里的墨是磨得了的。门官还不用寇准自己填写，自己握着笔："啊……我还含糊了，大人方才您说，您是哪省哪部新上任的？""哦，下官我是今天刚刚上任的西台御史，我姓寇，我叫寇准。"好！这门官一点都不犹豫，提笔就写："嗯，微臣初任御史中丞寇准……您字表？""哦，下官字表平仲。""得让贤爷知道一下，后边给您空半格儿，您瞧，平仲，嗯，谒——一个字儿就够啦，下边就得重新起头啦！南清宫露华……露华才是姆们千岁爷的号，您在拜帖上可不能直呼千岁的爵号，也不能喊俗名儿哇，您说拜谒八千岁，那成什么啦？您说我这也不白……是吧？没我您准写错！"露华两个字直接跟着千岁千岁千千岁，最后尾儿是雍熙三年几月几日。寇准就站在一旁看着他写，哟，这字儿写得可漂亮！"哎，我看你写的这个字，您，可不是一般人儿啊！"没想到这位门官一听这话反而是脸红了，一低头："嗨，真不瞒您说，我啊，原先也是读书的，我也是个秀才出身。可是我这命没您好哇……得嘞，您放心，我这一准儿立马给您进去通报千岁得知，千岁怹老人家容您一见，我这赶紧就出来召唤您；千岁要是困了，不想再会客了……我说寇大人，您可也别怪罪我。可是这门帖我给您摆在书房啦，千岁肯定能记住您来过喽。""哦，那是当然啊，您把话给带到就好。您可把我名字记住了，下回再来您可得记住是我啊。""嗨，您就放心吧！我们是干什么的啊？错不了！打今日儿个起我可就记住您啦！忘不了！"这话不假，从今天起这位就一辈子都记得寇准啦！

门官进宫回事，八王一听，啊？白天刚见着，这晚上就来找我来啦？不知道是什么事由，再晚我也得见哪！连忙吩咐门官出去迎接进来。门官把寇准给接进了南清宫，和八王在书房的客厅会面，君臣之礼行过，分宾主落座。"啊，寇爱卿，这么晚了，你非得到我的南清宫里来找我，所为何事啊？""哎呀，贤主千岁，啊……微臣我从霞谷县到京城，哎呀，真是连升五级呀！微臣我实在是感激涕零！您这个大恩我没法儿报答啊！这不嘛，微臣进京之时，我还从家乡捎来了一些土特产，左思右想，微臣我还是赶在今晚就给您送来，要不然我睡不安稳啊！"

"啊？"八王一愣，这话说得怎么跟白天不像是一个人了呢？也没多想，"嗨，寇爱卿，这……你可也是太多礼啦！孤王我夜查清官册，是我把您查出来向当今天子举荐提拔的这是不假，可这清官册上能写着你的名字……这是你寇爱卿为官清正、断案如神，这才能查到你的名字呢。说了归齐，还是你寇准够格审问这潘杨讼，何谈孤王我的恩典？是卿家你过虑了，这贵礼么，你在霞谷县做官，我听说也没攒下什么家产来，千里迢迢，带进京的这点儿特产不容易，情谊可比千斤，孤王我就心领啦，你与孤王我就不必客套啦！还是先暂存贵府，我一旦要说日后有什么需用的地方儿，孤王我再跟你说！"

嗬，寇准暗竖大指！这贤王这话说得，真够个贤德之号！对我这么一个四品官，这话说得都这么客气！不说我不要，就说算我收了你的礼了，你还帮我给存着。哎呀，这京城里这官话我可不会说，到底你八王千岁是怎么想的，我还是不清楚，对不住，微臣我还得试探试探您！"嗯，千岁，微臣我好不容易给抬到了南清宫的门前，难道说这点儿情面您都不给微臣我吗？这点儿土产，比不上您这屋子里的一张纸，可是也是我们山西才有的好东西，您肯定是没见过！这样，您先看看，您要是看着顺眼，您就留在宫里；您要是看着嫌烦，我再给扛回去，也不耽误您正事呀！"八王也是个机灵人，打小儿就在紫禁城里长大的，一听寇准这话头儿……不对，这里边有事！怎么，白天我和他在午朝门的门洞里碰见，我试了他一下，我说告状的是我的妹夫，寇大人您得照看一二。哎，这位，甩给我一个秉公决断，到晚上他来给我送礼……崔文刚打我这儿走的，都跟我说了，从山西霞谷县接金牌调进京城，这寇准就一趟大马车，身上没什么值钱的东西，还跟着七张吃饭的嘴。你能给我送什么呢？"哈哈哈哈……"这脸就变了，"好好，寇爱卿，难得你一片忠心！要这么说，孤王我就腆受了哇！你把这东西都给我挑到屋里来，孤王我要一一品鉴。""嗯，那可太好了，东西就在宫门之外，您吩咐下去，他们才敢进宫。""好！来呀，出去把御史府送来的礼物都给孤王我抬进来吧！"有服侍八王的几个太监都出去了，工夫不大，扛着这些礼盒就都进来了。这时候寇准不忙着把自己袖子里的礼单拿出来，先引着八王走到切近，"千岁，您瞧瞧，这里边都是我们霞谷县的特产。可都是好东西，您留着慢慢尝尝。"哦，好，我看看……低头一看，嗯？这么好的大锦盒，这不像是外地的特产哪？怎么瞧着像是宫里的东西呢？

正纳闷儿呢，啪！寇准打开来头一个锦盒，哟！金光四射！里边蹲着一头纯金打造的狮子！俩眼睛里头嵌着宝石，后脊梁上拱着三个卷毛鬏鬏，正好能搁三根毛笔——这是一笔架，纯金笔架！哎？你……刚才不说是特产吗？八王可就愣在这儿啦！不但他愣住了，身后的小太监也都愣住了，呀！这个宝贝我们这儿也算少见哪！再看第二个礼盒，啪！一打开盖子，里边摆着一对纯银打造的镇尺，拿起来细一看，雕刻的是一对儿趴在地上的名犬！俩脸儿这么对着，你看着我，我盯着你，浑身的毛发雕琢得那叫细！最难得的，就在这俩狗的嘴里，塞着两块大小、颜色都那么相衬的墨玉宝石！嚯！这东西，孤王我也没见过啊！今天可真是开眼啦！八王这个人平常不好这个，所以也就没人惦记着给他送这些个东西。西宫就不同了，潘娘娘在娘家的时候就喜欢这个，年深日久，朝野上下谁人不知，哪个不晓？什么山南海北的、什么西域和田、什么交趾南粤、什么合浦明珠……各国各省，凡

寇准

是这进京公干的人都得想着给太师府和西宫国母送上这个东西。今天说从潘娘娘手里拿出来几件这个玩意，说是举世罕见，那也算不上什么为难之事。可是八王可少见这样儿的宝贝，身边儿的这些太监也都看直眼啦！再看，一个一个都打开，整个露华殿的书房里是霞光万道、瑞彩千条！貂裘、锦袍、玉带、珠帽，珍珠玛瑙都论斗盛！八王这脸儿都叫玉石、翡翠给照绿啦！一怒之下，转身回到自己的座位，顺手一绰，这凹面金锏就抱起来了！寇准扭头一看，怎么，你也想给我一下子？

寇准是乐呵呵地回转身来，"八千岁，您看我这些个本县土产怎么样？这可都是微臣我专门儿孝敬给您的，难承微臣对千岁的敬意，还望您能笑纳！"八王登时就明白了，这心里头直翻腾，看这些锦盒的工艺，非皇家御制所不能成，这哪里是寇准孝敬孤王的，这是婶娘您成心要断送寇准的性命！婶娘你也忒任意胡为啦！

八王这才明白，噢，我白天先试探了你一句，你晚上就来还我一嘴。你这哪儿是给我送东西啊，你这分明就是把难题推给我啦！八王也爱逗乐，好，你不是不说破吗，那我也不说，我看你寇准能怎么办。"哦？呵呵呵呵……寇爱卿啊，孤王我长这么大，果然是头一回见到这么多的名贵土产！你这个礼可太重啦！哎呀，有道是无功不受禄，我得怎么还报你才好哪？"寇准一看，你先是跟那儿瞪眼吹胡子，现在是安然落座，甫问，你心里有数了，可是你身为皇亲，当着这么多差役的面儿，你不好意思把这个事说破。好办，我给你台阶儿。一伸手，把自己袖子里的这张礼单抽出来，"八千岁，您看，这份东西我给您都一一登记好了，您……何妨照着礼单，您再核对一遍？"

八王把礼单接过来一看，嗨！这是皇家御用的文书纸张，这我认得啊！接茬儿装傻，"嗯，好好好，待孤王我核对核对。"拿起礼单来走到礼盒前，把这礼单交给自己最亲信的一个小太监，这位接过来礼单，挨个一核对，刚才那葫芦没啦！查了一遍不对，再查一遍还不对，小心翼翼地过来跟贤王回禀，"千岁，不对，少了一样翡翠葫芦。"嗯？扭头问寇准："寇爱卿，据孤王我核对礼单，这，还少了一样儿。莫不是你还有舍不得的吗？"难不成你寇准看着喜欢，你还贪了一件吗？"哎呀，八千岁，您看我这记性，这里边儿确实还少一件儿。就在微臣我要进宫来拜见千岁的时候，您这南清宫的门官跟我伸手要规矩。这个规矩我可不懂，这位公爷就恼了，跟我说，我给你回事是人情儿，不给你回事是本分。哎，这么着哇，我得学着点儿规矩，就把原本是孝敬您的这个醋葫芦给了他啦！您要是喜欢啊，您把他给叫来问问。"

这话说得八王的脸都气成猪肝色了，握着凹面金铜的手直哆嗦，心里话我说这西宫国母婶娘往出贿赂官员怎么这么肆无忌惮哪，合着我这眼皮底下都是公然索贿啦？我爸爸费了多大的辛苦打下这大好的江山社稷，难道说就任由你们这些人这么胡乱折腾给断送了吗？哼哼哼哼……八王可真生气了，"来人，把今天晚上在宫门口当值的宿卫统领给我叫上露华殿！到御书房来见我！"有人去叫去了，工夫不大，这位来了，"奴才叩见千岁，您有什么吩咐？""你啊，你快起来吧，你眼里还有我这个千岁吗？我问问你，这位寇大人夜间要来见孤王，是哪个跟他讨要鞋钱？哼！你还不从实招来！"八王一翻脸，这位可吓坏啦！万没想到，这个寇准真敢在八王的面前告自己的状。磕头如捣蒜，"哎哟，千岁饶命，小的罪该万死！我是一时财迷心窍……"八王这火儿大了，这寇准是刚刚调进京城，头回来我的南清宫，你这小子就敢跟他伸手索贿，我这脸面都叫你给丢尽啦！你还想活命？！"左右侍卫，将他拉下去，重责一百廷杖，不得有误！""遵旨！"侍卫官也顾不得什么情面了，拉这个门官就要扯下露华殿御书房。

〖 五回 〗

寇准升官夜探，就因为西宫国母潘娘娘给寇准送去了好几盒的礼物，可不是一般的东西，戏文里有这么一段儿唱儿，叫金毛狮子、银毛犬、织锦的蟒袍四季衫、八宝玉带二十对儿、保暖的貂裘翡翠盅……这都是大内御府珍藏的国宝，价值连城！那么说这西宫娘娘还真愿意下血本啊？那是，太师犯案，潘娘娘能不着急吗？潘家在大宋朝，现在是朋党为奸，亲戚、朋友、门生、子弟……五府六部以数百计！潘仁美这杆大旗要是倒喽，这些人就得全完！

可是这些个国宝都拉到寇准家里头，寇准能接得住吗？寇准整个儿就给拉到南清宫来了，结果这宫门口儿的门官跟寇准要门包，正好——寇准正愁没个事由跟千岁说起这个话呢，就把里头那翡翠葫芦给了门包啦！来到御书房，跟王驾千岁打哑谜，这个话不好明说，一步一步往里带，最后告诉你，还缺什么，还少一样儿翡翠葫芦！跟哪儿呢？跟你南清宫门官儿手里呢！啊？！八王来气了，我手底下的人都贪赃索贿，我还好意思扛什么王命金铜？我还自称什么贤王？把门官儿叫上来，查证属实，你把赃物退出来！重责一百廷杖！什么概念？一百？皇家的廷杖和官衙的板子可不一样，不是为了打你一个疼，给你一个教训，那棍子头都是生铁包着的，就是为了把你给打死！大多数判廷杖的，结果都是一个，毙于杖下！罚一百，这就是不想叫你活了。

哎呀，这个门官可算吓坏了，他自己身为侍卫小统领，能不知道廷杖的下场吗？连喊救命，直央告。八王是不为所动，你伸手的时候想什么来着？"拉下去！打！"手底下的侍卫军校不由分说，就要把这小门官给押下去。寇准一看，时候差不多了，"嗯，八千岁，能不能在行刑之前，容微臣我先奏上一本？""啊？噢，好，这是为你打的，你有话可以说，但是有一样儿，不许给这个狗奴才说情儿！寇爱卿，你说吧。""千岁，我得问问您，我大宋的刑律，行贿的受贿的，是同罪啊，还是有所不同？""酌其轻重，像这样儿的，"一指那醋葫芦，"其罪该当重责！""好，千岁英明！那么微臣我有一事不清，这位门官受了我这翡翠葫芦，该当一百廷杖，我看，他这是官卑职小，就该挨这个打。要是官职再大点……是不是也就没什么罪责啦？""啊？寇卿，枉你做了西台御史，对我朝律条还有这么糊涂的地方儿吗？王子犯法也与庶民同罪，何来官职大小尊卑之分哪？""噢？那要依着千岁您所见，这个行贿之人，该当廷杖几百？"寇准拿手一指地上这些礼盒儿，二目炯炯有神就这么盯着八王，千岁，您说说吧，您的婶娘给我这些东西，你得打她多少下儿？

哎呀！八王这脑袋里嗡的一声儿，心说寇准这个话可把我问住了，我打自己手底下的这些个奴才成，我能打自己的婶娘吗？果然是一个清官！好官！这寇准可太厉害啦，寸步不让！他这是借着这门官收门包这个茬儿就把西宫娘娘强行行贿这个罪也给带出来了，我处置不公啊。这门官收一个葫芦，我就把他给打死了，我的婶娘行贿这么些个御府国宝，我拿她没办法。嗨！叹口气，低头瞧自己的凹面金铜，说不出话来了。

寇准微微一笑，心说贤王还是贤王，愣叫我给问住了，这就能说这位八千岁，他是以大宋江山为重。要不然他可以恼我，把我赶出宫去也就得了，要是这样儿，我调进京来审问潘杨讼就有了靠山了！有你给我撑腰，我就敢秉公审理！"啊，八千岁，容臣我一言，门官跟求见之人索要好处，您得明察，是他一个人这么办哪，还是大家伙儿都这么办。依臣之见，想来求见您的人太多啦！都想先见您，先给谁通报，这就得看您这些位门官高兴不高兴啦！

那么说有事来求您，想先见着您，这不得给他们几位塞好处吗？一来二去，这送的人多了，您说，他们不就给惯出来了吗？所以说，要打，不是打他，而是要打那些个首倡恶习，先给塞门包的那些个官儿！千岁，您打死门下的一个侍卫，此风您照样刹不住。微臣有个主意，每月您安排好几天，专门接待来访的各地官员，谁见您都不费劲，此风自然也就停了。"

啊？八王心说，照你这么一说，要打的人可真是忒多啦！可是你出的这个主意好哇。再看一眼寇准，八王也乐了，"好好，好你一个西台御史，寇爱卿，孤王我就给你一个面子。来呀，把他给我带回来！"侍卫又把这门官给押回来，"谢千岁恩典！""嘟！非是孤家对你网开一面，乃是寇御史与你求情，寇御史是万岁从霞谷县金牌调进京的难得的清官，日后寇大人来，尔等要小心伺候！""奴才我遵旨，多谢寇大人活命之恩！""死罪是免了，活罪你还得受，看见没有，地上这些礼盒，你一个人挑着，都给送回御史府去！""哎，千岁，遵旨！"这就要去找扁担去，寇准赶紧给拦住，"哎，且慢。千岁，这些东西可不能再抬回我的御史府去了，就得存在您的南清宫里。""哦？寇爱卿，这么多的珍贵土产，你就不自己挑一两件儿吗？""您哪，就罚他给您把这些盒子搬到您的库房里去就得了，您容臣慢慢跟您说，这个事儿……"八王明白了，接下来的话不能叫更多的人知道，屏退左右，和寇准回到自己的御书房，君臣坐下来推心置腹一番，可以说是相见恨晚。人与人相交，贵在交心，这老哥儿俩后来是一辈子的朋友，就是从今天晚上，借着潘娘娘的这个葫芦开始的。

接着寇准就实说了，潘国母强行行贿，微臣我是不得不收，可是真收，那是不要命了！微臣我也不是趋炎附势的小人！所以说这些行贿之物我都交给您了，交给千岁您就等于我是把这些行贿之物上交给监察督办！有朝一日，西宫国母为难微臣之日，这些宝贝——您还得给摆出来，微臣我料定，到那个时候，我就靠您拿这个葫芦来救命了。这寇准实在是有远见，下文书咱们就得说到这儿，西宫娘娘恶人先告状，皇上气急了要杀寇准，八王在南清宫里听说了，因为有今天寇准的提醒，特意带上醋葫芦和礼单到在金殿之上，把这东西一交，寇准的命就保住了。君臣又聊了一会儿，寇准把自己阅读案卷的一些疑问都一一探询了一遍，八王把自己知道的都给寇准说了，一直说到天交三鼓。太晚了，君臣意犹未尽，可是下边还有那么多的差役、太监不能离岗休息，只得是先说到这儿，君臣握手言别。

八王很喜爱寇准这个人，怎么？寇准这个人很爽快，不会拐弯儿，有话是直来直去，而且说还非常的聪明，你跟他说一，他马上就能反应出三来；对人对事看得也很准，有入木三分的眼力，跟八王把案情分析得也非常透彻。本身这些事寇准都没经历过，但是问了问八王以后，说出案子来就好像是他亲身经历过一样。八王是由衷地佩服，心里一块石头落地了，非此人不能审结潘杨讼也！

自己一高兴，脱口而出："哎呀，寇爱卿，孤王我看你的才华，区区御史中丞，实在是太屈才啦！怎么着也够个天官之才！"什么叫天官呢？古代中央政府的官制简要地说其根本就是"三省六部"，三省就是"门下""中书""尚书"这三省。门下也叫左省，主司政令的审议，也就是左班丞相办公的机关；中书就是右省，专管领取圣旨下达中央的令旨，也就是执行部门；尚书省就主管六部、二十四司。六部是吏、户、礼、兵、刑、工，职权也就相当于今天的部委，各管一摊儿。掌管六部的官员呢就都是尚书，什么礼部尚书、兵部尚书啊……可是在古代的礼制中，不管这些直呼尚书，而是各有别号，也就是尊称。比如说户部尚书就称为大司徒，礼部尚书称为大宗伯，兵部尚书是大司马，工部尚书是大司空……吏部尚书，就是天官。到了六部尚书的职位，在宋代，是从二品。八王赞寇准，说爱卿你少说也够个天官之才！是说像你这样儿的人品、才学，你能帮着皇上管好满朝的文武百官！这也就是一句客气话。这不是要走了吗，说这么一两句客气的。哪知道寇准一听，跪倒谢恩，"微臣谢千岁加封！千岁，千岁，八千岁！"嗯？比万岁就差两千，我都给你补上了。"嘿嘿，寇卿，方才孤王我，只是说这么一句玩笑话，你不必当真！""千岁，谁不知道大宋江山是南清宫与朝元殿齐享共掌，有道是君无戏言，您的嘴里……可不能有玩笑话哪！""嗨！孤王我还叫你给讹上了？好吧，寇卿，潘杨讼一案，你要是能审清问明，孤王我说话算数，我定在万岁面前保举你升任吏部天官，我就替我叔皇封你这个天官！""微臣拜谢千岁！"

书说到这儿，说书人得跟您评一评寇准这个人。前文书咱们说过，在这部书里，文臣里的主要人物一共有这么四位，叫"吕、寇、苗、王"，大宋朝四大朝臣里的文四家。说唱曲艺里有这么一个说法，大宋朝开国的功臣，叫九王八侯，可是这开国以后，干国的忠良名臣，顶着梁、扛着柱儿的，就得数这么"八大朝臣"。这八大朝臣的这说法就打咱这部书里出的。到最后，萧银宗觉得自己这天门阵没多少咒可念了，在九龙谷外公孙坡前设摆金枪会，下书给南朝，点名儿要八大朝臣前来赴会，哎，就打这回书里出的这么个说法。

哪八位呢？是文四家、武四家：武四家"呼、杨、高、郑"，这个不用说，大家都知道；文四家就是老状元吕蒙正、双天官寇准、司天监苗士安、左班丞相王延龄。在这四位里边要说功劳，数寇准最大。有不少书也捧寇准，说这个人机智、诙谐，给这书出彩儿。这个没错。可是光说他机智，这个在评上就多少缺这么一点儿。寇准在南清宫借着八王的口误要官儿，光说他是机智，这是贪便宜啊。这里还得补上这么一句，论机智，吕蒙正、苗崇善、王延龄也都是各有所长！您看这书要是往前捯，打状元媒这儿开书的话，吕蒙正是头一个出场的角儿；再往前捯，打太祖爷下南唐这儿开书的，苗崇善下山出世，帮着老主爷出谋划策，也是一位智多星。那么说这三位，有一样儿不如寇准的，就是这胆魄。当然说王延龄老先生也很有胆魄，在后边的书里，这位老先生老是骂殿，凡是糊涂皇上要杀忠臣良将，老丞相就站出来直言敢谏。给忠臣陪绑的总是这位。可寇准的胆魄不这么体现，寇准这个人是胸怀大志。别看他原来只是一个小小的七品县令，可一直是怀着调和鼎鼐、燮理阴阳、为大宋朝整肃吏治的抱负！今天听八王这么一说，他立马就谢恩，可不是说他是一个贪便宜的官儿迷，他是要借此时机一展宏图。只有自己坐上了吏部天官的位置，自己才可能改变这个国家，改变这个世界。

　　君臣两个手拉手走出了南清宫的宫门，八王就觉得自己郁积多日的胸襟可算是叫寇准给打开了，忍不住开怀大笑，"哈哈哈啊哈……寇爱卿，你到我这儿来，你是乘轿还是骑马啊？""回千岁，微臣我是骑马而来。啊？您是……""嗨，骑马最好！寇爱卿，你是我大宋朝难得的栋梁之材，潘杨讼能够审清问明，我大宋江山方能转危为安！孤王我是高兴，出了像你这样儿的清官，孤王不能怠慢，来来来，让孤王我为爱卿你牵马坠镫！""哎呀千岁，万万不可，您这么一来，您可是折杀微臣了，微臣我万死也不敢领受！""哎……寇爱卿，你不是说吗，君无戏言！孤王我已经说出去的话还怎么能不算数呢？你就不要过于推让了。""哎呀，千岁，微臣实实是不敢！""寇爱卿，孤王我不是给你牵马坠镫，孤王我……这是送你登程！审问潘杨讼，成了，你寇准前程似锦；败了，你就有性命之忧！孤王调你进京，真正是成也萧何败也萧何。我既是成全你，也说不定就是害了你。踏上这条路，这么说吧，你寇准是再也回不了头啦！孤王我为了暖忠臣良将之心，为了大宋朝的江山社稷，送爱卿你一程，还望……寇爱卿能体念其中之意！"下边的话没说，这也可能就是一条黄泉路！我到底是成全你了还是害了你的身家性命，孤王我还真拿不准！"好！千岁，冲着您这句话，微臣我就不推辞了。来，微臣寇准借您龙体之福，上马登程！"

　　好嘛，连南清宫的侍卫、门官儿，御史府随行来的列位全都是大眼瞪小眼地看着，全都看傻了，没有一个人胆敢上前相助。八王左右一看，没有人给搬凳子来给寇准上马踩着，寇准就要自己扳鞍认镫上马……八王拉着缰绳哪，一扎箭步，单膝亮给了寇准，"寇卿，上马！"小江海这才醒过味来，赶紧上前，再一瞧，我的天娘啊，大人您是真要踩哇？担心寇大人这要是踩歪啦，赶紧上前搀扶，自己得护着。这会儿静得……在场所有人都不敢大口喘气儿，眼瞧着寇准脚踏贤王的膝头，很麻利就上了自己的那匹老马。这得亏是有江海在旁边托着大人，可不敢踩实在啦！

　　寇准上马，跟千岁伸手要缰绳，八王带着马就朝前走："寇卿！平仲！

京城之地，坎坷难行，暗黑之处多有坑洼险要，你刚来此地，深更独行，孤王心有不忍。我，不能送你一直走，但也多少，让孤王再送送……"八王自己也不知道说的是什么，自己由衷地喜爱寇准这样儿的人才，自己也不知道还能做点什么，干脆，牵着马就走。先走着吧！让孤王我再送送你，才能得安心。贤王牵着马朝前，南清宫的护卫就得跟随同行。刚才索要门包贿赂的门官儿也跟着出来护卫贤王，见到此情此景，门官儿猛然间放声大哭，跪倒在地，高呼贤王千岁千千岁……跪在地上，拿膝盖当脚走，紧随其后。

南清宫的护卫军校和御史府的差役们这才反应过来，连忙跪倒，口称千岁。小江海离得最近，也赶紧跪倒磕头，爬起来，一抹泪："大人！跟着您进京准没错，就是脑袋丢喽，也值啦！"

寇准此刻，早已是眼含热泪啦！回头看看各位，再看看千岁，猛然间挺直了腰板，高声吟诵：

宁为世上奇男子，不做人间小丈夫！

要知道寇准如何审结潘杨讼，请听下一回《代州访将》。

【四本·代州访将】

〚头回〛

诗曰：

> 莫为忠臣叹不平，抒忠只欲见时清。
>
> 平胡差毕生前志，殉国何知身后名。
>
> 公论盖棺应可论，丹枕历久自能明。
>
> 还嗟彩笔为多事，点染图传不朽声。

书接上回，上回书《升官夜探》，这回书是"私访代州，黑虎显圣"，说的是寇准下边庭寻访七爷的尸身。

这一天晚上寇老爷拜别了八千岁，从南清宫回到自己的御史府衙署，天已过四更，根本就睡不着啦。索性再把潘杨讼的案卷翻出来，仔仔细细重新审阅了一遍。一夜无眠，耳听谯楼之上五更鼓点儿敲动，也不知道打哪儿来的一只大公鸡，嗓音嘹亮，就在自己的书房屋顶上打鸣儿，逗引着半城的雄鸡应和，此起彼伏……寇大人一抬头儿，天光微亮，书童寇安靠在门上打盹儿，鼾声不绝。鸡鸣一圈儿，呼噜一阵儿，忍不住掩卷一笑，噗，吹灭了灯火，口中念念有词：这才是——

> 铁甲将军夜渡关，
>
> 朝臣待漏五更寒。
>
> 衙署侍僮人不醒，
>
> 半城鸡叫——老爷我最难眠！

天亮之后，寇大人并不升堂，派人速下签票，到天波府请郡马杨六郎到御史衙门来问话。

六郎天天儿都盼着呢，接票之后，收拾收拾，这就要出门儿。柴郡主一听，"且慢！延昭，昨天夜间我哥哥派人送来一封密信，这信上是这么这么说的……"说着话就把八王的这纸密信交给六郎。六郎一读——原来昨晚上八王送走了寇准以后，也是一夜无眠，干脆给自己妹妹郡主写下一封书信，说明新任西台御史寇大人是一个怎样的清官，嘱咐妹夫日后听审，务必直接吐露实情，不必顾虑，不要做任何隐瞒，如此方能尽快审清问明。八王写完信了，抬头一看，天边微微有点儿见亮儿——快到五更天了。贤爷搁笔，走出来要找送信之人。来到廊前一看，自己亲随小太监倒是在一旁靠着打盹睡着了，可那位今夜值守的侍卫统领——跟寇准要门包儿的门官，一直在外间儿站着，俩肩膀一耸一耸，抽抽搭搭。

"哎，你跟这儿干吗呢？你怎么还……""千岁，小的我来到南清宫也有年头儿了，小人我过去也是读书人，读书人要是遇见您这样的君主，何其幸甚，奴才我是高兴的。打这儿起，奴才我夜夜护卫千岁您，绝不敢有半点疏漏。""那正好，现在有件要事要你去办，你拿上我南清宫夜间办差的腰牌，即刻前往天波府替孤王我送这一封信给郡主。""奴才遵旨！吒？贤爷，这会儿……怕天波府的府门还没开哪！""此信事关重大，必须即刻送到郡主手上，府门没开，你就在府门等候！""遵旨！""绝不可叫闲杂人等看到你送信，快去！"

这门官儿怀揣着书信，一个人踏出南清宫，街上还无人走动，黑咕隆咚。这位就记着最后一句话，绝不可叫闲杂人等看到——街上哪儿黑偏走哪儿。哎，走着走着，前边儿影影绰绰一个人，老在前头晃悠。门官要从南清宫一路往北到汴梁西北门里的天波府，这个人就在这条路上，也是朝北边走。哎，门官定睛一看，怎么那么眼熟呢？好像见过这个人哪？不知不觉，糊里糊涂就跟上了。是啊，这个南清宫的侍卫一晚上没睡啊，迷迷糊糊，发现这路是对的，就跟着来啦，昏昏暗暗，眼瞧着黑影顺着天波大街走着走着，哟,一拐,拐到金水河斜街上啦?这侍卫还念叨呢,天波府大门跟大街上哇?你怎么走到斜街上来啦?可是念叨归念叨,自己这腿也跟着就迈到河边北岸的斜街上来了。走着走着,就看到这黑影一晃,进了路边的一扇小门儿,再也瞧不见了。侍卫走到这儿一看,也不知道是哪儿,心里迷糊着,迈步儿就跟进来了。

进门一看,是一个大户人家的后花园儿,再往前找,黑影还在往里走,迷迷糊糊还跟着走……猛然间鼓点五更,半城鸡叫,天光渐亮,这位一激灵,哟,我这是跟哪儿呢?我这是不是潜入他人的府邸?我……我这不是小偷么我!刚要回头儿,一帮子女兵呼啦围拢,各个亮出来短刀利刃,为首高声喝喊:"哪里来的狂徒,竟敢夜闯天波府!"哈哈!这小子给吓乐了,没头苍蝇乱撞,我还真来对啦!门官儿赶紧双手举起来南清宫的腰牌,"别别!奶奶们!小的我本是南清宫八主贤爷驾前侍卫,今夜是奉旨特来送信!"今晚上天波府谁在巡夜啊?正是七奶奶呼延赤金。七太太接过来腰牌查验,嗯,还真是南清宫腰牌,没错!"你起来吧!信呢?""奶奶,这信必须得当面交给郡主,这可是贤爷嘱咐的!""嗯,那你跟我来吧!"就这么,这封密信就送到柴郡主的手里了。

一大早郡主将兄王的密信给六郎一看,六郎心里有数了,看起来冤案审清有望。"郡主,这封信你快去送给老娘阅看,让母亲也宽宽心,我这就去御史衙门面见寇大人!""延昭,事不宜迟,为妻从收到王兄这封信开始,就思虑三番,我看……这样,我命丫头们去马厩里查点了,这是现在府内的良马名册。延昭,寇大人刚刚进京,可是要审清此案,非得是尽快北上边庭去查找人证和……物证,延昭,御史台的衙门能有什么好马,为妻想,你此番前往,问清寇大人所需,便可直接在名册上圈勾。今天为妻吩咐家人洗刷、喂饱,今夜就将良驹相赠,以助寇御史。""哎呀,郡主,真是贤妻也!可是……咱们是原告……""郡马,事关紧急,无暇避嫌了!""好!"

杨六郎赶紧来到西台御史府面见寇大人。到了府里,二堂见客,寇准没先问案子,跟六郎请教了不少的军情事务来往的制度、规矩,打听了眼下南北的战局……哎，这么一问，六郎是滔滔不绝，把自己知道的都仔细地说了一遍。从这儿打开话头儿，寇大人就这回潘杨将帅出征，一个事一个事地追问六郎，一直到最后，就问到根结儿了："六将军，您说是边关八台总兵当中的陈林、柴干这两位将军给七将军掩埋的尸首，那么这尸首是埋于何处？要断这个案子，本官我第一则，得见到七将军的尸骨；二，我得见到人证！"

六郎一听，"嗯，寇大人，您说得太对了！当初老贼在瓜洲营箭射我七弟以后，这尸身是被陈林、柴干两位总兵悄悄地掩埋于黑水河畔的七松坡渡口，这个地方儿很好找，就在渡口斜坡上有七株古松，我七弟的尸首就藏在打头儿第一棵古松之下。""噢，好！"有文书笔吏把这个事给记录在案。寇准先吩咐身边儿的公人，传令下去，让忤作差役们预备好去起尸首的用具、家伙，明日就要出发。都安排完了，寇大人又问了一些陈林、柴干的相貌特征，叫来了江海，六郎边说，江海就边画——六郎说完了，江海也画完了，让六郎辨认。"嘿，还真有点像，嗯……你画的陈林这鼻子似乎宽了点儿。"江海一听，拿旁边碟子里的雌黄颜色一抹，鼻子就涂掉了，再改几笔，"郡马您再瞧瞧。""嗯，这个，这个眉毛应当再粗点……"就这么，一直改到最后，六郎怎么看怎么像，寇准就踏实了，吩咐江海下去再拓摹几张，随身携带。

寇准再问，你们哥儿仨究竟是怎么分开的？六郎干脆就把太行山绿林好汉相助自己，以及郎千、郎万哥儿俩怎么帮着自己渡过滹沱河，怎么设法收留的陈林、柴干都和盘托出，对寇准毫无隐瞒。"寇大人您要想找到这二位，可以到雁门关大营里找郎家兄弟询问，陈、柴的下落，他们二人必定知晓，只是碍于他们原先绿林的身份，您还要替两位兄弟隐瞒一时，不然的话……""郡马，下官全都明白，但放宽心。"说到这儿，六郎也不绕圈子了："寇大人，看您方才的安排，您才进京，尚未歇够乏，您这是要马上出京去查询人证和物证吗？""郡马，您没有跟我隐瞒，我也不瞒着您，正是如此。下官明日便上殿请旨，即日出京到雁门查证！""寇大人，感激的话杨景不知从何说起，您看，这是鄜府所豢良马名录，但不知寇大人随从多少人？末将我甘愿献出这些马匹，助大人出巡。"寇准一愣，这六将军考虑得也太周到了！刚想推辞，又一转念，自己也确实是需要，自己那匹老马，进京路上就累得快要趴下啦，要是想再连日赶到边塞，那还真不好说得用多少日子。可是，杨府本是原告……寇准正在犯难之际，寇安禀报，南清宫特使前来求见！

那就请进来吧。来人一进门，寇准乐了："您要门包都要到我家里来啦？"昨晚上这门官儿侍卫赶紧举手挡脸，闹个通红，"寇大人，您可别跟我玩笑，如今我是身负贤爷重托，给您送马来啦！这是千岁书信，您先拆看。"寇准一看信，乐了："郡马，六将军，贤爷跟您是想到一块儿去啦！"八王天亮后一琢磨，寇准再要下边庭寻访，可不容易，案件审结是迫在眉睫，那就得是速去速归，没有宝马良驹根本就不可能办成。八王一咬牙，这差事要是委托哪个衙门给办，都得拖上个三五天，不如自己亲自来吧！八王虽说比不上自己的哥哥德昭那样痴迷练武，但也好骑射，就爱好蓄养宝马良驹，南清宫里可不老少！亲自挑选，全是耐力足的宝马，足足挑选了三十匹。再选派自己身边武艺高强的精干侍卫十二人，由他们押送到御史台衙门——最近这些日子，你们就专听寇御史的调遣指挥啵！寇御史访查代州，你们必须得保护周全！哎，门官儿回到南清宫也不歇息，再领着这些位来御史府来啦！

这么一来，寇准和杨六郎的难题就算是解开了。寇准什么都问明白了，送走了六郎，迎进了南清宫的侍卫、良马，和御史台的差役们熟悉熟悉，当晚就下榻在此。次日登殿，跟皇上说微臣我要请旨下边庭访察案情，把杨七郎的尸身掩埋在七松坡，访察陈林、柴干二将这些个目的都给写好在折本之中，呈递上来，二帝一瞧，"嗯，很好！朕准本！卿家圣旨随身，到在代州，代州府上下文武官员和扫北大营里的将帅军校都随时听你的调用，卿家可以便宜行事，起回来七将军的尸首，访回来二位将军，急速还朝！""微臣谢主隆恩！"这皇上就够可以的啦！寇准领旨下殿，回府收拾行囊，好么，自己是刚刚进京三天就要离京再奔山西。

一路无书。寇准这一趟走得急，先向顶头上司御史大夫走公文，今后凡是西台御史府的公事，全权委托御史大夫在东台办理。再查点本府的差役，带上御史府的老仵作、精壮差役，护卫就免啦，南清宫的十二位就足够啦！随身还带着自己从霞谷县带来的几位班头儿，冯山、江海、陈雄、谢勇、晁猛、洪威——大人要到边关私访，哥儿六个都不放心，嚷嚷着要陪着一块儿走。"好吧，你们乐意跟着就跟着，你们几个现在已经是老爷我的护卫啦！这不嘛，还有八千岁相赠的宝马，你们选好骑上！""寇大人，小的我跟您补一句，这三十匹宝马良驹，可不是我家千岁送给您的，跟您去代州公干，回来后，我们还得给带回去——我们千岁呀，在这马上，可抠门啦！"寇准哈哈大笑，"嗯，你们就是留给我，我也不要，老爷我没钱，养不起啊！要用的时候，还跟你们千岁借不就行啦！"

一路之上无非是晓行夜宿、饥餐渴饮、快马加鞭。非止一日，就在这一天，寇准这一行人就来到了代州境内。从南边一进代州，头一站是崞县。崞县县城乃是一座古城，据说是战国时候赵武灵王扫北之后在此首建的城垣，历朝历代都有扩建，别说今天了，就是寇准那个年代，这崞县古城就有一千多年的历史啦！寇准带着自己的这些人就进了县城了，东张西望，嗯，到底是古城，八街四巷，钟鼓二楼，当间儿是县衙，这规矩一点儿折扣都不打。走到官衙旁边儿官办的驿馆，抬头一瞧牌匾，是"阳武馆"，嗯，这名儿还真好听。

那个年月从哪儿到哪儿，这官修的驿道和驿馆都是有准数的，从东京开封府出来到山西代州，得从酸枣门出，头一站到酸枣县，从这儿渡过黄河到怀州的修武县，再从修武走万善口过太行山，这就到在河东南路的泽州府，从泽州府再往北下一站就是当年太祖爷借人头的高平关……这一路上连太原府在内一共有这么十三座驿站，每座驿站之间，有的是五六十里，有的是八九十里。不知道各位读者您有没有这个经验，徒步行走，十里地——也就是五公里，稍快着点迈步走，这是一个小时左右；骑着马赶路，您骑马的人是舒服喽，下边伺候的差役可就得小跑着跟着，这是半个小时左右。

伍孝义

从鸡鸣启程到日落西山，这大概是十个小时，哎……相当于古代时候的五个时辰，走五十里那是舒舒服服的，走一百里地，当间少歇息片刻，也能成。所以一驿之程紧赶着走，比如说五十里的小站合并两站你可以凑成一天赶完，再紧，晓行夜宿也得走上十天的行程。要是昼夜兼程，大概得走上这么五天五夜。寇准一掐算，从崞县到代州还有这么……哎，五十里地，不算远，可也不近，看看天色已过未时，也就是目下钟点儿的下午三四点钟，要是紧着赶路，到代州城就太晚了，就该关城门啦，打扰地方多有不便！得了，就甭赶这一点儿啦！此处也离雁门关的战场不远，我要打听什么事，在这儿落脚也难保说不能问出点儿什么来。吩咐随从的差役、丁壮，就在这儿住宿一晚，明日一早咱们再赶路。

这驿馆乃是官办的，寇准现在和以前可不一样了！几天之前，您还只是一个七品的县令，和人家崞县的地方官是平级，人家不见得拿你当回事儿。可今天寇准是西台府的御史中丞，从四品，奉旨巡察，统领着御史台里的这些位御史言官，监察天下百官！谁敢怠慢？就是三公九卿，我御史台都能弹劾你！随从的御史府差役拿着事先预备好的公文先进去，驿馆的驿丞迎接出来，"不知上差大驾光临鄙驿，卑职迎接来迟，望企恕罪！来，房间有现成儿的，寇大人您里请！"给洒扫拾掇出里间的一套上房套院儿出来——按今天的说法就是总统套房，里间是大人住的，外屋间是几家差役、随从、护卫们的下榻之所。这个院子里除了御史府自己这二十几口人，没有外人，这些就不一一细表了。

工夫不大，崞县的县令也来啦！现任崞县的县令，姓伍，叫伍孝义，伍大人。那会儿不像今天，您这儿京师里刚提拔一个官员，明日儿个恨不得就传遍啦。没报纸也没网络，不专门呈递公文，不等邸报发到，底下还没人知道。这位伍大人并不知道寇准的底细，可是一张嘴，"嘶……哎，您也是山西人？""嗯，我啊，原本是陕西人，就隔着一条黄河啊，后来我长年在晋西做官，这口音哪，嗨，也就随了山西啦！我就算是咱晋中本乡本土的人吧！"这一攀老乡儿呢，俩人儿聊得就挺愉快。趁着说话投机，寇准说：

"这样儿吧，你们这个地方我也是头回来，我想到街上啊遛遛，瞧一瞧您伍大人治理得如何。"几个人用过了点儿点心，哎，微服私访，都把官衣换下来，伍县令就陪着寇准到街上散步闲游。

逛了几处古迹，伍大人一边走着，一边给寇准讲解崞县的名胜。"啊，寇大人哪，我看这样儿吧，咱们到城关外去看看景致，我们这儿有崞县八景，北边这是崞山，山上有这么一座蒙恬将军庙，哎，是秦汉遗迹，咱们去瞻仰瞻仰？""好，有劳明府大人您头前带路！"一行人沿着县城里的官道就奔北门来了。还没到北门这儿，哟，城门里的街头就挤满了人，道路是拥挤不动！寇准一望，怎么这么多人都在街上站着，越往前边儿，积压的行人和车马就越多，自己这儿再往前根本就走不动！看这时候，离要关城门还早哪。"伍大人，您这北门……是有什么特别的要盘查吗？怎么这么多人挤在街上，就是动不了呢？"伍大人看着心烦，"嗨，寇大人，绝不是城门守卫在盘查，这……说来话长。依下官我看哪，北城是过不去了，咱们不如改奔东面儿，那边有一座石鼓山，风景也不错！""哦？那倒不必，我这正要看看热闹哪！也不知道这是怎么了，官道如此宽阔，因何会拥挤不动？难道说伍大人您还有什么难言之隐么？""嗨！寇大人，这话……那好，来，咱们一同去前边查看查看，让寇大人您瞧一瞧，到底是什么人在扰乱官道！"

早有公差前去打探，钻过人群，扒拉开一条小窄道儿。"报！伍大人，是关帝庙那个憨小子和城北崞山的樵夫扁担儿，这俩人又挣巴上了，一个说要进城，一个说要出城，一挑子柴禾和一车干面对上了，这俩傻小子谁也不让谁，连说带比画，在那儿顶牛哪！过往的行人谁也过不去啦，都挤在那儿看热闹！大人，您还是赶紧去管一管，要不然，这俩浑人，一耍横的，不到太阳落山谁也不会回头哇！"

〖 二回 〗

寇准巡查代州，来到代南五十里的崞县，古县城八街四巷，民风淳朴。寇大人在驿馆之内下榻，县令伍孝义大人亲自陪同，到大街上转一转。寇准想的是，多少跟民间打听一下雁门关的战事，看一看有没有人知道杨继业被潘仁美陷害兵困两狼山的事。

另一方面呢，寇准也很关心边庭的战事，潘杨讼审结到底急不急，不是我寇准能定的，而是看边庭狼烟。嗯？可是寇准自己在大街上一溜达，照现在崞县的民情来看，边关的战事并不紧！怎见得呢？大街之上来来往往，尤其是看得出来还有不少打北边儿来的客商，穿的、戴的一看就知道，不是口外沙陀人，就是从大同府来的。哎，他们照样儿进中原来做买卖……哦，要这么看，这边关的战事自打令公碰碑之后就停了。为什么这么说呢？朔州是南北两地买卖人通商的必经之地，要是还在打仗，这些北地商贩根本就进不到崞县来。

怎么回事呢？令公碰碑，耶律奚底命丧定宋宝刀，他手下还有那九个装扮山羊的哪，转了一圈回到苏武庙前院一寻摸，嘿哟，我们头儿怎么躺在这儿？掉了脑袋啦？老令公呢？有机灵的，哎，瞧见庙旁的松柏林中泥土松动，几个倒霉催的一起动手，把老英雄的尸身又给挖掘出来，连令公的盔甲、金刀，一块儿抬下狼牙砦，找银宗女皇请功来啦。本来老太太在大营里都摆好了酒宴，就等着哪一位能擒得老将，自己好有一番口舌，劝降杨继业，没承想盼来的是一具尸身！

顾不上喝酒了，跑出来细一看，哎呀，果然是杨老将？！老太太悲从中来，禁不住放声大哭！她哭什么？一则，萧银宗是真哭杨家将，打心眼儿里服了！二则，她是哭自己这一番苦心，到了算是付诸东流！杨继业一死，杨家将子弟和自己从此是不共戴天的仇恨，恩收杨家将，已成泡影。老太太一哭，韩昌也跟着掉眼泪儿，他也一样敬重令公的为人，跪倒在尸身旁，叩头施礼。耶律休哥和耶律斜轸到近前也给令公遗体施礼，老几位一辈子对敌交锋，惺惺相惜。杨八郎更是跟着号啕大哭……北国里别人有假哭的，他是真哭。老太太一瞧，看得出来，我这姑爷不忘旧主，那么我对他好，他将来也能对我好。老太太偷偷点头，我闺女嫁得好哇。死了杨令公，闹得北国大营君臣如丧考妣，人人静默。萧太后哭罢多时，扭头一看，那九头假山羊还戴着羊头儿在地上跪着等着赏赐哪，这是要献刀讨赏。老太太正没地方儿出气儿呢，好哇，你们这帮混蛋！眼瞧着老英雄碰碑你们不拦着，还跟着你们那主子捣乱，假扮苏武羊挤对老英雄自尽？来呀！推出去斩首！金刀、铠甲都收归后库，委派八郎和公主一同押运回幽州。

战事已息，几位北国老臣就开始讨论了，令公的遗骸如何处置，是要派人给送回南朝吗？有的人主张，令公与我国为仇作对三十年啦，该挫骨扬灰，就在此地！当然一瞧老太太那脸色阴沉的，就没人再迎合这句话了。韩昌出班，"国母啊，令公的骨骸不应送回南朝，此一番我国得胜，全在南朝将帅不和，潘杨两家有仇。如果送令公的尸骸南归，潘仁美此人一向阳奉阴违，令公尸骸南归，他必定不会善待。以儿臣之见，不如在我北国择一吉地安葬，以慰忠魂！忠臣孝子人人敬仰，千古如此，何须再论敌我啊！""延寿所言正合我意。好，那列位卿家看，咱们如何安葬令公？"

保国王萧挞凛跟耶律休哥和耶律斜轸两位老帅一嘀咕，有主意了，出班启奏："陛下，这事依老臣我看，幽州城北的虎北口就是风水宝地，不如就将杨令公安葬在那儿。因为北地的三川六国九沟一十八寨使臣来幽州出使，个个要进虎北口，在此地安葬令公，就是叫他们瞧瞧，我大辽是何等的胸襟！""别说，王兄，孤也正有此念！好，就安葬令公于虎北口城关之内吧！""陛下，如若葬在虎北口，此地还远，则尸身不宜久留，不如便在此地，依我大辽之礼火化，再差人运骨殖北归。""准奏！延寿啊，这件事你去办，丧礼务必如我国亲王一般！""儿臣遵旨。"

八郎暗想，我杨家祖居沟西番，本来就有火葬之俗，倒不必阻拦，自己顺其自然就好。再者，殓入骨殖匣中，日后也便于迁坟移葬。就这么，令公遗体在两狼山前，按北国之礼俗火化，骨灰和剩余白骨装入骨殖匣，层层宝盒装殓，萧银宗吩咐八郎和公主一同押运回虎北口安葬。临走，老太太把八郎给叫到眼前儿，"孩儿啊，你曾是说过你本是杨家旧部，很好，你不忘旧主，对旧主有恩有义，为娘我全都看在眼中，孤家肯定得对得起你！就由你把令公的骨殖运回幽州，安葬在虎北口城关，你帮着为娘我在那边再找一个最好的地方儿，好让杨老将军安息。你回去，就安心替为娘我办好这件事，用钱也好，用人也好，你和公主自己就可以做主！"

八郎跪倒谢恩，隐忍悲痛，将父亲的骨殖匣押回幽州。幽州早有官员接到女皇旨意，商量好了一处风水宝地，领着八郎和公主到虎北口，哪儿啊？就是咱们今天北京北边的古北口①，这个地方儿是幽州北路的要塞，就在虎北口城关北面一里地，汤河和潮河岸边的山岭之内——这是个吉地，就在此处按西宁杨氏老家的礼节将令公的遗体安葬。八郎和公主在半山腰上，辟地开洞，就将骨殖供奉于洞内——八郎心说，日后我总有和四哥叛逃南归的那天，我来这儿往身后一背，就能给父帅移葬！安葬仪式做罢，地方官重修洞口，安排好人手把守在此。随后八郎跟公主要钱，就地又给老令公起建起一座神祠，专门儿请来能工巧匠，根据令公生前的模样塑起来一座神像，

---

① 北宋出使契丹的使者多次途经今古北口的杨无敌祠并留诗。据今宋史学者李裕民教授的研究判断，历史上的杨业在朔南狼牙村战场上被俘三日不食而死后，有记载为确定主将军功，曾传看首级至辽南京给帝后辨识，因此契丹在古北口所建的杨无敌庙应当是杨业首级的安葬之地。

两旁边是大哥延平、二哥延定、三哥延广、七哥杨延嗣的四尊神像,侍于两侧。这庙就算是修建好了。再请来高道担任住持,开堂授徒,就把这个神祠给办起来了,起了个名叫"灵威无敌将军庙"。哎,就这座庙到今天还在,历代修缮不停,供后人瞻仰。

再说雁门关前。两狼山一战,老太太萧银宗不许北国兵伤了杨家将,可人家杨家将可不客气,虽说最后是北国大获全胜,火山军全军覆没——可北国这边儿损兵折将,军营里的牛马车都不够用来拉伤员的,损失太大了!这么一来你就是想打也打不了啦!萧天佐和萧天佑哥儿俩奉旨看护伤员队伍北归,把这一拨送回塞北,再到各州招兵买马,调足新兵二番南下。无奈,雁门关就在眼前,可是自己这边也得恢复恢复元气。满打满算,按原先谋划好的,这边儿两狼山前一撤围,老贼潘洪就开关献长城。可是呢,等到韩昌和萧挞凛率领大军来到雁门关前,远远地派出探马一查探,坏啦,一站一站回来禀报的探子小番都说的是一样儿的:"城头之上,南蛮子个个都刀出鞘,弓上弦,枕戈摢甲,喝号提铃!边塞各个堡寨,处处深栽鹿角,牢扎密栅,把守的将士个个秉烛待旦,昼夜通明,轮岗值守,鼓点不断,号令鲜明!"韩昌自己也去转了一圈,看得出来,再要说强攻,雁门关绝非浪得虚名,北国兵得死伤大半,才可能攻下来。真到那时,别说夺取南朝锦绣河山了,就连太原都甭想再打下来啦!先撤吧!

萧银宗索性吩咐韩昌暂时歇兵雁门关外,大军北退扎营,一天、两天、三天,连着十天过去了,城关里头一点动静儿也没有。这一阵老贼因为王强忽然失踪,自己也含糊起来了,派人四处围追堵截杨六郎就够操心的了,没工夫管雁门关的事。如此,城关的防守就都是八台总兵里冯臣、周汉、黄荣、黄胥这哥儿几个的轮值,那自然是不能放松。等到钱秀、周方从南边传来信儿,说杨六郎身亡河中,老贼才算是心里放下一块石头。这才想起来跟韩昌的约定,连忙派出自己的干儿子潘定安前往北国军营送信,可是这潘定安送信到了韩昌大帐,韩昌却没有回信捎回来,这就不得不叫老贼起疑。再送去一封信,还是没有回信!只是托潘定安捎回来一句话,让潘大帅再等等……等什么？老贼潘洪是幡然醒悟！当初南北两军是势均力敌，我这边有杨家将，可以说还更强一些。可是现在老令公碰碑身亡，南北之间形势逆转，北强而南弱，而且北国军是乘胜追击！我这时候唯一可以要得上价儿的，就是这雁门关啊，我可不能再轻易地丢喽，我得等等……这么一等，就等到北国变天啦！

萧银宗和韩昌正在发愁，萧天佐和萧天佑从北方传来快马急报。可了不得了！临潢府反下三家儿亲王，都是跟天庆王论弟兄的远镇藩主。听说萧银宗自己登基做女皇啦，还赶走了统和君，就只在南京幽州给老王发丧，不告诉我们弟兄，这还了得？！这几家私下里密谋，假意邀老宰相萧思温射猎郊野，趁着老宰相不备，刺杀于郊外。老宰相一死，北府就没了主心骨啦，三家反王兵合一处，杀进临潢府，夺下了北府大权，这就要兴师南下，来抢夺皇权。啊？萧银宗一听是大惊失色。怕什么来什么，到底是自己的疏忽，害死了自己的父亲。找来韩昌一合计，国家危难之际，不能再顾着南边的战事了，悄没声儿地撤军，北上平叛。

北国大军一撤，北地的买卖人早就预备好喽，驼队、骡队没过几天就开始出发，为首的商人、镖师都跟边关守军很熟，提前备好查验的文书，呈报过关手续。别说，就是雁门关关防都每日按点儿开城门放商队，一来是探子早就探听清楚啦，北国大军连影儿都瞧不见了。这些南来北往的老客都是老熟人啦，带来的有米有面，每回还不都给城关这儿留点好东西？放吧！还有的是绕远儿过关做买卖，雁门往西不打仗，很多商队都是从西边儿过境。所以寇准在大街上这么一溜达，嘿哟，老百姓该干什么干什么，做买做卖，南来北往，小生意做得也都挺兴隆，北边进关来贩卖土产的客商也是络绎不绝……寇准就心里有数了。

上回书说到，寇准在崞县古城里溜达着，来到了北门，官道之上行人客商都是拥挤不动，这路给堵上了。县令伍大人本意是趁着天色尚早，领着寇大人一行到城外北边不远的名胜崞山蒙将军庙游览一番，得了，先查看查看这是怎么回事吧。有回事的一报："县太爷啊，城门洞里边还是俩浑人在顶牛呢，谁也不让谁，咱们一时半会可过不去！"伍大人的意思，那咱们就甭走北门了，可是寇大人反而是来了兴致："走，咱们去看看去，什么样的俩浑人，咱们一同去解劝解劝不就好了吗？"伍大人摇头，叹了口气，"唉，好吧，寇大人，让您见笑了，咱们一同前去解劝解劝！"

寇准还纳闷呢，听差役回报说是俩担柴送面的，就没人能把这二位给劝开？不听劝也不怕啊，守门的兵丁干什么吃的，为何不将二人给拉开，让过往行人好通过？寇准一肚子话没说，跟着伍大人来到前面，有差役分开众人，这几位大人、官差就慢慢来到了城门洞下。寇准抬头一看，嚯！这车……都出了号啦，又宽又长！车上堆的面袋子摞在一起足有丈六那么高，快够着城门洞的顶儿了！哎呀，寇准心说这么摞着这么多的面口袋，这得多少斤两啊？前边得套多少头牲口才够呢？绕过来一瞧，一头骡马都没用！车头前只站着这么一位，寇准一瞧，好么，哪找的这么一个大个子，这也太高啦！就见此人：平顶身高足有一丈二尺开外！平常能长这么高的人，瞧着就跟麻秆儿似的，这位不，身强体壮，膀阔三停、肚大十二围！脑袋顶上高绾着牛心发髻，浑身粗布衣衫，到处都是补丁，脚底下是一双麻鞋，跟个小船儿似的，出了号啦！面似黑锅底，可真是黑到家啦！是一张大圆盘脸，板刷眉毛，铃铛大眼，眼白多、黑眼球少，大眼睛这么一瞪，如两盏明灯！狮子鼻，血盆大口，两鬓边压耳的毫毛抓笔相仿，颔下是连鬓络腮的短钢髯！

寇准一看，这位把大车前脚垫了一袋干面，这车的车把就搭在那上头了，他呢，盯着前边的柴禾挑子赌气呢。再一看这边儿，好嘛，一条扁担，通体镔铁打造，倍儿顶，足有两握粗细，两头插在柴禾捆儿里。好嘛，这柴禾捆儿都顶着城门洞儿的上沿儿啦，就好像这樵夫在砍柴的时候就是比着这城门砍的一样！好家伙，这柴禾挑子得有多沉哪！再瞧这位挑担的樵夫，嗨，哪儿找的，跟这位拉车的简直是一对儿！就看这位：平顶身高也在一丈二尺开外，头大如斗，这脑袋可忒大啦，跟麦斗一样大小！四方大脸，面如蓝靛蒸染，卷云眉，黄眉毛一根一根打着卷儿，朝外翻着，两只螃蟹眼，突于眶外。秤砣鼻子，大嘴叉，颔下是连鬓满部的黄虬髯！也跟这儿城门洞里气哼哼地瞧着对面这位大个儿，俩人谁也不服谁，看意思这就得动手！

这个……很多人听书，在这坎儿多数都误会了。古代时候这尺，跟咱们今天说的尺有所不同。按今天说的一尺，等于三十三厘米，三尺是一米嘛！要是按这个算，身高一丈得多高？一丈是十尺，就是三米多高。这位是一丈二尺，那就是三米六。亘古以来没见过这么高的人！又说是古书里夸张，没有这么夸张的！自古以来说书人嘴里说的这个尺，和后来实际测量用的尺有所不同，说书人说的身高几尺几尺，这说的是上古时候用的尺。那时候一尺有多长？古书云，"布指知寸，布手知尺，舒肘知寻"，什么意思？那个年代，这尺寸长度并没现在这么严格，一截手指就是一寸，手长的您量出来的寸就长，手小的人就算小。一尺是多少，就是一拃。把拇指和中指劈开了，两指的指尖能有多长，这就是一尺。最早出土的尺量工具是安阳殷墟里发现的两枚牙尺，一支是 15.8 厘米，另一支是 15.78 厘米，哎，看起来，那阵儿这尺寸不是那么严格，就在 15.8 厘米左右吧。哎，到了西周，这尺就长了，根据西周时期的出土文物，这时候的尺到 17 厘米多啦！为什么呢？这人是一代比一代高哇！实际上过去这一丈就是成年男子的平均身高数，一个正常人，身高叫一丈，要不怎么说是"丈夫"嘛！这个尺寸一直在长，到战国时候，各国的尺还不一样，有长有短，到后来，秦汉简牍的尺寸固定了，有 22.5 厘米这么长，这就叫尺牍。后来说书说的这个尺，大概就在这 20 厘米多一点儿。啊，这么一算就合理了，书里说这身高八尺，大概是在一米七左右。身高九尺，就是一米八八往上。杨七郎身高顶丈，这是两米左右啦！这还算夸张的合理。要是今天这两位身高够着一丈二尺，身高丈二，是两米四五以上，赶上篮球明星啦！今天寇准遇见的这两个人就是咱这部书里身材最高的两位英雄，在后文书里可有大用处。

寇准一看见这两位，这心里就是一动，哎呀，这样儿的好汉可太难得啦！这一车面得有多沉，这一担干柴得多沉？可见这两个大个子的力气有多大！有这么大的膂力，这样儿的人物要是能学好本领，将来到战场上那可是了不起的战将！这寇准就算是爱上了。再看这哥儿俩，瞧着很可笑，俩脑袋都快顶着了，四只大眼睛你瞪着我，我瞪着你。"哼！你想从这儿过去，不成！"你得先跟我比试比试！这哥儿俩就较上劲了。寇准一看，挺有意思，想知道这哥儿俩到底谁的劲更大一点儿，想着呢就走过去凑近一点看。

旁边不少行商一看这哥儿俩在这儿较上劲了，全都掉头回身，打算从别的城门出城了。寇准就奇怪了，拦住一位就问，"哎，这位仁兄，我问问您，这两个莽汉在此相争，最多分出个胜负上下，待会城门不就通开了吗，您又何必要绕远呢？""嗨！您是外乡人，您不知道，这哥儿俩啊，一个是半斤，一个是八两，这哥儿俩的力气一般儿大！这么多年了，每天日头落山以前，想出城去嶂山办事的，我们就得赶早一点儿到北门，要是晚了——您瞧见没有，一个是从山上刚刚砍完柴禾下来要进城，一个是刚刚在城里擀完面条要出城往出送，一个月里得有这么几天正巧撞在城门洞里，就跟这儿顶牛儿，谁劝也不顶用，只有到庙里把庙祝给叫来才能劝得开！嗨，倒霉赶上这哥儿俩跟这儿扯淡哪，那就到落山以后也别想出城啦！得了，您要是有急事，您也赶早点儿绕道走！""别忙，您甭急着走，我说句大话，我上去，管保能劝开这两位，把城门给大家伙儿让开。""哟嗬，您有这么大能耐？"寇准心说，我不但要这哥儿俩把城门给你让开，我还得收服二将，将来好上阵建功！

〖 三回 〗

　　寇准代州寻访，遇见俩奇人，在城门口谁也不让谁，这就要开始顶牛比赛。寇准跟旁边的一打听，那位说了，等他们俩顶完，一个五八，一个四十，太阳落山了也未必能见出高下来，非得等这哥儿俩的家长来接才成！

　　啊？这俩人有家长？这是怎么一回事？问身旁的县令伍孝义，"伍大人，这俩人你可认得？"伍大人摇了摇头，"嗨，不提他们俩还好，一提起这二位来，我这脑袋就疼！寇大人，您不知道，这二位可是我崞县的大名人，崞县的老百姓没几个不认得他俩的！""哦？这两位的出身是哪里人氏？""嗨！都是苦命的可怜孩子，不知道爹妈是谁。我们这崞县的城里，香火最好的是关帝庙，关帝庙的庙祝，姓孟，是个热心肠。有一天他到五台山上去访友，晚上回来晚了，赶夜路在路边上捡到这个孩子，孩子是哇哇大哭。老孟瞧着怪可怜的，就知道是穷人家养不起孩子把孩子给扔到路边儿，大晚上也没看清楚就给抱回来了。抱回了关帝庙，您别说，还真有灵验的，这孩子一进关帝庙就不哭了。回来老孟端起孩子一看，好么，这是什么孩子，脑袋大肚子大，脚长胳膊长！孩子饿了哇哇张嘴找吃的，这孩子看样儿能有几个月了，喂给什么都吃，太能吃了！这么喂了有三天，老孟就觉出不对来了，怪不得这孩子叫大人给扔出来了，太能吃了！自己都管不了孩子的饱饭，穷人家哪儿能养活得起呀？哎，别说，这孩子跟老孟也有缘，把老孟逗得很高兴，得啦，街坊们给周济着，就算把这孩子给留下了。东家儿留米，西家儿送面，到今年正好是二十。好么，才到十五岁头儿上这孩子就身高过丈啦！不但个子高，力气也大，帮着老孟干活，一个人顶七八个人使，还从来不知道累，老孟也高兴，就给这孩子起了个名儿，叫'孟得'，就是他老孟该着得着的这么一个儿子一样。"

"哦，那么孟得他这会儿这是要干吗去呢？""啊，这是孟得每天得干的活。关帝庙有这么一行手艺，专门给四外的客商做石刻的神佛像龛，就得在峄山上每天开山炸石，采石料。石料厂那儿每天有二十几个小伙子干活，这每天得有人给他们送饭哪！孟得每天就管给这帮人把这切好的干面给拉上去，好给开晚饭。这个活儿原本得三个人，哎，自从有他在，他一个人就包圆儿啦！这小子腿脚还快，只要是把这面交给他，一会儿就能跑着上山！这别人可比不了！"

"啊……原来是一个奇人。哎，那这位呢？""外边这个没名儿，也是一个孤儿。北国人进犯边庭，兵荒马乱，灾荒年间他的父母双亡，是我的前任收养下来的。接到这孩子的时候，身上什么都没有，就这么一块粗布包裹，上边缝着一个'王'字，也不知道这是不是他的姓氏，还是别的什么，后来也就这么叫了。这孩子自小喜欢抱着县衙门口的一根铁扁担玩，人瞧见他的时候啊，他老抱着这扁担，一来二去，大家伙儿都管他叫'扁担儿'，长大了就喊他叫'王扁担儿'。这王扁担儿跟那孟得简直就像一家人似的，能吃！刚十五也是身高过丈！本县的乡绅都养不起了，一开始我说干脆送到关帝庙里，你老孟一个也是养着，俩也是喂着。嗨，这俩孩子一碰面就打，谁也不服谁，老孟也管教不了，一直央告我再把这王扁担儿领回去。就在这阵儿，城外峄山上蒙恬将军庙的老道下山来找老孟下棋，一看这孩子，得啦，这孩子我要了！他给领走了。老道会武，天天教给这王扁担儿练拳脚，哎，这王扁担儿能耐就长了，一有工夫就下山来找这孟得来比试比试，孟得就打不过他啦，也去磨烦老孟，说要学能耐。赶巧了，这个庙祝老孟，年轻的时候是个镖师，后来才改行做的石匠。老孟就教孟得练武。我为什么说我头疼呢，这王扁担儿每天是上山砍柴，落山以前要挑到城里的柴市上去卖了，换成钱再给送回将军庙。可是这小哥儿俩一开始学武可就坏了，这两小子天生地浑浊猛愣，天天就跟约好了似的在县城里打架，还换着花样儿打，打坏了不少的东西。他们前脚把人家的东西砸坏，我就得后脚赶到，给人赔钱。比方说吧，这俩孩子瞧龙王庙里那夜叉的神像好玩，背上就走。扁担儿背上往城外跑，哎，一直到天黑，跑了三十里山路给扛山上去了，这孟得再背上跑回来，俩人比赛看谁跑得快。那能比得了吗？孟得这小子扛着这夜叉就回来啦，大晚上的，把个走夜路的外地客商愣给吓魔怔了，县里给人家家属赔偿了不少的钱。打这儿起，大家伙儿就管这小子叫夜叉鬼儿了。别说，别人的话都不听，这俩就听自己干爹的，孟得听庙祝老孟的话，扁担儿听将军庙的老道的，要是实在劝不开，把这二位叫来是一喊就分开。可是也不能老是去麻烦这二位啊。嗨，不瞒您说，就这俩傻孩子，可把卑职我难坏了。"

"哎呀，明府大人，像这样儿的人物，这是奇人哪，您为何不把这哥儿俩荐入军中效力？这要是到在沙场上，肯定得建成奇功啊！他们这本事太强啦！""嗨，寇大人，您还没看出来吗？这俩孩子傻里傻气的，哪儿是能上阵杀敌的主儿啊！玩——成！凡遇正事上是糊里糊涂，就只知道吃饱了卖傻力气拆东西玩！嗨，在这崞县一亩三分地里惹出祸事来，我还能给他们两家儿担待着点儿；这要是到了军中，违犯了军纪，军中有十七禁律、五十四斩，是能玩笑的吗？这俩孩子就算交待了。虽说是找不着人家亲生的爹妈了，可这也是两条性命，甭管多浑吧，我把他俩留在县里，我这个父母官还能照应得了；要是送出去，我这不是把人孩子往火坑里推吗？"寇准心说这伍大人不愧这"孝义"二字，这人的心眼儿是真好！"伍大人，您今日儿个遇见我了，您就算是熬到头儿了，我专会给这俩孩子治病！得了，这俩孩子您就交给我得了，我把他们带走，要不闯出一番丰功伟业来，就算我寇准对不住您！"

这就得说，是这寇准这个人真爱才。今天要不是寇准上来就要收他二位，过了这个村儿往后可就没这个店儿啦！寇准往上走，两旁边冯山、江海、陈雄、谢勇和伍大人就一起上前，喝住二位，扁担儿和孟得瞧见有人来管闲事来了，把这劲头松了一松，孟得先回头，"哎，我说伍、伍大人，您少见哇？"伍大人心说你们俩可别再把城门也给我拆喽，"鬼儿啊，别闹了，快点松开，过来见见从京城下来访察的寇大人，寇御史！""哎呀，老大人，您别惹我烦啦！什么玉石我这儿也不想看！我这今日儿个要是还赢不了他，我这车面可送上去就不赶趟儿啦！""嗨！这孩子，怎么说话呢！你们俩都别斗啦，这位是由京城来的御史大人，你们都来见见。"扁担儿仰起脸儿来冲寇准咧嘴一乐，也不说话，接茬儿跟孟得斗气，顶着肩膀头呢。寇准一看，这么劝你是劝不开，不是说了吗，非得是两家儿的大人出来，这俩孩子才能撒手，要不然，就得比出一个高低上下来。寇准过来，得抬着头说话："嗯，我说两位好汉，你们这么样儿较力，什么时候能比出个上下来哇？我给你们出个主意，保管你们俩能比出一个上下高低来！"

别说，这句话算是说到俩傻小子的心坎里去了，孟得先撒手，"哦，你说你有主意？那敢情好啊！可是你有主意归有主意，甭管你怎么着，我这车面可得赶紧给山上头拉去，要不然那么多人干了一天的活儿，捞不着吃饭，这可不成！"寇准心说就冲你能说出这个话来，就知道你并不糊涂，你自己心里清楚着呢！"好孩子，你说得可没错，我瞧着呢，你是要出城，给山上的采石场送晚饭，对不对？""哎，对呀，你太清楚了，就是这么回事。"又看扁担儿，"我说扁担儿，你是要挑着柴禾到柴市上去卖柴禾，卖出钱来拿回去给老道长，是也不是？"扁担儿一拍脑袋，"嗨！你说得太对啦！他不叫我进城，我这担柴禾再耽搁一会儿就卖不出去啦！""哎，别急，所以你们先听听我的主意。你的面，你得赶紧送上山；你的柴禾，你也得赶紧换成钱。这么办，扁担儿你的柴禾，我买下来，该多少钱我给你多少钱，你不用再到柴市上去了，你把这柴禾给我送到嶂山上的采石场。采石场这么多人，不得烧水用柴吗？你把你这担柴禾也给采石场送去。""嘿！那敢情好，我就不用进城了，离我家还近，成，您拿钱吧！"一伸手，小蒲扇似的。"别忙，那你们俩就不比了吗？""嗯？按您说的，他就不挡道儿了，我还跟他顶什么，得了，回头再说啦！""那可不成，我给你钱买你的柴禾，就是为了你们俩接茬儿较量！"扁担儿和孟得一听还能较力气，来精神了，"哎，好，您说说，咱们怎么来？""你看你这车面也够沉的，你这担柴禾也够沉的，我不知道，你们俩拉着车、挑着担，一起上山去送，到底最后谁能先到，你们谁跑得快。待会我喊口令，然后我们骑着马跑你们俩头前儿去，看看你们俩谁能先到采石场，谁先到，谁的力气就最大。怎么样？""嗯！这个主意好！您说得没错，谁先到采石场谁的力气就最大！哎，扁担儿，你说呢？"扁担儿看了看自己的柴禾，又看了看孟得那车干面，憨人也有个憨心眼，"嗯，不对，你那车是拉着的，我这是扛着的，你没我这担柴禾挑着走费劲！"孟得一看，"哦，你说你那柴禾沉哪？那你可错啦！你那柴禾再沉，可你的柴禾是干的，我这车面是湿的，我这才沉哪！我这还一车哪，你说谁费劲？"寇准乐了，"你们俩不都说自己的东西扛着、拉着费劲吗？好办，你拉他那车，你呢，你挑着他的担子，你们谁也别说谁，这行吧？"哎，这俩浑小子就没什么可说的了。好吧，你说你自己的费劲，你们换过来。哥儿俩换过了车和扁担，改了，一个拉车，一个挑担儿，寇准和伍大人在后边一声吆喝，哥儿俩就拉着车、挑着担跑上了。

寇准和伍孝义伍大人连同崞县的几位班头、西台御史府的这几位官差——陈雄、谢勇、晁猛、洪威……都跟着一起出城，朝崞山的山道上就追上了。伍大人还说呢，哎，寇大人，要不咱们赶紧回去骑马去？寇准一拍，你看那两位得扛多沉的家伙，咱们几个空手还赶不上他们吗？您还别说，这寇准寇大人当初在霞谷县做县令，那是时不常地就得上山下乡，村村舍舍得去探访查看，走山路，这脚底下一点儿都不慢。伍大人也还成，能跟得上，一行人也就按衙役们指的山路上山来找采石场来了。是真追不上，前边这俩傻小子这脚底下太快！拉着车，担着柴，别说这点东西啦，再来个几百斤你们也追不上！这二位是天赋异禀，飞毛腿，能负重疾行几百里地不用歇息！寇准在后边追，是说什么也追不上，真服了！这俩孩子，这浑身的能耐不去上阵杀敌实在是荒废啦！紧跟跟不上，等这帮子人找到了崞山半山腰上的采石场，这哥儿俩早就到了，放下车、撂下扁担儿，哥儿俩找了棵大柳树，坐在树根上正扇扇子晾汗呢。这阵儿已然是深秋，快入冬了，嗬，哥儿俩光着膀子，晾着汗，浑然不怕！

寇准乐呵呵地跟伍大人一行人走上前来，"行啊，你们哥儿俩拉着这个，扛着这个，比我们空手的跑得还快，真有点儿本事。啊，我来问你俩，嗯……你叫孟得？""啊，我叫孟得。""你叫扁担儿？""没错，俺叫扁担儿！""好，你们俩上来的时候，到底是哪一个先到？"哟！哥儿俩傻了，"俺们光顾着赶紧跑上来了，谁也没注意啊，也就是头头尾尾儿吧。""那么谁是头儿？谁是尾儿？""哎呀，还真是没留神，光顾着盯着脚底下啦！那么我们再来比试……哎，不对，这位先生，您光顾着问我们了，我们还不知道您叫什么名字哪！""啊，哈哈，本官我姓寇，我叫寇准……""寇准？噢，您是一扣就准哪！那您还当什么官儿哇，您干脆去逮蛐蛐去得啦！"

寇准也不在意，微微一笑，"哎，对了，我逮蛐蛐就是一扣就准，你们谁行？""我不成，我把石头拍扁了也逮不着蛐蛐，那玩意儿忒机灵！""就是啊，好，你们哥儿俩仗着自己的力气大，学会了能耐，你们就知道在老家好勇斗狠……""哎，您别忙，您说的这是什么？什么叫好勇斗狠？""哈哈，好，我给你们俩说说。你们俩有把子力气，天天不说拿这个本领去给别人干点什么正事，就知道比试比试到底谁的力气大，到底谁跑得快，你们这个就叫好勇斗狠。你们俩就好比是困在罐子里边儿的两只粗腿儿蛐蛐，你们没别的事干啦，只好是天天掐架！""嗯……"扁担儿是没词儿了，孟得上来，"可是寇先生，您要知道，除了能砍砍柴、送送粮食，我们哥儿俩空长这么大的个子，到底是没事干啊。我们俩自小就没爹娘养活，我们也想念念书，我们哪儿念去啊？"寇准一听，哦，扁担儿是在山里长大的，这人多少有点语迟，不会说话；孟得是在城里养大的，见得多，他这说话还挺有条理，知道该说什么。"好，孟得啊，我看你们俩这身板儿，这把子力气，你们干吗不去从军呢？""寇先生，不是我们不想啊，我们干爹把我们拉扯大，实在是不容易！""哦，还算你们俩有份儿孝心，你们是怕自己离家以后，你们这俩干爹没人养活？""呵呵，也不全是，寇先生，您得知道，我们哥儿俩这样儿的，到哪儿去人都不爱要我们，我们吃得太多！""嗨，吃得多怕什么，到军营里管你们饱饭还能成问题么？这样儿吧，我给你们俩写一份荐书，你们俩就到代州雁门关前去投军，到了那儿，管饱儿！你们爱打仗，好办，到那儿去跟北国的番贼打去！""啊？那敢情好啊，那您赶紧给我们哥儿俩写一个呗？"御史府的书吏随身带着文房四宝，给摊开了笔墨纸砚，寇准写好了荐书，压上自己西台御史的官印，交给这哥儿俩，"好了，你们就凭着我这封荐书，可以到雁门关前找杨静杨大帅前去报名投军，管保能容留你们哥儿俩！"伍大人一听，这可太好啦，我这儿总算是甩掉这俩包袱喽！"哎，傻小子，寇大人是要成就你们二人的今世功名，还不快快叩头谢恩！"哥儿俩糊里糊涂，拿了荐书，跪倒给寇准谢恩。好么，这么大个子，跪倒在地还是比坐着的寇准高，得低头瞧寇准。寇准把两孩子扶起来，客套几句，送哥儿俩下山，自己也跟着伍大人一起下山回城。

回到县城，伍孝义伍大人陪着寇准用晚饭，聊得很是投机，纵谈国家大事。说起这两个奇人，互相道谢！伍孝义是觉得您可总算给我了了心病了，这俩麻烦算是有了去处了。寇准多谢伍大人为国家送去了难得的奇才，像这样的猛将之才，实在是太难得了！书不繁言，一夜无事，都好好睡了一晚上，次日天明启程离开了崞县，继续向北奔代州而去。

刚走到一半的里程，就听见身后马蹄声乱响，有人高声喝喊："寇大人！您留步！请留步！"寇准很纳闷儿，谁呢？回头一看，从崞县官道上跑过来几匹马，为首的是一个老汉，看年岁是在六十开外，身高九尺有余，花白的须发，脸色通红，精神矍铄。后边跟着的是个老道，也是六十开外的年纪，身材魁梧，鹤发童颜，二目炯炯有神。再看这两位的身后，骑着马的是一些年轻人和小道士，最后边，步下飞奔的是昨天那俩大个子孟得和扁担儿。好么，别人都骑马，这两位在步下跑着，一点不慢！寇准勒住坐骑，在道边上等着，等俩老头到了，自己先下马施礼，"哎呀，假如说寇准我没猜错的话，您是蒙将军庙的主持道长，您是崞县关帝庙的孟老庙祝？""哎呀，正是，正是！草民见过寇大人！""贫道见过寇大人！"都跳下马来，跟寇准还礼。

寇准把二位老人让到路旁，找一处开阔点儿的地方，吩咐手下差役摆开行李包，权作座椅，大家坐下来说话。"啊，但不知，两位老英雄，追赶寇准，所为何事？"老道看了看老孟，老孟看了看老道，老孟先说话了，"寇大人，昨天这俩孩子一回家，把您的这封荐书拿给我们俩这么一看，不瞒大人您，我们老哥儿俩夜里凑到一块儿，乐坏啦，喝了一夜的酒，为这俩孩子高兴！这俩浑人，蒙大人您不嫌弃，我们俩合计好了，不往代州那儿送啦，就送到您的衙门里，给您当个保家护院的就成啊！您这样儿的官儿，能为我们这俩孩子专门给写这么一封荐书，我们老哥儿俩就踏实了，您是好官儿，交给您我们放心！来，孩子，这位大人往后就是你们俩的爹，就当我们俩一样孝敬，听明白没？过来，给寇大人再磕头！"寇准还没来得及拦着，孟得和扁担儿是跪倒就叩头，连声叫爸爸！"嗨！寇大人，这俩孩子可怜哪！谁也不怨，像他们俩这样儿的身量和饭量，咱们穷人家根本养不起，跟着您，日后为奴做婢的，只要是能吃口饱饭，我们这俩当干爹的也就算是对得起孩子啦！您看，我们都六十多了，还能照看他们俩几年？望您千万不要推辞！"寇准心说，我欢迎还来不及呢！"好，两位老英雄，这俩孩子的能耐太大了，我已然见识过了，像这样的人才，绝不会跟着我。不过，您二老放心，把他们就交给我带着，我把这哥儿俩带回京城，必定给这俩孩子找一个应当去的去处，后边的事，至于说能不能挣出来功名来，还得看俩孩子自己的造化！""如此我们两个老家伙也就感恩戴德啦！别看这俩孩子不是我们亲生所养，跟着这么多年，可也差不多啦！"这时候老道凑上前来，"无量寿佛，寇大人，我还有这么个请求，扁担儿这孩子自小被弃于荒野，留下这么一件包袱皮，上绣一个'王'字，贫道我也难以寻求他的亲生父母，也一直没给孩子起个大名，今天跟随寇老爷您参军入伍，我想，怎么也得有个大名儿，就烦请寇大人您……""好，老道长，寇准明白。啊……扁担儿本家应当是王姓，他本是弃儿，可弃这个字不好听，借这个音儿，改为奇字，他身高过丈，可称得上是一个奇人也！""嗯，好，扁担儿，打今日儿个起你就叫王奇了，还不快快谢寇大人！"

王奇也高兴，孟得老数落我没名字，嘿嘿，这回我有名字了！老两位又嘱咐了老半天，这俩小伙子都是实心眼的人，叫听寇准的话，这日后果然是忠心耿耿，一心跟着寇大人。再后来跟随杨六郎镇守倒马关，为国建功，名标史册。

〖 四回 〗

寇准代州寻访，收下两位奇人——王奇、孟得，俩孩子跪拜谢过两位义父的养育之恩，老头、老道洒泪而别。一行人接着快马加鞭往北赶路，王奇、孟得不用骑马——真叫他俩骑上，哪个马也受不了啊，就跟脚底下飞跑跟着，别说，一点不费劲，还跟大家伙儿跑得一样快！

陈雄、谢勇哥儿俩先裹带着御史台衙门的公文打前站去代州报信儿，等寇准快到代州城之时，雁门关的代理大帅张齐贤、副帅杨静迎接出来，将寇大人和几家差役、好汉迎进代州，下榻在驿馆之内。在客堂上分宾主落座，相互引见，郎千、郎万、冯臣、周汉、黄胥、蔡玄、贾能、赵彦这八位总兵也和寇大人一一见过。宾主间的客套话都说完了，寇准也是直来直去，就把万岁、八千岁怎么夜查清官册，金牌调自己进京的事说了一遍，说到自己查阅卷宗，发现还缺两份儿证据，一个是七将军的遗体，一个就是人证陈林、柴干二位总兵。我来问问，你们当中有没有知道的。寇准说到这儿，拿眼睛盯着郎千、郎万，因为走的时候六郎已经交底儿了，郎家兄弟原本是绿林出身，这次要没有他们哥儿俩帮忙，他是很难逃过滹沱河口，陈林、柴干此二人的下落，也就是在郎家兄弟身上着落。

可郎千望望郎万，郎万望望郎千，没搭茬儿。为什么？哥儿俩还不知道寇大人是怎么回事哪！自己原来是绿林出身，实情要是泄露出去，于自己的前程不利，也是为难大帅张齐贤和杨静。再者，陈林、柴干二将自从滹沱河分手，已经委托太行山刘超、张盖安置，到底是在什么地方儿，自己还得到四外访查，一时这个话也说不清楚。哥儿俩打好了主意，逮机会出去一趟，得打听清楚了，再想法子告诉钦差大人。张齐贤和杨静就更不明白了，问寇准，此话从何而来。寇准简单地说了说："得了，这样儿吧，郡马在我临行之时说过，当初七将军的遗体就掩埋在黑水河畔的七松坡上，这样，明日就请元帅给我加派人手，我们先到河边去找寻七将军的遗体。"张齐贤望了望杨静，"好吧，也只可如此！"

到了次日天明，寇准和张齐贤、杨静率领着一干兵丁、差役人等来到黑水河七松坡前。寇准一看，果然如六郎描述，坡前有七株古松，吩咐手下差役、仵作准备好家伙，找到第一棵古松之下，试了试泥土，没错，确有翻动过的痕迹——日子过去还没多长哇，几个人一起动手除去杂草，把地盘扩大，就开始动手挖掘。自有人一个劲儿地提醒，要小心别把七将军的遗体损坏，不能用锄头，得拿小铁锹一点一点地去土皮儿……一锹一锹，工夫不小，这土坑已经下去有五尺多深了，愣没见着半点衣襟儿裤腿儿的痕迹……嗯？寇准纳闷，明明看泥土有松动的模样，怎么不是此处呢？

这时候晁猛凑过来说话，"大人，这么干不成，您看我的。"晁猛下到坑里，抽出已经预备好的一根竹竿子，挺细，可也很结实，一头儿是尖的。晁猛就拿这根竹竿往地里戳，一戳下去，有个五尺多深，再抽出来，从竹竿里倒出泥土来，查看一遍。再找个地方戳下去，再抽出来查验，连着戳了好几个洞。晁猛就跟寇准说了："寇大人，这个地方没有七将军的遗体，不必再挖啦！"晁猛的外号就叫穿山甲，他说这地下没东西，那是没错！几个差役累坏了，躺倒在地直喘气。寇准四外看了看，哦，一拍脑门儿，我是从雁门关这边来，我就以为这一棵是头一棵，谁知道就不是最后那棵呢？"来呀，咱们到最后那棵树底下去查看查看！"

几名差役照样到第七棵松树底下去查看。一看，这儿的泥土果然在不久前也被人动过，照样扩开地面儿，拿铲锹挖开土坑，叫晁猛下坑里查验一番。晁猛都戳弄好了，抬头跟寇准说："寇大人，这棵松树底下也没有！"

啊？寇准可就有点着急了，"来呀，把七株古松底下的泥土全都给我翻起来查验！"连同兵丁、差役一起动手，也不管是不是会弄坏遗体了，先找到再说呗！把泥土都翻了个遍！怎么样？还是一无所获！这杨七郎的尸身竟然是不翼而飞！

寇准也难免有点儿惊慌。假如说是消息泄露，那就是叫老贼潘洪的党羽得知，提前派人到此处掘走了七将军的遗体……这可不好说！这时候西台御史府的一个老差役凑到了近前，"坏啦！大人，小的我想起来一出儿，怕是这么回事！""嗯？怎么着？你快说说。""大人，当初前任刘御史问案，曾经问到过郡马，说杨七将军的尸首现在何处，郡马爷当堂应答，也曾告诉刘御史，说七将军的遗体就掩埋在雁门关旁七松坡下。说这个话的时候，老贼潘仁美……就在一旁落座！寇大人，恕小人我多嘴，我看七松坡前的泥土，多有松动，看来咱们不是头一家儿前来找寻遗体之人，难不成……""嗯，你说得有理！来呀，看赏！""哎，寇大人，小的是知无不言，言无不尽……""文书啊，反正现在尸身不见，你也闲着，他方才所说，你全部笔录下来，让他签字画押，这是证词，不得有误！""遵命！"

寇准略一沉吟，叫上晁猛和洪威跟着自己在七棵松树底下转磨，查看泥土，就问晁猛："晁猛，依你看，你能看出来原先七将军究竟是埋在哪一棵松树之下吗？""大人，据我所查，七将军确曾藏尸于第一棵松树之下！""哦？那么为何第七棵松树之下也有掘土的痕迹？""这个么……小人我想破脑袋也琢磨不透哇！"这回冯山过来了："大人，据我琢磨啊，谁都知道这七将军的尸身是埋于第一棵松树之下……可是要看怎么说。陈、柴二位将军跟郡马说的，是顺着雁门大道走过来时的说法儿，这肯定是没错儿的！可第七棵为何会有人掘动哪？那就必然是有人从那边走过来，他们也惦记着是第一棵松树，反其道而来，自然就掘动的是第七棵古松之下。""嗯，冯山，还是你机灵！如果有人是从那边走过来，专门来寻七将军的遗体……哼哼，那么他们就是……""老贼的党羽无疑！""冯山，江海！""在！大人！""你们二人不必在此等候，速速顺着这条大道寻去，看看周边可有镇店、村社、堡垒，速速去找里正、地保来问话！""是！""带好了公文、腰牌，还要注意访查，问一问，前些日子，可有外来的人在此地逗留、汇聚。""明白了！"

果不其然，撒出去耳目，工夫不大，本乡本土的里正、老人给找来。这么一问，里正就说了，前不久确确实实是有一帮子人来到我们七松坡村，有不少的官人跟随，专门就到这七棵老松树底下翻土挖东西，挖出来一具尸首！啊？寇准心说这是早就走漏了消息！自己御史台衙门的差役就说了，"寇大人，这消息能不走漏吗，我们跟您实说了吧，太师潘洪虽说是关押在御史台衙门的大牢，那日子过得可相当不错，不比在太师府里差！宫里的总管大太监王继恩王公公，他老人家每隔个两三天就得来大牢里来探望老太师，我们也不敢管啊！"嗯……寇准心说我明白了，这个事就是老贼交代给王公公，然后太师府派人来做的！寇准就问里正，"那么这些人起出树下的尸首，他们是怎么处理的？您可曾见到？""这个么……不瞒大人您说，我们是拿了人家的好处，可是这也是我们地面儿上的上司都跟着，叫我们嘴严着点儿，不能说出去。可是我们几个也瞧着这里边儿有事。我们村的几位老少爷们，这钱都没自己收起来，全都存在我这儿，就等着哪一天真要是有上边儿过问此事，我们这也有个交代。"说完了，把随身带着的一只银袋取出来，这里边儿装着不少的银子，算一算能有个二十多两，随身还带着几位乡绅画好押的证词——嘿，人这儿早就预备好了。

寇准一看，哎呀，这才是大宋国朝的好子民，都是有德之人，不义之财，不敢私占！"好，看起来您说的都是实情，有您几位的证言也就好了。那么您跟我实说，这具尸身……他们是如何处置？""大人，这具尸身，他们给包裹好了，运送到河神庙后面乱葬岗内，挖了一个坑儿又给埋起来了！您要查问，您带上人跟着我一块儿去，我指给您地方儿……可有一样儿，如有人问起来，您可别说是小人我带着找到的！""这个您放心，本官我心里有数。"

一干人等带上家伙，不辞辛劳，在里正、乡绅的带领下找到七松坡村的河神庙。寇准走进河神庙，抬头一看，哦，哪儿是河神啊，乃是一座黄龙神祠，当间儿供奉的正是本地的龙王，只是这个龙王脑袋上没犄角，就是一个人模样，老百姓不知所以然呢，就管此庙叫河神庙。寇准亲手把香点着，插入香炉，祭告过往神灵已毕，这才转身来到庙后。里正指点方位，大家伙儿来到就地一看，好嘛，不但深挖深埋，还把黄龙寺的立寺石碑压于坟头之上，这叫老黄龙背压黑虎星，这是想叫七将军永不翻身哪！这石碑可太大了，没十几个身强力壮的力士别想搬动。可这阵儿这样儿的人寇准不缺，怎么？就王奇、孟得哥儿俩就够了，上前一起用力一扛就起来了，搬运到一边儿，寇准叫陈雄、谢勇、晁猛、洪威这哥儿几个也一同帮忙，把黄龙碑挪到原来的地方给复原摆好，这才再转回来挖掘泥土。这是刚埋下去的，时间不长，尸身很快就找着了。晁猛、洪威下去，一点一点把周边的泥土清扫干净，和几个仵作小心翼翼地抬起尸身，放在早就搭好的竹床之上，仵作好仔细验尸。

　　寇准过来一看，嗯，这个人虽说尸身已然腐朽了一部分，面目无法辨认，但身上插满了雕翎箭，身上是铠甲、战袍，看这模样，正是六郎说的七将军杨延嗣。可是寇准蹲在一旁，就看这仵作，脸色越来越不对，拔出一个箭头来，嗯了一声儿，拔出一个箭头来，这嘴里又嗯了一声儿……到最后浑身翻看，直到撬开牙关朝里仔细一看，"啊，"仵作大叫一声，"不对！寇大人，此人不是杨七将军！此人浑身箭头一百单三个不假，可是统统是被人插进去的！此人也不是被箭射死的，实乃是溺水而亡！""啊，你敢断言？！""寇大人，小人做仵作半辈子，天大的胆子也不敢跟您胡说。我有十成的把握，这具尸身不是被箭射而死，而是溺水而亡！"寇准也糊涂了，那这是怎么回事呢？扭头叫晁猛和洪威哥儿俩过来，"你们俩原先也是干这个活计的，你们哥儿俩再细心地查看查看，不要有错漏！"哥儿俩原先干什么活计哇？晁猛本来出身是一个盗墓贼，也惯会验看死尸；洪威做过几天的水贼，人是不是淹死的也是一眼就能瞧出来。哥儿俩过来细看，洪威先说了："大人，没错，确实是淹死的。""嗯……"又看晁猛。"大人……这人，肯定不是杨七将军！""噢？""据郡马所说，七将军是身高过丈，这个人虽说面目损坏，身上也都碎了，可是骨架子基本上齐全，这人的身量可不够哇！"寇准上前仔细观瞧，"嗯，仵作查验，文书，你都记下来！""大人，不是七将军的尸身，我还记什么？""不是才要你记录好哪！认真验尸，逐一记录！"

回头再找里正，里正走过来仔细看了看，"嗯，没错，寇大人，那些人到我们村来，从七松坡挖出来的尸身就是这具，并无差错！"寇准说："好吧，这里的事情都办好了，请您在证词上签字画押，然后您几位就请回家去吧！"把这些人都送走了，寇准很纳闷儿，这个事还越来越蹊跷了！寇准心里着急，因为京城里还等着自己回去问案子呢，自己不能老在边关这儿耗着啊。低着头一句话都不说，吩咐手下差役人等拾掇好了尸身，天气已然寒冷，并不会腐坏，暂先押送回代州城再说了。

回到代州，和杨静、张齐贤这么一交代，几个人商议片刻，没别的办法，只有先想方设法找到陈林、柴干二将再做道理。寇准就跟杨静说了，您帮我把郎千、郎万二位将军叫到我的书房来，我找他二人问问话。杨静"哎呀"一声，"寇大人，太不巧了，今天一早，郎家兄弟自告奋勇，说是要去东边五台山各处催缴军粮，他们一大早就出去了，估摸着三天之内是回不来。您要见这哥儿俩……您是有什么话要问他们？"寇准一听，心里明白了八九分，哦，这哥儿俩急匆匆地要去东边，这是给我访查陈、柴二将去了。既然杨总兵问到这儿了，寇准就把六郎告诉自己的话一一给杨帅学说一遍，"哦，原来是郎家兄弟救下了郡马，哎呀，这么多日子，末将实在是对英雄不尊了！"当即，杨总兵叫来贾能、赵彦这哥儿俩，命二人带着五百军卒，保着寇大人遄奔东边的五台山和太行山一带去火速寻访郎家兄弟。

书说简短，一行人次日天明就出发了，贾能、赵彦跟着，一起奔东边儿。挨个儿军营哨卡一打听，根本没听说这两位打这儿过去过。寇准就更明白了，这二位是怕自己的行踪泄露，成心没走明处，联络好了绿林道的人物，自己好悄悄地访查陈、柴二将。哎呀，可是您二位倒是把自己保住啦，我找你们二位可就太麻烦了！

急匆匆四处寻访，整整往东找了有一天，一行人一无所获。这天晚上，大家伙儿就来到了金顶太行山的山脚啦！山高岭峻，路途难行，贾能、赵彦就跟寇准说，"寇大人，咱们该当就在这山脚下找个住处了，这山道越往上越难走，回头再把您摔着。"嗯……寇准沉吟片刻，"这样吧，咱们是就地安营扎寨！""好，末将遵命！"五百多军卒一起动手，小营盘就搭起来了，火头军赶紧埋锅造饭，大家用过了晚饭，各自回归寝帐。寇准把陈雄、谢勇这几位心腹之人叫到自己的大帐，"啊，陈雄啊，谢勇啊，大人我心里着急唯，这……这么着，你们几个收拾收拾家伙，跟我趁夜上山！""啊？大人，咱们大晚上的登山啊？我们几个可担心把您伤着……""嗨，这都是小事，你们得知道，杨七将军的遗体不能找到，大人我没法儿问案哪！这事关重大，就得劳苦你们弟兄几个了。""哦，那好，我们几个保着您上山是不成问题，可是您着急，为什么不带着这五百弟兄一起上山去啊？""这不成，带着他们上山，山贼就不露头儿啦！""啊？您找山贼干什么啊？""哈哈，大人我自有主张，别多说耽搁工夫，咱们赶紧启程。""好吧，我们收拾东西去。"

没多少时候，陈雄、谢勇、晁猛、洪威和冯山、江海这老哥儿六个带上新收的大个儿王奇、孟得哥儿俩，收拾点行李挂在马鞍桥上，拉马陪着寇大人走出营帐。刚刚走出营门，前边闪出来贾能、赵彦两位总兵，贾能就问了，"寇大人，天色这般时候，您是……""嗨，贾将军，您不知道啊，这会儿让我睡我也睡不着，所以我就起身要到山脚下去看看山景儿，他们几位陪着我到处去走走。""哈哈哈哈，寇大人，您就别瞒末将啦，我看您马上带着行囊，您这是要趁夜上山去寻访二将。可是您别忘啦，杨元帅将您的安危托付于我二人，您要是出了什么差错，末将我二人可担待不起！""啊，这个么……贾总兵，您是要拦阻本官么？""呵呵，寇大人，您别误会，您是奉旨问案，末将岂敢。您要趁夜登山访将，您不应当自己悄悄走唯，您跟我和赵彦说一声儿，我们保着您上山啊！""如此，有劳将军。""不敢，这是末将的职责！"贾能、赵彦分派好人手监管大营，哥儿俩带上十名得力士卒，陪同寇准一同登山访将。

前文书说过，太行山这一段儿叫大茂山，打杨六郎到过以后，他听差了，改成倒马山了——此处山势险峻，山路难行。快到山腰，寇准也不能骑马了，翻身下马，由王奇、孟得搀扶着徒步上山。一边走着，寇准就问贾能，"啊，贾将军啊……"贾能凑上前来，"寇大人，您有什么吩咐？""啊哈，不敢，贾将军，你可知这太行山中，何处藏有匪类？"啊？贾能心说我哪儿能知道哇！"哎呀寇大人，您问的这个……小人我是实在不知，小人我本是安徽人氏，北方我这是头一回来。太行山上到底哪儿有山贼野寇……我是实在不知！""好，那么我再问问你们其他几位，你们几位在代州当差多少时候啦？"他问随行的几个兵丁，当兵的说："寇大人，不瞒您说，我们哥儿几个也没上过这山，不敢哪！听老人说，这山上的土匪可厉害！想当年冲天大王黄巢就是打这山上起事的！那家伙，杀人八百万，血流三千里！我们虽说是山西本地人，可也不敢上山，听说这山上的山大王都爱吃人心，爱喝人血……"

旁边几个当兵的把他拦住了，"得了，你别乱说了，咱们现在就得上山，你怎么说这个？""嗨，咱们村的老头不都这么说吗？不是还说哪家哪家的孩子被抓上山，心给挖了人给送回来了吗？""去！你又没见着，别跟这儿吓唬人！"寇准乐了，回头问自己从霞谷县带出来的几个班头："你们说呢？"陈雄、谢勇哥儿六个这原本也都算不上是什么真正的江洋大盗，寇准跟别人介绍这几位啊，都说是绿林的英雄。哪的事儿啊？陈雄的外号叫"铁臂混天龙"，谢勇叫"踏地飞山虎"，干什么的？陈雄本来是专门做风筝的，专做大蜈蚣，远远瞧着就跟真的似的！见天儿耍大风筝，练就了一对铁臂膀，力大过人，胳膊有劲就擅长攀爬，高楼、崖壁都是徒手攀登。谢勇原本是在霞谷县给人扛活的脚夫，这俩腿倍儿粗，脚底下有劲，赶不上王奇、孟得那飞毛腿儿，可也差不了太多。后来师父传授一对飞虎挝，甭管是亭台楼阁、峭壁悬崖，也都是如履平地。往常在霞谷县，寇准都是让这哥儿俩一同去刺探讯息，谢勇的腿脚儿最快，谁都撵不上，所以叫他守在半道上。陈雄先去打探消息，知道确凿的消息以后，陈雄就会将事先约好的暗号图样画在风筝上，迎风扯起来。谢勇在老远瞧见，飞毛腿儿就往霞谷县里跑。要是赶在晚上回到城外，谢勇不用叫开城门，自己就能用飞虎挝攀登城楼进城。晃猛是盗墓贼出身，专会打洞掘土，所以外号叫"穿山甲"。洪威的外号是

"过江鲵"，干什么的？渭水河里专门划羊皮艇的船夫，自小就干打捞的活儿，您问捞什么？过河的客商落水以后，人活着捞上来就是救人，人死了捞上来就是捞尸首，只要是能挣钱吃饭，都成。他这绝技，可不是师父传授的，就是打小儿就泡在江河里泡出来的。江海外号是"妙手匠"，什么都能仿造得出来，他可不会什么拳脚武艺。这哥儿几个里本事最大的是冯山，冯山原本是蹿房越脊、鸡鸣狗盗的飞贼，入伙的时候外号就叫"鬼难拿"，夜行术、陆地飞腾……这都不算什么，最拿手的就是学口技，学什么像什么，也得着一个外号叫"百像生"。那么这哥儿六个当初也是混不上饭吃，穷困潦倒，被逼无奈才做了贼了，后来挨个儿被寇准拿住，寇准也能看出来他们本不是做贼出身的，各自身怀绝技，又没犯什么大案，更不曾伤天害理，就把这几位的案子给宽大处理，罚在衙门里出公差。后来跟着日子久了，衙门的捕快班头也多少教教这几位的武艺，各自也就有点儿能耐。要问他们绿林道儿的事，这几位可答不上来，都跟寇大人摇头，您还是自己看着办吧！

寇准一看，这么悄悄儿地上山可不成，吩咐下去，你们都给我吆喝着上山吧。"啊？寇大人，咱们怎么还得吆喝着上山哪？都吆喝什么呢？""你们就嚷嚷，说我们是过往的客商啊，身上带着的钱财可多着哪！听说太行山上贼人多，我们带着保镖呢，看你们谁敢劫我们！""啊？寇大人，这不成心招贼呢吗？""是啊，不把贼人招来，我知道上哪儿去找人去啊？你们踏实着，咱们这儿跟随着的都是军中的健勇，一般的贼人也不见得能把咱们怎么的。照我说的去喊话！"几个当兵的不愿意，可是这是上司，不愿意也得喊哪，就吆喝上了："唉……我们是过路的有钱财主哟，谁敢来劫我们哪？我们这儿可请着有不少的保镖啊……"

这么喊话，这不是跟土匪山贼斗气儿吗？猛然间就听见山上一阵铜锣响亮，几百个火把霎时点亮，山贼来啦！

〖五回〗

寇准访将上太行，夤夜登山，就是为了能碰上来劫道儿的山贼。寇准是怎么想的呢？他琢磨按六郎说的，从雁门关往东上太行山，都是他几个绿林朋友啸聚的山寨，陈林、柴干必定藏身于山上，郎千、郎万肯定也来找这二位来了。我要想找到此四人，我就得先遇见绿林中人，我跟他们打听才行。

一路都打着灯笼火把，照着亮儿登山。大晚上黑咕隆咚的，也不知道来到了什么所在，就听前边儿一阵梆锣响亮，寇准一听就踏实了，招着贼就好办啦！寇准叫陈雄、谢勇和贾能、赵彦陪着一块儿到队伍前头，借着火把的亮儿一看，前边儿是一道石门关，赶巧儿在这大道上有两块巨石搭在一块，当间儿露出一个门洞儿出来，要打这儿过，就得小心翼翼地钻过石门。响马把石门拦住，看灯笼火把、亮子油松，这儿人也少不了！寇准走上前，"对过儿是哪位英雄当家？请到近前搭话！"

过来一位，看模样不像是贼头，也就是一小头目，"合吾儿，这是宝号哪位达官爷要说话？"这过的是绿林道儿的黑话"合吾"，这是说咱们是一伙儿的，是朋友；"宝号"是称呼你们镖行，你们嚷嚷说有保镖的，那你们到底是哪一家儿？"达官"就是镖师，你们是哪位镖师押着货过这儿啊？您出来咱们说道说道。那时候，保镖的镖师们为了和绿林豪侠套近乎，都互相自称为"合吾"。咱们是一伙儿的哇。为什么这么说呢？没你们绿林就没我们镖师的饭碗；可是要没我们镖师押着，你们绿林也没饭辙——这天下就没做买卖的啦。

寇大人哪儿听得懂啊，"啊，这位好汉，我跟您打听两个人，一个叫郎千，一个叫郎万，不知好汉爷你们可认得？"这位问话的一听，这不是保镖的，我跟你喊"合吾"，得你先喊才对啊！这是大外行啊！可是大寨主嘱咐我了，别出错儿，我还得再问问："啊，朋友，我们在林子里，你们在林子外，按说咱们本是一家儿，可你们应当顺线儿走，不该走我的海亮麻子，走各念儿着！"什么意思？我们是绿林中人，你们是保镖行路的，按说咱们是一家儿人——在过去，占山劫道的绿林匪类，平常三节两寿的，少不了得拿各地保镖镖师送来的财物礼金，所以山贼土匪也都得跟保镖的自称是一家儿人。你们要是顺着道好好走，我们也不拦你们，可是您不守规矩，你们乱走道，怎么撞到我们山寨这儿来啦？得嘞，您赶紧走好您的道，咱们各不相干，您下山吧！原来是寇准这帮子人走错路了，误打误撞走到人家山寨的寨门这儿来了，人家能不出来拦着你吗？

可是寇准听不明白这个话，"啊？哦，这个，你说的线儿是在哪呢？我不找什么线儿，我就是来找郎千儿的！"这位头目一听就明白了，这哪儿是保镖的啊。好，不是镖行押着，那就好办了，我们就能劫你了，谁让你们在山下到处嚷嚷来着哪！你们这么嚷嚷，我们山寨这脸面可往哪儿放啊？这位朝后一退，告诉后边的山大王，您去拿人啵，来的都是外行，绝不是保镖的。

山大王闪身出来，寇准一瞧，好么，身高体胖，也在一丈开外，比王奇、孟得矮点儿不多，紫黑的脸膛儿，连鬓络腮的黑钢髯，跟凶神恶煞相仿！这位也没骑马，肩膀上担着一口出了号的金背砍山刀，耀武扬威！陈雄、谢勇一看，"寇大人，看意思人家没搭理您的茬儿，您说的这俩人，人家不认识，这是要上前找咱们麻烦来啦！让我们哥儿俩上去，把这些山贼野寇打服喽，您再说话就有人听了！""好，你俩小心！""谅也无妨！"哪知道这哥儿俩刚一上前动手，没走到三个回合，就叫这位抡大刀的把陈雄、谢勇给擒住了。晁猛、洪威跟上去要救回陈、谢，没承想刚一伸手就叫这位金刀将给活擒了。

冯山、江海知道自己比不了这位，干脆没上去，而是撺掇傻小子王奇、孟得上阵去擒回山大王。王奇、孟得的力气太大啦，这山大王根本不是这俩小子的对手，一过招，王奇把自己的铁扁担一抢，当——金刀就飞了。孟得冲上前，几下就把这山大王给捆起来了。

这位刚被擒，从山上又杀下了一队人马，为首一员大将，黑脸、黑袍、黑盔、黑甲、黑战袍……胯下骑着一匹黑马，掌中一条乌金枪。贾能、赵彦一看，得嘞，这是骑将，不能再让扁担儿和孟得上了，要不然我们俩跟着来干什么来哇？二将唤回二猛，各自上马抬军刃，哗棱棱棱棱……映着火把这亮儿就冲上来了。赵彦催马打头阵儿，来到近前一看，哎呀！七将军！您？让我们找得好苦哇！贾能一看，啊呀！这不是杨七将军又是何人！呱唧！打马上是摔落尘埃！赵彦一看，甩镫离鞍下马，跪倒在地，"七将军，您叫末将我们找得好苦！"

再看这位，本来是要来救自己兄弟的，一听赵彦叫自己七将军，还有一句"找得好苦"，哎哟，这是自己人哪！也赶紧甩镫离鞍下了坐骑，走过来搀扶起赵彦，"哎呀，这位将军，在下并非七将军，您误会啦，我姓史，名叫史文斌，和七将军也是好友。你们上山到底是为了什么？"赵彦抬头仔细看，果然，七郎的脑门儿上是一笔虎，这位的不是，是一道立纹，在立纹两边趴着俩爪子一样的花斑。"哎呀，史……史英雄，您跟七将军是……末将我叫赵彦，这位，您过来见见，这位乃是京城来的西台御史寇大人……"赵彦不知道该说什么好了。史文斌也是名门之后，懂得礼节，过来跪倒参见寇准，寇准赶紧给扶起来，互通名姓，寒暄几句，赶紧先把山大王给松绑，这边山上也把几家捕快给松绑，该治伤的给敷药，这些就不一一细表了。史文斌把大家伙儿让到山上，聚义分赃厅里分宾主落座，史文斌把山大王给诸位引见，"寇大人，哈哈哈……咱们是不打不成交，这位才是这座山寨的大寨主，乃是太行山北路的都统领，姓刘名宣，字表金龙，人号金刀将，这座山叫盘龙山，这个寨子叫窟龙寨……这位，这是盘龙山上二寨主，冲天炮，马飞熊！"原来这三位都是当初天齐庙中和杨七郎相识的好汉，七郎力劈潘豹，算是帮他们也报仇了。天齐庙分开之后，刘金龙和史文斌回到盘龙山，史文斌一时无处可去，干脆就到刘金龙的山寨存身，从三月二十八到今天，已经过了半年多了，每天游山玩水，寻访名师，研习武艺。

寇准也把自己金牌被调进京，要审问潘杨讼的事跟几位山大王说了说，也不隐瞒，把自己又为什么下边庭寻访陈、柴二将和七郎的遗体，又为什么着急贪夜登山……都给说了一遍。哦……刘金龙和史文斌都明白了，"哎呀，您说的这郎千、郎万两位兄弟，早就在八年前金盆洗手啦，这两年新上山的弟兄都不知道。总瓢把子也发下令来，怕对两位兄弟的前程不利，不叫大家伙儿泄露消息。"刘金龙就说了，"寇大人，您要访到陈、柴二将，不能这么乱撞，据我所知，陈、柴二将应当是在金顶决胜寨，您别走动啦，我这就派出人去，火速到决胜寨去告诉大寨主佘子光，叫他想法子尽快把陈林、柴干给您带到我这儿。""哎哟，刘寨主，那寇某可是万分感激啦！"

寇准等了不过两日，陈林、柴干和郎千、郎万就都给请到了盘龙山窟龙寨，和寇准见上了面。陈林、柴干就跟寇准交代，七将军的遗体并不在七松坡，我们哥儿俩就怕有人去掘出七将军遗体，损害物证。再者，当初天气还不算很凉，我们也怕七将军的遗体腐坏，就又偷偷潜回七松坡将七将军的遗体起出，换成当初在滹沱河口被郎家兄弟杀死的黑店伙计，来个偷梁换柱。我们也是怕这个消息一旦走漏，老贼派人来毁坏七将军遗体，六哥这个御状也就算白告了！把以往的这些经过，一五一十，都跟寇大人讲说了一遍。寇准听明白了，十分地高兴，自己这一趟边庭私访，别的都不担心，最害怕的就是七郎的遗体日久受损，一旦要说无法再作为证据，自己就无法审清老贼射杀七郎的案子了。"好，您二位赶紧去把七将军的遗体起出来，咱们即日启程南下奔京城。""寇大人您放心，就在山寨的冰窖之中，存放得好好的。"

书说简短，郎千、郎万哥儿俩带着寇准的公文回代州，转呈杨静和张齐贤；陈林、柴干到山下运出七郎的遗体，告别太行山众位英雄，昼夜赶路，直奔汴梁。去时宝马良驹飞奔用了五天，回来也是五天。寇大人回到了御史府，连夜请仵作验尸出尸单，再将七将军的遗体转存在地窖。这才调出卷宗，重新起草问案的文书案卷。这时寇准怎么准备升堂，咱们按下不提。陈林、柴干二将回到汴梁，不能声张，不宜安顿到御史府，寇准就悄悄地派人去天波府约杨六郎过来，把二将接走，暂时就在天波府存身。

　　陈林、柴干这哥儿俩一进天波府，好么，杨家满门除了老太君和柴郡主，都是跪谢两位义士的大恩。"没您二位，我们杨家父子的血海深仇无以得报，那就得冤沉海底！"陈林、柴干如何禁受得起，也是跪拜答谢，两边儿相互搀扶起来，老少几位就在银安殿上落座。老太君吩咐杨洪给两位将军收拾好客房，现在天波府后院儿有的是房子，怎么？金沙滩、两狼山这两仗，青壮的火山军男丁可就算是死伤殆尽啦。感恩的话都说完了，老太君就和陈、柴二将唠家常，"啊……不知二位将军，你们的家小是不是也都安顿在京城啊？"陈林、柴干俩人儿对望一眼，心说老太太这是明知故问。为什么？我们有家还用到您这儿落脚来吗？"我们俩……还都没成家呢！在京城打理四九门儿的防务，军务繁忙……一拖再拖，哎，这个个人问题么，也就耽搁了。皆因为我们俩在京城一直就住在八台总兵府的衙门里，耳目众多，我们哥儿俩是私离汛地，这才要到您这儿叨扰些个时日。""噢……这么说，二位贤侄现在还是孤身一人，无有家小？""老盟娘，就是这么回事！""哈哈哈哈！好，那还说什么呢，你们哥儿俩都给我跪下，改口吧，叫为娘我一声儿娘亲！"啊？哥儿俩愣住啦！你看看我，我看看你，不知道老太太这说的是什么话。六郎在一旁乐了，"娘啊，您说话可得说全啦，要不然我这俩实诚兄弟就叫您给说蒙了！"老太君微微一笑："二位贤侄，此一番两狼山虎口交牙峪老贼设计陷害令公，瓜洲口捏造罪名射死我的七儿杨希，要是没有你们哥儿俩抱不平，仗义救出来我的六儿……老身我知道，我杨门这一代就一个男丁都剩不下了！我杨家的血海深仇，连个送信儿的人都没有，我们到哪儿打听去呀？你们俩是豁出去自己的前程不要，豁出去自己的性命不要，你们这是为了我杨家担的罪，为我杨家受的罪！老身我活这么大岁数，我不能装糊涂……你们俩因为军务缠身，这么多年也没成个家，没有安身之所，我天波府不是说为了这个案子留你们住些日子，你们就是常住在我天波府……这也是人之常情，这是老身必要做到的。无奈有这么一节，老身我犯愁。""啊？盟娘，您有话但讲无妨，我们哥儿俩住哪儿还不成吗？""孩子，老娘我不是这个意思。如今我杨门上下，你们也看得见，男丁死伤殆尽，出出进进，多是寡妇太太，留你们哥儿俩在府内长住，多少有一些不便之处……""嗨，老盟娘，我们说是因为什么呢。您不必为难，我们哥儿俩可以搬出去住……""哎，这你是骂老身我呢……既然你们哥儿俩还没有成家，何不就在我天波府里安家呢？你们看，老身我膝前尚有两个女儿待字闺阁，一个是琪八姐，一个是瑛九妹，今年一个是二十一，一个是十九，她们的终身大事，也是叫老身我耽搁啦！老身我正愁找不着像你们二位这样的英雄好汉哪！如今正合适，老身我做主，就把我这俩闺女许配二位将军！你们家里头还有老人的，可以写好书信，我派人快马给你们送信儿，看看老人的意思……"

哥儿俩赶忙说："老人家，我们俩的家里都没长辈了，那倒免啦！""这样儿最好！""别，别，老盟娘，我们和六哥一个头磕在地上，八妹、九妹就如同我们亲生的妹妹一样，您说的这个，千万使不得！""啊？"老太太把脸一呱嗒，"怎么说？你们哥儿俩还嫌弃我这俩闺女年岁大吗？""哎，没有没有……老盟娘您多想啦！我们是不敢高攀！""哎，从何说起！老身我把你们哥儿俩好有一比啊，你们二位就好比是我朝的公孙杵臼和程婴，你们这样儿的人品，世上罕见！我把闺女嫁给你们俩，老身我平生无虑也！"陈林、柴干瞅六哥，六郎面带微笑，"两位好兄弟，依愚兄我看，这是咱们弟兄的缘分，打这儿起你们俩既是我杨景的妹夫，也还是我杨景的好兄弟，你们看怎么样？"哥儿俩一看，老太太这话都说出来了，自己要是硬这么推托，俩姑娘今后可怎么办哪！再说，这是打着灯笼也没处找去的亲事啊！陈林、柴干干脆跪倒就磕头，"岳母大人您在上，小婿我这儿给您见礼啦！"

老太太哈哈大笑，这也是悲凉之中的一桩大喜事，接茬叫哥儿俩给几位嫂嫂见礼，"咱们这是亲上加亲啊！哈哈哈哈……"老太太乐了个痛快，和二将便宜从事，赶紧交换定礼，亲事定下，"就在明天，为娘我给你们办婚事，只是如此简略，委屈孩子们啦！"这怎么回事呢？老令公在阵前碰碑而死，按说这会儿虽然遗体未能归国，天波府已经可以发丧了。可是令公乃是国家勋贵，非比寻常的平头百姓，得皇上圣旨降下来，你天波府才能办丧事。雍熙帝要写这圣旨了，一琢磨，且慢，我的老丈人和这令公、呼延赞到底是怎么回事？案子尚未审结，我这圣旨就没法儿写！我要是写出来，比方说老令公是为国捐躯，那好，等于我已经是把这案子给结了，御史府审问潘杨讼，得按我这圣旨上说的去结案，我这一笔下去，我老丈人的命就没了！因此这发丧的圣旨一直没到天波府，满门上下就不能戴孝，就好比这丧事谁都不知道一样。好，假如说按照老规矩，这圣旨下来了，满门戴孝，这婚事得等多少时候？得等孝满之期，这就是三年！这三年可等不起啊！所以说老太君简单地问了问两位将军家里的情况。陈林说："娘啊，要是我们哥儿俩有家人，我们还敢这么办吗？""哎，也对！那好，那我就是你们俩的老家儿啦！没什么麻烦的，马上给你们办婚事。"一切从简吧，天波府也没请什么客人，简简单单，俩姑娘没什么，嫁人以后不还是跟家待着呢吗？照旧能伺候老太太，只是单分出去房。

书不絮言，不提天波府里怎么怎么样，还说寇准，到了第三天，自认为我这儿已经是铁证如山了，不怕你老贼潘洪铁嘴钢牙、巧舌如簧！那你也不成，我这儿就凭着这些个扳不倒的证据，就能问到你招供画押！这才要升堂问案。把万岁爷御赐的钦定审问潘杨讼一案的圣旨金牌请出来，高悬正堂，这才正衣冠，击鼓升堂。"来呀！带人犯潘仁美！"有差役到御史台的大牢里把老贼潘洪给提出来，押到堂上。这一次升堂可是寇准头一回会老贼，哗啷啷……刑具磕碰的声音响亮，顺着声音一瞧，好么，见老贼：

就见老贼身高七尺五，头如麦斗大小，项短脖粗，溜肩阔背，肥臀象腿，腰大十围，这身砣儿都出了号啦！往脸上看，是面赛黑鸡血，说黑不黑，说红不红，说紫又不紫；窄脑门儿，宽下颏儿，一对扫帚眉，两只三角眼，白眼球多，黑眼球少，小眼珠滴溜溜地乱转，狮子鼻、血盆口，额下是连鬓络腮的红胡须。看上去，凶狠之中兼带着奸诈！身上是罪衣罪裙，光头没戴帽子。别看是一身儿犯人的打扮儿，可这脸上的气色很好，红光满面！满脑袋红头发梳得还挺整齐。

寇准一看就明白了，甭问哪，西宫的国母买通了我御史府的天牢差役，给老贼伺候得不赖！嗯……寇大人憋气，可这脸上不能带出来，高坐堂前，等老贼拖着步子蹭到正堂当间儿，一拍惊堂木，啪！寇准心说，在霞谷县我有日子没拍这玩意儿啦，今天我好好过过瘾！"下站人犯，来到堂前，见到本御史，因何立而不跪？"好像是在问你呢，其实是吓唬你呢，你来到我的堂前，你怎敢立而不跪？这是老爷审犯人的规矩，是套话，好给你一个下马威。寇准是怎么回事，老贼潘洪全都扫听清楚了，呵呵呵呵……你一个小小的七品县令，你是撞上大运啦！一朝得势，你连升五级，怎么着，您还真拿自己当个官儿啦？老夫我哪一个门生不比你的官儿大？你还敢跟老夫我逞这个威风。哼！拿鼻子眼答应他，眼睛朝天，撇着大嘴，就要的是这个相儿，不搭理寇准。寇准心说，我早有准备，就防着你跟我玩这手儿呢！"人犯，本官我这里问你，你身穿罪衣，腰围罪裙，戴着枷、套着锁，来到我这西台御史的正堂……尔因何事立而不跪？讲！"我再问你一遍，你因何立而不跪？"哼哼哼哼……"老贼微微这么一笑，出声儿了，可是还是没理寇准。寇准也不恼，照样儿再问一句："哈哈，人犯，我问你，你来到御史台衙门正堂，身为罪人，因何立而不跪？"老贼把三角眼一瞪，"你说什么？我看哪个敢说老夫我是罪人！老夫乃是当朝一品！两朝元老，位列三公！上跪天，下跪地，当中跪拜人君圣主！让我跪你这小小的四品御史？说起来，岂不让人好笑哇，啊？哈哈哈哈……"

"嘟！"寇准一摔惊堂木，"好你个老贼潘洪！""啊？你！小寇儿！你敢辱骂老夫？直呼老夫我的官讳？""哼哼！好、好、好，本御史我官卑职小，当不起你这一品大员一跪是不是？那么你抬眼看来，这是何物？"老贼抬头一瞧，呀！乃是当今天子御笔亲书的圣旨金牌！有这面金牌在，如同万岁亲临！"哼哼！本御史我奉圣上的圣旨金牌进京，专门就是来审问你这潘杨一案！领万岁、八千岁的口谕，我寇准，一碗水端平，一不向潘，二不向杨，秉公审理，依律办案！老贼啊老贼，你看看，我当不起你一跪，你看这个……当得起当不起你这一跪？"老贼汗都下来了。为什么？御史台衙门正堂的明镜高悬牌匾之下，悬挂着当今天子御赐的尚方宝剑，有犯人胆敢藐视公堂，御史就能拔剑先斩后奏！这圣旨金牌就在眼前，不敢不跪，撩衣裙想好好地跪下去……那得叫人除去刑具哇！啊，这个……再看寇准，高举圣旨金牌，眼珠儿不错，不搭理你。嗨，老贼也无奈，戴着刑具下跪，"微臣潘洪，拜见我主万岁万万岁！"行过礼，等着寇准喊自己站起来，金牌不起，自己就还得跪着。再看寇准，早就预备好了，吩咐从人打公案底下搬出来一个小架子来，金牌端端正正摆放在公案之上，老贼没辙，还就得跪着，要不然你就是藐视圣旨金牌，是死罪！嗯……

寇准一看，你老实了吧？哼哼！这就好问案啦！"来呀！带原告杨景！"这边天波府的人早就来了，杨六郎闻听传唤，走上堂前，跪倒在地，等候寇大人问话。寇准就问了："杨景，本御史我问你，你呈递上来的状子，状告潘洪十大罪状，可是件件依实？""哎呀，回大人，此案非同小可，皇亲是随便告的吗？状纸所叙，全然属实！""好，堂上设座，郡马您先请一旁稍待，等本御史审问被告！"潘洪一听，嗯？这话头儿不对呀！前几日晚上宫里头来人说啦，说礼物已然送到这位御史的府里了，怎么听这意思，一点没向着我呀？再看寇准，调脸瞅潘洪，把状纸一举，"被告，杨景状告你挟私报复、谋害忠良，结党营私、排挤朝臣，勾结敌军、图谋不轨，退弃营防、脱卖疆土，闭关逼战、陷没全军，按兵不救、贻误军机，滥行军律、擅杀大将，虚捏军情、欺君误国，暗设毒计、戕除监军，窃施酷刑、残害先锋这十大罪状，本御史问你，你有招无招？""哈哈！御史大人，这十大罪状么，本帅我一条也未曾触犯，何来招供！本帅我实在是冤枉啊！""嘟！潘仁美，此案人证物证俱全，你尚有诡辩？看起来不动刑具，谅尔也是无招！来呀！掌刑伺候！"

啊？老贼一愣，"哎，大人，岂可……"掌刑官不容分说，上来就按住潘洪，等大人派刑。寇准抓起来火牌，刚要掷出来，就听大堂外头有人高声喝喊："哒！西台御史，少要放肆，暂息刑罚，今有西宫国母的銮驾前来当堂听审，着寇御史整冠前来接驾呀！"啊……

此正是：

祸福之分于顷刻，吉凶立判在须臾。

要知道寇准如何审清潘杨讼，请听下一本《审潘闹銮》。

【五本·审潘闹鉴】

〖头回〗

词曰：

说出良谋妙计，果然名利双收。金银满载又何求，麟阁标名足够。此去山遥路远，何妨当作闲游。由他告急莫担忧，且自按程行走。

《西江月》

一曲闲词，评说古今人物，给您接演长篇评书《金枪传》的第七卷书《清官册》。

上回书说到，寇准开堂问案，老贼和六郎一同上堂，老贼跪在当中，六郎设座一旁，案子一开审，也不多问，你不是不招吗？好办！来呀！动刑！是真的要动刑吗？还不到时候，这是一种问案的方法。我这一说动刑，你就得着急辩白，这时候一张嘴，容易说错话，我就为了抓你的话！"来呀！与我大刑伺候！"底下哗啷啷铁链子响亮！老贼一哆嗦。怎么？长这么大，这是头一回受官刑！刚要嚷嚷，正在此时，堂下来人高喊："哒！西台御史，少要放肆，暂息刑罚，今有西宫国母的銮驾前来当堂听审，着寇御史整冠前来接驾呀！"

啊，西宫娘娘来啦？她来干什么？寇准心中咯噔一下子。嘿嘿，前几天你给我送来了金毛狮子银毛犬、织锦蟒袍四季衫……可是我一连好几天都没升堂，你是不放心呀，因此今日我一开堂审案，你就来……嘿嘿！你以为是官就怕你是不是？寇准正衣冠出迎，来到衙门口。嚯，娘娘已经下了凤辇了！就见西宫潘妃，头上高绾云鬓，凤翅珠冠，无数珍珠围拢，如银河盘绕，斜插鸾凤金钗，耳衬八宝紫金环，两鬓边珠垂璎珞，映衬两腮桃红。身上穿的是日月龙凤袄，蜀锦添花，刺绣青鸾彩凤，遍体销金，玛瑙翡翠镶嵌；百宝带束腰，裹山河地理裙，杏黄缎子的中衣，足蹬凤头香鞋，五彩飘带斜披，环佩叮咚，瑞彩光华！要说这人的模样儿，什么眉，什么眼儿，怎么说都说不明白，有这么几句赞形容得最好：

当中簇拥天仙子，却是金枝玉叶人。

闭月羞花哪可比？沉鱼落雁果超群！

步摇环佩鸣琼玉，钩挂香球喷麝沉。

恍疑水月观音现，仿佛嫦娥降世尘。

咱们书中暗表，这个西宫皇妃潘玉茹，并非是老贼潘洪的亲生所养，而是三下南唐之时，潘仁美特意从南唐后主李煜的后宫里给搜出来的。

怎么回事呢？这话头得往前捯。皆因为雪夜访普，君臣定下先南后北之计，曹彬和潘仁美下江南、灭两广，石守信去扫平荆楚，王全斌去打后蜀。可是王全斌这个人生性残暴，治军又不严，灭了后蜀之后，纵容部下抢掠财物，自己也滥杀无辜，在他手底下死了不少的人。到最后该回师了，赵匡胤的问责圣旨可就追到成都啦！王全斌很害怕，有人给他出主意，说后蜀宫中有一位美人很出名儿，就是后蜀王孟昶的爱妃，别号叫"花蕊夫人"，您把这位给弄到手，押送回京，将其献给当今万岁，没准万岁爷一高兴，就能免了您的罪哪！王全斌就信了，到处找，最后总算是寻到了花蕊夫人，连蜀王一块押送回到汴梁。

这位花蕊夫人呢，原籍是四川青城人，本姓费氏（原书云姓徐，现据史料订正），深得蜀王孟昶的宠幸，封为"慧妃"。就是说这花蕊夫人不但人长得美，还很有才华，诗词兼工！不信您查查《全唐诗》，其中收录了

潘玉茹

一百五十多首花蕊夫人的宫词。王全斌得胜还朝，战战兢兢把搜罗来的蜀王珍宝一一呈献，赵匡胤也忍着，一件儿一件儿地查看。嚯！这是什么玩意儿？一把精雕玉琢的宝壶，珍珠、玛瑙……不计其数！王全斌自己都不清楚，全是他的一个手下给办的，"回万岁爷，这……噗嗤！此乃蜀王之……溺器也。"就是夜壶！哼！赵匡胤很生气，"连夜壶都拿七宝装成？"这不是一般的夜壶，乃是七宝镶嵌的一把夜壶。"真想不到蜀王如此奢靡，花费千万，就为了打造这么一把夜壶？那他吃饭用什么啊，啊？"赵匡胤把脸儿一绷，王全斌这几位远征西川的将领全吓坏了！赵匡胤顺手绰起身旁镇殿将军手里的金瓜锤来，哗啦，一气儿把这些宝贝全扫干净了，一样不落，都给砸得粉碎！这都是亡国之物，我还要它干吗呢？待会再往下查册，嗯？女乐一名，慧妃花蕊夫人？哦……我听说过，久闻这个女子艳绝尘寰，才华出众，好，带上来我看看！赵匡胤本来不是好色之徒，年轻之时，曾经千里送京娘，没贪图京娘一家儿任何的好处，一路上兄妹之礼不逾矩，这就是赵匡胤这个人够个英雄好汉的地方儿。可是今非昔比，如今岁数也大啦，比以往贪图享乐的心思也多了，一看见这位花蕊夫人就傻眼了，这世上还有这么漂亮的人？哎呀，真是不一般呀！"哎，听说你才华非凡，你们一路上从四川远道而来，就所见所闻，你可能做上一两首新词吗？我考考你。"花蕊正在愤恨后蜀的将士不能用命，亡国之恨深藏于心，就顺嘴吟唱一首："君王城上竖降旗，妾在深宫哪得知？十四万军齐解甲，更无一个是男儿！"嗨，罢了。赵匡胤是真服了，虽然打心眼里很喜爱这个女子，但是这英雄之气又给激起来了，立马儿厚赐封赠蜀王孟昶，就在汴梁给孟昶建造一座王府，叫你们夫妻团聚。

王全斌呢，也没说封官，也没说降罪，不咸不淡，晾在一边儿。王全斌心说，要这样儿我不是白操心了吗？干脆，没过几天，自己带着几个人潜入蜀王的行帐，把蜀王孟昶给毒死了。这么一来，老主爷也没推辞，花蕊自己也愿意，就将花蕊夫人招入皇宫，册封为贵妃。开国太祖十分喜爱花蕊，每天在后宫陪着寻欢作乐。谁憋气呢，二王爷赵匡义。敢情不只是万岁爷喜欢花蕊，这位二王也仰慕了好多年了，就盼着这天呢，结果这亡国之妇最后还是到了自己哥哥的手里，二王也生气啊！生气能怎么办呢？野史笔记当中曾经说有这么一段儿，赵匡胤带着娘娘和几个皇子、公主、御弟、亲王，反正是自己的亲近人等吧，一同到郊外皇家园囿里射猎游玩。哥儿几个喝酒，老主爷给二弟勤孝王赵匡义劝酒，二王就说啦，嗯，哥哥，除非是您叫花蕊夫人——我这个小嫂子去亲手给我折上一朵芙蓉花来，哎，弟弟我就喝这个酒。赵匡胤正高兴哪，哦？哈哈哈！二弟，你可真会出难题。好吧，就叫爱妃前去折花！这位花蕊夫人也挺高兴，你看，二王别人不点，单点我，这是说后宫粉黛，他只瞧得上我呀。赶紧跑出去，到花园之中寻找芙蓉。她走到前头，后头赵匡义开弓射箭，一箭射穿咽喉，花蕊夫人死于非命。射死花蕊，赵匡义撒手扔了弓箭，跪倒在哥哥面前，假装痛哭，"陛下！您方得天下，宜为社稷自重！"赵匡胤再怎么心疼，这是自己自小一块儿长大的亲兄弟，能因为女人治他的罪吗？"来来，起来起来，贤弟，你这箭可老没练了，你是射偏了吧，啊？哈哈哈哈……跪着干吗，喝酒喝酒！"这事就不提了。

可这么大的一件事，你不提就没人知道吗？哎，一来二去，这件事就传到潘洪潘仁美的耳朵里去了。潘仁美很机灵，细一琢磨就明白了，合着二王千岁也是一个好色之徒。嗯……我知道该怎么办啦！趁着下南唐，自己是前部统帅，先杀进金陵李后主的皇宫，不去抓李煜，先到后宫仔细搜查。听说李煜的后宫美女如云，我得找一个绝色之人，回去献给二王！果然，都快挑花眼啦，在深宫内院发现一个小姑娘，年岁不大，一问，是养在深宫的一名舞姬，艺名就叫玉茹。潘仁美把别人都屏退了，自己坐下来跟这小姑娘问寒问暖，就说了，我有意收你为义女，孩子你看如何啊？小孩儿从小生长在风尘场所，能不明白这里边儿的关节吗？虽然不知道这位将军收自己是要干什么，反正对自己没坏处，能活命还不好吗？就欣然答应，马上跪倒拜干爹，改姓更名，就是今天这位西宫国母——潘玉茹。

下南唐回京，老贼还很谨慎，先把干闺女送回大名府老家住了一段日子，改改口音和起居习惯。潘玉茹是伎乐出身，什么学不会？变得很快，不到俩月，就跟个北方大户人家儿大小姐一样儿了。这样，潘仁美把小姐给接回京城，就把自己所想的全都跟姑娘说了。我能助你入主晋王府，你将来可就有可能成为母仪天下的皇后。潘玉茹当然乐意了，就习学礼仪，等到晋王过府饮宴之时，小姐出来拜见，赵匡义眼就看直啦！随后潘洪趁没人的工夫儿跟王爷提出来，将玉茹小姐送入晋王府，先就成了晋王的侧妃了。直到烛影斧声之后，二帝篡位登基，结发夫人符皇后封在昭阳正院，潘玉茹就封在了西宫。二帝登基之后没过几年，符皇后因病故去，有宰相赵普拦着，潘妃不能升为皇后，但实际后宫之主，如今就是潘妃。

西宫国母驾临御史府衙门，寇准不敢失礼，低着脑袋跪倒磕头，"微臣不知娘娘驾幸敝署，接驾来迟，还请娘娘千岁恕罪！微臣率阖衙差役人等，恭迎娘娘千岁千岁，千千岁！"再看西宫潘妃，慢慢悠悠走下台阶儿，眼皮都不抬，就跟没瞧见寇准似的，东看看，西望望，"小子们，给哀家我带路哇。怎么这西台御史的衙门口儿都到了，咱也没见着有个人影儿晃出来接接你我呀？"寇准一听这都什么话，我这么大的一个人跪倒在地，跟你直磕头，你就假装没看见？"哎呀，娘娘！"寇准这提高嗓门儿，不但说把这娘娘，就连她身后的太监、宫女也都吓了一跳，"娘娘千岁！微臣寇准，不知您驾到鄙署，接驾来迟，还望娘娘千岁恕罪！"潘妃一瞧，哼，"罢了，免礼吧！"头都不带扭的，径直朝大堂里边走。寇准和三班衙役们都站起来，恭恭敬敬，一起回到正堂。

潘妃走上大堂，一看，好么，杨六郎人现在是站着施礼迎候自己，但是身后可是有一把椅子。自己的爸爸呢，在地上跪着！啊，这个寇老西儿，你的胆子也忒大了！我这些宝贝都白送啦？哼！什么清官，简直是比赃官还黑！你这是嫌少哇，还是天波府能给的比哀家我还多哇？走上前，回头一看，小太监把自己的凤头交椅抬进大堂，给我摆这儿！亲自走过去，扶起来老贼，"老太师，您是开国的元勋，您这是干什么，快快起来，来，您也在这儿落座。""啊，哎呀，娘娘千岁，您，您来啦？哎哟……老臣，老臣我不知，请您恕罪，我这儿给您见礼啦！"转过身儿来要给潘妃磕头，潘妃赶紧伸手相搀，"哎呀，老爹爹，您可别折杀女儿啦！来，您坐，您坐。"老贼大摇大摆地站起来，有娘娘给我撑腰，我还怕什么哪？嗯……有小太监过来搀扶，给老贼扶到交椅上坐下来。

寇准随后回到堂前，一瞧，好么，这娘娘也搬来把椅子，就在自己的公案一旁，搭个座儿坐下来了。"啊……娘娘，您这是要……""嗯？这位大人，莫非说您就是新任的西台御史吗？""哎呀，不敢劳娘娘您动问，微臣正是西台御史寇准。""哦，好，那哀家我……求你一件事。""哎呀，娘娘千岁，怎敢当您一个'求'字，您有何事相托，微臣恭聆懿旨。""嗯，寇大人，哀家我奉旨相国寺降香，途经御史台衙门，哎呀，就瞧见这街巷两旁，人头攒动，拥挤不通，我这车辇一时也过不去了……""哦？如此说都是微臣我的过错，御史台衙门开堂问案，不许百姓旁观，这才引得京城的百姓拥挤在影壁之外，阻塞了娘娘您的凤驾……"寇准心里话，身为国母你可真能编瞎话，我这衙门不是对着大街开的哇，哪儿有老百姓走来走去能拦住你的车辇啊！"哎，寇御史，哀家我不是埋怨于你，是沿街打听，听说您这儿要开堂审问潘杨讼一案……哀家我又刚巧打从门口儿经过，潘杨一案，关系我大宋国朝的国运兴衰，万岁为此寝食难安。我想……在您这大堂上，听听您的庭审。寇大人，您看如何啊？"寇准心说，这是跟我商量吗？"呵呵，娘娘千岁，您可折杀微臣啦，微臣岂敢阻驾。您好坐，那么，既然您已然坐好了，微臣我可就要……奉旨问案啦！"寇准专门加上一个"奉旨问案"，您瞧瞧，脑袋顶上是皇王圣旨，您就是贵为一朝的国母，您也得加点小心。

寇准回到正堂自己的公案之后落座，这回好，原被告双方都坐下了，谁问谁哪？"哈哈哈……好，为今有娘娘千岁听审旁证，咱这个案子就好问了。潘洪！老奸贼！"嚯，这个骂骂得过瘾哪！潘妃坐在那儿坐不住了，"哎，寇大人，您这是怎么审案子呢？身为四品御史，你怎么能开口辱骂国家的贤臣？"寇准欠身，"哦，娘娘教训得是，微臣我自会检点。啊，老太师，那么本御史我来问你，杨景状告你挟私报复、谋害忠良、虚捏军情、欺君误国等等十大罪状……老奸……啊太师，你可有招啊还是无招啊？"

潘洪心说我怎么成老奸太师啦？这会儿有闺女给自己撑腰了，刑具撤掉，哎呀，活动活动腿脚、胳膊，对寇准也是爱理不理，我怕什么啊？"哈哈哈哈……小寇哇，你问老夫我有招无招？""不错！""老夫方才不是告诉你了吗，本帅立身端正，治军严整，杨家父子不服军令，贪功冒进，兵败两狼山，叛国投敌。如今他杨景私离汛地，回京告御状……哼哼哼，什么十大罪状，老夫一概不知，他纯属诬告，还请御史大人您……明察秋毫！""噢，老太师，照你这么说嘛，杨景状告十大罪状，均属诬告，你是一条也没有？""对啊，一条也没有，纯属诬告！""好，这就好问了，请恕本御史不恭，我要一一对问！""自管问来，老夫敢与杨景当堂对质！"寇准心说，早有人告诉我，你这个人巧舌如簧，能言善辩，杨六郎说不过你……哼哼，到我这儿了，也叫你知道知道，什么叫当堂对质！不慌不忙，先把状子打开，按着条款，捋到头一条儿——挟私报复、谋害忠良。"那么老太师，我来问你，天齐庙三国舅摆设百日招贤擂，杨七郎登台打擂，劈死了你的儿子——三国舅潘豹，这件事……还是有的吧？"啊？这个……一上来就撕扯你的心肝儿！

老贼一听，嘿哟！心疼啊！您看人都是这样儿，甭管是好人、坏人，都对自己的孩子好，自己拼命，挣来的钱财、功名，给谁？都为了留给自己的子孙后代。老贼潘洪也一样，自从二帝登基坐殿以来，结党营私也好，起心要谋朝篡位也好，他自己是过了六十的人了，为了谁呢？就是为了儿子。前文书交代过，长子潘龙、次子潘虎这俩儿子小的时候也都没在他身边儿，感情不深，俩儿子也很顽劣，老贼很不待见这俩。老儿子潘强呢，是大宋朝开国以后妾室所生，打小儿也叫家人、老妈子们给宠坏了，养尊处优，成天就知道吃喝玩乐，也没个正行儿，老贼见着就烦。哎，真正讨他欢心的，就是这三儿子潘豹。自小是跟着他在军营里长大的，也得过名师的传授，不但武艺高，心机也巧，老贼十分地喜爱，觉得这个儿子才像自己，能有大出息。说前有河东一箭之仇，虽说也嫉恨一辈子，毕竟不至于为了这个仇恨甘冒叛国之大罪。寇准一上来就问，天齐庙杨七郎力劈潘豹，这个事可是有的？老贼一听，"嗯……哼哼哼哼……寇大人，此事，满朝的文武尽知！

他杨继业纵子行凶，杨七郎登台打擂，违旨打死我儿潘豹……"哎？老贼才醒过味儿来，哦，我要是这么说下去，我这不是等于认可这状子告的吗？我跟他杨家确有私仇，我这不是往他的套子里钻吗？"呵呵，寇大人，可是您得这么想啊，我潘洪，深受皇恩，潘豹立擂，也是为了给国家招贤纳士！杨七郎是人才，勇冠三军。他打死我儿子，我丢一个儿子算什么，国家得了一个常胜将军，哈哈哈哈……值！这个事是有，可说我就因为这个徇私误国，我没有！"

咬着牙说的这话，嘿嘿，小寇，我不能叫你抓住我的毛病，你问吧！"哦……老太师，您这才叫秉忠为国！好！您说的，杨七郎是人才，勇冠三军！那么……您为什么要在雁门关瓜洲大营里将其吊在花标柱上，射了一百单三箭，七十二箭透贯胸腔？""啊？这个么……""哪个？"潘洪心说你不是要问十大罪状吗？你这一下儿蹿到第几行啦？"寇大人，您问的这个，是绝无此事！杨七郎和令公出征，被困两狼山，军前传出来的消息，说他父子归顺北国……老夫我也不全信虚妄之言。可是要说我在军前将七将军箭射而死，哼哼，真真是谣言惑众！寇大人，还望您明察秋毫！"

杨六郎听到这儿实在是听不下去了，刚要张嘴说话，寇准给他使了个眼色，六郎明白，等着寇大人问案。寇准就说了："好，既然老太师说绝无此事，那么我提一提人证。来呀！带人证陈林、柴干！"啊？！老贼一哆嗦，怎么把这俩人也给挖出来啦？寇准话音刚落，这堂下早就预备好了，陈林、柴干身穿便服，走到堂前，跪倒在地："人证逃军陈林、柴干，叩见老大人！""免礼，起身说话！""多谢御史大人。"老贼斜眼一瞄，心说完了，无能的贼奴误我！怎么呢？他派出家将把守各处关卡，生怕陈林、柴干把六郎救出来送回东京，就排布好了重兵。钱秀、周芳是把守滹沱河河口的，他们眼看着水贼于大、于二把船只给掀翻了，第二天，郎千、郎万派人在下游也找着了尸身，尸体被水泡烂了，从衣着上能看出来是陈林、柴干和杨六郎。这俩小子就地给掩埋了，拿着三个人的衣冠回营请赏，老贼也是半信半疑。可是又过了半个月，边关没有传来信儿说有可疑之人从其他关卡通过，老贼这才相信，就以为这仨人都死了。今天一看，不但说杨六郎没死，连陈林、柴干这哥儿俩都好好的，这个恨哪！寇准就问二位："好，人证既已上堂，本御史问你二人，可知晓潘元帅在瓜洲营箭射杨七郎一事？你二人可要讲出实情。""老大人，末将正要说出实情……"

书不絮言，陈林就把杨七郎雁门关搬兵的前前后后都给说了一遍，一直说到滹沱河逃出虎口，这中间有说不明白的，柴干再给补充几句。都说完了，再看老贼，老贼是仰天大笑："哈哈哈哈……寇大人，就凭这两个逃军的一面之词，您就要定老夫我的罪吗？他们说我射死了杨七郎，呵呵，究竟能以何为凭？"寇准一听，呵呵，到时候了，"来呀！请出七将军遗体，和一百单三支雕翎箭，咱们看物证！"

〖二回〗

寇准开堂审案，要审结潘杨讼，提审老贼潘洪，老贼拒不招认。好，你说你没射死七将军，你说陈林、柴干二将是血口喷人，不急，来呀！把七将军的尸首搭上堂来，咱们看看物证！

这儿早就预备好了，工夫不大，几个差役将七郎的遗体抬到堂前，还有从尸身上起出来的一百零三支雕翎箭。都给摆好喽，仵作朗读尸单、物证的检验文书。老贼一看，真傻眼啦！潘府的人到代州雁门关外去找过尸首，河神庙暗藏假七郎的尸身，这些事都由西宫太监悄悄潜入御史台大牢告诉老贼了，潘洪对这个事早就踏实了，万料不到，今天能把杨七郎的尸首给搭到堂上来！那不用看哪，自己射死的，穿戴、身量儿……天天晚上噩梦也得见个四五回呢，哎呀，这脑袋就觉得有点大，耳朵里嗡嗡的，旁人说什么都听不见了。

潘妃哪儿见过这场面儿啊，吓得直哆嗦，小太监走过来把她给围上，遮挡住视线，总管过来直甩袖子，"寇老西儿，你这是……快抬下去，抬下去！"寇准微微一笑："老太师，我这儿是雁门关将士画押的证供，都说杨七将军是你在瓜洲大营吊在花标柱一百零三箭射死的，你，还有何话说？"啪！惊堂木就摔在桌案上，你自己看看！老贼心说我还用看吗？走到杨七郎的尸身近前，低头仔细看……怎么看也瞧不出毛病来，支支雕翎箭都是禁军所用之物，这都得有自己的将令才能射呢，你还能有什么辩白的？"啊？

哈哈哈哈……小寇哇，老夫告诉你实情吧！不错，这个人是我下令绑在高竿给射死的，不过，他，可不是杨七郎，他是假杨七郎，此人姓刘，名通，字子裕，乃是直北大同人氏，在北国萧银宗驾前效力，故而趁杨令公被困两狼山，他到我雁门关前诈开城关，意欲诓我将令，好夺取城关……呵呵呵呵，寇大人，不信，您可以到边关去问一问，访一访，是不是有这么一个人，还曾经假冒七将军夜间偷袭我的营寨，还枪挑伤了李汉琼李将军的性命。"

可把六郎给气坏了，你这是瞪眼胡诌哇！"寇大人，切莫被老贼蒙蔽，末将我有铁证！""哦？郡马，您有何凭据，可以指认此具尸身就是你七弟杨希将军？""寇大人，当初老贼箭射花标，到今天这日子已经够长了，虽说尸身保存得当，当初眉肉被割坏，自然面庞已然辨认不清。可是我七弟天生异相，他的额头之上，有一笔虎字，远瞧好像是皱纹，实则是凸起的一块儿骨头。末将我自小就摸出来了，二十多年未曾改变。假如说这具尸身的额头之上有我说的这块骨头，这就是我七弟的尸身；假如说要没有，就算是末将我信口雌黄，诬告国丈。您验验！"

寇准命仵作当堂检验，仵作按六郎说的一摸，"不错，寇大人，这具尸身的额头上果有异物！"拿笔墨纸张来，按着摸出来的形状一画，呈上公堂，寇准一看，举起来给潘洪看："潘太师，您还有何话讲？""啊，这个么……寇大人，三军儿郎俱曾在阵前见到，这个刘子裕与杨七郎实在是太过相似！那一日此人前来搬兵求救，老夫我肉眼凡胎，只道是番贼前来诈城倒反……您想啊，都说是辽兵里三层、外三层将两狼山重重围困，他杨七郎就算是肋生双翅，也难以飞出崇山峻岭哇。说什么，我也不相信是七将军回来了。要这么说，六将军自小和七将军一同长大的，知道他这个标记，啊，老夫我一时失察，误会了七将军，这个，也是有的！唉！可惜呀！少待，老夫自当向当今天子请罪！""哼哼哼哼……"寇准在公案后面是一阵冷笑，"老太师，如此说来，你是不知道这个是七将军？""老夫我确实不知！""好！那么我来问你，为何你三番两次派人到滹沱河边寻找七将军的遗体，意图毁尸灭迹？就在前不久，你太师府的家奴，到七松坡起出尸身，转而掩埋于河神庙的乱葬岗。哈哈！这里是代州地方官出具的文书和里正的供词，你还有何话讲？""啊，这个……""什么这个、那个，谁人不知你潘洪素来惯会巧言舌辩，谁来与你争辩是非！如今人证物证俱全，谅你也是无招，来呀！与我看刑具伺候！"一众的衙役早就等得不耐烦啦，赶紧打啵！哗啦哗啦把刑具就亮出来了，"大人，您看，用哪一件儿？"

就差寇准给下签儿啦，潘妃这会儿不能再不吭声了，"哎，且慢！寇大人，您这案子问得可公吗？""哦？"寇准心说我这就等着你问呢，"哈哈哈哈，娘娘，国母，您倒是看看，微臣我哪里审得不公？何处问得不明？""寇大人，您审问潘杨讼，可要一碗水端平呀！你在这公堂之上，哀家怎么看你光审问老太师一个人，可是却不去问杨六哪。敢是您……收了他天波府的什么好处吗？""哈哈哈哈哈……娘娘千岁，您可真是明察秋毫，真叫您说对了，收贿赂的事确实是有，没错！可不是天波府给微臣我送的，反倒是……西宫的总管，瞒着您……给臣我送的。微臣我诚惶诚恐，您凤目御览，看看这无数的珍宝微臣我是当收还是不当收。"说完了话，不等潘妃反应过来，寇准躬身离座，拿出来一份礼单，您看看啵！

潘妃还用接吗？愣给将在这儿了。我看是不看？我看，我怎么说呢？还是寇准哪，把娘娘逼得没词了，直哆嗦，"哼哼……寇卿家，照这么说，你果真是个大大的清官啦？""哎呀娘娘千岁，清官之誉，微臣不敢自称，乃是大宋朝吏部司察与列位大人在我朝清官册上一一记录下来的诸般断案文书，微臣名列其中，到底是不是清官，不待微臣我自辩，可圣上快马金牌到霞谷县去调微臣我知道是有的，是不是清官，都是圣意恩宠！娘娘，您既然看过礼单，微臣斗胆动问，天波杨府绝无行贿之举，可是西宫总管却是给了，微臣我是不是收下了西宫的珍宝，就得光审问郡马，对太师老国丈是不能够再审问了呢？""啊？好你个刁钻的御史小寇，娘娘千岁不是这么说的！""那就好，您好好看微臣我怎么审案就是了，何故三番两次地阻微臣动刑？来呀！将潘仁美推下堂去，重打四十！看他有招无招！"

潘妃一时说不出什么话来，也不好再插嘴了，眼睁睁看着差役人等将老贼潘洪给架到堂下，按在地上，裤子扒下来，"行刑！""啪啪啪啪啪……"
"一……啊，二！"啊，都十几下了才二啊？都恨透了老贼潘仁美了，趁着
这个机会解解恨！好嘛，给打了个皮开肉绽！才三十几下，哏喽一声儿，老
贼就昏死过去了。"回大人，人犯昏死于杖下，您说还打不打？"再打，再
打就没命了！"暂缓用刑，用冷水泼醒，看他有招无招，有招停刑，无招
吗……哼哼！""遵命！"哗……三盆凉水，"嗨呦呦……"老贼慢慢地醒转
过来，"寇准哪寇准，老夫与你誓不两立！""啊，没错，我站着你趴着！老贼，
我再问你一句，你是有招无招？""哎哟……寇准哪！你好哇！老夫我公忠
为国，尚有何招可言？可叹哪，万古到头归一死，醉乡葬地有高原！哇哈
哈哈哈……"老贼是一阵地怪笑。嗯？寇准直纳闷儿，这当口你怎么还有心
思吟诵诗句哪？

　　他不知道，老贼嘴里说的这是南唐后主李煜的词句。潘妃本是后主宫中
的舞姬，他忍着疼痛把这句念出来，这是提醒潘妃呢，你本不是我潘洪的
亲闺女，你入宫就含着欺君之罪。我如今身陷囹圄，你得想尽一切办法把
我给保下来。保不住我，嘿嘿，别怪我，有我招供的那天……也就是你被打
入冷宫的时候！老贼这是拿话挤对潘娘娘呢，你别在那儿闲待着，你得想
辙把我这案子给翻喽！潘妃坐在凤椅上一听这句，哟！这是老家伙点我呢！
哎呀！娘娘着急啊，可是她只是一个舞姬出身，靠自己能想出什么点子来？
这一着急，从椅子上站起来了，"哎呀！我的老爹爹呀！"紧走几步，到在
潘洪的身前这么一趴，得，你们爱打不打啦，我就这么趴着！这还像话吗？
您是娘娘啊！寇准也离开公案了，"哎呀，娘娘千岁，您不能在太师的身上
老趴着不是！还请您保重凤体，快快起身！""哀家看着不公！你们毒打哀
家的老父，他偌大年纪，为国家奔忙操劳，哪里还能禁得住你如此的重刑？"
娘娘这随身的小太监、宫娥也不少，都是素常伺候主子的精豆子，能没这个
眼力价儿吗？一瞧娘娘都豁出去了，咱们还等着干吗呢？来啵！呼啦，全
上来了，抢刑具的抢刑具，搀扶老贼的到地上把娘娘和潘洪给扶起来，这
是二三十人，就把老贼给围起来了。御史台的衙役啊，本来就怕这些个太监，

这些人一往上撞，都害怕，不敢跟他们来硬的，撒手抛了刑具，都退到旁边，全看寇准。

寇准一看，这心里的气性就给激起来了，心说你这是不讲理啊，欺负我寇准是小地方儿来的？好！也叫你尝尝苦头！要不然你总是这么来听我问案子，我还审不审啦？"娘娘，恕……微臣我直言，您这么做，可是有碍国法，您强行地阻我御史府动刑……娘娘千岁，微臣我可有圣旨在此，您再掂量掂量！"几个小太监也是狗仗人势，跟寇准瞪眼，"娘娘凤体保重！小寇儿！你敢打太师！你还敢打国母不成？你敢！我们带着太师老人家上金殿去告你去！"寇准乐了，您还告我哪，我看你们敢挪动潘洪吗？你们敢挪动他，你们这就叫劫越之罪！你们这帮儿人就是死罪！老贼潘洪趴在地上可不敢动活，他知道，说是这么说，你们解解气也就得了，真把我弄到金殿上，一出这御史台的衙门，不用他寇准问案了，直截了当就能把我给宰了！一瞧闺女也是真卖力气，可是老这么趴着也不成啊，这也不成体统，忍着痛，悄没声儿地跟潘妃说："孩子，你别光护着我啊，你去打他去！"拿眼睛一瞟寇准，"玉茹，你去扯闹他去，回头去金殿告状，就说他寇准臣戏君妻，要他的狗命！我这案子已经死俩御史了，我看谁还敢接审这潘杨讼！哼哼！去！"

潘妃一听，嗯，这是个好主意！赶紧起身，转身形再找寇准。寇准就跟这儿站着呢，"娘娘，您是怎么着，不许我寇准行刑？您这就叫扰闹公堂，您这可是有违抗圣旨之意！""呵呵呵呵……寇爱卿，你说什么？"潘妃一步一步走过来，哎哟，寇准没想到这奸妃能来这一手儿，"娘娘千岁！您这是要干什么？""干什么？寇卿家，你执意要拷打老太师，你知道吗，哀家我……"一边说着话一边往上走，这就快走到寇准的近前了。哎？寇准心说这是从何说起哇？您是娘娘千岁，您可不能跟我来个脸贴脸儿哇？这事我可就说不清啦！"哎，娘娘，您慢朝前走，您是想干什么？"我干什么？卿家你上眼瞧着！啪！上手就给寇准一嘴巴！当然了，潘娘娘打小就在宫中生长，举止礼仪训练得都很严格，不会打架骂街，和街头上的泼妇可不同。这个嘴巴也就是拿手指头尖轻轻地在脸上划了这么一下。噗嗤！怎么？寇准身后从山西霞谷县跟来的这几位，什么冯山、江海，还有站堂的陈雄、谢勇，都乐了！这位寇大人多精啊，自打在霞谷县做七品正堂以来，都是他耍弄别人，哪儿有别人欺负他的份儿哇？从来没见过啊，有人能打着寇大人！嘿嘿！这娘娘欸，可有您好瞧的嘞！

寇准是赶紧腾身儿朝后退，他越往后退，这娘娘是越往前进，抬手还想再来一巴掌。寇准可不干了，拿手一指潘妃的身后："娘娘，您瞧，那是谁来了！"潘妃一愣，反应不过来，扭头朝自己的身后一瞥，什么人也没有，就是几个小太监跟着自己吆喝呢！再回头，寇准早就跑出老远啦！"娘娘，您……您怎可如此地无礼！您看，微臣有圣旨在此，您再要在公堂搅闹，休怪微臣奉旨执法！"潘妃能不知道厉害吗，他手里举着圣旨哪，我再要上前厮打，这就是死罪，就算我是国母皇妃也不能幸免！"哼！寇准，你敢动手伤哀家！"话音刚落，这手就朝自己招呼了，摘掉凤冠，打掉霞帔，龙凤袄上的翡翠、珠宝，得啦，一抬手是全给扒拉到地上了！拨落一边的紫金耳环，顺手在自己这耳朵边的脸蛋上，唰！拿指甲划了一道儿，血皮儿就下来了！

寇准一看，哟呵，您这是要干什么？这是要自己打自己啊？哦，你是想自己弄伤自己，然后好嫁祸于我寇准哪？哈哈！寇准正在气头儿上呢，心说，反正你已经是把自己给弄出花花儿来啦，我要是不打你，我不是也得落一个罪名儿吗？那我可就不客气了，这是你叫我打的！我不杀杀你的威风，你一辈子也不记得我的厉害！好吧！"来呀！我御史台衙门的三班衙役何在？"这帮人瞧着也急了，哪儿能这么祸害我家大人。"寇大人，在呀！您说！""这群混账东西，不知廉耻，不顾礼仪，你们还怕什么？有大人我顶着呢，他们敢打，咱们也敢打，都给我绰家伙，把这帮搅闹公堂之人都给我赶出御史台！有敢顽抗的，打死勿论！给我打！""好嘞！"陈雄、谢勇最来劲，"大人，那这……娘娘能打吗？""打！凭什么不打，都给我打！""哈哈！大人您放心！哎，那么，您说门口这銮驾呢？""哪儿那么多废话，给咱们这闹成这样儿，还想坐车回去？都给我砸！"寇准也是豁出去了，砸銮驾是死罪，你娘娘搅闹我御史台的公堂也是死罪，我倒要看看你大宋天子怎么断！寇准的胆子大，要不然你把我们俩都处死，要不然你就别光治我一个人的罪。手底下的衙役不敢怎么真动手，也就是上前抢回刑具，吆五喝六地吓唬吓唬这些个太监。这陈雄、谢勇、晁猛、洪威哥儿四个可不一样，那都是盗匪出身，打家劫舍的惯匪，好不容易得了大人的口令，能揍这帮子奸妃、阉贼，还不痛快着来吗？这哥儿四个是真使劲揍人，把娘娘吓得是花容失色，真担心挨打，也顾不上照看自己的老爹爹了，在小太监的簇拥之下赶紧逃出衙门。

寇准追出来一看，别说，奸妃还真没说谎话，门口真是围着不少的老百姓——原来是听说娘娘今天听审，都聚到皇城根御史台西台衙门口来看热闹来啦。好么，门口这老百姓可算是开了眼界了，头一回瞧见打娘娘、砸銮驾。这位新御史老爷这胆子也忒大啦，真敢揍西宫的人。潘妃一看自己的凤辇砸歪啦，肯定不能再坐了，骂骂咧咧，领着自己这帮人直接进了皇城门，上金殿去敲鼓撞钟去也。

龙凤鼓响、景阳钟撞，当朝天子雍熙王赶紧驾坐八宝金殿，哎呀，抬眼一看，正是自己的西宫爱妃潘玉茹，浑身上下是凌乱不堪，一瘸一拐，脸上还叫人给抓伤了。"哎呀，爱妃，你为何如此的狼狈？这是怎么回事？""万岁，臣妾我状告西台御史寇准，他是臣戏君妻，在御史台衙门里纵容差役殴打为妻……呜……万岁，您可要微臣妾我做主！""什么，寇准能做出如此大逆不道之事？来呀，给朕传西台御史寇准，宣他上殿！"

黄门官正好上殿，"万岁，不用宣，人家来啦！"寇准登殿，先给万岁施礼见驾，平身起来，皇上就问了："寇爱卿，朕也听闻说你是今日问案，可是你问案就问案吧，您因何殴打我的爱妃哇？此事到底是否属实？"其实雍熙天子是个明白人，他知道，今天是你寇准问案的头一天，这爱妃是去帮着她爸爸去了。而且今日与以往都不同，我审阅了奏章，寇准日夜兼程到雁门巡查探访，不但带回来了物证——杨七将军的尸身，还带回来两位人证——陈林、柴干。这些在奏章里都写得清楚，我也都细读了。书中暗表，不仅仅如此，二帝从心眼里喜欢杨七郎，起初就认定了七郎是能够扶保自己安享天下的将星，想不到叫老丈人给射死了。听说七将军的尸身还京，二帝让崔文领着自己微服出宫，专程到御史府查看了七郎的尸身，上眼一瞧就知道，果然是我的七将军哪！二帝当场洒泪，焚香默哀。而自己当晚出宫，就很可能是叫小太监传给了梓童！嗯……今日梓童说是出门进香，我也料到会去御史台听审。嗯，我怎么办呢？我要是光向着自己的老丈人，这案子就得搁下去，到那时老太师难免得官复原职，那可不成！一来是忠臣寒心，老令公的冤仇不报，这几家儿就都得走，那样的话我这江山就没人保啦！我要是全向着杨家说话，这也不成，怎么呢？我老丈人的人比他们的人多，这要是全给我撂挑子，我这摊儿还真就玩不转儿啦！那么说雍熙天子的真实所想，是想问清这个案子，借着这个机会，把老贼潘洪从位高权重的太师府里给搬出去，先给发配到边陲，打压打压你的势力，可是不能一棒子给打死。因此皇上是很赏识寇准，并不真想治罪，所以他这么问，你说这事是有还是没有？你一说没有，我好帮着你糊弄过去也就算了，案子你还得接茬儿审哪！

"万岁，我知道您要问微臣我什么，不就是微臣我在御史台的公堂之上，怒打娘娘，砸坏了凤冠，扯走了霞帔，撕碎了龙凤镶金袄，我还扯掉了翡翠、玛瑙无数。微臣我忒也地放肆，撕扯之中，还打伤娘娘千岁的凤面。微臣我一时气愤，将娘娘赶出衙署，还曾砸坏銮驾凤辇，逼迫娘娘走归紫禁城，才来到您的金殿上告御状！万岁，您是不是要问问我，这些事是实有的啊，还是娘娘她诬告微臣我呀？"啊，这个么……皇上心说你这劲儿怎么又上来啦，跟你金牌进京的头一天一个样儿，你也不说在嘴上让让朕。"嗯，不错，朕就是问你这个，你说说，到底是有无此事？""哈哈，万岁，您要问的这些都是千真万确，都是微臣我做的！"啊？嘿嘿，小寇准哪，都来到我的八宝金殿上了你还如此地放肆！"好啊，既然你全都承当下来，朕就保不住你了，你擅砸銮驾，就冲这一条你就是死罪！来呀！将西台御史寇准绑缚法场，赐死午朝门！"

〖三回〗

寇准问案头一天，西宫娘娘潘玉茹到堂前听审，哎，要给老贼用刑，娘娘不让，撒泼打滚，就是不让打！寇准一时按捺不住，吩咐差役人等一起把西宫的太监和宫娥连带娘娘一块都给赶出了御史台衙门。这一闹不要紧，娘娘上金殿状告寇准是砸毁銮驾，臣戏君妻！

皇上宣寇准上殿，你说说，娘娘说的这些事你是办没办过，啊？万岁，这些事是微臣我办的，没错，您看该怎么着吧！寇准心里话，我说是我办的就是我的罪过吗？您怎么也得问问，她娘娘凭什么到我的御史台衙门里去听审哪？可是皇上不问了，为什么？眼瞧着自己的爱妃叫寇准给折腾得这样儿了，自己心疼啊，正在气头上。再一看寇准上殿一句软话都没有，您是什么人哪，说好听的您是四品要员，说不好听的你不过就是我赵家的奴才！你是给我干活的，你是跟着我吃饭的！从打霞谷县把你调来的那天起，你这老西儿嘴里就没句顺耳的话，今天你招惹到娘娘了，你还是这套！哼哼！本来我是要仰仗你这样儿的人把这案子给断断，要你来顶一顶潘家的这些人，因为你是皇侄德芳的人，你说出来的话德芳也得担待着……我本来是要用你，可是你不识抬举哇！唉，怨不得朕，只好先要了你的命给娘娘消消气儿。这个案子，我自己审就审不清了吗？

皇上这一降旨，"赐死午朝门！"自有金瓜武士、镇殿将军上殿，把寇准给押下去，送到午门外法场，听候吉时响炮，就要问斩。这头儿寇准刚一被押下去，两旁边的文武群臣可就活动上了，头一个出来的就是老状元吕蒙正。吕先生站出班列，"哎呀，万岁，微臣有本！""吕爱卿，朕知道你要说什么，你不就是要给寇准说情儿吗？你别忘了，你们两个是同学，你不能给寇准求情，你求情有顾念人情的嫌疑，你有私心，还说什么？朕不准本，退到一边……"给吕蒙正一个大窝脖儿，愣给噎回去了。

那么不让吕蒙正说话了，还有王延龄呢，王延龄一看，看起来自己一个人出班这劲头还不够，扭头给吏部天官李济、老丞相宋琪和护国军师苗崇善使眼色，怎么样，咱们几位一同出班如何？几位先生互相一看，得了，出去啵！"万岁！臣等见驾！""啊？几位先生，老爱卿，你们一同出班，这是有何本奏哇？""启奏吾皇万岁，臣等一同为西台御史寇准保本！虽说他一时糊涂，打了西宫国母，砸毁了銮驾，还念他刚进京城，不懂规矩，再者也是一心为国，还不是为了审理潘杨讼案？请万岁饶其不死，允其戴罪立功！"皇上心说这话你们几位老先生说出来亏心不亏心啊，他这是刚进京城不懂规矩的事吗？娘娘能打吗？"各位爱卿，朕要看哪，他这不是礼仪疏忽，分明是藐视孤家！朕岂能容得如此狂傲之人？都别说了，朕意已决，断无人情可讲！""哎呀万岁……""好啦，不必多言，再要多说……休怪朕无情，一律与寇准同罪！"这是把口儿给封上啦！

老丞相宋琪听到这儿，这心里就是一哆嗦，嘿哟，足见是伴君如伴虎啊！嗨！自打开春儿潘豹天齐庙立擂，杨七郎力劈潘豹，这大宋朝就不太平，我这个丞相当得也不老称职的，回去老相爷赵普把我是这通骂呀，我还赖在朝堂之上干吗哪？得嘞！"万岁，老臣我见驾，有本启奏！""怎么，宋老爱卿，难道说你还要抗旨不遵，强与寇准说情儿吗？""哎呀万岁，老臣岂敢。老臣只是陡然之间想起了一节，这几天儿老臣在家也琢磨了好些日子了，从打新年一过，每到晚间老臣就觉得心悸汗多，难以入睡，吃多了吃少了都容易患病，看起来……万岁，微臣我这年岁是到时候啦！有道是长江后浪推前浪，一辈新人换旧人，也该我退位让贤啦！老臣我跟您辞去相位，求万岁您赏赐我良田几亩，微臣就要解印回家啦！啊，还望万岁您恩准！"哈哈！二帝雍熙王心说，老宋琪啊老宋琪，你这是真心来找我辞官吗，你这是拿辞官来要挟朕啊！我能吃你这个吗？你不干这有的是人干哪！当朝一品的职衔朕还怕没人愿意担着吗？

皇上拿眼睛瞅苗崇善，为什么？想当初苗光义在洒金桥前曾经跟老主爷赵匡胤说起过，说您有驾坐九五的那一天，万岁，您能不能赏我一个当朝一品的首相。老主爷跟他开玩笑，说我是没当上皇上，我要是当上皇上，我先贬你一个永不录用！这才是圣天子金口玉言。到太祖爷登基坐殿之日，桃花宫冤杀郑子明，第二天一起早果然是贬走了苗先生，这辈子苗训苗光义，空有经天纬地之才，无有调和鼎鼐的机缘，就没做成这个当朝之首辅。那么到了三下南唐八卦童儿苗崇善出世，带着老主爷在寿州城里寻到了硕鼠的粮仓，三军将士解了一时的危难。这个时候老苗训也现身了，跟老主爷托付，"我是被您贬走了，我儿子能接茬儿保着您打天下，您多多照看啵。"老主爷含泪，"先生，我这一辈子都是按照你说的话走的道，你走了，我这心里就没着没落的，您可不能走哇！""得啦，万岁爷，如今大宋朝国运正兴，四方来朝，南北东西纷纷臣服，您还有用得着我的地方儿吗？也该让我归返高山前去修炼求仙去也！就是这孩子，您好好照看，他有那个材料，有那个功勋，您别忘了当初我跟您说的那句话……"什么话？是给自己儿子托付托付前程，您想着把当朝首辅的位置给这孩子留着。能成吗？不成，赵普宰持天下，能容给你吗？因此上这苗崇善一直是钦天监的一品监正，位列在一品，却是个编外一品，算不上是真的宰相。那么赵普退归，举荐的这位宋琪，也没用苗崇善。今天宋琪要辞官不做，正好，我做个顺水人情儿，这个宰相就可以给你苗崇善啦！所以二帝拿眼角扫苗崇善，一瞧，苗军师也看自己，面带笑容，一瞧皇上扫自己，点了点头，嗯……那意思，您想得对，这个宰相您就正好给我了。

皇上挺高兴，"好吧，既然宋爱卿您执意要辞官，朕也得体谅您的难处，您为大宋朝操劳半生，功勋卓著。这么办吧，三日之后，朕为您设摆酒宴，朕给爱卿送行，你辞官之本……朕就准了吧！""哎，好嘞！万岁，如此老臣下殿去也！"也不说站好最后一班岗啦，摘掉乌纱，解下来拦腰的玉带，交给殿头官，拂袖而去！宋琪这儿一走，右班丞相李昉来了，"万岁，微臣我也有本启奏！""哦，李爱卿，您又有何本奏？""万岁，您或有不知，自打今年过年，微臣我这老寒腿这毛病就犯了，看过不少的名医，就是治不好，还有的说，微臣我是操劳过度。""啊，李爱卿，您也是操劳过度？怎么着，这么说，您也是要辞官回家吗？""万岁您圣明！""嗯……好吧，一个也是赶着，俩也得轰着，你们老哥儿俩谁也离不开谁，要来一起来，要走就一块走。得啦，朕准本！"李相也把乌纱摘下来，官袍脱下来，扭身就走下金殿。

　　皇上看着憋气，没关系，我这儿还有不少人呢，我先把首相之位派下去，"苗爱卿何在啊？""万岁，微臣在此。""苗爱卿啊，既然宋老丞相辞去相位，那么朕看嘛，这个首相之位眼下是非你莫属啦，就由苗卿家你接任左班丞相吧。"皇上满心以为苗崇善得接自己这份好心，没想到，军师不紧不慢，走出班列："万岁，呵呵呵呵……请恕微臣我不能接旨。""啊？苗军师，此话怎讲？""万岁，微臣啊，自打今年过年以后，呵呵，也觉得自己这身子骨大不如从前啦！"给皇上气得，您多大？您不才五十刚过吗？"噢？苗爱卿，你这么说难道说是也要辞官不成？"我给你捅开得了，别啰嗦啦！"哎呀，万岁，正是此意！微臣我病体难愈，也想要辞去官职，归家修身养性，或许有好转的那一天，到时候微臣我再来看您来。"皇上这个气呀，那你刚才你冲我乐什么啊？不是你点头我还没那么痛快放老宋琪走哪！得了，你们这是一起挤对我呀？你们不干哪，有人干！"好吧，朕准本，你也下殿去吧！"照样儿，摘乌纱，解下来玉带，脱官袍，留给殿头官，飘然下殿。

　　其他这各部的尚书、大学士们你看看我，我看看你，也是一起出班，"万岁，微臣等也是年老昏聩，耳聋眼花，实在不能再担当重责，还望万岁施恩，准许臣等回归故土，卸任回乡。"好嘛，是凡原来老相爷赵普的门生、子弟都出来辞官了，这是一只篮子里的果子，掉一个滚出去一筐！为什么？满朝要员之中，不是赵普的人就是太师潘洪的党羽，宋琪和李昉、苗崇善这三位一走，二品以下的今后的日子就不好过了。今天你自己不辞官，早晚

太宗

也得叫潘党抓住茬口给你赶出去，能活着回家是好的，弄不好就得倾家荡产、身败名裂。得啦，等到那一天，还不如咱们现在就辞官哪，反正这皇上也正在兴头上，不在乎多走一个。呼啦……全都跪倒，也都辞官啦。皇上已经刹不住了，瞧着生气，外带担惊，可是我还能收回我的话吗？你们联合一处来难为我，我不能叫你们给将死。"好！辞官就辞官，朕是一概不留，都走！"这帮人也是摘乌纱、脱官袍，哗啦哗啦就下殿了。

等这些位大人也都走了，吕蒙正晃晃悠悠闪身出班："万岁，微臣我也有本启奏。"啊？皇上鼻子快歪了，"吕蒙正，你是我太平兴国二年的状元，你今年才三十多岁，怎么着，你今年就耳聋眼花了吗？""哎，万岁，您误会了，微臣我不是来找您辞官的，微臣我是来请旨，前去祭祀法场。您想啊，微臣我和寇准乃是布衣之交，同窗好友，他是因为我的举荐，今天才遭此杀身大祸，他要死了，我能不去发送发送去吗？微臣我是跟您求个圣旨，前去祭祀法场，跟我这好同学再见上一面儿，喝几杯冷酒，吃几筷子冷肉，我跟他再叙叙旧。万岁，还望您能恩准。"哈哈，好，你们是同学，你要去发送，"好吧，吕爱卿，你是不辞官就好啊！朕准本，你去祭祀法场去吧！""谢万岁！"

吕蒙正下殿来到法场。我这是奉旨祭法场，都给我让开！分开人群，吕蒙正进来，看见寇准了，嚯，挺惨的，低着头跟这儿瞧地面儿。"平仲贤弟，愚兄我来探望你来也！"寇准一抬头，哦，是你呀？"嗯……兄弟，我看我是活不成了，我死以后，我天天儿地跟着你，我保着你，你就踏实着啵！""哎，你变冤魂了你别老缠着我呀，你的仇人可不是我啊，是西宫娘娘她在万岁面前和弄你，说你是臣戏君妻。我说，你这胆子是够大的哇！""哎哟，我冤枉啊！是她自己打自己，我哪儿敢惹这个祸哪？""那你在金殿上为什么不说呢？""哥哥，你说我干吗不说呢？我能说实话吗？她国母如此地不顾皇家的颜面，大闹御史府的公堂，她这是死罪哇！可是皇上怎么不问她这个呢？""嗨，兄弟，偌大个大宋国朝，东京城开封府，皇亲国戚多了去啦，哪儿能都按照国法王章说的办哪！国母娘娘有什么罪过，得人家回家关上门自己说去，是没你说理的时候。得了，你还有什么遗憾的事，愚兄我帮你办去得了。""哈哈，您是真会叫我宽心！我问问您，我被押到午门，金殿上有人给我求情没有？""有没有？你等着！"吕蒙正扭身从法场里出来了，快步走到朝房，嘿，老几位都跟这儿移交公文呢，伸手一把抓住一个，"走！都跟我走！""哎，状元，你这么着急，是要去哪儿？""寇准就要人头落地了，你们是为了他才辞官的，得叫他明白明白，这样他走也得个安心理得！"

都明白，就跟着吕蒙正一块到法场来了，几家老大人挨个儿进来给寇准说话。寇准一看，好么，为了我，俩宰相和六部的要员都辞官了？护国军师也不干啦？您几位……嗨！看起来我寇准冒死审问潘杨讼，我值了！苗崇善乐了："寇大人啊，您也要知道，这个案子要是再不能审结，老贼翻案回来，我们这些人也没什么好果子，因此上这些人也不是全为了你，还是保身之策，早早地要逃离是非之地！"这话一说出来，两旁边这些位辞官的贤臣一个个摇头叹息。

寇准一瞧，倒笑了："列位大人，我寇准死不了！"啊？大家伙儿看着他，心说你老西儿是说胡话呢吧？吕蒙正明白，这位打小儿就机灵着呢，他说死不了就是死不了，"贤弟，那么你说说，你怎么死不了？"寇准说："仁兄啊，我死不死得了全在你啦！你在我衣襟之中摸出这张东西，你再去金殿之上当殿呈交万岁，就说这是我手抄的副本，正本在八千岁手里呢！你要是把这样儿东西交给万岁，他就得赦免我的死罪。哎，我说，你们列位大人都到了，怎么那位救命的八千岁还不见上殿哪？"寇准这一问，人群之外有人噗嗤一声儿就乐出声儿来了，两个人分开人群走进来，都是差役的打扮儿，把帽子朝后一推，前边这位正是八王千岁赵德芳，身后跟着的，身形矮小，怀抱金锏、铁鞭，正是双王千岁呼延丕显。

那么这二位怎么才来呢？其实这两早就到了，就是没上金殿，一直在午门外等着呢。今天西台御史开堂问案，八王和呼延丕显能不知道吗？二位千岁早就得着信儿了，照旧，还是打扮成王府的差役，偷偷来到御史府衙门外来听审来。御史府里头双王早就打点好了，案子一开审，人家就给预备好座位，隐藏在堂前的侧厅，偷听寇准审案。一则是，想知道知道老贼最后是怎么给审出来的；二则，也是怕出什么意外，等着给寇准撑腰。那么潘妃来听审，给寇准捣乱，要依着八王，早就出来管管了。可呼延丕显不干，在后边拦着八王，咱们看看，到底这寇准能不能对付得了这位国母，咱们先别管。一直到寇准也来气了，吩咐手下差役痛打太监，砸了銮驾，惹祸了，八王直埋怨呼延丕显，丕显满不在乎，怎么？他寇准要是没有出奇的能耐，他也审不清潘杨讼，咱们看看，到底他有多大的胆子，有多出奇的本领。哎，八王也是耳朵软，就听了丕显的话，没出来拦阻潘妃，任由她胡闹。等到潘妃进宫告状，寇准随后上金殿，八王也被丕显留住了，就跟午门外等着，一准儿待会得把这位老西儿给押出来，您就别费劲了，等他快要被杀头了，咱们看看这位到底知不知道害怕。这得多损呢！等寇准被押送出来，不大会工夫，里边就传出消息来了，大丞相辞官啦，接着是右班丞相枢密使李昉也跟着辞官了，等会儿这六部的尚书老爷们也辞官了，哎，等了会儿状元吕蒙正也出来了，可是这位没辞官，那身儿穿戴没换。这君臣还沉得住气，怎么呢？丕显有金铜在手里的，怕谁呀？甭管谁，只要是一下斩令，丕显就想耍这金铜去救人。八王一听寇准满不在乎的，还说自己死不了，心说，罢了，潘杨讼要想审清问明，就得是着落在此人身上不可了！这位好胆量哇！噗嗤一声没憋住这笑，可就走进人群了。

几位一瞧，原来是八千岁，呼啦跪倒一片，"臣等拜见八千岁，恳请千岁速速保本解救寇御史！""列位老爱卿，平身平身！大宋朝离不开你们几位啊，岂能许可你们辞官回家哇？待会都得回去换回官袍！你们放心，寇大人死不了，全在孤王我啦！"寇准说："千岁，您得把我怀揣的这份东西带上！"八王从吕蒙正手里接过来一看，正是当初西宫行贿给寇准的礼单。"哦，那么寇爱卿，方才万岁龙庭御审，你为什么不把西宫的这份礼单呈上？""千岁，实不相瞒，我寇准初进京城，与列位大人少有来往，我不知道这朝中到底有谁是心向忠良，有多少人是奸贼一党。我什么都不说，就是要叫皇上杀我。等我被绑缚午门了，我才能知道到底有没有人给我寇准讲情儿。这么说吧，要是没人给我寇准说情儿，我审这个案子还能审清吗？能不能审清问明，可不在我寇准哪，而是在列位大人的手中！假如说这大宋朝的百官都向着他潘家，都烂透了膛儿啦，我寇准苟延残喘也就没什么意思了。现在我知道，列位大人甘愿弃前程于不顾，能这么办，我寇准就有能耐审清这个案子，为国锄奸，也为忠良报仇雪恨！千岁，您上殿去，您得这么这么办，等到赦我登殿，万岁有来言我就有去语！审结潘杨讼，就在这一回咱们君臣上殿求情！"

〖四回〗

寇御史砸銮驾打娘娘，潘妃登殿告御状，二帝大怒，要杀寇准。寇准被绑缚在午门外，列位朝官辞官解印下朝来跟寇准辞行，寇准一看，得了，有你们这些位真心为大宋，我寇准就没什么怕的了，我死不了！寇准哈哈一笑，引出来八王千岁赵德芳和双王呼延丕显。

八王出来要给寇准做主，寇准说您得把我这个带上，叫吕蒙正把娘娘的礼单交给八千岁。"哦，对！没错，这东西还在我的南清宫里呢，回头我还得给拉回来！""那倒不用，这些东西咱们也有用。您拿着这个进去，您这么这么办……"八王一听，嗯，你这主意好！好，我按你说的去保本。"啊，还有一样儿，千岁，你们俩得给我留一个哇。您去保本，把双王千岁给留在这儿，好看着法场，别让人把我给宰了！""你想得倒周到！得了，丕显，你跟这儿看着寇大人吧！""好嘞，那您得把这铜给我用！""得了，你不有你那鞭呢吗？这铜孤王我上殿还有用呢！"丕显乐了，"好！最好您上殿用它一回！"八王瞪了他一眼，自己抱着金铜上殿去了。吕蒙正一看，都辞官了，待会连个打圆场的都没了，得了，这个角儿我来啵，嘱咐丕显要看好法场，自己也噔噔噔……快步跟上八王，前去保本救人。

八王上殿，自有黄门官上报，来到殿前，跪倒磕头，见过万岁，还得见过皇婶娘，皇上叫他站起来，在自己一旁设座儿。"皇侄，早一刻我这大庆殿就已然是钟鼓齐鸣，你因何迟迟未到哇？"今天上殿是潘娘娘催的，可是各部大臣们都早就到了，你怎么才来呢？"哈哈，万岁，侄臣我知错了！"哟？二帝心说我还想训教训你一番，我这儿还怕你求情儿呢，你怎么还先认错？

"皇侄，你错在哪里？""侄臣我贪图享乐，玩物丧志，有人送给我一些玩物，侄臣甚是喜爱，我多把玩了这么一会儿，因此上上殿来迟，还望叔皇您恕罪！""哎，年轻人嘛，孰能无过，知错能改就是好的！哦，送给你一些好东西？都是些什么宝贝哇？"

　　皇上也新奇，什么宝贝能入了你八王千岁的眼？你打小儿什么没见过，你们家不缺这个呀。八王不紧不慢，"啊，这些都不是什么好东西，不值什么，无非是几件珍宝古玩……啊，皇婶儿啊！"潘妃特意还跟殿上坐着，不放心，我就等着寇准的人头落地，据实呈报了，我才回宫呢。可是刚给寇准押下去，这八王就来了，心里一紧，心说坏了，这主儿来到，寇准可就死不了了，上来就问自己，"啊？啊……皇侄？""素常侄儿我听说，您是特别地喜欢古玩珍奇之物，啊，要不待会儿等差人抬上金殿，皇婶儿您先瞅瞅，您要是喜欢这些宝贝，侄臣我也尽尽孝心，就全都赠予婶娘您，您看如何呀？"皇上心说，嘿哟，这可不错，你德芳也知道送礼啦？哦，你要求情儿，觉得不太把稳，你先送好东西给你皇婶儿。可以的呀！"哎呀，皇侄，既然是你喜爱之物，婶娘我岂能夺人所爱？""呵呵，皇婶儿，这些宝贝可不是一般的东西，就是您皇家御府，也难得一见哪！来，我这儿画着有图，叔皇，您见多识广，要不您先给看看？来，有请叔皇您龙目御览！"说完了话，啪！从衣袖之中取出礼单，交给皇上。"您先看看？"皇上点点头，有身旁的小太监接过来八王手里的礼单，放在龙书案前，皇上拿起来这么一看，嗯，金毛狮子银毛犬？这就是我皇家御府大内的珍宝哇，怎么能到你手里呢？二帝还没醒过味儿来，旁边这潘妃冷汗都下来啦！嘿哟！这回这个怎么也到他手里啦？哎哟，这个寇准哪，你可把我坑苦了！上一回自己没在跟前儿，可是皇上回后宫板着脸跟我发了一通火儿，今日儿个……娘娘心说我还是机灵点儿啵，站起来，扑通，跟皇上面前跪下了，"万岁哟，妾身我知罪了！"嗯，今日儿你们娘俩都挺乖的嘛！哦……皇上明白了，这是二回哇？"你……你又去给西台御史送礼去啦？""嗨，妾身也是担心老父，他老人家风烛残年啦，万岁，请您宽宥臣妾的罪过，万望您开恩！"

八王哼哼一阵儿地冷笑，"皇婶儿，有一回还有二回，您说您知错了？上一回就因为您这些宝贝，害死了西台御史刘定。刘御史死得是不冤，他收受贿赂该死；可也冤哪，他是死您手里的。小小的御史，岂敢不收您的礼物呢？这一回您还照方抓药，再来这么一回？侄儿我想不通，您是打算把这新御史也给整死吗？是不是再死几个，潘杨讼就无人能审清问明了……您还能把黑的就给改成白的不成？"

按说这八王这回可是有点无礼了，但是人家占着理儿哪，手里晃着金锏就站起来了……皇上举着这礼单，直犯傻啊。哎，皇侄，你别价！他怕八王拿金锏打潘妃，这要是打上，我这爱妃的脸就不好看啦！"皇侄，且慢动手，这个……这些珍宝是……""叔皇，您还不明白吗？寇准进京，刚刚御赐皇封西台御史，圣旨金牌，尚方宝剑，要审问潘杨讼，这西宫就将这些珍宝金银强行送至御史府内！寇准没法子，连夜前去找侄臣求助，这些件珍宝都拉到了我的南清宫，这才在侄臣我的宫中收留！叔皇，这事侄臣我可捂不住，您看该怎么办吧。""那，那你看该当如何呢？"八王看了看自己手里的金锏，"万岁，大宋朝自有刑律，您问问刑部尚书，该当何罪？""刑部尚书刚刚辞官啦！"嗨，赶这时候！"万岁，别的就甭说了，你还不赦免寇准吗？""皇侄，他寇准是砸銮驾，有欺君之罪。""叔皇，要这么说，皇婶行贿两番，也是欺君之罪！实话跟您说吧，今天我去御史台公堂了，怎么回事我瞧见了！要说是寇准臣戏君妻，我看没有，这是这么这么回事……"就把今天在公堂之上寇准怎么问案，后来娘娘怎么来的，给大闹公堂，所以这个案子才审不下去了，寇准砸銮驾是死罪不假，可是根儿在哪儿呢，您想一想。大街上不少的老百姓都看着呢，要这么办这事……"叔皇，请恕我这话说得可能有点儿过，您这江山还打算坐不打算坐啦？潘贼阵前害死令公，射死七将军，还害死了靠山王呼延千岁！纸里头包不住火呀！如今东京汴梁城是满城风雨，街头巷尾是议论纷纷。娘娘到御史台衙门听审，寇准不砸銮驾还好，这一砸了銮驾，得多少老百姓瞧见喽哇？您不能光想着咱皇家的脸面，您也得知道，这脸面到底是谁给您丢的，是谁非要冒这个大不韪去堂前听审，惹得民意沸腾！咱们不能替忠良申冤，早晚是良将离散，百官辞朝！叔皇，皇侄我问问您，到那时节，北国再打来战表，您自己个儿想想，还有人会替您卖命吗？"

皇上这阵儿也消气儿了，知道这错儿不在寇准，可是自己的旨意已然下了，叫我收回来，还当着满朝文武的面儿叫我侄子把我数落一通儿。转念一想，寇准赦免可以，但是我要是就这么听了八王的，打这儿这案子就算是撒手了，什么事全都得听他和寇准的，这也不成！"好吧，传朕的圣旨，赦回御史寇准，叫他上殿面君！"

寇准这就算活命了，重正衣冠，回到金殿，跪倒跟皇上谢恩。二帝把脸蛋子一甩："哼！寇御史，非是朕开恩，实实是皇侄和梓童一起给你求情儿！可是你也忒仗势骄横了，朕得给你立立规矩！""万岁，微臣诚惶诚恐！"哼，我怎么看你是理直气壮的？"你砸銮驾的死罪暂且饶过，但活罪不免，跪倒听旨！""吾皇万岁！万万岁！""寇御史，虽说西宫皇妃到你的御史台衙门听审，有碍国法王章，一时扰乱你的公堂，这也是有的；可是据潘贵妃讲，潘老太师偌大的年纪，根本也经不住你的严刑拷打。你也要知道，此案关系重大。一、你必须公正审结，不得有半点徇私；二、你也不得刑讯逼供！啊，当初皇侄与天官夜查清官册，查到你寇准寇平仲，什么审问葫芦啊，什么问黄瓜啊，你有如此的智谋，又何必用刑呢？朕暂且赦了你的欺君之罪，可是这一节，朕必得给你再降一道旨！打今日儿个起，你再开堂问案，不许你用刑！啊，要是用刑就能审结，还要你寇准干吗啊？你掂量掂量，能不能办到？"二帝一琢磨，潘仁美毕竟是这么大年岁了，真禁不起这严刑拷打，虽说有点儿罪过儿，可是毕竟跟了我这么多年，多少还得护着点儿。你寇准能做得到，这个案子你审得清审不清都没关系，把它变成悬案，我借机也罢了潘仁美的兵权，抓住人证、物证了，怎么的也是个指挥不当之罪，陷没前军，这也难以洗脱。就这么着把他发配边关也就是了，我还真指着你寇准把这案子问清吗？皇上盯着寇准，"寇卿，你说怎么样啊？"

寇准没说话呢，八王先不干了，"万岁，这就过于为难于寇御史了！自古以来，衙门问案子，靠的就是五刑。如今，潘洪十大罪状，人证物证样样俱全，可是老贼拒不招认，他就是不画押，那您叫他寇御史还能怎么办？您可是给人出难题呢，侄臣以为不可！""唉，皇侄啊，潘太师现在年岁太大了，郡马告御状，这不是还没审结呢吗？没结案就不能定罪于他。你可要知道，杨令公是我大宋的有功之臣，潘老太师也一样是有功之臣。就算他是一时糊涂，为了私仇，做下了错事……皇侄，念其多年劳苦之功，是不是也得体谅一二啊？""体谅？万岁，他潘洪可不是为了报私仇这么简单，他是要倒卖江山！""皇侄，这十大罪状，有的朕信其有，有的朕也不信，信与不信，你说的也不算数，我说的也不算数，咱们不还得看潘杨讼怎么给结案吗？可是你想过没有，案子尚未审结，你要是将人犯当堂刑毙，呵呵……说出去，你八王千岁就是公正的吗？你寇准九年的清官儿就是这么审案子的吗？这个事啊，我问的是寇准，你以为办不到的事，说不准人家就有主意，你先别插话，先听一听寇准怎么说。寇卿，你以为如何呀？"

寇准一看，您这是跟我商量吗，您这不是逼着我答应吗？答应得倒痛快，"好！万岁，不打就不打，微臣领旨！我保证不动太师一根汗毛，我就把案子给审结喽！""哎，你看，皇侄，寇爱卿多痛快！好，那么朕就给你下旨意……"刚说到这儿，旁边跪倒的潘妃可就搭茬儿了，"万岁，不动刑归不动刑，可他要是老也审结不了此案，家严就得老在御史台衙门的大牢里看押……万岁，以他老人家的年岁，再有个个把月，可就要……再者说，今天寇大人当堂用刑，老人家已然遍体开花儿啦！妾身担心的是，还熬得住熬不住了。""啊，对！别忙传旨呢，寇爱卿，你还得给我个准日子，你说说你要审结此案，到底还要多少日子？你可要知道，边关不可一日无帅！现在张齐贤在边关只是代掌军务，早晚还得选派良将出任，你这案子得抓紧！早日结案，早日定民心，啊，你说说。"皇上现在觉得还是寇准好说话，不给八王说话的时机。"万岁，人证物证俱全，只剩审结画押了，您要问审结的期限，跟您说……"寇准刚要说，八王给拦住了："叔皇，审结此案，关系重大，非比寻常！您又不让动刑，这案子审起来可实在是太难了点！依侄臣看，这日期就不要限定了也罢！""哎，皇侄，期限是一定要限的，不能太长，当然了，也不能够太短。寇卿，那么你说呢？"

寇准这时候就得想辙啊，心里话，您不叫动刑，还非得早日审结此案，这哪儿能办到呢？除非……其实寇准早就打定了主意了，仔细这么一盘算，嗯，有了！这时候八王拿金锏直晃悠，跟寇准举着金锏比画，八王这连点三下儿，那意思是至少你还不得要个三个月？哪承想寇准和皇上一块儿歪头瞧他，寇准跟八王直挤眯眼，"万岁，要微臣我早日审结此案，实实的是不难，您给我三十天的期限，到一个月三十天的头儿上，微臣我给您呈交结案文书，您看怎么样？""好，那就说好了，以一个月为限，你寇准审结此案，算你将功折罪！你还不许动刑，不能刑讯逼供！一个月你不能审结，又或说你不顾圣命滥用刑罚，寇卿，休怪朕是铁面无私，朕得惩办你！""您要怎么惩办微臣我？""哈哈，寇准，有道是戴罪立功，功未成……可要杀你一个二罪归一！你说呢？要不然，你就回你的霞谷县，这一番砸銮驾，朕和西宫国母也就不予追究了，你看怎么样？""万岁，这么跟您说吧，就没有我寇准审结不得的案子，就这么定了！"皇上高兴，起身要来空白圣旨，亲笔刷写，最后用印，这圣旨就交给寇准了。

寇准一抱住这圣旨，这就算是保住这条命了。八王这个气呀！单靠这一个月，您还不能用刑，您能审结吗？寇准是当殿谢过皇上不斩之恩，临走的时候问万岁爷："万岁，既然不再杀微臣了，那么外边那些位干国忠良呢？微臣是斗胆问一句，您是不是还得召回大庆朝元殿，您再一个一个给官复原职呢？"啊？寇老西儿，您还有心思给人家儿求情呢？你先保着你自己啵！八王也出来说话："不错，叔皇，既然潘杨讼一案您已经给下了死限了，那么这几家儿老臣，我看还是诚心诚意给请回来的好哇！要不然，咱们三省六部，现在可空缺不少啊！"皇上心说我比你清楚，这是几家老头难为我呢，"嗯，皇侄，这不是吗，列位的官服乌纱还都在殿上呢，朕倒是既往不咎，既然皇侄你觉得应当再给请回来……这些东西就交给你去办吧！准许几位歇假三天，三日后照常上朝！"这就得说是二帝心胸宽的地方儿！八王下去解劝几家老臣，咱们暂且不表。

再说寇准领旨回府，嚯，御史台衙门前儿可围了不少的人。有的是看热闹的老百姓，还有不少是忠臣良将府上派来等信儿的，六郎延昭和老太君，还有呼延赞的夫人金头马太君都在御史府等着呢，见寇准回府，纷纷上前问安。各自施礼已毕，进府落座，叙谈叙谈，寇准就把这回闹銮驾这件事在金殿上怎么怎么回事都给说了一遍，佘太君和马太君也都客气了几句，刚说了没一盏茶的工夫，外边回事："大人，门口是左班丞相宋琪、右班丞相李昉和钦天监一品监正护国军师苗崇善三位大人前来求见！""嘿哟，这老几位也来啦？太君，您看咱们是不是一同前去迎接几家相爷？""哦，那是当然哪！寇御史您头前走着。"两位老太太和六郎杨景、双王呼延丕显一起出来迎接三位学士。几位见面是分外地高兴啊，寇准敢砸銮驾，都给大家伙儿出了口恶气！寒暄几句，二回进府落座。

有家人挨个奉上茶点，相互再客气几句，无非是给寇准压压惊，称赞称赞。"哎呀，寇大人这銮驾砸得好哇！这么一来，甭管是潘府的恶奴还是西宫的总管，就都不敢来给您添乱啦，这案子您审起来就轻省了！"寇准还得跟着客气几句："哪里哪里，下官也是一时气愤，有罪有罪。"刚说这么几句，外边回事的又来了，"大人，您还得再出来，府门口现在来了两家儿王爷，是永平王高千岁、汝南王郑千岁，说是特意前来拜会！""嚯，这么说太客气了，不敢当不敢当……嗯，列位大人我看你们就不要动了，还是我一个人去迎接几家王爷吧！""哎，既然不约而同，咱们就一同前去迎接，也难得有这么热闹的哇！"老爷子、老太太们起身离座，六郎和丕显跟着再到御史府门口迎接，这是小辈的千岁，也都不用太客气了，互相见礼已毕，郑印和高琼一边一个携手架着寇准就进府了。按品级、年纪，管家再给排好了座次，几家老功勋和忠臣良将再次落座，这府上存的茶点可就不够啦！管家一边吩咐家人往上抬，一边趁着人没注意凑到寇准的边儿上捅咕他。寇准假装不明白，"啊？你捅我干什么？""老爷，茶叶还有，咱府上这点心可不够啦！您看……"那意思是您是不是再批下点儿钱来，我们赶紧出去办回来。寇准穷当家惯了："哦，没了？好办，咱们就这些再给匀匀，来来，各位把面前儿的这再给分分……"谁听他的，都乐他，没动，举杯以茶代酒，庆贺此一番开堂审案，砸銮驾打潘洪，打得痛快！

寇准一看，这几位也不知道是吃了晚饭还是没吃晚饭，老太君和杨六郎、双王千岁，这都是早就跟御史府等着了，这几位肯定是没吃呢，可我也没吃哇。我给绑在午门外，担惊受怕，这么一来，我这更饿啦！再看这几位，没有要走的意思……估摸是都没吃饭呢，那我得管饭哪！又趁着说别的事的当儿，扭头叫来自己的管家，小声儿嘀咕，"哎，要不你去瞧瞧厨房里的菜，你看看够不够这么些人吃的。""大人，甭看了，全是剩菜，您没叫我们买新鲜的！""几天的？""您……有昨天的，也有几样儿是晌午做得的，您没吃着……""那不，一筷子没动你怕什么？得了，就这些了，你看着给盘子弄大着点儿，菜什么的多匀匀，桌子上看着不那么空着就行了！啊，再多弄点刀削面来，这都是王爷，平时吃肉吃多了，下点面！""您爱吃面您就以为人家都爱吃哪？""少多嘴，快点儿去！"

工夫不大，家人、衙役一起上来帮着支桌子，摆下了酒宴，大家伙儿纷纷道谢，寇准一端酒杯，"列位王驾千岁，老太君，诸位老大人，寇准在此一并谢过，来，饮下此杯，这是我们山西的特产！"几位一端杯，"客气客气，你我一同尽饮此杯，以表敬意！寇大人，喝！"拿起来刚要喝，嗯？不对，一股子酸味儿！啊？哪儿是酒哇，这是醋！寇准是不慌不忙，一口还真把醋给灌下去了，稳稳当当地坐下来，举筷子给各位让菜。哎呀，都是凑合着沾沾嘴唇，把这杯老醋放下来，"哎，几位，喝呀！这可是好东西，我好不容易带过来的，是真够味儿！"管家在一旁直使眼色，"大人，您就甭让啦，您能喝这个，人家几位岁数都大了，喝这么多下去，这肚子里能好受得了吗？""你不懂，我得让，多喝下去一口，这菜就能省一口，我看这些东西都挺好，省着点也就够吃的了。""我说，寇大人，要再来人，这可就不够啦！""嗯，你没看吗？该来的都来了，不会再来人了，你就叫厨师关火，回去睡觉吧。""我看悬！"寇准这话刚说出口，就听底下当差回事的又来报，"大人，您快快地出去迎去，八千岁到在咱的府门前啦！"

〖 五回 〗

寇准平安回家，满朝的文武齐聚御史府前来道贺，也都想来看一看这位浑身是胆的御史大人，三番迎客，到最后八王千岁和吕蒙正吕大人、大理寺的王延龄、吏部的李天官这些位六部的官员也都来啦！寇准和佘太君、老丞相这些位再起身出来迎接，把王爷给接到府里来。好么，又来了二十几位！这酒席干脆是摆不开了！

寇准这儿正发愁呢，管家凑上来，寇准一把揪住："你们赶紧出府去买些好东西回来！等等，告诉后厨还得杀只鸡！"吕蒙正在一旁偷听着呢，嘿嘿地乐："贤弟你别忙活了，你这儿怎么回事我早就知道了，还用你预备吗？王爷给你带来了全套的酒席！"拍拍巴掌，外头八王的随行太监一声令下，小太监一个一个进来，各自擎着食盒，到各位的桌子前，小心翼翼地打开食盒，取出来里边的吃食。嚯！山中走兽云中燕，陆地牛羊海底鲜，还都是热乎的！刚做得这是立马就包好了赶紧给送过来。寇准连连称谢。吕蒙正招呼大家把面前的醋都泼了，身后又是一队一队的差人们，抱着一坛子一坛子的酒就来啦。寇准舍不得，"哎，别洒喽，来，江海，你拿个盆来，再接回去，大人我还得慢慢喝……"众人开怀大笑，大家伙儿借此良机，好不容易聚齐了，也是开怀畅饮！都高兴什么？就冲寇准人才进京，就敢把娘娘给打了！嚯！当年老赵普也不敢哪！

酒过三巡，菜过五味，八王可就开言了："寇爱卿，敢问这潘杨讼……

接下来你打算怎么审问呢？孤王看你在金殿之上言辞激昂，想必是胸有成竹啦？不知道在此处……寇爱卿可否将良策给我们说讲说讲？"八王要是不问还好，寇准净顾着埋头吃了，八千岁这么一问，寇准啊了一声儿，看看左，看看右，举袍袖一挡自己的脸面，抽抽搭搭，看意思是哭出来了。哎，郑印直心眼儿，过来要劝。吕蒙正忍着没乐，把郑印给摁回去了，你别当真，你听他哭什么。

八王这儿看不真切，也不知道寇准是真哭还是假哭呢，"啊，寇爱卿，如何又引起了你的伤心事？""八千岁，您拿来了这么多的好吃的东西，还有如此的美酒，您这酒比我们那儿自己酿的可好太多啦……"寇准不会喝酒，一喝酒就上脸，这脸红扑扑儿的，端着这酒杯，捂着自己的脸面，"唉……微臣寇准我就知足啦！我寇准最多还能活这么一个月啦，您就让我得吃得喝的，这就挺好，您还问什么案子哪！""哎，这话是怎么说的？我说寇御史，你得给孤王我说清楚喽，你怎么个只能活一个月啦？""千岁，你们帝王之家都不讲理啊！自古以来，审案子哪有不叫用刑的？""哎，这可就是你的不是啦，我叔皇说不许用刑的时候，我一个劲儿地拦着，是你自己说你能审，我以为你真有什么主意呢。你不是有审葫芦、问黄瓜的智谋吗？""嗨！什么审葫芦、问黄瓜，这都是我和他——"一指吕蒙正，"我和他在破瓦寒窑之内同学的时候，我跟他讲的破案的故事，那是他编的！""哦？甭管你有没有哇，你还得好好想一想，有没有什么好法子，能不用刑就把这案子给审结了呢？"

八王是真有点慌张了，下殿来，本以为寇准是有主意呢，跟几位随行的大人都吹嘘够了，来御史府就是为了听听他的主意，合着这位也没主意。"八千岁，您要问哪，我，我跟您说实话，您看，要没有列位大人，今天我寇准就过不去哇！您说我还有什么可想的，我是不想啦！这个月，我好好地过过日子，打算先到京城帝都的四外多转转去。领了俸禄银两，也赶紧给家里送去，叫老婆早点改嫁他人，叫孩子好好念书。念书可是念书，置点田地当地主也好，南北东西地跑买卖也好，就是不叫他做官！""啊？做官有什么不好的？""做赃官，早晚是一刀。做清官，早晚也是一刀。还是不要做官了，怎么做都做不好，还不如回乡务农去。"寇准说得挺惨，旁边几位大人听着也是摇头叹息，都觉得，这个案子到今天这个地步，实在是进退维谷，不好审了。

八王是真急了，一拍桌子，"不对！寇御史，你先别挖苦我，你不知道该怎么审案子，你为什么要答应叔皇呢？还应下了一个月的限期！那么你不能审结此案，你想怎么办？""八千岁，您说说今天万岁那是跟我商量呢？不能动刑，老贼潘洪牙尖嘴利，抵死不招哇！微臣有天大的能耐也难以审结此案！八千岁，不是我自己想应下的，那是当今天子偏心眼逼着我应下的！我能知道该怎么办吗？""嗨！这是……那么你就这么……啊，你等死啊？""那您说微臣我还能怎么办呢？总不成天天我把老贼请到公堂之上，我苦口婆心地求他给我画押签字吧？""啊？"八王是大惊失色，"寇准哪寇准，孤王我看你好像是成竹在胸了，我以为你很有把握了，我这才不再与叔皇力争。是你自个儿在金殿上夸口说你能行，怎么，这回来以后你倒改口啦？圣上的旨意已经给你下来了，你不成，你在金殿上实说哇！"寇准也是摇头叹气，"嘿呀，千岁呀，在金殿上这您还看不出来吗？当今天子万岁爷他是哪头儿都不得罪呀，也饶了我的死罪了，是也把老贼给保住了，您说我能说不行吗？不叫人动刑，微臣我还能撬开他的嘴，按着他的手去画押吗？我是真没法子，要不，吕大人您给我想个万全之策？"吕蒙正一摆手，"得了，平仲，你别跟我来这个，你自己想主意，要不然调你来干吗呢？""我没主意这不才问你吗？啊，老相爷，您几位给下官我想想主意？"问宋琪，宋琪直摇头；问苗崇善，苗崇善也摇头……谁都没主意。

杨六郎和老太君几个人这才知道，合着皇上还给下了这么一道旨意，不叫动刑还得审结此案。现在是人证物证俱全，就差老贼招供画押呀，不让用刑，那人犯还有什么好怕的呀？老太君和六郎也都很无奈，嗨！赶上这么一位皇上，我家的冤案也不知哪年哪月才能审清大白于天下！令公白死了？呼延千岁多冤？七郎就这么没了？还搭上人家寇大人的前程性命！老太君这心里就凉了半截了，实指望调来清官寇准，寇大人这个人不畏权势，不怕得罪奸党，大胆问案，把案子问出个水落石出，我杨家沉冤得雪，给老令公和七郎报了仇了！嗨，现在看起来，这个案子是审不清啦！"寇大人，您这么一说我才明白，我们家的冤情，我们告的御状，给您惹下大祸啦！来来来，老身我给您再施一礼……"

寇准连忙起身还礼："哎呀，老太君哪，您这是羞煞寇准了！这么着，明日儿个您府上派人来，七将军的遗体，您也该拉回去早日安葬，设摆灵堂，不用再在我这御史台衙门里停着了。"六郎纳闷儿了："寇大人，您说的这个事……怕是于法不合吧？我七弟的遗体乃是本案的重要证物，我们拉回去……回头您还如何与老贼当堂对证呢？""嗨，仵作的文书已然录写清楚，七将军的遗体不宜长久不入土哇，停在御史台衙门里实在是不敬。至于说对证么，您看，今天已然与老贼对证一轮，老贼牙尖嘴利，我都说不过他，这些个物证咱们留着还有什么用处哪？得了，您赶紧拉回去，择吉地、吉日安葬。到时候下官我还要写祭文，告慰忠良冤魂！""如此，杨景多谢寇大人！""哦？那么说郡马您打算怎么谢我呀？"啊？还有这么接话的？"噢，寇大人，这个，您有什么地方儿能用得着杨景的，您自管提提，我这个，一时也想不出什么来……"六郎可不会跟这话，只能犯傻。

"嗨……六将军，郡马爷，别看现在是你的案子在我这儿，可是我管不了你，你是八千岁的御妹丈，我只是个四品的小官，您能这么给我面子，到我的府上来看我，寇准已经是荣幸之至啦！郡马啊，我跟你商量个事。我这个人呢，特别地爱听戏，哎呀，在霞谷县啊，我也听不起哇。来到你们这儿了，您能不能帮我请上这么三个大戏班子？要那种热闹的节目，尤其是本来就会唱《目连救母》的，我就爱听这出，叫他们多多扮上点儿。您给我请三个戏班儿就得了，啊，这几天在我这儿天天儿地给我御史台衙门唱唱大戏，连这个饭钱也得您管。您说，这么着好不好？""嗨，寇大人，这有何难？您这个事就交给我去办了！甭说三个戏班儿了，京城里会唱目连戏的班子我都给您找来！""好，我也不急，您三天，就把这几个戏班儿给我找来啊！

这个事，咱们呢，就算是说好啦！"

寇准跟杨家把自己听戏的事给托付好了，这又来瞅吕蒙正，"我的好同学啊，我就是死在你手上，你还脱得了干系吗？怎么样，你呢？"吕蒙正一耸肩膀，得，轮着我啦？"怎么着，你说吧，需要愚兄我给你点儿什么？"寇准呵呵一乐："我说，好同学，你也是为了我好，我就不怪你了，这么着，您看，等我死后，我这发送可不能太省钱了！我这辈子就没怎么享受过，这临了也得奢靡这么一回，麻烦你呀，给我多多地去扯黑布，越多越好！""你到底要多少？""嗯……我看啊，怎么的也得要这么五百多丈吧！你得赶紧去备，可别晚喽，要是晚喽可就没用处啦！我做了鬼天天跟着你，我捂着你的眼睛，让你写不成字！"嘿！吕蒙正说："平仲，你这儿要这么多的黑布干吗啊？这也忒多了！""哎，你还别管，是不是好同学？是不是患难之交？是，您就赶紧去备去！给你工夫长点，你在十天之内把这些黑布备好，算你是我的好同学，十天你备不来，别怪我死后找你的麻烦！"

"嘿！得了，那就这么着吧！我认了！"吕蒙正这儿说完了，寇准又往外趸摸，哎，瞅着老丞相了，"哎，我说老相爷，下官我能不能也求您点事啊？"宋琪心说这又是给我派什么差事啊？"啊，寇御史，有事您自管说。您要点什么？""老相爷，下官我这还没跟您学够呢，可惜呀，最多也就是再活这么一个月啦！我倒没别的什么想的，您是知道啊，我这打从霞谷县来，我连件新官服都没做得哇！您看看，能不能帮着我约几家儿裁缝铺，帮着我做几件官服，这钱您来出，您看怎么样？"做衣服还能花多少钱啊，"成啊，就交给老朽啦！"给宋琪派完了活，寇准再看吏部天官李济，李济一瞧寇准盯着自己，"嘿哟，我知道，你是我查清官册给查出来的，饶了谁你也饶不了我呀！您说啵，我给您备点什么？""哎，您说得对！也没什么了，您哪，再去给我找这个……五百根大杉篙，要结实的，拉回来我搭戏棚子用！""啊？那也用不了这么多哇？""那您就甭管啦！反正我就得要这么多，您怎么样？""好，谁让您是我给找出来的呢，这差事就交给我啦！"哎，托付来托付去，就到八王这儿了。寇准抬头瞅了一眼，就顺过去了，没跟八王说什么，接茬找下家儿，您给我预备什么什么，您几天给我预备好喽。哎呀，我也就这几天儿了，您快着点！哎，一家一家托付。

开始挨个托付的时候，小郑印就跃跃欲试，一个劲儿喊："哎，寇大人，还有我哪！"寇准还真不含糊，汝南王郑印和永平王高琼这二位都不认得，也来托付。给高君保也派了活儿了，这才转过来看郑印，郑印胸脯拍得啪啪的，"寇大人，您说我来什么？""哎呀，看郑千岁您，手上还绕着念珠，您这是皈依啦？""嘿嘿，也不是，这是跟着我妈……""这么着，我这儿也打算开粥棚办些善事，可还缺这么一口大铜锅，得够个儿，要不然这不够大家伙儿喝的。这么着，您给我打一口铜鼎，够您这个儿，站在里头探不出头来就够啦！"郑印想都不想，"好嘞，您放心，这个我来！"八王还几回想说话，寇准都不理他。都说完了，寇准回到自己桌前，"列位，我就这杯酒，咱们一起来哇！"哏！干了！"我也是不胜酒力，那我就不远送了，各位看着点路！回见！"寇准醉醺醺就回内堂了。

几家大臣各自回府，都按下不表。单说这吕蒙正陪着八王往回走，到了南清宫的门口，吕蒙正还跟着，八王就纳闷了，"怎么，吕爱卿你还不回府去吗？""千岁，寇老西临走的时候掐了我的手一下，拿手比了个八字，我估摸是叫我跟着您，叫您别睡觉，待会儿他寇老西准来！"嗯？真有这事？他这么晚了再来……是怎么回事？"嗨，您就别瞎猜了，待会等他来了，就全都明白了！"君臣来到御书房，各自落座看茶。工夫不大，外边把门的太监进来说，"千岁，外边有西台御史府的差役给您送来一只大水缸，说是给您送的重礼，非得您亲自来接进宫门不可！"哦？这寇准耍的什么花活儿这是？吕蒙正一琢磨，拉着八王就往外跑，您快着点，工夫大了这小子就散架啦！

君臣跟头把式地跑出来，一看，就四位差人，挑着一只大水缸，也就寻常养鱼、睡莲的大水缸啊，没什么特别。吕蒙正一看，太特别了！"快！快！这是好宝贝！快给挑到宫内！"一行人辛辛苦苦进到宫内，路过荷花池，吕蒙正好玩笑，"我说几位，这只大缸正好给扔到这池子里去，你们几个还等什么呢？"这时候就听大缸里有人噗嗤一笑，"蒙正，你真要我的命啊？"正是寇老西儿！四名差役正是陈雄、谢勇这哥儿四个，七手八脚把寇准从缸里给抬出来，寇准出来给八王跪倒磕头，"千岁，不得已出此下策，您恕罪！""嘿哟，寇爱卿，有轿子不坐，有马你不骑着，你偏喜欢跟这里待着干吗哪？""此处不是讲话之所，您带我先进到您的御书房，微臣我再慢慢地跟您交代。"君臣来到御书房里，落座下来，屏退旁人，就剩下八王和吕蒙正、寇准这仨人儿，陈雄、谢勇在外边把守着，寇准这才说出来实话！

"八千岁，您在我家里问我怎么审问潘杨讼，请您恕罪，微臣不能跟您说实话呀！""此话怎讲？""千岁，您想想，跟着您来的这些位六部的官员里，全都是跟您一条心的吗？""啊，这个……难说！"吕蒙正点点头，"微臣我也觉得是这么回事，因此我就没说话，这个案子怎么审，咱们不能在明处说！"八王说："嗯，这一节……倒是孤王我很欠考虑，我不应当在这么多人的时候问这个！没错，不怪寇爱卿你呀！""还有，照微臣我看，老贼在天牢里过得挺滋润，这也必是我这御史府里的人跟西宫有来往啊！要不怎么就能知道我是哪天升堂问案呢？""嗯，有道理！是谁？你赶快查出来，孤王我定斩不饶！""唉，千岁，都是出来谋差事的，西宫多么大的势力，外有太师府，内有您的皇婶娘，皂隶走卒，谁敢违抗？这倒不必！依微臣之见，原班御史府的文书簿吏，我是不能再用了，从明天起，全都换！这帮人暂时安置到别的地方儿去，等案子审结已毕，该回来还得回来！"

"好，就按你说的办。那么寇爱卿，听你这意思，这案子呢，你是有十成的把握能审结啦？"寇准嘿嘿一乐，"千岁，不是跟您说过了吗？这个案子根本就没法儿审！谁也审不清！不许动刑，还得对待老贼跟亲爹似的，恭恭敬敬，打了骂了的回头都是我的罪过……老贼又是狡诈多计，一眨眼儿就是一句瞎话。您说，微臣我还怎么审呢？我是想明白了，到第三十天头儿上，我开堂问案，再问他招是不招，他再说不招，我就上去把他打死就算了！"八王这个气呀，"要打还用你吗？我拿这金铜上就得了呗。可是案子不能审结，老令公和靠山王、七将军就算是冤沉海底啦！"吕蒙正在旁边快忍不住乐了，"得了，平仲，我看你是早有良策，你就别憋着了，赶紧给我和贤王解解胸中的闷气！"寇准摇摇头，"千岁、圣功，不是我不肯说，而是这个案子要想审结，也只有这最后一个办法，照我的这个法子来，要花销不少的银两，我这钱没地儿筹去！"八王一听，连连晃脑袋，"嗨呀，钱你还发愁吗？我这儿给你出！你说你要多少？""千岁，微臣我要多少您就能给多少吗？""嘿，瞧你这啰嗦劲儿的，你就说吧，你要多少？一万两银子你够不够？""不够！""啊？一万两不够？啊，这个……三万两够不够？""还差点。""那干脆你自己说吧！""微臣我这个差事至少需要白银十万两！千岁，您掂量着来！""好家伙，寇准，孤王我可不是潘仁美，我不是贪官！""您就说您拿得出来拿不出来吧！"八王咬咬牙，"好吧，孤王我拿得出来！大不了把我爸爸留给我的宝贝全都拿去卖了！""嗨，不用，把西宫潘娘娘的那几件珍宝拿出来就成了！""哦，对，你不提醒孤王我还忘了！那么你要这么多钱干什么呀？""修庙！""啊？修的什么庙啊？""哈哈哈……千岁，跟您说句大话，我寇准既然敢进东京接这个圣旨，我就有办法审清潘杨讼！我保老贼潘洪最后是乖乖地……在供状之上签字画押！"啊？八王很惊奇，"寇爱卿，此话怎讲？""八千岁，要老贼画押，咱们得费点劲儿，不能在御史台审……""那得在什么地方儿？""千岁，您是有所不知，微臣我不是凡人，白天我是人间的官儿，断的是阳世间的是是非非；夜间微臣我就下了地府了，我是阴间十殿阎罗当中的第五殿司主，微臣我还得去审结阴间的官司！您或有不知，杨老令公和呼延千岁，早就在阴间将老贼告下来了！玉皇大帝的旨意也早就下到我的五殿之上，责成微臣早日审结此案！在阳世间我审不出他的口供，不要紧，微臣我到阴间去拘来老贼的三魂七魄，到在我的五殿阎君府，说不了，万岁爷的圣旨就不管用啦！我阴间尚有七十二般酷刑，管教这老贼服服帖帖地给我签字画押！到那时节，微臣录下口供两份，一份送上天庭，一份，就送来咱们的御史府。千岁，您说这么办行与不行？"

啊？八王都听傻啦，"寇爱卿，你……不是叫我叔皇的圣旨给逼疯了吧？吕爱卿，你给他看看……"吕蒙正手捻须髯，微微一笑，"千岁，寇准他说得没错，他这个人执掌着阴阳两界的官司诉讼，阳间为御史，阴间做阎罗。这案子还就得是下阴间去审！"八王心说你们俩都疯啦？哎，不对呀，既然是下阴间去审，你跟我要这么多钱干吗呀？你还修什么庙啊？"着哇，千岁您不给我修庙，我到哪儿去当阎罗呢？""啊？你越说孤王我越糊涂啦，到底是怎么回事？"

此正是：

是草都有根，是话都有因。
吃饭品滋味，听话听下音。

这一卷说到此处，最好听的段子就要开始啦！要知道寇准如何设摆阴曹审潘洪，您还得听下一本《天牢夜拘》。

【六本・天牢夜拘】

〖 头回 〗

诗曰：

> 肥瘠短长群眼见，
>
> 与人踵接更肩摩。
>
> 请君试说阎浮界，
>
> 到底人多是鬼多？

这个世上有画鬼的、说鬼的、演鬼的、唱鬼的，多不胜数，但就没有真正见过鬼的。也有说自己见过的，但都没得看真切，有许多都是自个儿吓唬自个儿。常言说得好，叫"平生不做亏心事，不怕三更鬼叫门"。有人是自己做了坏事，整天价地疑神疑鬼，老是担心有受冤枉的鬼魂来找他报仇，这是自己折腾呢。

好，闲话不叙，为您接演传统评书《金枪传》的第七卷书《清官册》的最后一本《天牢夜拘》。

上回书说到，皇上听了奸妃的谗言，非得逼着寇准在一个月内审结潘杨讼。不但说给你寇准定限期，还不许你动刑，还必得是老贼潘洪自己画押认罪……皇上把这个话说出来了，自己听着都觉得亏心，这叫什么旨意呀，简直是……啧，自个儿都怪不好意思的，低着头儿，嘴里头问了这么一句："寇爱卿，这么着，你可能审结此案？"这么问着，再歪脸儿瞅媳妇，潘妃鼻孔儿里喷气儿！哼！这还差不多！

八王直瞪眼——限期结案不说，您还给规定审老贼不许动刑？哦……你只顾你自己跟西宫能交代得过去，可你管人御史台衙门了吗？犯人到堂，不许动刑，那你叫人寇准怎么审？赶紧帮着给说话，没想到寇准答应得挺痛快，"嗯……微臣接旨，谢主隆恩！吾皇万岁万万岁！"啊？这就算定死了，就这么着了。回来寇准和八王、吕蒙正说下了一番大话，说自己在阳世间审不了了，要下阴间二审潘洪，八王说："你们是不是被万岁爷给逼疯了？"寇准可就说了："您把钱给我派下来，后边儿的事，您跟着我来您就明白了……"君臣计议一番，咱们暂且按下不表，单说老贼潘洪。

潘仁美被下在御史台衙门的天字号儿大牢，自打上一回升堂问案打銮驾以后，这一闷就是一个月。寇准再没有开庭审问，甭说审案子啦，就连这大牢里都没来过外人！老贼身在大牢里什么都瞒不住哇，当天要杀寇准，就有人递进纸条儿来啦！直到八王求情，寇准答应不动刑、限期结案，这都有人给随时传消息儿。当天晚上，八王和众位老大人去御史台摆宴，都什么人去的，都说了什么话……天尚未明，就有天牢里头的人来呈报得知。外边寇准喝醋，老贼趴在床上——屁股上还有伤哪！吱喽吱喽地也喝几口儿，屁股疼，心里痛快，知道小寇在预备后事，那么这个御史也离死不远啦！案子审不清问不明，我看你赵匡义能怎么着！

没过两天儿，是西宫总管大太监王继恩亲自到大牢里来探视太师，给老贼送来了吃、喝当用之物，把实情再亲口给老贼讲了一遍，好，绘声绘色，就跟老太监在跟前儿似的。当初在金殿上万岁是怎么要杀的寇老西儿，怎么有三省六部的名臣们来保的本，左右二丞相和护国军师怎么辞的官，八王爷怎么来和皇上讨的公道，万岁又是怎么饶的小寇儿，怎么定的不许用刑，还要在一个月里头把案子给审问明白，等等等等吧。这下就等于给老贼交了底儿啦，"老太师，您这心就放在肚子里啵！这一个月，他寇老西儿是说什么也审不出来啦！再要是升堂问案，娘娘可交代下来了，您只要是不松口儿，咬定一概的罪状都是没有……老太师，过了这个月，寇准拿不到口供就得认罚。潘杨讼已经死了两任御史，看谁还敢来管这个案子！寇准再给拿下去，就没人敢审您这案子啦，到时候娘娘自然是要求皇上给您翻案！"

虽然说王继恩自己凭权势能进出大牢，可他毕竟是西宫内廷的大总管，也不能老这么出入监牢啊，西宫里的事儿离开公公可就玩儿不转了。特别是头几天，王继恩老得领着太医来给老贼疗伤敷药，连着就进天牢好几天。好医好药伺候着，老贼这板子伤好得是不错，年岁大了，慢慢养着呗。嘿，这天，老伴伴呱嗒着脸子就来了。"哟，继恩哪。你……这是怎么了？""嗨，老帅哇……不瞒您说，我身为西宫总管，我得听崔文的。今日儿个崔文这脸上阴一阵儿、晴一阵儿的，不知道因为什么，好像是对我这天天儿来您这儿，跟官家……说了点什么不当说的。看起来啊，咱家可不能替娘娘天天儿地来看您来了……不过这么着，这儿的牢头，那早就让我养肥了的，您自管踏实着。您等着，我去叫来，以后哇，虽说我不能亲自来，他可以替我和娘娘传话，您可以信任。"潘洪趴着呢，点点头。一会儿牢头就进来了，先跪倒给老贼磕头，"哟，太师哦，瞧您这罪受的……""甭多话了，我问问你，太师这号里没别人了吧？""那敢情，谁敢哪！您放心，下到这个天字号的牢区里，如今全都腾空啦，只有太师。我们这点事得懂，决不能叫人吵着太师！""嗯……好，算你懂事！嗯，这里边伺候太师的……耳目，可不能太多，这……""王公公，这您可以放心，我管保都安排的我的亲近之人。您看见没有，这几天，您来这儿坎儿，就只有这俩孩子……哎，那么没眼力价儿！赶紧进来，给王公公磕头！"监牢外头闪身进来两小伙子，个个瘦小精神，低头进来，先得给太师磕头，再给王继恩见礼。

"得，免了吧！我瞧瞧，嗯……俩孩子都挺精神儿！叫什么啊？""回公公，我叫张山。""回公公，小人我叫刘海儿。""哼哼，还真是好名字，一个是山，一个是海，好好跟这儿照看好了我们老太师，少不了你们哥儿俩的好处！""小的岂敢不遵！""太师您看……""太可以了……那些个禁卒都太油滑了，不像他们俩，刚来的，干活儿仔细，还不惜力气，打扫得都很干净。老夫我喜欢！""那得，太师都说啦，喜欢你们俩，还不赶紧磕头谢恩哪？""是嘞！小的谢谢太师，谢谢公公！"一看牢头还盯着自己呢，也转身过来要给牢头磕，嘴里没闲着，张山说："谢谢八叔儿！"刘海就跟："谢谢蛋叔儿！"牢头赶紧给揽住："嗨，可不敢，哪能跟太师、公公一般的礼哪，那岂不失了礼数啦？甭谢我啦就！"

王继恩瞥了一眼，没当回事："啊……老王，这是你俩侄儿啊？""可不是吗，让您见笑，刚从老家来的，找我谋差事，我能有别的什么路吗，就先跟着我吧！"王继恩点点头儿，"我说呢，瞧着眼生。嗯，你跟家里行八啊？""嗨，可不是吗！我们家兄弟多，我是老八！""嗯……怎么还叫蛋儿哪？""我小名是'蛋儿'。""嘿，真可以！"有一搭没一搭在这闲聊。张山、刘海去给老贼翻身儿，收拾床铺上的杂物，这也是，太医刚走，刚给上完了药。张山机灵，顺带给老贼捶捶腿。刘海一瞧，我也不能看着哇，"太师我给您梳梳头啵？"哗哗……老贼舒服地，一来劲，就哼哼上了："嗯……好孩子！山啊，海啊，你们俩小子以后就跟着老夫我吧！等我出去，你们哥儿俩就跟着老夫我走！""嘿，瞧你们这俩臭小子，这是几世修来的福气啊！得嘞，太师哇，咱家可就得回去回娘娘的话去了。有这俩小子伺候着您哪，我也就踏实了。我可不敢见天儿地来，隔几天吧，非三不过五，我就看您来！""得嘞，继恩哪，忙你的去，甭来！你就想着到日子口儿，把我接回家去就是啦！""得，就要您这口彩！到日子，我专门来接您，咱们得胜楼，我请您吃烤鸭去！""哈哈……"

留下来张山、刘海照看潘洪，牢头往出送王继恩，赶走出天牢大门了，牢头就要拜别。"哎，你小名儿怎么就叫了蛋儿了哪？""嗨，我生下来这脑袋光着，一根毛都没有！我妈一瞧啊，这怎么生了一个蛋儿哇？这我小名儿就叫了蛋儿不是。""哈哈，真巧，你真是行八啊？""那可说呢。这谁能管得了哇，这不赶巧了吗？""哎呀，你是姓王，你这俩侄儿可……""都是我嫂子家的侄儿，论着也这么叫我……""哦……怎么还一个姓张，一个姓刘呢？""嘿，您忘了，我嫂子多哇，我前边不还七个哥哥呢吗？""嗨，跟这儿等着我哪！哈哈！回见啵！"

天牢里每天就是张山和刘海给老贼通风报信、捎来吃喝穿用的东西——

潘洪不可能吃牢饭哪，这都不用等太师府的厨子给做，西宫里每天是御膳房的大师傅们先给做好，那样儿可就多了去啦！这么说吧，皇上吃的什么，老贼就吃什么，而且说还总是把最好的都给老贼送来——潘妃如今可是后宫之主，谁敢怠慢哪！这么说吧，说今天是吃鸡，上来，先把这鸡胸肉片下来，鸡腿卸下来——这都是太师的。剩下的，再给皇上腌上。赶二帝开饭，动筷子这么一扫看，嗯？这是……知道我爱吃鸡脖子、鸡爪子，特意给我弄的吧？也不敢言语，万一是梓童交代的哪？吃呗！

您说这老贼过的是什么日子，他也吃不完哪，张山和刘海可跟着沾光儿，老贼吃剩下的，这哥儿俩就扫荡了，这也还吃不完，哥儿俩每回还带送外送的，包好一部分给送出牢房去。这以后就一直都是张山和刘海跟这儿伺候着老贼的起居饮食，牢头有时候来一趟，说几句客气话："您呢有事就说，这俩小子打也打得，骂也骂得，您气儿不顺就揍他们啊！""哎，这山儿啊、海儿啊，都很顺老夫我的脾气，你不要过于严苛啦！""嘿，只要是您高兴，比什么都好！"除了腿上、屁股上的外伤，老贼没受什么罪，天天好酒好菜。实在是有闷的时候，张山还能给老贼唱上那么一段，别说，学什么像什么，大段大段的戏都能演，把老贼给伺候得舒舒服服的。这老头的伤就好得挺快，这顿板子挨得并不轻，伤筋动骨了，老贼将养了有半个多月才能下地，但疼得还是走不痛快。没办法，只好天天就在床上趴着。

单表这一天夜里，谯楼之上三更已然打过，老贼这儿正睡得香着呢，耳中隐隐约约听见有人在说话，一开始还听不真，架不住这老有人在旁边儿嘀咕出声儿来，哎，老贼也就渐渐地醒转过来了。

赶醒过来了，就得竖着耳朵听着，这是谁呀？我记得一直都说，这天字号的大牢里没别人哪，就我一个人儿啊，这是谁在那儿说话呢？小山儿？小刘海儿？晚上他们也不在近处啊。他们俩轮流值班，是在牢门口儿的铺房里睡的哇。哎，这时候，就听那个岁数老一些的声音说："咱已经在十殿主爷那里将老贼告下，你何必奈不了这几天的时候？怎么这就要前来寻仇哪？"另一个年轻点儿的声音就说了："爹啊，孩儿我着急啊。我咽不下这口气儿！

非得是我亲手宰了他，才出我心中的恶气！""唉……七儿啊，在阳间你就是因为鲁莽，屡屡坏了规矩，此番幽冥界状告老贼，阎王爷铁面无私，你必须听受为父的管束，少要惹事才好……"接下来又说了几句，那声儿是越来越小，直到根本听不到了。

老贼一开始还糊里糊涂的，不知道说的是什么，可一听到说"七儿"这两个字，就是一激灵，嗯？七儿？这怎么那么像老令公杨继业的声音啊？难道说……是这父子俩的鬼魂前来索命不成？想到这儿，这老贼可就害了怕了，因为什么呢？他老是害人，心里头发虚，凡是这样的人你要说有点忙活事儿，那没关系。但千万别叫他一个人闲待着，自己一个人儿的时候就老觉得脖颈子后边凉飕飕的，一回头，咳！什么都没有！再说，潘洪还是一个人儿关在天字号的大牢里，这儿本来人就少——有资格关进天字号大牢的犯人可谓是凤毛麟角啊，自来这里边就没什么人气儿。因此上，老贼潘洪啊，是一进大牢没几天就天天做噩梦，成天梦见令公和七郎找他来算账。但是，没有圣旨，谁也没本事把犯人从这个大牢里提出来。西宫娘娘的本事再大，也不能把老爹爹接到别的地儿，老贼在案子没有审结以前还就得跟这儿这么挨着、受着。今天夜里，老贼耳朵里忽然听到有两个人这么一说，心里可就发毛了，晚上值班的禁卒张山和刘海可都在外手间儿住着，哎呀，心里这个抓挠啊，睡不着觉。要真是还有动静都还好，就怕再也没啦！什么声音都没有，外间还黑洞洞的。就这么老盯着窗户外边，闭上一会眼睛就睁开看看，嗨，还没亮呢……又闭上一会儿，再睁开一看，还没亮。哎呀，这个盼哪，好不容易盼到了东边的天上有点麻麻亮了，雄鸡啼晓，老贼心里啊能稍微踏实点，嗯，鬼是来不了了。嘿，老头慢慢地可就睡着了。

赶到这日上三竿，小刘海可就走了进来："哎，太师啊，您老早啊！"老贼揉揉眼睛，哟，还早呢，都大太阳了。"我说小刘海啊！""哎，太师您吩咐。""你们俩能不能晚上也不回去了？""啊，您说什么？我这白天伺候着您还嫌不够啊，怎么晚上您还要小的陪着您呢？""哎呀，小刘海呀，你是有所不知啊。昨夜晚间……"潘洪想到这儿犹豫了一下，我说是不说？我一说，这小子来一个'哟，这儿还闹鬼哪？'兴许一害怕就该推脱不来了。"哦，小海儿啊，老夫实在是闷得厉害呀！这个大牢里头，又无有其他的犯人，这个……一到了晚间哪，太师我就孤单得慌了。""哦，您是一个人儿孤单哪？那不要紧，我给您捎回一只小狗、小猫来？""嗨！我要小猫、小狗干什么呀？老夫自己一个人在这里边可睡不着啊。""噢，我明白了，您这是想有人陪着您哇？您一个人儿太闷喽。""可不是怎么的，老夫我一个人儿住在这里头实在是太闷啦！"

"好嘞！您别忙，您在这儿等着啵。"说着话刘海出去了。工夫不大，刘海抱来了两个大被褥卷，"我说太师啊，打今儿个起啊，我可就搬过来了，叨扰您的清净啦！""哎呀！小海儿啊，你这是说的什么话，是老夫叫你来的哇，呵哈哈哈哈。"老贼乐了，心想这下有个伴儿也好啊。"不过老太师您也得知道，小人每天还得到内府宫门口啊伺候着，等着咱王大总管给个这个的、那个的，隔三差五地还得给您捎回来封家书哪。""你有事情就去忙你的，只要你们俩有一个晚上回来就行了。""那是自然，晚上都是我来陪您，张山有他的活儿。"就这么，小刘海呢就住在这个天字号大牢的牢房里了，陪着老贼潘洪。

每天张山和刘海还给老贼送来好吃好喝的，白天有时候是张山在，有时候是刘海在，到了晚上，都是刘海在这儿陪着。时间一长，这爷俩的感情还挺不错，可就开始无话不说了。有一天晚上，爷俩这儿吃着喝着。老贼不小心一转身，带着伤口一疼，嘿，他可就想起来寇准这档子事儿来了："唉！可恨哪，可恼哇！""哟，我说太师喔，您这恨的是什么？恼的又是哪家啊？""咳，小刘海啊，这是你在这儿，要是别人，老夫我可就不说了。""哎呀，太师，您还怕谁啊？您闺女那是娘娘，当今圣上——那可是您姑爷！谁还敢触犯了您哪？""谁敢？你们家大人他就敢！你瞧瞧他把我打得。我恨的就是这个寇老西儿！他也不顾老夫是国家的功臣、皇亲国戚，老夫又是偌大的年纪，哎呀！叫老夫怎能禁受得了哇？嗯……疼了这么些天！十几年前老夫打仗时候也没受过这个哇……""哎哟，您说得可是，瞧瞧把您给打得，您这么大的岁数了，说什么也不能把您给打成这个样子啊。是可恨、可恼！别说您恨他呀，我们这些当差的也恨他，我们这个衙门口的上上下下的好几十口子也都是恨着哪！""哦？你们也恨他什么？""您不知道啊，本来啊，我们在这御史台衙门里头当差，那可是京城里边的第一大肥差！"潘洪心说这个话不假，御史台衙门专门审断的是政要大员之间的公私纠纷，这里头可有大学问，行使好了，上上下下打点的收入可是得不老少呢。前任西台御史刘致远就是个搜刮盘剥的行家里手，这一次，落着八王手里，也该着他倒霉！这小子也不委屈，谁让他连老夫的案子都敢下手哪！"哦，那这个小寇儿来了以后又怎么样啊？""这个寇老西儿来了以后哇，是严惩贪官，查办酷吏。您说在咱这衙门里边当差，哪有不捞上一点油水的？不许捞点油水，我们来衙门里当差干吗呀？结果老寇把我们弟兄们的这条路啊，就给断了，有谁敢收红包呀，就把谁逐出公门，是永不录用！不瞒着您说啊，那王总管来看您……嘿嘿，也真是给小人捎来点儿，啊，这个，小的哪儿敢收啊，就都退给王八蛋叔儿了，他敢！他那角儿，谁也来不了，只能还得他管这大牢。""噢，这么说来，老夫还欠你一个人情儿。小海啊，你放心，等到老夫官司了了，老夫还是当朝的太师，到那时节，你就跟着我，帮老夫我收钱，我看谁敢来难为于你。"

"哎哟，那敢情好哇，我这儿得谢谢您了！对了，您猜啊，今日儿个我上那西华门里等公公召唤小的领酒饭，还告诉小的什么好消息来了？""啊？什么？难道说老夫我这冤案……就要平反不成？"

〖二回〗

刘海就跟老贼说啦："这可是王公公托我捎的话啊，他说娘娘啊，在圣上那里呀，给您保下来了，说道是：寇御史若能够在这一个月内把案子审问明白，还则罢了；不能审问明白，就要问他杨六郎一个诬告朝廷重臣之罪！嘿嘿，满朝文武都议论过了，还要给您老哇，官复原职，还要再加一爵呢！您说，这是不是好消息啊？您老想啊，那寇老西儿不能对您动刑具，他怎么审，怎么问哪？"

老贼一听，呵呵，这个是老夫早就料到的喽！想老夫十八岁从军，二十多岁就跟随老主爷南征北战、东挡西杀，官场行舟几十年都未曾断缆翻船，今天这么一件小小的潘杨讼……就能将老夫置于死地？哼哼哼哼……简直是一场笑话啊！老贼牛上了，把嘴一撇，吱喽一口小酒，再来一筷子牛肉，嘀，这个香啊。喝着喝着，老贼又勾起来原来在边关时候的回忆，可以说是日日摆酒、夜夜笙歌，众家将官和干儿子围着自己，这个敬一口酒，那个夹一口菜，那叫一个乐啊。现在自己身下大牢，还不知道那几个都咋样了呢。他们都在哪关着呢？潘龙，潘虎，还有老疙瘩赖小子潘强……再不济，也是自己的亲儿子！这几个小子熬得住熬不住？想到伤心之处，不觉低头垂泪，这手里的酒杯举起来又放下去。

刘海在旁边这么一看，"哎哟，老爷子呀，您怎么又难过啦？这是谁又惹着您了？""唉，是老夫又想起了昔日在边关时候的情景，触景生情，感怀伤今，故此落泪也！""噢，小的我明白。您在边关的时候呀，那是将在外君命有所不受，就您最大了！您往这个当间儿一坐哇，满营众将都得给您斟酒布菜呀，那得多少人哪！现在这旁边就剩下我小刘海了，您当然是寡酒难下了，这也难怪。我说太师啊，您还得往开里想，为什么呢？因为这案子就要到头了，等到案子一结啊，你不还得走马上任呢吗？我估摸着，您还得回您那边关去，这边关无人能守啊。到那时候，您就可以接着享受您的啦。"老贼一想，是这个道理。就这样爷俩吃喝完了，在一块儿唠嗑，唠得挺痛快，这个小刘海净拣好听的说呀，什么您洪福齐天哪、您虎威三千哪……等到了晚间，小刘海伺候老贼盥洗已毕，舒舒服服地躺在床上睡觉。这顿觉老贼从来没有这么踏实过，怎么？旁边有个伴儿了，那可就不一样了。

可是三更天一过，老贼又被一阵哭声给吵吵醒了。嗯？这是哪里来的哭声？一时老贼也辨别不清楚方向，就听着好像还不止三五个人，怎么也得有个一二十人的样子。哟，这是怎么一回子事啊？就算是冤魂索命……我也没害死过那么多人啊？哭了有那么一会，就听有人说话，"呜……好个老贼，你把我们弟兄们都害得好苦，丧命在异国他乡，不能归葬故里，你给我拿命来！"

这声音可就越来越近了，吓得老贼是激灵灵地来了个冷战，"呀！小刘海啊！小刘海啊！""啊，这呢，太师啊，您什么事啊？"刘海把灯给点着，老贼可就哆哆嗦嗦地爬起来了，"哎呀，小刘海呀，刚才你没听见吗？有好多个人在这个大牢里边哭啊，哭得那叫惨哪，还说要来向老夫我索命来。哎哟哟……可是吓死老夫了。""喔，那……是您做噩梦吧？能是撞鬼吗？我可怎么没听着呢？嗨，这大牢啊，进到里边的人，除了像您这样儿的，我是说除了您，别人一般都是有死无活。这里边……真是，听说冤魂可多着哪，阴气太重，都快阴阳相通了！像我们这样常走动的狱卒啊，早就习惯了，见怪不怪，其怪自败，您别怕。可要说这些个鬼魂冤主啊确实是因为您而死的，那可就麻烦了，因为什么呢？您还得做场善事，给他们这些个幽魂野鬼助上一把香,给超度超度才是哇。只要说能超度,魂魄归了地府,那就有人管啦。

您寻思寻思，是因为什么原因啊？有没有这么档子事儿啊？有人是因为您死去的，含冤身故，客死异乡？尸骨不能归葬故土？”

潘洪低头这么仔细一想，一拍大腿，嘿哟，震得伤口疼！可不是怎么的，那些跟随杨继业上阵的三军将士可说是因我而死啊，要这么说，我还真害死了不少人啊。“啊，是，好像啊有这么一回事，那老夫该怎么办呀？哎呀，这个大牢老夫是一天也住不下去了，你给我算算，还有几天？”“您不用慌忙，我帮您算算……嗯，嘿！您看，还差三天您就该出狱了！”“哦，还差三天怎样？”“还差三天哪，可就到了日子口儿啦！熬过这三天，寇大人要是还不升堂，您这官司了结的日子就算是到头儿啦！”

一听这个话老贼心里头能踏实点了，可还是提心吊胆的——自己在这三天里可怎么过啊？这要是被冤魂给索去命去，我闺女这不就白忙活了吗？这时候小刘海就说话了：“老太师啊，您不用担心这两天怎么办，不瞒您说，我们这些个人啊常做这种法事，没办法啊，谁让姆们身在这么个差使上啊。明日儿个一早儿，小的我去给您请东岳天齐庙的道士来，叫他给您做趟法事，给冤魂们超度超度，我认识的这个道长可灵了。”“噢，好吧，也只有如此啦。”

凑合着捱到天亮，小刘海出去办事，等了老半天才回来，嘿，张山、刘海一起带回来一个小老道，看岁数也就是二十多岁，没多大，长了个小耗子脑袋，两撇小胡子在嘴上，一说话是一动一动的，透着那么俏皮和鬼灵。

“哎呀，老太师呀，您老吉祥啊！贫道出家在那个江西龙虎山的天师府哪，呵呵，这个呢，来到咱这个京城地界呀，专门为这个达官贵人家院呀做法驱魔赶鬼的呀，小道人我呀，还是很出名的呀！”潘洪看着这个小老道，就是不相信，这样的一个小混混也行吗？嗬，你别看这个小老道人个儿小，这手里拿来的家伙什可是不少，不一会，那刘海啊就帮着小老道把神坛给支起来了。嚯，蜡扦香烛、神幡桃木剑……一样儿都不少，还单摆开笔墨纸砚，张山帮着给磨墨，刘海给铺纸，这小老道开始画符。舞弄得还挺像那么个样子，口中念念有词，手里头挥舞着桃木宝剑，抡来抡去，大叫一声，“噗！”空中冒出一道火光。嘿，老贼就跟看戏一样，这么近，还真没看出什么破绽，还真像那么回事，就跟符纸自己会着似的。小老道一边画符一边点着，这边点着点着，就突然那么一停，给老贼递过一张纸条来："老太师，您按我说的写吧，您就写啊，各路屈死的冤魂冤鬼，赶快上路，潘洪拜送！就这几个字，您赶紧写喽，我就把它给点了，送这几个冤魂上路啦！"老贼想了想，就赶紧在小老道的那个符上写下了他教的那几个字，递给小老道。哎，就看那小老道把这张符挥呀、舞啊，又喷水又喷鸡血的，乱七八糟一顿折腾，老贼这眼睛都快看不过来了，"噗！"一团火苗把这符可就点着了，嗯……老贼这一颗心可就放到肚子里去了，我这心意就算是上达神灵了。

小老道做法完毕，把家伙收拾起来，"太师啊，今天起啊，这些个冤魂野鬼可就不能再来找您的麻烦了，您就安心歇息吧。""哦，这实在是感谢仙师您啦，老夫是戴罪之身，身边无有银两，无法给您打赏啦，这样吧，我给您补个字条，您到我太师府上去取赏银如何？""哎哟，老太师啊，那敢情儿好啊，您看，我这……那贫道我可就恭敬不如从命啦。"老贼心说，这位仙师还挺财迷的，不过也确实不能叫人白开法坛哪。刘海帮着把纸展开，老贼援笔直书："夫人见字如面：此位仙师与吾做法驱除妖魔扰乱，请夫人支取纹银一百两赐赠为托！"落款是潘洪的签押。写完了，刚要递给小老道，又含糊了，再在一字上边加一笔，这就是二百两，嗯，二百两就不算少啦！"来，道长，您收好吧！老夫我的签押，我夫人一望便知真假！"那个时候兴花笔落款签名儿，这就叫押字，也叫花押。成心将自己姓名改编，或者是笔顺变了，或者是减少几笔、增添几笔。总之，不知道的人，模仿你的笔体，签不出来这几笔。或许能得着您的花押签名，您但凡不是看着本主签，您不知道这笔顺到底是怎么写的！这就是熟悉的人，一看就知道是真是假！小老道把字条收好，非常高兴，诺诺退下，张山把他给送出大牢。

刘海还跟这儿呢，老贼跟他说："我说小刘啊，这个小老道能行吗？""啊，老太师呀，您还不放心哪，他可灵着呢，您可别以貌取人哇。""哦，老夫倒不是以貌取人也，实在是不太放心啊，这眼看就快到日子了，老夫……我实在是不想节外生枝啊。"刘海说："那这么着吧，我呀，再去找王公公去，看看他们那儿有什么办法，好不？""好啊，你快去快回！""好嘞！"

时候不长，没见张山回来，刘海就回来了，"王公公实在是公务缠身，忙了个不可开交！王公公就在官门口见了小的我一面儿，趁这工夫我把咱这儿的事都跟他说了啊——我可没敢说您是撞邪了，就说是您老做噩梦。王公公说他去想办法儿，叫您多等上这么半天儿……""嘿哟！这个王继恩哦，实实地要误了老夫我的性命！这天天儿的有人号，我可怎么睡觉哇？也只得如此吧！好在有你陪着老夫。"好不容易熬到了天黑儿，草草吃完了晚饭，老贼是如坐针毡哪！哎，忽然间大牢外边儿有响动，刘海出去探看，哦，正是西宫又来人啦！

工夫不大，小刘海就领着这么一位小太监进来了，哟嚯，这位小太监这相貌，眉清目秀，天圆地方，长得是别提多漂亮啦！身上这宦官的官服也非常地洁净，裁剪得也都很合身儿。看年岁也就是二十五六，瞧着是个生脸儿。小太监走上前来，给老贼深施一礼："哎呀，老太师，奴婢我乃是西宫内廷的李林，给您老见礼啦！"老贼一瞧，这位这装束，腰带上的钩子，手里这搭甩——这职位可不低，仅次于西宫大总管王继恩。"嗯……原来是李公公啊，你我素未谋面哇。呵呵，头一面儿，您看老夫我就失礼啦，嘿哟！这是有伤在身，恕我不能还礼相见。""您可千万别动弹，小奴我是专门儿来看望您来的！啊……我前来大牢，乃是娘娘所托，也是大总管王公公的嘱托……""哦？是我闺女托您来的？"老贼心说我并未见过你呀，为什么叫你来呢？

李林踏上前一步，低声说："太师，您瞧，这是娘娘托我给您带来的一封家书！"哦？还有家书？李林递过来这么一封书信，回头跟刘海说："你啊，把茶水沏好了，劳烦你先出去一会儿，我与老太师还有要事详谈。"刘海也很乖巧，把茶水都给倒好喽，轻手轻脚地就出去了。出大牢的门口，特意把大门狠劲儿地一带，里边儿的人一听就知道已经出去了，外边还有人要进来，这门就得弄出响动来！好，李林探头看了看，走近潘洪，把这封信给老贼献上，"太师，您先看看。"潘洪将信将疑，把书信接过来一看，字里行间笔画和章法还真是自己女儿的笔迹，这错不了。里边对潘洪说，爹爹您可以信任捎信儿的这个李林，有什么话就跟他讲，我也是有话托他跟您说。因为王总管偷偷往您这送餐食，叫大总管崔文查实，受到了陛下的责罚，王公公不便再来。听说您这几天难以入睡，女儿我也是心急如焚，好在期限眼看就到，此案必能了结。今天女儿急切之下，到大相国寺去为您求得这么一串佛珠，高僧给您护法开光，可以趋避百邪，保您这几天安安稳稳！还说这几天，天天都派这个李林在大牢外边守护着，以防八王和寇准狗急了跳墙，来横的。那位说这娘娘也用"狗急跳墙"这个词吗？咳，也就是这个意思吧。

哦……老贼看看信，再抬眼瞧瞧这个李林，没瞧出什么破绽来。小太监赶紧从自己怀中取出佛珠一串，双手献上，"老太师，此珠乃是大相国寺的高僧大德加持之宝，请您受持！""嗯……有劳公公！""不敢……"

潘洪的牢房里摆着一张桌子，桌子四面都有椅子，李林找了个椅子坐下，"老太师，您在这个牢房里边住着还好吗？这两个禁子，张山、刘海，可有什么做得不顺您意的地方？""没有！没有没有！这个小刘海啊，更称我的心！他可比原先那些个老油条强多啦！""原先的？""对啊，原先那位年岁太大了，耳朵背，叫他多少遍才能听见，腿脚也不怎么好，来来去去都慢慢腾腾的！哼！还是这小张山、小刘海好！""是是是，那就好哇！看起来是天牢的牢头为了照看您，专门给您调换的！啊……太师，今天我来，是娘娘的差遣，她还叫我问问您，最近这几天……""嗯？她是想问什么啊？""呵呵呵……老太师，我说话就不绕弯子了，娘娘是叫我来问您，最近这几天，您……除了噩梦不断以外，可有没有遇见什么……不干净的东西？""啊！李公公，您可得跟我说实话，您这话是怎么来的呢？""太师，我先得问问您，有这事没有？有，我再跟您说；没有，这说不说的就没多大意思了。""好，公公，不瞒您说，真有！""真的？""我这天天儿晚上听见人在我耳朵边上喊冤，说要来跟我……索命！""哦……那么说看起来，这位高僧说的都是真的！""啊？哪一位高僧？""今日奴婢我代主到相国寺去求宝去，这位高僧听说您这几天连夜地做噩梦，老师父掐指一算，说您这几天招惹了阴间的官非，有不少的冤魂纠缠于您，说把这串佛珠交给您，叫您带在身上，就能够把邪祟之物挡在身外！""哦……是是是，那么这位公公，这位高僧还说什么了？""哈哈，太师，那就得恭喜您啦！""喜从何来？"

明明小刘海早就出去了，牢门紧闭，谁再进来都得弄出响动来，李林还是起身朝外看了看。再回来，坐下来紧挨着老贼，低声说："太师，娘娘就把您老的生辰八字给了师父了，哎哟，可不简单，师父捣鼓了有老半天，就给了娘娘这么几句。"说到这儿，李林朝外又看了看，老贼可就着急了，赶紧往上凑了凑，"哎呀，公公你倒是快快说来，这个高僧到底都说了些什么？""这位大德可说啦，说您的寿数还长着呢，叫娘娘不用担心……"一听这话，老贼这心里可就落了地了，嗯……看来我这个官司还真是能赢啊，啊？哈哈哈哈……心里这个美！李林就接着说："太师啊，还有呢，师父说啊，您至少……还能活到九十多！""哟，真有这话？啊？老夫我还能如此地长寿哇？哈哈哈哈……"老贼乐颠儿了都。"您别忙，还有哪！师父还说了，说您啊……还当有无边后福，说您的荣耀绝不止于此，还能够有……"这话说的声音儿特别小，"什么？公公你讲说老夫我还有什么？""太师，这话就咱们爷们儿关起门儿悄悄地说啊！这位师父可说啦，说您哪，不久……就当有帝王之福！您必得做这一朝的人王帝主！"

〖 三回 〗

　　小太监李林替娘娘传话，说给您算了一卦，不但您有九十的寿数，您还有为一朝人王帝主的气运！啊？老贼眯缝二目："李公公，此话可不敢乱说哇！"

　　要是西宫总管王继恩来跟自己说这个话，老贼倒还真不放在心上。为什么？前文书多少交代过几句，当初太祖在位，开宝九年，十月二十，这一天天降大雪，老主爷病卧万岁殿，自己觉得自己的天年将尽，知道自己快不行了，唤来宫内的总管太监，正是这位王继恩。那么王继恩呢，就是老贼潘洪安插在老主爷后宫里的眼线，专门是盯着老主爷的。王继恩接的旨意是说，叫太子德昭和二皇子德芳与晋王赵匡义一同进宫见驾！这是要托付江山。可是王继恩胆子忒大了，假传圣旨，到晋王府，只把二王赵匡义给叫到了万岁殿中。二王赵匡义是假意要探病，非要看看哥哥臂上的疮口，结果是金簪刺肉龙，害死了太祖皇爷。那么说二帝篡位，这里边儿就有这位总管大太监王继恩的功劳！所以二帝登基，老公公荣宠有加，但是不能再掌管大内紫禁城了，皇帝换了，这内廷的总管也得换——内廷总管换成了晋王府的崔文，这位王继恩呢，改派西宫总管，这也是个肥差！谁都知道，三宫六院里头，只有西宫最得皇上的宠爱。

　　今天要是王继恩跟潘洪说这个话，老贼心里就没什么可担心的，自己篡位坐江山这个事是早晚的！我们老哥儿俩可以说是无话不谈哪！将来有朝一日，自己要是领着大兵打回汴梁，我也得靠这位王总管帮我把皇宫后院看好喽！抓皇上也得靠他！可是这话是眼前儿这位年轻的小太监说出来的，虽说也是西宫宫内的副总管，可是这位毕竟年岁太小啦，我这么机密的大事，闺女怎么能叫他知道呢？"哈哈哈哈……李公公啊，这种大逆不道的话您也敢讲啊？想我潘洪，本是两朝元老、皇亲国戚，怎可做此非分之念头，想想都是有罪，快快不要再提起了！"

按潘洪的意思，这个事就不谈了，住口吧。李林小太监一摇晃脑袋，"哎呀呀，老太师……哦，不对，得称您万岁爷！跟您这么说吧，您接茬儿坐江山这个事，您还觉得说不出口吗？我们那儿，这宫里头都快传遍啦！再说了，老丈人替姑爷坐江山这不新鲜呀，历史上就没有吗？哎，小奴我浅薄，我也知道隋文帝杨坚，他得的就是自己外孙的江山！跟您说，到时候……我们这儿都跟万岁您是一条心！""哈哈哈哈……小李儿啊，你好哇！你把我比了隋文帝啦！""嗨，您比隋文帝可要强！他才活多大？您呢？哎，别说，万岁，这位高僧后边儿还有句话，我可就实话对您讲了，本来啊，娘娘都不叫我对您说。可您是万岁，奴才我可不敢瞒着您。""哦，这话怎么说的？""那位大德算着算着，哎？眉头一皱。他说您啊，今年之内必有一劫！而且是阴劫，看样子是在劫难逃，叫我们都要小心。所以才又给娘娘加了个小法会，在哪哪哪儿烧化之后，说是能保您平安，但并不能保您消灾！人说了，此劫虽凶，终究是会逢凶化吉、遇难呈祥，只是叮嘱我们这些人小心地看护您老。""哦……"潘洪心想，看来这几天总是被冤魂所困，果然是命中注定的，那就顺其自然吧！小太监李林把话带到，道了几句安顺之语，退出大牢。潘洪心里就有点底儿了。

还别说，也不知道是开头那小老道的符咒灵光，还是这高僧的佛珠法力高强，到这一天晚上再睡觉，老贼什么也听不见啦，呼呼大睡！一直到四更，嗨，老贼什么都没听见，反倒是小刘海哇哇大叫，打床上爬起来了，高声叫喊有鬼！老贼迷迷糊糊，也只好起身来安慰他，这儿什么都没有哇。得，自己听不见什么了，小刘海倒直闹腾，也没能踏踏实实地睡好觉。

说话天亮，就到了第二天，老贼心说这审结案子的期限已到，你寇准怎么还不给过堂？所以老早就起床了，洗脸、漱口，用了几口早点，勉强往这儿一坐，嘿哟！屁股上的板子伤还没好利索，可是能凑凑合合地坐在软乎垫子上啦。自己在这儿做好准备，一会儿来人提我，这就是最后一堂！嘿嘿……任你怎么问我，我就是一条，什么我都不招，我看你寇老西还有什么招儿！等到了晌午，小太监李林亲自给送来了酒席，陪着一块儿喝了几杯，满场九吊六的话，小刘海也一起沾光儿。熬了一个下午，晚饭照常，还是西宫给送来的……嘿！一直到吃完了饭，天交定更，整天都没过堂！也没别人来看，连牢头都没抻头过来！这一天就算是平平安安地过来了。把老贼给高兴得，行了，按女儿信中所讲，明日儿个一早皇上就得提我上殿御审，那更没什么可审问的了，我这就算是赢了这官司啦！嗯，看来这个寇准也是黔驴技穷了，没辙了，也就干脆不问了。

到这会儿呢，老贼又觉得饿了，刚吃饭的时候自己吃得不踏实，这会儿知道是不会再提自己升堂了，"嗨，来来来！小刘海儿，再给我叫一桌儿！""不用忙，那边儿早就有张山给预备好了，大酒楼上给做得的一桌酒席。"工夫不大，山珍海味云中燕、陆地牛羊海底鲜……一样一样儿都搬来了，还有美酒好几坛。"这些都是娘娘孝敬的，给老太师压惊，庆贺这一场官司了结。"张山说了点客套话，就得回天牢外头去值班去了，就剩下小刘海在这陪着老贼喝酒吃菜。

嗬，从来没有像今天这么高兴过，明天就是老夫我的出头之日哇！"太师，您今天这个牢可就算坐到头儿了，我这儿给您敬酒了！"潘洪乐啊，可不是嘛！吱喽！自己先折下去一杯。小刘海是紧着劝酒，喝着喝着，也甭劝，你不给还跟你急哪！这老贼可就喝高了，说话都不利落了，"哈哈，小……小……小刘啊。""哎，太师，小人我在这儿呢。""你是个好样的哇，哼哼！老夫此番官司了结，就要回到雁门关，到时候老夫我兵权在手，呵呵，我可就要回兵京城，把这个大宋朝的江山……推……推……""推倒喽？""啊对！推……倒，他赵二舍下来，哼，倒叫老夫我也坐……上几天！"老贼犯起狂来了。

"那是，那是，小的我可等着您给提拔呢，您再喝，咱祝您老早日回到边关。""好，我喝……"还想喝，可找不着嘴了，"扑通！"老贼潘仁美一头栽倒在桌子上，"呼……呼……"打上呼噜了。刘海小心翼翼地把老贼给扶到床上，伺候他躺下，这老贼嘴里还嘀咕呢，"嗯，等到我做了皇帝，小刘哎，老夫我封你做当朝的一品……"小刘海心说得了吧，我还一品呢，我一桶吧！把老贼伺候睡着了，小刘海就收拾收拾残席出去了，留老贼一个人在这儿打呼噜。

不知道睡了有多长时间，谯楼上又是三棒锣响，"邦、邦、邦，咣……咣……咣……"老贼呀，渴了，找水。想爬起来，一起身儿一看呀，小刘海不见了，灯还没灭呢，监房的木栅栏门大开着，看这个意思，刘海是收拾东西出去了，也不知道一会儿还回不回来。"哼！这个胆小鬼，你是不是怕再闹鬼哇，啊？哈哈哈哈……老夫我有……"四下一趸摸，哎，我那佛珠呢？哦！定是这刘海自己一个人摸黑出去害怕，带上我那串佛珠出去了。呵呵，胆小的孩子！嗯，没关系，我这儿还有天齐庙小老道的符咒，给贴到大牢的牢门上啦！再朝牢房的门楣上一看，呀！吓坏啦，连这一道符咒也不见了！哎呀……自己慢慢地爬起来，耳中就听见外边儿是风声大作，"呜……哗……"哟？起风了，这是什么天气呀，白天还好好的呢。潘仁美自己摸到桌子上来一看，吃喝的都收拾走了，还剩下这么一壶茶，老贼刚想自己给自己倒杯水喝……嘿，一阵风刮过来，就见那油灯里的火苗"扑扑扑扑"，差不点儿要灭。老贼赶紧伸手要挡挡风，哟！就见这火苗矮了矮以后，又长起来了，变了色了，变成蓝色的了！

老贼心说从来没见过油灯会是蓝色的，这是怎么回事？以前只听老人说过，说火苗要是变成蓝色的，那是要闹鬼啊。正琢磨着呢，耳中就听见大牢四周是哭声四起，那是一个凄惨。哎呀！本来这屋子里边就被那蓝火苗给照得阴森森的，潘洪瞅着就觉得瘆得慌，再加上哭声一起，老贼一屁股坐在椅子上，哎，怎么不疼了呢？要搁在平常，老贼这屁股上的伤还没好利索呢，挪窝都不敢，别说这么一坐了。可这回怪了，一点都不疼！老贼还没想明白，就听见哭声里隐隐约约有人喊他，"潘……仁……美……"啊！？老贼惊得不轻，"莫非是……"还没反应过来，就听牢门咣当一声，被人一脚踢开，从外间走进来两个大个子。

嗬！好家伙，从来没见过这么高的人！俩人身高都得够一丈五尺，脑袋都顶着房顶儿了。老贼仔细往脸上一看，我的妈呀，差点叫出来。怎么？这两个大个子，前边这个是一身儿白袍子，戴着个高高的白帽子，怨不得脑袋顶着房梁了，这还一高帽儿哪！迎门上边摆着写了四个字，"一见生财"，腰里系着一根草绳子，脚上穿一双麻鞋，八字眉毛正长着，嘴里头还吊着半拉舌头，手里挥着一把破扇子；后边这个正相反，一身黑衣服，戴个黑高帽子，上边写着"天下太平"，手里头举着一块小木牌子，上面有四个字儿："正来拿你"。哎哟，这是黑白无常两个鬼使到了！白无常对着潘洪一乐，模样更难看了："哎，你是潘仁美吗？"潘仁美瓮声瓮气，"啊，这个……这个……正是老夫。""那就找对人了，跟我们走一趟吧，有人在阴间将你告下，冥王有旨，差我等来捉你上殿面君！"

黑无常也不说话，上来就把链子一抖，哗楞楞楞……把老贼的脖子就给套上了，"走吧！""哎呀，两位神使，老夫我有重伤在身，可是不便行走哇！""潘仁美，你自己回头看看，你现在是真魂出窍，可以夜行八百里，还有哪儿不能去的？"啊？潘洪一回头，呀！就看见那床上分明是自己还在那儿打呼噜呢，睡得正香呢，真是自己的真魂出窍！他还想再过去仔细地看上一眼，两个无常鬼能容他耽误时间吗，把链子一收，"走！阎君法旨哪个敢耽搁？"一把就把老贼给带出去好几步去，这俩多高呀！那黑无常说了声儿："你站好了……"这二位一边一个，就把潘洪给架起来了，飕飕飕飕，快步如飞，简直就像是腾云驾雾一般，就出了天字号大牢了。这一出大牢啊，潘洪就傻眼了，外边怎么全变了哇？什么都瞧不见了，也没路了，四周围黑漆漆的一片，两旁边只听得是鬼哭狼嚎，夹带着风声阵阵。潘洪一琢磨，完喽，我是叫勾魂无常给拿了，这还有个活吗？白天我这皇帝梦算是白做了！

耳旁边风声呼呼，也不知道跑了有多远，忽然，两个鬼使停下来，潘洪定睛一看，哦，到了一座高山山腰，山上是阴风凄惨，没有一丝光亮儿，眼前山坡上有一座高台，白无常指着台子说："这儿啊就是望乡台，按规矩得给你看看自己的家，我说……你啊，快着点，上去看一眼，咱就接茬儿走！"老贼登上台，朝山下望去，果然远远有一座城池，城内灯火通明，那没错，这就是东京汴梁城——自己太熟悉啦。哎，我这是站在哪儿呢？我怎么不记得东京城外边有这么一座山哇？有吗？我看看……我这是从哪座城门望过去……

二鬼也不让他多看，"行了，这就是最后一眼了，走吧，别磨蹭了，早结案早投胎，还有个挑的！"这回不架着他了，直接拉锁链拖着老贼往山上走。此刻老贼由不得不信自己是真魂出窍被锁拿到阴曹——阳世间没这么快的！自己方才还在天字号大牢里，片刻就上到汴京城外的高山山腰？就这么远啦？说什么也不能够哇？老贼就问了："二位神使啊，但不知老夫我身犯何罪，还要劳烦两位神使拘唤老夫的魂魄来问呢？"还是白无常说话："潘仁美啊，是有冤魂五百在阴曹地府一起将你告下，俺们哥儿俩这是奉着五殿阎君之旨，特来捉拿你的魂魄归案。"老贼一听，敢情平常大家伙儿说的这些个……这都是真的呀？听说两个无常鬼里数这个黑无常铁面无私，这个白无常很好说话，现在看来果然如此。"哦，那么老夫是永远不得回归阳世了？"白无常嘿嘿一乐："那也不一定，有冤魂告你，阎君是必得拿你问案，案子审结之后，判官要审查生死簿册，该索命的索命，该还阳的还阳，但有一样儿，在阴间不老实交代的……哼哼哼哼，可就要动用阴间大刑，那时节，三魂七魄受损，可就难以还阳了！"

过了望乡台，三个人走着走着，哎，前边啊有一片开阔地带，当间大路一条，两山夹缝儿中间有一座城门，黑压压的城墙，也看不清楚是怎么回事。潘洪这会儿有了死的经验了，问黑无常没用，他还是问白无常，"啊，神使啊，咱们这是到了什么地方？"哪知道这次例外，白无常倒还没说话呢，黑无常先搭言了，打鼻子里头哼出一声："哼！鬼门关！"瓮声瓮气的，真

王奇

不像是人出的声，吓得老贼一哆嗦。

白无常这时候说话了："要问现在这个地界啊，咱已经到了酆都啦，这山乃是平都背阴山，这座城就是酆都城！"老贼心说，得，我要过鬼门关了！说着话可就近了，来到城门近前一看，城门首是三个大字，"阴阳界"，门下把守着几个鬼卒，"哒！是干什么的？你们要到什么地方去？"黑无常赶紧把手里的牌子给鬼卒看看，瓮声瓮气地说："奉了五殿阎君之旨，到东京汴梁城捉拿潘洪潘仁美！请门官放我等进城面圣。""哦，既是五殿阎君法旨，岂敢有违，就此放行！""走！"黑无常推了一把潘洪，三个人就进了鬼门关。老贼心想：完喽！人都说这个鬼门关是有进无出啊，我算完了！哎，进来以后啊，这个地方看着和普通的城池内城也差不多，也是一条笔直的街道，只是一边街面店铺林立，另一边啊是荒郊野岭，那边影影绰绰好像还有一座城，潘洪就问了："两位神使啊，那边是什么地方？""那儿啊，是枉死城，谁要是进了枉死城可就出不来了。"哦，潘洪赶紧老老实实地顺着这边儿道儿走。

开始走了一段儿平地，等进入一个山环，前边儿是一条大河拦住去路，河上架了三座石拱桥，这头儿立个石碑，潘洪仔细地分辨，借着月光，瞧见那上面写着"通仙桥"。老贼知道，这个啊就是奈河桥，听人说在阳世作恶的人走不过去呀！我害死了杨家这么多人，算不算是作恶呢？老贼哆哆嗦嗦地走上石桥，提鼻子一闻，嗯？腥秽异常！就听脚底下有无数鬼哭魂号，凄惨非常。老贼偷眼朝脚底下一看，呀，河里头有多少人呢，在那里边滚动挣扎，浑身血污，还有那丢胳膊断腿的……哎哟，老贼不忍再看，听说作恶多端之人，过不去这座桥，到桥上就得掉下去，叫毒虫撕咬，我可得小心点儿！

别说，跟着俩无常走，没什么意外，还真就走过来了，没什么事！老贼跟着两个勾魂使者继续朝前边儿走。再往前走就该上山了，登上了台阶，顺着一级一级的台阶儿朝山顶上走。估计走了有那么二里多地了都，老贼心说，看来我是真死了。怎么？走这么远怎么不知道累呀？我都不带喘的，

孟得

这屁股上的伤也不知道疼了！还疼什么呀？我现在是个魂儿啊！顺应天意吧……走着走着，来到山腰上的一个岔路口，踏上了一条横着的盘山路，眼前是一座宫殿，巍峨高耸，楼阁重叠，也不知道有多深。老贼刚走上平路，就见有一位打扮得很富贵，头戴三山王帽的人物刚从里边儿出来，有个身穿红袍，像是一个官员模样的人从里边儿送他出来，两个人在山门之外拱手告辞。这个王爷转身登上一架四轮云车，潘洪晃了一眼，看见这位老王爷是银髯飘摆，面如古月，真有仙家的气派！就见他登上云车，两旁有上百名侍从，打着旗幡，驾车远去。

潘洪看着这个王爷就觉得很眼熟，想不起来跟哪儿见过，"啊，两位神使可知道刚才这位是谁呀？""那位啊？您还不认识吗？就是把您在阎君驾前告下的杨令公啊。他生前忠勇节烈，死后玉帝封在仙界为官。""哦，看来真是善恶终有报偿哪，我说怎么瞧着很面熟呢。嗯，做了神仙了，到底是与凡人不同啊。""那是，不是不报，时候未到。你啊，要是在阳世把坏事做绝，就等着下油锅吧！"

这个时候山门里的那位红袍官员望了一眼这边儿，说："勾魂无常，今夜晚间带回来的是哪一位啊？""回崔大人您，今天押回来的这位就是耽误了有一个多月的宋朝掌朝太师、扫北都招讨潘洪潘仁美。""哎呀！阎罗天子就等着他呢！审问完了好给天庭交代！还不快快带入第五殿！"

〖 四回 〗

潘洪一听，"什么？第五殿？"五殿是阎罗王啊，素常就听说十殿阎君里头，数他最铁面无私。嘿哟，我怎么犯他手里啦？

两大个儿无常鬼扛起老贼就朝里走，走进山门，头道殿、二道殿、三道殿……就这么一层一层往里进。到了头一殿，二鬼并不进去，绕廊而走，就看见殿后有这么一道廊道，栏杆儿后头是一座高台，前头有名儿凿刻其上，叫作"孽镜台"！嚯，这叫热闹，鬼来鬼往。鬼犯一个个被鬼卒们押着到台上看景儿，看什么？据说是能够看到自己这一辈子所做下的种种劣迹，造了多少的孽。老贼一瞧，嘿，这个我听说过，哎，要不然我也上去看看？我看看我这辈子到底是做了多少坏事？想到这儿，这脚底下就要往上挪。黑无常拉着链子一抖，"嗨！你要去哪？""我？我吗，我不是得上这个孽镜台……"白无常说了："那是头殿的鬼犯，人家一辈子没做那么多恶，最多就是有点儿昧着良心做了些个缺德事，临了叫自己再反省反省。他们就是看看，知道错了，也就算完了。头殿的阎君乃是秦广天子，专管这一类的案子，鬼犯发到这儿，也就登台看看，该发送到转轮殿转世投胎的就走啦！你……哈哈哈，潘仁美啊潘仁美，你是发在了五殿阎罗王天子驾前的案子，你的苦还在后头哪！"

走过了头一殿，后边是第二殿，好家伙，这儿可跟头一殿大不一样啦！一进来，就看见大殿之旁停着不少的鬼犯，都跟这儿蹲在地上，个个缩成一团，直打哆嗦！再瞧两旁边是一座又一座的池子，池子里头是一块块的大冰坨子！鬼犯排着队在后头等着，打前头这位走到池子跟前儿了，看池子的是两个鬼卒，一左一右，左边这个是牛头，身子跟人一样，可是脑袋上顶的是个牛脑袋，犄角不小，大牛嘴一张一张还能说话："你！快着点！别耽搁工夫！"闷声闷气。右边这位，正是马面啊。也是跟人一样的身躯，脑袋上顶着个马脑袋，门鬃洗刷得挺齐，大眼睛忽闪忽闪的。这位也能张嘴说话："后边儿，对！就是你们！都站好喽！一个一个来，别急啊！都有份儿！"老贼心说这些鬼也是，可不都有份儿吗，急什么哇？走近喽定睛一看，吧！怪啦，一个个都是自己麾下的兵丁打扮，到了池子前头，脱下军装号坎儿，解下来胸甲头盔，放下自己肩背的箭囊、弓袋，光着身子就跳到冰窖里去了，哇呀呀地一阵惨叫，再找这人就找不着了。后边这个跟上来还挺着急，连忙脱下衣服，也是把随身的兵器一扔，就跳到冰池里去了，冒了冒脑袋就不见了。

老贼这眼睛可就瞪圆啦！嘿！这不对！滴溜溜地乱转，瞧见了，后边哆哆嗦嗦上来这位老兵，正是自己贴身的守卫！"哎，老赵，你怎么来啦！"老赵斜眼一瞥，低着头，叹口气儿："大帅，您也来啦？我就知道有今天……"还想说什么，马面鼻子里一哼，这老赵一缩脖儿，哆哆嗦嗦朝前走，扑通！跳池子里啦！咕嘟咕嘟，人就不见了。老贼正打愣，后边又排着队来一位，脱下号坎儿，摘盔卸甲，都脱光了，走过来。"哟，老钱，是你？真是你！"寻常给自己端茶倒水的老军老钱。"嗨，大帅哇，我的太师爷哦，您瞧瞧，您最后不还是得到这儿来吗？嘿！"也是不理老贼了，自己朝前，扑通！寒气逼人，咕嘟咕嘟，人就不见了。老贼这会可不干了，嘿！这些都是我的亲支近派，我得近前去瞧瞧去，我到底得弄清楚，到底是人还是鬼！不成，老夫我必得弄个明白！不管黑白二无常啦，就要上前探看冰池！猛然间就听身后有人哭喊："潘洪，还我的命来，我死得冤哪！"

啊？潘洪扭身一瞧，来的人眼生得很，可是必定是在哪见过，二十多岁正当年，浑身上下很壮实的一个将官。这个人也是脱去铠甲、衣衫，嚯！

这浑身上下都冻上冰碴儿啦，腿脚僵硬，冲着潘洪就走过来啦！走到切近，老贼想起来了："哎，你不是弓箭营的赵彦吗？"赵彦嘴唇冻得直哆嗦："不错，要不是潘洪你逼我箭射七将军，我今夜岂能死于冰池？老贼，你还我命来……"赵彦光着身子，浑身上下全都挂着冰碴儿，伸出来这双手，挂着冰溜子，手指头都挺直着……好吗，赵彦一把抓过来，扣住老贼的臂膀。别看老贼身穿着囚衣，一股子寒气，透体冰凉！嘿！还查看什么呀？这不是鬼还能是什么？不然这赵彦能这么冷吗？老贼吓得腿都软啦！扑通！双膝跪倒，体似筛糠，一言不发，这是真的动了心了。知道自己是真死了，真魂离体，才可能如此彻骨地冰寒！赵彦哈出来的气都是冰凉的，上来要掐老贼的脖子——鬼还用掐脖子吗？黑无常一点不客气，上来一把攥住赵彦的两条腿，"你不能在这儿，你得去那下边去！"噗！哗啦……飞散出来冰凌无数，赵彦也被扔进了冰池，咕嘟咕嘟咕嘟……只不过是动静大点儿，可也就是冒了冒泡，人就不见了。

老贼吓得是直打哆嗦啊，刚转身，又上来几位，伸着冻得成冰的双手，嘴里高喊："大帅！大帅！你还我命来！"老贼是连滚带爬就往大殿后头走哇。白无常乐了："你也想进那池子里边待会去吗？你去吧，反正从那儿也能到第三殿，不过就是叫他们抱一会你。"呜呜呜……老贼是直甩脑袋，说什么我也不去啦！"这位神使上差啊，我问问您，这些人我怎么看着像是我大营之中的兵丁呀！他们怎么也在这个地方儿？他们……可没死呢吧？"白无常笑笑："潘仁美，这里乃是地府第二殿，执掌刑罚的是楚江王释迦尊主，专管着剥衣亭、寒冰地狱！凡是在阳间为非作歹，胡乱伤人肢体者，统统发往第二殿听审受罚，哼，才要在寒冰地狱里受苦。你看见没有，这些人就是你在瓜洲营里的麾下弓箭营的军卒，他们受了你的指使，箭射黑虎星君杨七郎，正该受罚寒冰地狱，这儿一过，就可以发送到第三殿听审，没别的什么罪过的，就该送去转世投胎，因此上一个个着急早日受刑！因为是黑虎星君告下诉状，阎君不得怠慢，今日儿晚上一夜之间，雁门关外一场暴雪，这些人啊，都冻死啦！"哦……老贼心说，连这些人都要受这么残酷的刑罚，那么说我哪？这都是我的差遣哪！唉……走哪儿说哪儿啵！

迈步再往前走，到了第三殿。老贼抬头观瞧，牌匾上写得挺清楚，此处是文殊菩萨的化身宋帝王掌管，大殿的两侧是黑绳地狱，专门惩罚的是阳世间忤逆尊长之人。这跟自己没什么关联啊，不看也罢，也是真的不敢看了，也不停留，赶紧往前走。哎，到了第四殿，这里是五官王管辖的血池十六小地狱，一个个鬼犯被绑缚在桩橛之上，有鬼卒一刀一刀往下剐皮肉，鬼犯疼得是嗷嗷直叫！刚一走到殿前，血腥气扑鼻！老贼看着害怕，赶紧往前，绕殿而过。黑无常还成心走得慢点，指着那边剐人片肉的刑场："嗯嗯……"那意思是，来都来啦，您倒是过去瞧瞧去哇？这位杀人无数的潘大帅，都给吓得没魂了，浑身直打颤哪！"求您二位了，我是不敢看啦，咱们赶紧该去哪就去哪啵！"

再转过来，登台阶儿上到了第五殿，二鬼就不走了，带着老贼往当间一站，"哎，在这儿等！"黑无常自己个儿先进去报信儿了，门口这就剩下白无常一个鬼卒押着老贼潘洪等着。老贼一看四下无鬼，正好办事儿，赶紧和白无常搭讪："啊，上差神使，我……我跟您扫听点儿事儿。"白无常扭回头来，"噢？你有什么话要说？""呵呵，我就想问问您，我到在酆都城里还有没有还阳之路？求上差您给小的我指条明路，您放心，小的我决不会忘记您的好处，小的在阳间能办到的，您尽管吩咐！"白无常嘿嘿一乐："潘洪，你还惦记着能还阳不是？"潘洪一听这话音儿里有戏，又凑上了半步，"可不是嘛！上差，方才可是您说的，案子审问完了，该还阳的还得还阳，该投胎的就去投胎，我就问问您，小的我是算该还阳的呢，还是该打入六道轮回哪？""哟嗬，你老小子还揪着我的话把儿啦？好吧，我告诉你，这个事我可是一点儿都不知道。为什么这么说呢，在我们阴司，各司其职。你比方说我们哥儿俩吧，专管拿人的就管拿人，拿谁，什么时候拿，都听判官的——咱五殿阎君的判官头儿就是刚才送杨令公出来的那位崔大人，我们就听他的。他崔大人管得可多了，待会儿就是他来验明正身。他要说我们拿错了，我们哥儿俩就得赶紧把你给带回去，送你还阳！他要说我们拿的人犯是本人，我们哥儿俩就算是交差了，您就得上殿听审。等您的案子该审问的都问完了，甭管您是什么罪责，得先看生死簿。查看生死簿，才知道您本来的过去未来，就能知道您的命数。您的阳寿还没到时候呢，好——先把您的罪罚都给记上，我们哥儿俩就还得再送您还阳，您不能留在这儿；要是您就该着今日儿个死在天牢哪，前世就给您定规好啦，那就省事了，直接把您交给下边的鬼卒来带着去孟婆亭就好啦，没我们哥儿俩什么事了。"

潘仁美心说，敢情这地狱里头也兴找后账啊？这个时候心里头一动，嗯？阳寿未到？着哇，我闺女前几天不是还找高僧给我算命来着吗，说我还有三十年阳寿，能活到九十多啊！"噢，我得好好地谢谢上差您，那您说说，小的我的阳寿可到了大限？"白无常上下打量了一下潘洪，"潘洪啊，我知道你的心思，你是还惦记着回到阳间接荏儿害人去！你们阳间的事我们阴间不管，可是有冤魂五百在阴间告下状来，我家阎君就不得不问这个案子了。你的阳寿到没到限数，那不是谁都知道的。我刚才不是说了吗，只有判官崔大人手里头掌管着生死簿，你要想知道自己到底阳寿到什么时候，你得问他。""噢……崔判官，老夫我知道了！"

潘洪想起来了，素常听人说书，说到过这位阴间的崔判官。老百姓都这么说，这个阎王殿前的判官里头，也分着这么三六九等，有的是掌刑判官，有的是簿史判官，像什么化身判官、主命判官、日月判官、急死判官、铁面判官……还有的就是专管里外通报消息儿的小判官。执掌生死簿的判官就是判官头儿，叫主簿判官，这位姓崔，名珏，字子玉，活着的时候乃是唐太宗贞观年间的一位清官。崔珏为官清正，审理案件明察秋毫，死后被封为阴间执掌刑狱的主簿判官。潘洪一琢磨，我听说过，想当初唐明皇李隆基被安禄山赶出长安以后，一路逃亡逃到了四川。赶到了四川，晚上他做了一个梦，梦见一位红袍官员告诉他，说："您甭跑啦，此贼不久当灭，您可以在这儿住下了。"唐明皇就问："啊，哦，卿家您是哪一位？"这位判官就说了："臣乃滏阳县令崔子玉！"哎，就是这位崔判官。潘洪心中暗想：今天老夫我魂游地府，哦，才知道，敢情这些老百姓传说的这些个事儿都是真的！果真有这么一位崔判官掌管生死簿！哎，我听说这个崔判官对人间的人王帝主可向来不错，我何不……

"哈哈，这位上差……您这么一说我就明白了，啊，不知道可否烦请上差您帮我一个忙儿，将刚才进去这位崔判官请出来，就说，老夫潘洪我……有话要说。"白无常一听，明白了，你是要走一走我的门子，托崔判官给你说情儿？"哈哈，你要见崔判？那好办！"一伸手，"拿来吧！""嗯？上差，您跟老夫我要什么？""哼哼，潘仁美，你装什么糊涂？你托我进去给你找门子说情，我还能白跑吗？怎么还不得给点补鞋底子的钱哪。你连这个规矩都不知道，你可是枉为当朝一品哪！"白无常这么一说，老贼醒悟过来，"噢！噢……老夫明白明白，老夫明白！但不知，这个补鞋底子的钱，上差您需要几何？"您要多少钱够哇？白无常嘿嘿一乐，"太师，您自己府上订的规矩您还问哪？就按您太师府的规矩办，这一回请人家崔判官出来办事，连我的带人家崔大人的鞋钱一共是纹银二十两，您拿出来吧！""啊？帮着引见一下崔判官要这么多银两？这还是鞋钱吗？"白无常哈哈大笑，"潘洪，这都是你府上家人给定的数目，你找谁说理去？甭废话，拿出来，我给你找崔大人去，拿不出来，别怪我懒得帮你跑这道儿！""哎，好、好、好，二十两就二十两，老夫我出！"一低头，浑身上下一摸，哟！坏了，我这是一身儿罪衣罪裙啊，哪儿有银钱带在身上？再说了，我……这会儿是魂儿哇，被你们勾来了，我那钱还能跟着也下地府吗？急得潘洪汗都下来了。"啊，这位上差，我，我这是刚从监牢里边叫您二位把我勾来的，我这出来得匆忙，身无长物，我没钱！您看这么办成不成，这钱先记着，等老夫还阳之后，自会到庙宇中还香进献！"白无常瞧了一眼潘洪，一伸大巴掌，啪！给潘洪的肩膀头上来了一下子，"哈哈！老小子，你蒙谁呢！我知道你还能不能还阳？就算是你能还阳，你翻脸不认账，我找谁要去？跟你这么说吧，你有钱，我就给你办事儿，拿不出钱来，想见崔判官？没门儿！"潘洪心说，我刚被你们拘来，谁给我烧纸啊？我身上哪儿能有钱呢？

这儿刚说到这儿，黑无常打里边出来了，"哎！潘仁美，如今五殿阎君已然升殿，你跟我们进去听候审讯吧！"说完了过来一抿潘仁美脖子上的锁链。潘洪心说这要是跟你进去了，我就没工夫跟崔判官说悄悄话啦，那哪行啊！"哎，别忙，别忙，神使，上差！您容我一会儿工夫成不？"白无常知道潘洪想干什么，过来拉了一把黑无常，"哎，兄弟，你听哥哥我跟你说句话。"说完了，拉着黑无常朝里边走，迈进了门槛，躲到门背后去了，门口这儿就撂下潘洪一个人。潘洪朝四外看了看，阴风阵阵，院墙以外鬼哭狼嚎，越待着越瘆人，直打哆嗦。潘洪知道，这个贪心鬼怕自己这份儿外财跑了，找黑无常商量去了，你们俩倒是快着点儿呀！

哎，又等了这么一会儿，再一瞧，白无常脸上挂着笑模样就出来了，刚才说了，这白无常长得实在是太难看了，还不如不笑呢，这笑模样比哭还吓人。"呵呵呵呵……我说老潘哪！"哎，怎么改口了？叫我老潘？嗯，看起来在阴间也爱财啊！行，只要你贪财，就没我潘洪办不到的事情。"哈哈，神使上差，您……"

"老潘，你怎么睁眼说瞎话呢？谁说你在阴间没钱来着，我们哥儿俩进去问啦，就在昨天，有人给你在阴间的票号里头存上了十万两白银！你有的是钱！你怎么跟我们装糊涂呢？有钱不就好办了吗，你早说啊！"哦？潘洪一愣，我在阴曹地府还有钱哪？在阳间我有的是真金白银，这个我知道，怎么在地府我也有钱呢？转念一想，哦……我明白了，昨天小太监李林不是说了吗，我闺女给我请了个高僧给我算命，已然算出来我有这一劫！人家高人已经算出来了，没准儿是昨日在宫里就给我烧了纸钱儿啦！嗯，还头一次听说，在阳间给烧纸，那都存阴间的票号里来啦？"啊呀，老夫我也不很清楚。有钱就好哇，那您看我怎么能给您支取呢？""有钱就好办啦，你现在给我写个字据，到时候我自会到票号里去取，来！"就见白无常从身后边掏出来几件儿东西，送到潘洪的面前，黑无常呢，也跟身上拿出来一张纸来，在潘洪面前的台阶上一摊开，还是瓮声瓮气地："你瞧瞧，写得对不对？"潘洪拿过来一看，这张纸自己还没见过，黄色的，挺厚，上面全是麻皮儿，有人给写好了："今欠执契者白银四十两，许其自行支取度用，落款是大名潘洪。"哟，欠条都给打好了，这阴司里边儿办得可够快的！"哎，不对啊，神使，刚才不是说二十两吗，怎么才这么会工夫就添了二十两？"白无常说："潘洪，你糊涂啊，刚才就我一个鬼在这，现在是我们俩鬼一起帮着你跑这个事儿，一个人二十两不就得四十两吗？你啊，别心疼这点银子了，你看好了就具结画押吧，给你！"一伸手，把带出来的印泥给举过来了，潘洪低头一看，是一个乌木印盒，上边雕着花儿，里头是朱砂印泥，那色自己从来没见过，红里还有点泛紫头儿，瞅着确实和阳间所用之物不同。老贼没多想，自己现在是穷鬼一个，身上什么都没带，人家能让自己先欠着这就算不错啦！

潘洪在欠条上按下了十个手印儿，白无常把这些个物件带上，跟黑无常说："兄弟，你在这儿跟他先等会儿，我先进去找找崔大人，看他是不是乐意见这潘仁美。""你去吧！"黑无常话不多，把链子一拉，就跟这儿站着。潘洪在五殿之外左等不见，右等也不见，正着急呢，就听见身后马蹄声紧。嗯？扭头朝来路望去，好嘛，幽冥路上一阵的烟尘腾起，一团云彩迷雾就扑过来啦！老贼赶紧找地方儿躲，就瞧见一匹快马是破雾而出！啊？可吓坏啦！马上是一员将官，身高过丈，浑身的铠甲都叫血给染红啦！这员将是个黑脸儿，浑身的黑战袍，马是黑毛虎，手里擎着一杆乌金枪，胸前攒满了雕翎箭！看来人一脸的怒气！脑门子上曲里拐弯是一笔虎字儿，都扭出来花儿来了，两只眉毛上各有两道血痕，满面的血污！眉毛上的眉肉支棱着，底下是一双大眼睛，溜圆瞪着！非是旁人啊，正是死在自己一百单三箭之下的七郎杨希杨延嗣！

〖 五回 〗

这回老贼都吓得不知道躲闪了，定睛观瞧，嘿哟！果然是杨七郎！

杨七郎打马来到五殿之前，闪身下马，黑毛虎有鬼卒随后就给牵了走，烟尘忽然落尽，大踏步就奔大殿来了！老远就瞧见老贼潘洪了，这眼睛瞪得更大啦，哇呀呀地暴叫！"老贼！潘仁美！七爷爷我可把你等着了！你还用上殿吗？就在这儿把命还给我啵！"一边说着话，一边把大枪抖起来，噗噜噜……奔老贼就扎过来了！潘洪心说，完了！我都已经是鬼啦，还得再在这小子的枪下再死一回！估计这回我是逃不脱啦！眼看着这枪就快扎上啦，二目一闭，我已经是死了哇，再扎我我还能怎么？这时候就听大殿里头有人高喊："七将军！星君！您且慢动手！这时候您要是把潘洪打得魂飞魄散，您可是吃罪非小哇！且慢！"杨七郎也不说话，一转身儿，这杆枪就走偏了，噗！一枪扎在地上，溅起来不少的石块儿！哼！头都不带回的，大踏步就进了第五殿正门儿。就听大殿里边猛然间是仙乐齐鸣，丝竹管弦应有尽有，还有人高喊一声："上界黑虎星君驾临……"马上就还有人接着传，一个挨着一个，隐隐约约，得传过几十回……这里边有这么大的地儿吗？潘洪仰脸看了看，不算大啊，普普通通一座殿宇，数丈进深罢了，怎么是这么个动静儿？

再看方才拦住杨七郎这个人，大殿里边儿灯光闪亮，是一位大红袍的判官走出来，嚯，真不亚于朝堂上的品级大员！见此人：

身高在八尺上下，头戴乌纱帽，耳旁边两只软翅突突颤跃，身披一件大红色的官服，前胸绣团花朵朵，后背绣松鹤延年，袖口是寸蟒金龙，下摆是海水江崖，腰横玉带，手持牙笏。再往脸上看，此人生得是面如冠玉，天庭饱满，地阁方圆，眉清目秀，直鼻阔口，唇红齿白，颌下是三绺墨髯，随风飘摆。

潘洪一看，哟，都说这判官是朱砂眉、铃铛眼，凶眉恶目，哎，瞧这位，眉清目秀，真是一表人才，长得可够漂亮的！崔珏还在对着大殿里边说话："星君，何必如此急于复仇哪？您现在在天庭也是位归仙班，虽说惨死于瓜洲营里，可这也是天数使然哇！如今阎君正等着列位哪！这不嘛，潘仁美既然已经是拿获归案了，您还是先去听一听庭审，等阎君判好了……您这口气儿也就出了不是？您要是现在就把他的魂魄扎散，此案不能结，阎君和地藏菩萨都得到天庭去告您去……您本来是有理的，这不倒成没理的了吗？"大殿之中猛然间"嗷……"一阵虎啸传出来，崔珏一听，面带微笑，微微作揖，好像刚才那一声儿，正是黑虎星君的回应。

崔判官一扭头，和白无常对了下眼神，就知道了，换上来一脸的堆笑，那意思，这位就是财神爷呀！潘洪还没来得及张嘴呢，崔判官自己先说话了："呵呵呵呵，哎呀，原来是大宋朝的两朝元老潘老太师到了，下官我是有失远迎哪，在这里给您赔罪了。"潘洪一听，好么，一派官场的油腔滑调，跟自己手下的官员没什么两样儿——方才你崔判官在殿门口明明知道是我来了，现在又说有失远迎，哼！还不是白无常刚刚告诉你我有钱么！唉……潘洪打心底里叹口气，看起来阴阳两界虽有阻隔，人情世故、唯利是图都是大同小异啊！

老贼还不更精通官腔儿吗，连忙躬身施礼："哎呀，崔大人哪，切莫如此多礼，实实是折杀老朽也！"潘洪一咂摸，可不是折杀我吗，都把我的三魂七魄给拘来了！"您这是客套啦！""崔大人，啊……""哦？老太师，您有话请讲。"潘洪看了看站在一旁的黑无常和白无常，"崔大人，老夫有一事不明，正要跟您讨教，不知道您能否借一步说话？"在阳间，凡是要说悄悄话的，就这么说，啊，请您借一步说话——就是咱俩到个没六耳的地方私下里说话，这个话不能叫旁人听见。崔判官也是一明白人哪，看了看旁边的黑白二无常，乐了，"潘太师，您甭费劲了，您要问什么您就问，这俩人您待会儿还用得着。"潘洪是个惯听官场暗语的人，哦……明白了，崔判官这话里的意思是，待会儿自己还能还阳，要是还阳的时候，自己还得这俩人给送回去。现在我要许好处出去，也得带上这两位！"噢？哈哈哈哈，老夫我明白了。好，崔大人，方才老夫听说，把老夫的魂魄拘来，乃是有冤魂五百在阴曹地府里将我告下！但不知，这都是哪来的冤魂？您能否让老夫我明白明白？或许您知道，老夫我在地府存有十万白银，这些钱都是您的，就求您帮我这个忙，给我支支招，看看我怎么办才能不被冤魂告倒，返魂还阳。"

崔判官一听，微微一笑，"哦，潘太师，您要问这个，我可以告诉您，当初您在雁门关前移营逼战，您命杨老令公率领五千军卒征战两狼山，这些人没一个活着回来，全都是战死在虎口交牙峪内。这里有冤魂五百，好说歹说，就是不肯投胎转世，都聚集在五殿之后，等待阎君审问判刑，所以才差下无常二使去捉你下阴曹。您明白了吗？""噢，原来如此，老夫我明白了。啊……我还听说，把我捉了来，得您先验明正身才好上殿面君，您说是拿错了，就得放我还阳……崔大人，您看……"崔判官摆了摆手："潘太师，您躲得了初一，躲不过十五，今天我放您还阳，五百冤魂不会罢休，还得在阎君面前告您的状，早晚不还得把您拘来吗？"潘洪一想也对，我躲过今天，还不定哪天又见着这二位，我这钱就花冤枉了！"好好，崔大人，那老夫我再问您最后一句，您查验生死簿……不知老夫我阳寿可到尽头？"那意思就是，您看看，我到底是不是该死呢？崔判官心说，好你个老奸贼，你早该死了！"呵呵呵呵……潘太师，您这可就算是问对啦！告诉您，要是生死簿上您的阳寿未尽，阎君审问完了案子，给您定了刑罚，现在不行刑，还得放您的魂魄还阳，什么时候阳寿尽了，什么时候再把您捉回来受刑！您明白吗？""嗯……我明白了，好，那您能否跟老夫我交个底儿，老夫我的阳寿到底是到了头儿没有呢？"

崔判官把俩胳膊儿一抱，抬头瞧脑袋顶上，"哎呀，这个么……啧！"看那意思是想不起来了。把潘洪气得，哎呀，看起来无论阴阳两界还是人神鬼怪，都是一个德性呀！心里这么想，脸上还得赔笑："嘿嘿嘿嘿……崔大人，此一节事关老夫生死性命，还请大人体恤老夫，我甘愿立下字据，那十万两白银都是您的。"这时候再看黑白无常，把脸儿一背，就当没听见，躲一边去了。崔判官乐了，"潘太师，按说您的一条命岂止十万两白银呢？既然是生死攸关，您这手指头缝可不能抠得太紧哪！"啊？老贼心说今天我可长见识了，这哪儿是阴曹地府啊，这不就是三省六部的衙门吗？就敢公开地跟我索贿啊？"噢，好好好，只要您开出价单来，我潘仁美就给得起。您说吧，您打算要多少？"哈哈哈哈！潘太师，您想错了，您是真龙之体，拿多少钱能换得来呢？下官我没别的需用，阴间的冥币，我攒了也不老少。就是这判官我当了好几百年啦，想问问您，今后您有背北封神的那天，只要您能给我一个十一殿阎君做做，此愿能了，下官我……自然是感激不尽！"哦……哈哈哈！背北封神？他这是点给我，说我日后能当皇上啊？哦，我要是当了皇上，我得封他一个十一殿阎君？好，我要是答应他了，他不得保我还阳吗？"崔大人，您的意思我明白了，您放心，老夫我到了那一天，我准定会封你做头殿的阎君！"

崔判官一听，点了点头，"好，那下官我就在此谢过！您不是想知道自己的阳寿到底大限几何吗？我跟您实话实说，方才下官进去，还正好翻看了一下您的生死簿，您那一页上是这么写的，说大宋朝检校太师潘仁美……"刚说到这"潘仁美"仁字儿，忽然间大殿里边灯火晃动，就听见有一个声音高声喝喊："鬼犯潘仁美！既已拘到地府阴曹，为何迟迟不来面见我五殿阎魔天子？实实地可恼哇！哇呀呀呀……"崔判赶紧住口了，什么都不再多说，"得嘞，咱有什么话回头再说啵，我可得先回去啦！"这阎王升殿，身旁没判官哪成啊，转身就走了。老贼一想，甭管怎么着，反正这好处我是许得了，他得向着我！也硬着头皮朝大殿里边儿走，两个催命鬼带着老贼走进了阎罗宝殿。

　　崔判就走在头前儿，到了门口儿这儿，回身儿又补了句："潘太师，您甭担心，我说您能还阳您就能还阳，可是待会儿呢，甭管阎罗天子问您什么话，您先瞧瞧我的眼色。我要是不动声色，看脚底下，您怎么说都成；我要是死死地盯着您看呢，您可得记住喽，您得说实话。得了，我得赶紧听阎君的召唤查验公文了，您慢着点儿来吧！"崔判是这么说着，迈步就进了大殿，一转弯儿，这人就闪到头一排的柱子后边儿去了。潘洪随后也迈步跟上来，走进大殿，紧走几步，一抬头，哟！可把老贼给吓坏了！怎么呢？这大殿之中是阴森异常！可是灯火还是都照着几位堂前的神主，约摸你能瞧见，当间儿这儿坐着一位，头戴平天冠，面目端正，颔下是满部的长髯，可是灯光晦暗，瞧也瞧不太清楚，可是一看就知道，这位不是别的，肯定就是阎罗王啦！潘洪惊讶的不是终于见到了这位阎王爷，而是阎王身边站着手执管笔书簿的判官，那不是别人，正是方才在大殿门口跟自己说话的崔珏崔判官！

　　呀！潘洪就觉得浑身上下直冒虚汗！老贼算真服了，这可真是森罗宝殿啦！这崔判刚从这儿进大门，能走出去几步哇？从这儿到那儿，少说得有五十多步哪，他就这么一迈步……好么，就上去站着亮相儿去啦？嘿哟，我呀，我别妄想啦！这是真到了阴曹地府了，要不然，哪儿来这么高的神通呢？这位判官这脚步也忒快啦！按说刚一开始，俩招魂鬼卒押着老贼进阴山，老贼还留着一个心眼儿，心说这万一要是寇准和八王给我使的把戏呢？我可得好好地盯着点儿！可是这黑白无常二鬼的身量儿也忒高啦，潘洪这辈子没见过这么高的人，仔细盯着脚底下看，还真不是踩着高跷！这样儿的人哪儿找去哇？这是第一回释疑。俩鬼使奔走如飞，没过多会儿就上了山了，老贼认为这可以说真是"鬼使神差"哇，要不然凡人哪儿能跑得这么快？怎么能这么快就来到了荒郊野外？再一登台望乡，这是彻底地泄了气了，我这是真到了地府啦！不然这才跑了几步，我怎么就离开汴京城这么远了哪？再到后来，赵彦的冰身可是真的！亲眼见着了杨七郎的鬼魂，到现在眼见崔判的神迹，嗯……没的说，这是真神哪！五回连环释疑，老贼没别的想的了，就寻思着，怎么能得一个发我还阳呢？

老贼正在这儿惊慌失措，俩无常鬼一推，"别走啦！就在这儿等着听候阎君天子的召唤！现在还轮不到你哪！"这儿眼前也很显眼，地上是俩膝盖跪出来的大坑，把老贼在这儿一搋，正好，俩膝盖卡在坑里。往下一低头，嗯？眼前儿是一块地砖儿，上边刻好了，鬼犯潘洪潘仁美，哪年哪月哪日前来听审候刑！啊？这都早弄出来啦？可真神了。这刚跪下来，上边阎罗天子就开口说话了："崔判哪，你查一查，下边是哪一家儿鬼犯该当上堂审讯了？"潘洪心说该我呀，你方才不是叫我来着吗？早点审我，审完了好放我还阳！刚要挺直了身子板儿，后边黑无常拿家伙一杵，"你干什么呢？低头！"

就听上边崔判说了："回禀阎君，下边是该审问曹州府南华村虐待公婆的媳妇黄氏，您瞧，这已经押送到本殿了。"崔判的话音刚落，这大殿之中又亮起一块儿。潘洪一瞧，当间跪着这么一位女子，浑身是绫罗绸缎，身材肥胖，自己就瞧见一个背影儿，长什么样儿可瞧不见。就听殿上阎罗王可说话了："下跪者，你可是曹州府南华村的不孝儿媳黄氏么？""哎呀，阎君天子，我正是黄氏。但不知民妇我身犯何罪，您下票把我给拘到殿前来呢？""好，本王我先问问你，阴司里接到了告你的诉状，说你在家中虐待你的公婆！老人家饿了，你不给饱饭吃。三九天老人家出门冻得受不了了，你不给棉衣穿。三伏天两位老人难耐烈日炎炎，你不说在家里给伺候着吃西瓜解解暑，竟然强逼着公婆出门去给你讨债去。到最后老房子被风雨摧倒，你不说掏钱给老人修缮整饰，反倒是逼着两位老人寄宿在村口大柳树下的破瓦寒窑之内……呵呵，黄氏，阴司里这份诉状告你……倒是实啊，还是实啊？"潘仁美一听，这是问案子吗？这不全剩的是实情了吗？"哎呀，阎君哪，这可是天大的冤情哪！民妇我可没短两位老人家的吃食和衣衫啊，饿了有满碗的大米饭，冷了有三指厚的棉衣……""嘟！好奸诈的刁妇！少要多言！你说你给你的公婆衣食都备齐了，那么你来看，这是不是你给老人家满碗的大米饭，还有这三指厚的棉衣！"一旁边，噗！又闪亮了一个蓝火苗的灯盏，灯下是一个小鬼，手里端着一碗大米饭，嚯！堆得是挺高。小鬼端着这碗饭，来到黄氏的面前，啪！往她的面前一撂，这碗饭就歪在地上了，上边的米饭滑落下来，露出来底下，都是一把把的白沙！阎王点指刁妇黄氏："黄氏啊黄氏，你来看，这是不是你给老人家吃的大米饭？那底下都是什么？你自己看一看！"这黄氏低头不说话了，阎王再一点手，那又点亮了一盏蓝灯，这边这个就灭了。灯下还是闪出一位小鬼卒，手里头拎着一件棉衣，看着是一件棉衣，别说，还真有三指厚，拿到了黄氏的面前儿，啪啦这么一抖搂，外边的布就破了，里边露出来……一团一团的棉花。是棉花吗？老贼潘仁美瞧不真，阎王一拍桌案，"大胆的黄氏，你看看，这是不是你给老人家穿的冬衣？这里边絮的到底是什么？"哦……潘仁美明白了，这里边絮的不是棉花，一定是杨花、柳絮，鼓鼓囊囊，摸着像是棉衣，可到了三九天可不能挡风御寒哪！黄氏是低头无语，没话说了。

阎王嘿嘿一阵冷笑："大胆的黄氏，到了孤王我的阴曹地府，你何敢信口雌黄？如此的刁蛮诡诈，无有实招，休怪孤王我铁面无私！来呀！与孤王我将黄氏叉挑油锅，打入阿鼻地狱，永无翻身之日！""谨遵法旨！"过来两个小鬼，一把就把黄氏给拽起来了，潘仁美是眼瞧着黄氏给拉到了大殿的左侧，噗噗噗！点亮几盏蓝火苗的油灯。哟！这会儿才看见，就在殿上就支着这么一口大锅，锅底下架着大柴火，有四个小鬼跟四面使劲儿地扇火，这火是烧得倍儿旺，那油锅里是满满翻滚的滚油！这油可是真烧开啦！一个大个儿的牛头鬼过来，拿着大叉子对着黄氏，噗！一叉就穿透喽！黄氏是连声地哀号，那还能容你哀告吗？我叫你无有实招，去你的吧！哗啦！就把这黄氏给挑到油锅里去啦！滚油一烫，太惨了，眼看着黄氏在锅里冒了几冒，刺啦刺啦直冒烟，潘仁美提鼻子一闻，嘿！直想吐！活炸大活人啊？噢，不是，是个大活鬼，跟活炸活人一个样儿！

这油灯跟着就灭了，老贼什么也瞧不见了。再听上边，崔判官和阎王还说呢："冥主，下一位，该是延安府的富商张三，他为富不仁，压榨佃户，大斗收租，小斗卖粮，半夜学鸡叫，坑苦了一方的百姓！""哦？像这样的人还能容留于世上吗？张三何在？"殿上又亮了一盏灯，灯光就照在大殿上跪倒的这一位，从后头这么一看，身体也是很富态，锦缎的员外服，头上是员外巾，脚底下这双鞋倍儿亮！嗯，潘仁美心说这是一个有钱人。张三倒是老实，磕头如捣蒜，"阎王爷您饶命，我招！我招！都是我做的，是我半夜学鸡叫！我……"没等他说完呢，阎王都听烦啦，啪！把眉毛一立，眼睛一瞪，"还等什么，像这样儿的人，还容留于世有何用处？来呀，将张三发往腰斩地狱，永不超生！"

几个小鬼上来，不容分说就把张三往下拽，大殿的一旁现出来一座铡刀刑台，把张三往台上这么一扔，上边大个鬼卒一声令下，四只小鬼一起往下摁铡刀，噗嚓！一刀下去，人分为两截儿。别看这张三都上下两截儿了，前半截儿还在地上爬哪！潘洪瞧得真真的！脑袋还嚷嚷呢，"阎王爷您宽恕！您宽恕贱民！您大量……"灯火一灭，这声儿就远去了。潘仁美跪在后头是心惊胆战！心说，这是真铡哇！

这边这位下去了，前边阎王爷还问，下边该谁了，崔判一招手，殿前灯火又亮，底下多了一个人，从背影一看，浑身粗布的衣裳，脑袋上绾着牛心发髻，打着赤脚，瞧着像是一个船夫。崔判官就跟阎王爷说啦："冥主您看，这个就是黄河口黑心渡的船老大李老四，为人狠毒，摆渡过客，勒索金银，有钱给得不够的，弄翻船只，强取豪夺！此为不义之人，故而被过河的冤魂状告在咱们这儿，还请阎君明断。""哦？原来如此，那么说李老四，你做的这些个事，件件丧尽天良，孤王我问问你，你招是不招？""阎王爷，状子上的案子件件都是小人我做的，我全都招认！""那好，那么今天你来到我的阎罗殿上，孤王问你，你后悔不后悔？""阎王爷，小人我自幼家贫，上不起学，没念过书，不懂得什么叫天理循环，什么叫报应现世，自打跟着这二位到您这儿来啦，小人我后悔呀！但凡是我能去读书，也不至于做下这伤天害理的事来！到今天就因为贪图财宝，得了这么多的不义之财，也不过就是吃喝嫖赌而已，如今悔之晚矣……阎王爷，您就罚我吧！小人我是甘愿受罚！去哪个地狱都成。""哈哈哈……好孩子，有你这句话就好，既然你自己已然懊悔自己的所作所为，孤王我怎能再加罪与你？来呀，领着李老四前往孟婆亭，送他六道轮回，来世做牛做马，还报他害死的冤魂！去吧！""多谢阎君！"啊？潘仁美一瞧，这也忒便宜了吧？就这么花言巧语就能蒙混过关？

那要是这么说，我上来就说自己招认不就完了吗？坏事都是我做的，没错，是我害死了他们，您惩罚我吧！一查生死簿，我还有三十年的阳寿，我不就回去了吗？哈哈，就是这个主意！阳世阴间，果然是"阳奉阴违"，有何不同！

此正是：

人心生一念，天地悉皆知。

善恶若无报，乾坤必有私。

这一卷《清官册》说到这儿就结束了，要知道潘杨讼如何审清，您还得听下一卷书《郊天赦》。

整理者：付爱民

2010 年 7 月 6 日 9 点 10 分初稿于西双版纳

2010 年 10 月 15 日 19 点 31 分二稿于北京

2015 年 12 月 8 日修订于北京

2020 年 4 月 1 日再改于玲珑园

2021 年 11 月 11 日重修于玲珑园

2022 年 10 月 14 日定稿于玲珑园